Czas burzy

Adrian Grzegorzewski

Czas burzy

między słowami

Projekt okładki
Paweł Panczakiewicz / PANCZAKIEWICZ ART.DESIGN

Fotografie na okładce
Copyright © CollaborationJS/Arcangel.com
Copyright © Vitaly Krivosheev/Shutterstock.com

Opieka redakcyjna
Przemysław Pełka
Artur Wiśniewski

Weryfikacja językowa tekstów rosyjskich i ukraińskich w powieści
Joanna Bernatowicz

Opracowanie tekstu i przygotowanie do druku
DreamTeam

ISBN 978-83-240-3653-0

Między Słowami
ul. Kościuszki 37, 30-105 Kraków
E-mail: promocja@miedzy.slowami.pl

Książki z dobrej strony: www.znak.com.pl
Dział sprzedaży: tel. 12 61 99 569, e-mail: czytelnicy@znak.com.pl

Wydanie I, Kraków 2017
Druk: Abedik

Cioci Anieli, której opowieści były moją inspiracją,
oraz
Izuli, bez której wsparcia nie byłoby tej powieści

Część pierwsza

CISZA PRZED BURZĄ

Prolog

Bedryczany, jesień 1943 roku

Ostatnie kilometry pokonywała z trudem. Obolałe nogi dawały się jej we znaki od dłuższego czasu. Jednak bardziej od zmęczenia dokuczały jej niepewność i strach o to, co zobaczy za ostatnim wzniesieniem oddzielającym ją od domu. Jeszcze kilkanaście metrów i sfatygowana droga popłynie swobodnie w dół wzgórza w stronę Bedryczan.

Skuliła się w sobie i zwolniła jeszcze bardziej, obawiając się tego, co zobaczy. Minęły cztery lata, odkąd w pośpiechu opuszczała to miejsce. Zostawiła za sobą dom, szkołę i matkę, którą Sowieci wywieźli w głąb nieludzkiej ziemi. Przez cały ten czas tak bardzo chciała wrócić wreszcie do domu, ale gdy pociąg wtoczył się na stację kolejową w Drohobyczu, spojrzała przez okno i… poczuła się obco. A przecież znała to miejsce. Przed wojną była uczennicą tutejszego kolegium nauczycielskiego. Wtedy miasto tętniło życiem i kolorami. Beztroski czas dzielony na naukę, śmiech i nastoletnie przyjaźnie, zatarty w jej pamięci do tej pory prawie zupełnie, powrócił ze zdwojoną siłą. I był zupełnie inny niż świat, w który wkroczyła, stawiając stopę na peronie.

Poczuła je od razu. Powietrze lepkie od strachu i przygnębienia.

„Zepsuli mi miasto…" – przemknęło jej przez myśl. Pochyliła głowę i ruszyła znajomymi ulicami w stronę Bedryczan. Jej oczy lustrowały ukradkiem pozornie znajome kąty. Nie przeszkadzały jej ani wszechobecny, wykwitły na ścianach domów i murkach kancer, odpryski po pociskach, ani skutki zwykłego zaniedbania. Taka była cała Polska pod hitlerowskim butem. Przyzwyczaiła się już do tego. W swym młodym, dwudziestojednoletnim życiu widziała już wiele. Spalone przez banderowców polskie wsie, wymordowanych bezbronnych ludzi i pogorzelisko, jakie pozostawili po sobie na Wołyniu Ukraińcy, Niemcy i Sowieci. Zdążyła się już też zakochać bez wzajemności, walczyć w partyzantce, poznać najlepszego chłopca pod słońcem, wyjść za niego za mąż i stracić go podczas likwidowania bandy UPA przez ich oddział. Doświadczyła tego, że wojna zmienia świat w jakąś odrażającą karykaturę tak, jak krzywe lustro zniekształca przeglądającą się w nim twarz. Zawsze na niekorzyść. Strach, z którym łatwo można było sobie kiedyś poradzić, stawał się nagle podobny cieniom wypełzającym spod łóżka nocą, przemykającym po ciele jak obrzydliwy, kosmaty pająk. Zwykła, codzienna radość zyskała rangę towaru na wagę złota. Dlatego widok miasta okaleczonego przez wojnę jej nie zdziwił. Bardziej zaskoczyło ją to, że przestała się tutaj czuć jak u siebie.

I nagle zdała sobie sprawę z tego, że to ludzie… Jej wyostrzony słuch próbował wyłapać tak charakterystyczny dla Drohobycza gwar, hałas nawołujących się znajomych i śmiech wszędobylskich dzieci. Na próżno. Teraz ludzie nie chodzili chodnikami, oni nimi chyłkiem przemykali. Nie rozmawiali też radośnie, pozdrawiając się przy tym nawzajem, a jedynie wymieniali niezbędne ukłony i strzępy słów. Tak, jakby za tę odrobinę radości i woli życia miała ich spotkać jakaś nieuchronna, straszna kara. Wojna wywróciła wszystko do góry nogami. To nie było już przyjazne miasto.

Teraz zaś docierała do szczytu wzniesienia. Miała wrażenie, że serce wyskoczy jej z piersi, aby uciec stąd jak najdalej. Zatrzymała się na środku dziurawej drogi. Otarła łzy spływające jej po policzku i wbiła wzrok w to, co odsłonił przed nią horyzont. Na wprost niej rozpościerały się Bedryczany, jej rodzinna wieś. Niby taka sama, ale jakby mniejsza. Zdawało się jej, że napór czasu wycisnął z niej wszystkie soki i zgniótł ją jak pustą paczkę po papierosach. Mniejsze, niż pamiętała, chatki i stodoły były jakieś takie... Osnute mgłą, niczym oglądane przez taflę matowego lodu. Dalekie, obce... Wiedziała już, że zmiany zaszły za daleko, że miejsce, do którego niosą ją zmęczone nogi, odeszło. Przesunęło się na drugą stronę lustra. To, co widzi, to tylko jego puste, zimne odbicie.

Marta Marciniszyn, z domu Kosiecka, wzięła głęboki oddech i przeszła przez tę taflę przed sobą tak, jakby wchodziła w śnieżną zamieć.

1

Witalij przekręcił klucz w drzwiach drewnianej cerkwi. Zamek zgrzytnął nieprzyjemnie, ale ustąpił. Nacisnął dłonią dużą, mosiężną klamkę. Świątynia była zamknięta.

„Masz nos jak klamka od zachrystii" – przypomniał sobie, jak wołali za jednym kolegą jeszcze w wojsku. Pokiwał głową, uśmiechając się pod długim wąsem jak uczniak. Nie dlatego, że trzymał w dłoni naprawdę wielki kawał metalu, ale że nos kumpla nawet zbytnio nie odbiegał od niego rozmiarami. Schował klucz do kieszeni marynarki i odszedł w kierunku domu. Zatrzymał się chwilę przy grządce astrów zasadzonych przez żonę. Fioletowe i pomarańczowe kwiaty pokrywały gęsto małą rabatkę.

„Anna lubi kwiaty…" – Uśmiechnął się w myślach. Postanowił zrobić jej niespodziankę. Pochylił się i wyciągniętym z kieszeni kozikiem uciął dość pokaźny bukiet. Otrząsnął go z obeschniętych listków i wolnym krokiem okrążył dom. Zatrzymał się przy ławce stojącej pod starą jabłonią rosnącą w głębi podwórza. Usiadł ciężko tuż obok żony.

– Ja prynis tobi kwity – położył bukiecik obok siebie, nie patrząc w bok. Podziękowała skinieniem głowy. Patrzyli oboje na piętrzące się na horyzoncie Bieszczady, za którymi za chwilę schowa się czerwony racuch zachodzącego słońca. Siedzieli tak w milczeniu długo. Ostatnie promienie przedzierały się przez rzadkie chmury wiszące nad połoninami. Stare i powykręcane gałęzie drzewa poruszyły się pchnięte silniejszym powiewem wiatru. Poczuł, jak jego ciało przeszył dreszcz.

– Załóż coś cieplejszego, Witalij. Zimno się robi.

Odmówił, kręcąc głową. Przygryzł wargę, ale nie zdołał już opanować drżenia podbródka.

– Uparty jak osioł!

Po jego policzku zaczęły płynąć łzy. Wspomnienia niczym taran wyważyły mocno zabarykadowane drzwi w jego umyśle...

𝒦olacja na stole! – dźwięczny głos Anny dobiegł uszu chłopców przez otwarte okno w kuchni. Właśnie kończyli porządkować szopę za domem. Starszy z nich, piętnastoletni Józek, klepnął brata w tył głowy.

– Matka woła! Zbieramy się!

Franek odwrócił się i rzucił mu gniewne spojrzenie.

– Ojciec kazali wysprzątać wszystko do kolacji! Będzie srogi, jak nie skończymy.

Józek machnął na niego ręką i cofnął się do wyjścia.

– Grabie mogą poczekać. A maty pogrozi ojcu palcem i skończy się jego srogość. Co tak ślipiasz na mnie, dziurę mam na czole?

Nie miał dziury. Nie w czole. Przerażony wzrok brata zaniepokoił go, ale było już za późno. Czyjaś mocna dłoń chwyciła go za głowę i zdławiła krzyk zaciskając palce na ustach. Trwało to wszystko ułamek sekundy – tyle, ile potrzeba, żeby z rozciętego od ucha do ucha gardła buchnęła krew. Po chwili martwy Józek opadł bezwładnie u stóp brata.

Franek nie mógł wydobyć z siebie głosu. Strach odebrał mu władzę nad całym ciałem. Mężczyzna stojący w wejściu do komórki położył palec na swoich ustach.

– Ciiiiii... Ani słowa!

Hipnotyzujące spojrzenie sparaliżowało chłopca tak skutecznie, że pozwolił się wyprowadzić z szopy bez żadnego oporu. Zresztą ten byłby i tak bezcelowy. Mężczyzna przystawił mu bowiem do szyi ostry jak brzytwa nóż. Pchnął go w kierunku domu.

Witalij otarł pot z czoła. Właśnie przeskoczył strumień przecinający łąkę na pół. Ciężki worek z ziemniakami niesiony na ramieniu nie ułatwiał zadania. Ścieżka była upstrzona krowimi plackami na tyle gęsto, że musiał bardzo uważać, żeby nie zatopić sfatygowanego buta w jednym z nich. Mógł pójść drogą przez wieś, jak Pan Bóg przykazał. Jednak tu, w Bedryczanach, jeśli chodzi o to, nikt Pana Boga nie słuchał. Wieś miała kształt podkowy, w której środku zieleniła się duża łąka. Przed wojną należała do dziedzica, jednak każdemu wolno było wypasać tutaj bydło. Gdy do wioski wkroczyli Sowieci, pozbawili dziedzica życia za pomocą broni palnej, a cały jego majątek zrabowali. Łąka trafiła w ręce ludzi. Należała od tej pory do wszystkich, czyli do nikogo. Tylko krowy obojętnie skubały na niej trawę, zupełnie nie przywiązując wagi do tego, kto jest właścicielem zielonej wyspy w środku wsi.

Tak naprawdę nikt w Bedryczanach nie korzystał z drogi. Ukraińcy, gdy chcieli iść do cerkwi leżącej po polskiej stronie, po prostu przechodzili przez środek łąki. To samo robili Polacy udający się do kościoła, który – jakby na przekór logice – leżał po ukraińskiej stronie. Kiedyś jeszcze witali się ze sobą, mijając się po drodze. Ale kilka kataklizmów w ostatnich paru latach skutecznie zniszczyło wszystkie więzi pomiędzy dwiema społecznościami.

Najpierw to niefortunne zajście u Piotrowskich. Zastrzelenie młodego Ukraińca przez zazdrosnego do nieprzytomności o swoją żonę policjanta o mały włos nie doprowadziło do jatki między ludźmi. Zwłaszcza gdy okazało się, że między Piotrowską a chłopakiem do niczego nie doszło.

Potem był przyjazd tego gówniarza Piotra z Warszawy w ostatnie przedwojenne wakacje, który wywrócił wszystko do góry nogami. Kto by pomyślał, że ten młokos skradnie serce Ukraince. I to nie byle jakiej! Córka dowódcy OUN-owskiej siatki w powiecie to aż nadto, żeby zamieszać w tym dość wybuchowym kotle, jakim było lokalne społeczeństwo. I może wszystko rozeszłoby się jakoś po kościach. Piotr wróciłby do Warszawy i zapomniałby o pięknej Swiecie, a ta wyszłaby za tego łachudrę Jegora, tak jak została mu obiecana. Ale w życiu jest tak, że jeśli cokolwiek ma pójść źle, to na pewno pójdzie. Jegor przyłapał Piotra i Swietkę, gdy migdalili się na sianie, i oszalał z zazdrości. W rezultacie ojciec dziewczyny poległ od noża, gdy próbował stanąć w jej obronie, a ona sama musiała uciekać z Martą od Kosieckich na jakieś zadupie na Wołyniu. No bo przecież tej młodej kozie Piotrek też musiał serce złamać i wciągnąć w całą awanturę. Młokos!

Trzecim kataklizmem była wojna. Ukraińcy wyczuli swoją szansę i ruszyli na Polaków. Wprawdzie powstanie im się nie udało, ale kilka tysięcy luda wyrżnęli tutaj, w Małopolsce Wschodniej. Żołnierzy z rozbitych oddziałów, księży i zwykłych niewinnych sąsiadów. Współpraca OUN z Niemcami też nie służyła wzajemnym relacjom.

Witalij westchnął, przerzucając worek na drugie ramię. Pokiwał głową z dezaprobatą nad swoimi myślami. Bo gdyby go ktoś zapytał, które z tych trzech wydarzeń było najgorsze, to nie byłby pewien, czy obstawić wojnę, czy tego durnia Piotra.

Wszedł na ubitą drogę i przystanął na chwilę. Zrzucił worek z ramienia i wyciągnął zawiniątko z tytoniem. Posypał grubo na równo oberwany kawałek gazety i poślinił brzeg papieru. Po chwili wciągnął w płuca solidną porcję dymu i zamknął oczy, delektując się jego smakiem. Odpoczywał. Pozostało mu jeszcze tylko przejść obok ogrodu Kosieckich i potem skręcić w kierunku cerkwi. Nie spieszył się jednak i postanowił chwilę odpocząć.

Skrzywił się lekko, przycisnął dłoń do mostka i rozmasował pierś. Znowu odezwało się kłucie w sercu. Kiedyś zdarzało się to sporadycznie. W ostatnim jednak czasie „pompka" dawała o sobie znać niepokojąco często. Nie mówił o tym głośno. Wiedział, jak Anna martwiła się jego zdrowiem.

– Sypiesz się, stary capie – zakpił z samego siebie pod nosem. To nie był dobry czas na chorowanie. Wprawdzie Bedryczany zadziwiająco spokojnie przechodziły okres obu okupacji, jednak i one nie były do końca wolne od tego, co działo się na Kresach. „Spokojnie" nie oznaczało bowiem sielanki. Wprawdzie polskich gospodarstw nikt jeszcze nie palił, ale co rusz zdarzało się, że znaleziono gdzieś w lesie tego albo tamtego wypatroszonego jak świniaka czy z poderżniętym gardłem. Jeszcze niedawno, gdy Wołyń gorzał pochodniami wsi puszczanych z dymem, i tutaj co bardziej krewcy Ukraińcy przymierzali się do rozprawy z polskimi sąsiadami. Ale do tej pory jakoś rozchodziło się po kościach. Jeśli oczywiście nie liczyć Matyjakowej i jej dzieci. To, co ci zwyrodnialcy z nią wyczyniali, to… Witalij na samo wspomnienie poczuł, jak mu się jeżą włosy na całym ciele. To, co wtedy zobaczył, śni mu się po nocach do dziś. Zwłaszcza że to on wyciągał gwoździe, którymi ją i jej dzieci przybili do drzwi od stodoły… Otrząsnął się, chcąc jak najszybciej wyrzucić z głowy dręczące go wspomnienie. Stacjonujący wtedy na plebanii oddział Węgrów rozstrzelał w odwecie pięciu chłopa, których wydali sami Ukraińcy przestraszeni wizją zemsty niemieckich sojuszników. Zresztą może Madziary wojują u boku Niemców, ale Polaków krzywdzić nie dają. Ichni dowódca zaraz wydał rozkaz, że jeśli mordy się powtórzą, to jego wojaki rozstrzelają wszystkich Ukraińców we wsi. Poskutkowało.

Witalij jednak nie mógł liczyć na to, że obronią go Węgrzy. Zresztą ci opuścili wieś dwie niedziele temu rzewnie żegnani przez Lachów, którzy od tej chwili chodzą w nocy spać do lasu ze strachu przed banderowcami. A przecież jego żona Anna to Polka rodowita. I dzieci po polsku świergolą lepiej niż po ukraińsku. Jeśli się zacznie, to przyjdą po nich pomimo tego, że on sam jest Ukraińcem. Nie, nie może teraz zaniemóc. Potrzebny jest rodzinie. Dlatego posiedzi sobie teraz jeszcze chwilkę i zataszczy ten cholerny wór z ziemniakami do domu bez wzbudzania podejrzeń Anny.

Ziemniaki! Swoich nie miał, więc wydębił worek od sąsiadów zza łąki. A teraz męczył się z ciężarem. Czas się zbierać, bo jeśli będzie się tak guzdrał, to noc go tu zastanie. Zarzucił worek na ramię. Początkowo planował iść prosto do domu i zostawić wszystko przy drzwiach do chałupy. Zawoła chłopaków, niech sami zaniosą kartofle do komórki, a on będzie miał chwilę, żeby odsapnąć.

„Może uda mu się szczypnąć Anię tu i ówdzie". Uśmiechnął się do siebie i ruszył dziarsko. Jednak w ostatniej chwili przypomniał sobie, że musi jeszcze tę małą piersióweczkę, co to ją ma za pazuchą, schować pod drewnem. Wystarczy, że on ma problemy z sercem, po co jeszcze kobitę przyprawiać o nerwicę.

Skręcił więc jeszcze przed dziedzińcem cerkwi. Przecisnął się przez furtkę w parkanie, prowadzącą do ogrodu, który kiedyś należał do Kosieckich. Odkąd Marusię Sowiety wywiezły na białe niedźwiedzie, a jej córka Marta uciekła przed tym riznykiem Jegorem razem ze Swietą, mały dworek zmienił właściciela. Najpierw budynek zajęły te obdartusy z komitetu partyjnego, a po wkroczeniu Niemców zorganizowano w nim szkołę. Ukraińską, oczywiście. Polakom nie wolno było uczyć swoich dzieci. Dobrze, że przynajmniej cerkiew, przerobioną przez czerwonych na magazyn, Germańcy zwrócili. Można było znów modlić się jak dawniej.

Doszedł do furtki dzielącej oba ogrody i zatrzymał się przy niej. Kucnął, nasłuchując. Z początku wydawało mu się, że zmysły spłatały mu figla, ale po chwili usłyszał to ponownie. Ktoś kręcił się po podwórzu po drugiej stronie płotu. Teraz już rozmowa w języku ukraińskim stała się bardziej wyraźna.

– Nie marudź, tylko bierz go za nogi!

Witalij usłyszał drugiego mężczyznę, ale nie zrozumiał odpowiedzi. Natomiast to, co dotarło do jego uszu po chwili, zmroziło mu krew w żyłach.

– Słyszałeś wyraźnie kapitana. Gnojka wynieść z komórki i położyć na trawie. Jak skończymy z Laszką i jej drugim bachorem, to nanosisz się jeszcze więcej. I wiem, że mamy rozkaz pilnować tylnych drzwi. Dlatego ja będę pilnował, a ty wynieś to truchło. No! Do roboty!

Rusin czuł, jak ciemnieje mu w oczach. Serce łomotało mu ze zdwojoną siłą. Jeszcze nie do końca dotarło do niego to, co usłyszał. Jakby ci dwaj nie rozmawiali o jednym z jego synów. Musiał się przekonać!

Podniósł się delikatnie i zerknął w stronę domu. I przekonał się. Jeden z mężczyzn właśnie ciągnął za ręce bezwładne ciało Józka, a drugi stał przy wejściu do chałupy. Obaj mieli na sobie mundury niemieckie.

– SS „Galicja"… – wyszeptał. Starał się zrobić wszystko, żeby nie myśleć o starszym synu. Teraz musiał pomóc Annie. I Frankowi.

Ruszył z powrotem przez ogród Kosieckich. Musiał dotrzeć do cerkwi po to, co czekało na niego w małej skrytce pod podłogą świątyni. Pistolet.

W domu Anna odchodziła od zmysłów, dławiąc się kawałkiem szmaty wypełniającej jej usta. Siedziała na ławie z rękami wykręconymi do tyłu i związanymi sznurkiem. Obok niej siedział Franek spętany dokładnie w ten sam sposób. Tylko jego wytrzeszczone do granic możliwości oczy świadczyły o tym, że jest przerażony jeszcze bardziej niż matka. Oddychał płytko, obserwując ruchy mężczyzn, którzy właśnie zamieniali ich życie w koszmar.

– Długo na to czekałem – człowiek z dwiema bliznami na twarzy wyciągnął papierosa ze srebrnej papierośnicy i odpalił go od wyciągniętego z kuchennego pieca kawałka płonącego drewna. – Twój mąż bardzo... – zawiesił głos, kręcąc dłonią w powietrzu tak, jakby szukał odpowiedniego słowa – napaskudził. O właśnie! Napaskudził w moim życiu. No i przyszedł czas zapłaty. Bo długi trzeba spłacać, prawda, chłopcy?

Pilnujący drzwi wejściowych i okien mężczyźni pokiwali potakująco głowami.

– Nie widać go nigdzie – niski, przysadzisty Ukrainiec, obserwujący zza krótkiej zasłonki dziedziniec przed cerkwią, cmoknął niezadowolony. Musiał swymi słowami wytrącić z równowagi człowieka z bliznami, bo ten nagle zerwał się z ławy, na której przysiadł, i doskoczył do spętanego Franka. Przystawił mu do głowy wyciągnięty zza paska pistolet.

– Gdzie Witalij?! – krzyknął do Anny z twarzą wykrzywioną złością. Dwie blizny na policzkach pociemniały, nadając jej jeszcze bardziej złowrogi wygląd. – Mów, suko, kiedy przyjdzie, albo rozwalę łeb temu zasrańcowi! – Przycisnął pistolet do głowy chłopca, a drugą ręką zerwał opaskę kneblującą przerażoną kobietę.

Skradał się powoli. Tak, by nie zaalarmować swoimi krokami nikogo, kto mógłby pilnować wejścia do domu. Z tyłu czekało na niego dwóch napastników. Ciekawe, ilu pilnuje wejścia z przodu. Musiał poznać przeciwnika, zanim zacznie działać. Przesunął się wzdłuż ściany i położył na ziemi. Wysunął głowę na ułamek sekundy. Tyle wystarczyło, żeby zorientować się, że przed wejściem do chałupy nie ma nikogo. Wiedział już, że komitet powitalny czeka na niego w środku. Żeby wygrać to starcie, musiał zdławić wszystkie emocje i zadziałać niczym dobrze naoliwiony, perfekcyjny mechanizm.

Wziął głęboki oddech i odbezpieczył broń. Był gotowy.

Krzyk, który przerwał ciszę, był jak zgrzyt noża drapiącego szybę, jak trzask koszuli rozdzieranej na strzępy, atakujący zmysły, brudny i chropowaty.

Anna!

Powinien działać na zimno, szybko i skutecznie. Powinien swój cel, uwolnienie żony i drugiego syna, potraktować jako absolutny priorytet, cokolwiek by się działo. Tylko na czas akcji. Wszystko to powinien. Tak zrobiłby żołnierz, a on przecież był dobrze wyszkolonym żołnierzem. Jednak do całej układanki nie pasował jeden szczegół. Dopóki dookoła panowała cisza, mógł się skupić na działaniu, zakładając, że w tej chwili nic złego się z nimi nie dzieje. To niepisane porozumienie z rzeczywistością właśnie zostało zerwane. I wszystko się skomplikowało.

Bo to była jego żona. I jego dziecko było właśnie obok niej. I właśnie w tej chwili ich tracił, tak jak stracił Józka. A gdy emocje wchodzą w grę, zimna krew zamienia się we wrzącą lawę.

Witalij pękł jak sucha gałąź.

– Annaaaa! Załyszyte jiji, suky!

Zerwał się z miejsca i wybiegł zza węgła. Wiedział, że popełnił błąd, jednak w tej chwili ważne było już tylko to, żeby jak najszybciej znaleźć się za drzwiami. Nie stracił całego rozsądku. Dopadł drzwi i otworzył je, rzucając się jednocześnie na ziemię. Ostry ból w okolicy żeber uzmysłowił mu, że plan może i był dobry, tylko takie akrobacje nie są już dla niego. Udało mu się jednak uniknąć kuli. Usłyszał huk, gdy pocisk przeleciał mu nad głową i uderzył we framugę drzwi.

– Ma być żywy, durnie! – usłyszał głos gdzieś z boku. – Złapcie go!

Nie zdążyli. Nie wszyscy. Witalij miał za to poważny atut w ręku. Ściągnął spust! Jeden z intruzów zwalił się na ziemię, trzymając się za dziurawy brzuch, wydzierając się wniebogłosy. Przymierzył w kierunku drugiego i… zacięcie!

„Cholera!" – zaklął w myślach i odrzucił broń. Mężczyzna był już przy nim. Wyciągnął rękę, żeby chwycić kościelnego za kołnierz, i zawył. Nóż pchnięty przez Rusina przebił jego dłoń na wylot. Odsunął się pod ścianę, chwytając się za rękę i wyjąc z bólu. Witalij spróbował podnieść się na łokciach, ale natychmiast opadł z powrotem na podłogę. Ostry ból w żebrach ostatecznie wyeliminował go z dalszej walki. Obrócił się tylko w kierunku, z którego dochodziło go ciągłe rzężenie Anny.

Zobaczył ją stojącą z tyłu izby, bez spódnicy, w samej porwanej koszuli, z pozlepianymi strąkami włosów opadającymi na wykrzywioną grymasem przerażenia twarz. Nie była sama. W półmroku panującym w pomieszczeniu nie od razu zorientował się, kto stoi za nią i dusi ją przedramieniem od tyłu, celując jej pistoletem w skroń. Ale usłyszał jego głos. To wystarczyło, żeby poczuł lód mrożący mu krew w żyłach.

– Przestań wierzgać, bo uduszę tę kurwę. – Ukrainiec pchnął Annę lekko do przodu, nie wypuszczając jej z uścisku. Witalij poznał go od razu mimo ciemnych włosów sięgających za ucho, zgniłozielonego munduru i dystynkcji kapitana.

To był Jegor.

Witalij zrozumiał, że przegrał.

Kilka par rąk poderwało go z podłogi, a ból spowodowany upadkiem na ziemię omal nie pozbawił go przytomności. Posadzono go na krześle. Rozejrzał się dookoła. Dopiero teraz zauważył, że czterech z sześciu mężczyzn miało na sobie niemieckie mundury podobne do tego, który nosił Jegor. Tylko naszywka na rękawie, złoty lew i trzy korony na niebieskiej tarczy świadczyły o tym, że nie byli Niemcami. Należeli do Ukraińskiej 14. Dywizji Grenadierów SS „Hałyczyna".

– Witaj, Witalij! – Jegor pchnął obolałą Annę na ławę, na której siedział skrępowany Franek.

Kościelny patrzył na syna. Jego spierzchnięte usta poruszały się bezgłośnie, jakby chciał telepatycznie przekazać chłopcu słowa, które kołatały mu się w głowie jak mantra. „Wszystko będzie dobrze, wszystko będzie dobrze... Wszystko będzie dobrze...”

Nie zwracał uwagi na Jegora, który usiadł naprzeciw niego na stołku.

– Znów się spotykamy, stary. – Ukrainiec skręcił kolejnego papierosa. – Długo czekałem na ten moment, oj, długo. Ale – klepnął się po kolanach – co się odwlecze, to nie uciecze, prawda?

Rusin spojrzał wreszcie na niego. Wiedział już, że w tej chwili zdany był tylko i wyłącznie na łaskę rzeźnika siedzącego przed nim. Sytuacja była więc beznadziejna. Chociaż...

– Powinienem skórę drzeć z ciebie pasami. I solą sypać. Przez te wasze knowania straciłem narzeczoną, dowódcę, oddział i kupę czasu – mówił spokojnie i powoli. Wiedział, że jego zdobycz już mu się nie wymknie. – Ale nie zrobię tego. Za to, co zrobiłeś...

– Swietę straciłeś na swoje własne życzenie – wszedł mu w słowo Witalij. – Nie trzeba było jej traktować jak pierwszej lepszej dziewki. Uciekła ci, boś jej nie szanował...

Policzek wymierzony przez kapitana Jegora przerwał mu w pół zdania.

– Lach mi ją ukradł! – ryknął Ukrainiec, podrywając się z krzesła. Złapał Rusina za kark i przycisnął swoje czoło do jego, dysząc z wściekłości. – Piotr mi ją zabrał, a ty mu pomogłeś!

– On jej tylko pokazał, że może być kimś więcej niż dziwką w twoim haremie.

Usta Jegora wykrzywiły się w ironicznym uśmiechu.

– Dokładnie tak. Pokazał jej coś, czego nie miała wcześniej. I poszła w to jak w dym. W nie swój świat i nie swoje życie. Bo co raz się zobaczyło, to się już „nie odzobaczy”. – Zabrał rękę z karku kościelnego i wyprostował się. – Zapragnęła nowego. Nie mnie. Piotr mi się ulotnił. Ona też. A ja potrzebuję... – uderzył się w pierś – potrzebuję pragnienie ugasić. Żeby tę niesprawiedliwość, jaka mnie spotkała, wyrównać.

– Zamordowałeś jej ojca. Chciałeś zabić ją. Marusię Kosiecką też chciałeś zaszlachtować. I mnie.

– Gdybym nie zabił Danyły, on dopadłby mnie. Zresztą nie ma co rozpamiętywać. – Uśmiechnął się znowu. – Dzisiaj jest dzisiaj. Więc skupmy się na tobie. I na twojej rodzinie, oczywiście. Bo… – ściszył głos prawie do szeptu – Witalij, nadszedł dzień zapłaty. Ale nie zabiję cię. Dla ciebie i twoich bliskich przygotowałem inne atrakcje.

Stukanie do drzwi poderwało wszystkich na nogi.

2

Minęła kościół. Zwęglone resztki dachu zawaliły się do środka, tworząc wraz z powybijanymi oknami makabryczny widok. Miała ochotę podejść bliżej, dotknąć murów świątyni, ale ostrożność zwyciężyła. Kościół leżał na małym wzniesieniu, za którym rozpoczynała się ukraińska część Bedryczan. Nie czuła się tu zbyt pewnie. Stosunki między Polakami a Ukraińcami mogły się różnie układać, ale po tym, co zobaczyła na Wołyniu, wolała nie sprawdzać ich jakości na własnej skórze. No bo kto inny mógłby zaglądać do zniszczonego bombą kościoła. Tylko katolik. A jak katolik, to tylko Polak…

Jednego nie potrafiła zrobić, przejść obojętnie obok trzymetrowej figury Chrystusa, któremu ktoś oderwał głowę… Duma Bedryczan, kopia posągu Jezusa, jaki górował ze szczytu Corcovado nad brazylijskim Rio de Janeiro, stała z rozłożonymi rękami, teraz kaleka jak cały udręczony wojną naród. Marta wpatrywała się w bezgłowe kamienne ciało, dopóki na drodze za kościołem nie wyłoniły się dwie postaci. Naciągnęła chustę głębiej na głowę, otarła wilgotniejące oczy i podreptała w kierunku łąki.

Z lekkiego wzniesienia widziała wszystko: strumyk pośrodku zielonej połaci, dzieciaki pilnujące pasących się krów i ludzi krzątających się wokół własnych spraw. I zobaczyła dom. Swój dom. Biały dworek trwał majestatycznie, jakby na przekór trudnym czasom, nadając krajobrazowi rys szlachetności. Teraz już nawet nie próbowała opanować łez. Płynęły strumieniami po jej policzkach, ale zupełnie nie zwracała na to uwagi. Biegła w jego kierunku tak szybko, jak tylko pozwalały jej obolałe nogi.

Stanęła przed drewnianą furtką oddzielającą przydomowy ogródek od piaszczystej drogi. Patrzyła na kapliczkę porośniętą krzewami tak, że już tylko gdzieniegdzie prześwitywała wyblakła skorupa przykrywającego ją wapna. Ulubione róże mamy rosły nadal, otulone zielonymi kępami wybujałej trawy. Coś ścisnęło ją w dołku.

„Mama tak o nie dbała..." – ogromna klucha ponownie wypełniła jej gardło na samo wspomnienie pani Marii. Resztkami sił powstrzymała płacz. Położyła dłoń na chropowatej od łuszczącej się farby furtce i zawahała się. Dworek, kupiony jeszcze przez jej nieżyjącego tatę, nie był już jej domem. Obok zamkniętych drzwi na ścianie czerwieniła się tablica informująca o tym, że w budynku mieści się ukraińska szkoła podstawowa. To już nie było znajome, ciepłe miejsce. Mimo to jakaś siła zmusiła ją do pchnięcia bramki i podejścia do drzwi. Nacisnęła klamkę, a ta ustąpiła. Jeszcze tylko skrzypnięcie zawiasów i korytarz stanął przed nią otworem.

W środku było pusto. I nie chodziło o brak zwykłego w takich miejscach gwaru dziecięcych głosów, bo lekcje skończyły się dawno temu. To był raczej chłód, który ją ogarnął, gdy przekroczyła próg. Wszystko, co czyniło z tego miejsca prawdziwy dom, zniknęło. Znajomy bladoczerwony kolor ścian spłowiał już prawie zupełnie, a po portretach dziadków pozostały tylko ciemniejsze, prostokątne plamy. Zrobiło jej się słabo. Oparła się o ścianę i zasłoniła dłonią usta, dławiąc szloch. Czuła, że porwała się na coś, co przekracza jej siły. Miała wrażenie, że za chwilę usłyszy głos mamy wołający ją na obiad. Poczuła, jak chłodne powietrze przewiewa ją do szpiku kości. Nie była pewna, czy to za sprawą przeciągu, czy bolesnych wspomnień.

Zajrzała do pokoju mamy i pociemniało jej w oczach. Nie widziała już pokracznych ławek, którymi zastąpiono inne meble… Nie widziała rysunków niezdarnie nabazgranych na jasnych ścianach… Ani książek na ławie pełniącej funkcję biurka, nad którą wisiało godło: tryzub przyozdobiony niebiesko-żółtą wstęgą.

Osunęła się po ścianie i usiadła ciężko na podłodze. Już nie starała się powstrzymać łez. Przytuliła głowę do kolan, obejmując je rękami. Do tej pory miała nierzeczywistą nadzieję, że wracając, odnajdzie rodzinne gniazdo, za którym tęskniła od lat. Ale poszło nie tak, jak pójść powinno, i nadzieja, że jednak spełni się jej marzenie, rozsypała się na tysiąc kawałków niczym dzban rzucony na ziemię.

Dotąd czuła się samotna. Teraz została również bezdomną.

– Szczo ty tut robysz?

Szarpnęła się, gdy czyjaś dłoń dotknęła jej ramienia.

– Szczo ty tut robysz? Chto ty?

Podniosła głowę. Stojąca nad nią kobieta badała ją wzrokiem uważnie, gotowa bronić się w każdej chwili ściskanym w dłoni kijem od miotły.

Marta wyciągnęła chustkę, którą wytarła zapłakane policzki. Chrząknęła kilka razy i spojrzała na przyczajoną o dwa kroki od niej babę. Nie znała jej. Widocznie przyjechała do Bedryczan już po wybuchu wojny.

– Ja… – opanowała łamiący się głos. – To mój dom. Ja tu mieszkam… – podniosła się i strzepnęła pobrudzoną kurzem spódnicę. – Mieszkałam przed wojną – poprawiła się.

Kobieta wyprostowała się, ale wciąż trzymała w dłoniach kij, którym odgradzała się od Marty.

– Teraz tutaj jest szkoła – w jej głosie dziewczyna wyczuła wyraźną nieufność. – Dla dzieci szkoła. I ja tu mieszkam z moją rodziną. Dostaliśmy przydział z urzędu. I nie będziemy się wyprowadzać! Jestem nauczycielką! – Gniewnie potrząsnęła kijem, jakby chciała pokazać wolę walki o swoje miejsce we dworku.

Marta pokręciła głową przecząco.

– Nie chcę nikogo stąd wyrzucać. Chcę matkę odnaleźć. Myślałam, że może wróciła z zesłania…

– Nikogo tu nie było! – przerwała jej nauczycielka, dając do zrozumienia, że chce jak najszybciej zakończyć niespodziewaną wizytę. Marta zrozumiała aluzję. Dotknęła ściany korytarza tak, jakby chciała zapamiętać jej chropowaty dotyk na zawsze. Wciągnęła w płuca obcy w swym zapachu haust powietrza i wyszła przed dom, ponownie stając się wygnańcem.

Dotarła do celu swej wędrówki i teraz zupełnie nie miała pojęcia, co ze sobą zrobić. Ruszyła powoli drogą, co chwilę mijając obcych ludzi, patrzących na nią spode łba. Nie miała pojęcia, skąd się wzięli, jednak wcale nie pomagał fakt, że krzątali się obok chałup, które kilka lat temu jeszcze należały do jej polskich sąsiadów. Nikt nic nie mówił, jednak Marta czuła wiszącą w powietrzu wrogość. Skręciła w wąską ścieżkę prowadzącą na tyły gospodarstw. Po chwili szła w kierunku małej drewnianej cerkwi. Nogi same niosły ją w to miejsce.

Przeszła przez mały dziedziniec dzielący świątynię od domu Witalija w nadziei, że pośród wszystkich niespodziewanych zmian przynajmniej on, po staremu, przywita ją w progu.

Marta doszła do chałupy, w której mieszkał Witalij. Zapukała do drzwi, ale odpowiedziała jej głucha cisza. Próbowała je pchnąć. Nadaremno. Były zaryglowane od środka. Westchnęła zrezygnowana. Nic dzisiaj nie układało się tak, jak powinno. Chciała zajrzeć przez okno do kuchni, ale zasłony skutecznie jej to uniemożliwiły. Postanowiła sprawdzić tylne drzwi. Obeszła dom dookoła.

Zauważyła go od razu. Siedział na ławce pod starą jabłonką. Obok niego leżał bukiet pomarańczowych astrów. I jeszcze coś zauważyła. Poczuła, jak skóra cierpnie na całym jej ciele.

Przed nim, pod jabłonką, czerniły się trzy równo usypane groby.

3

Nie poznał jej. Musiała mu się przypomnieć. Otarł łzy z twarzy i przytulił ją do piersi. W tej chwili byli chyba najbardziej samotnymi ludźmi we wszechświecie. Podobnie jak tysiące innych, którzy stracili wszystko i wszystkich tutaj, we wschodniej Polsce. W całej Polsce. Siedzieli tak bez słowa na ławce, dopóki nie zaszło słońce.

Gdy już znaleźli się w domu, nie pytała o nic. Sama za to opowiedziała mu wszystko. O tym, jak razem ze Swietą nie bez przeszkód dotarły do Małyk. O wiecznych kłótniach z rywalką do serca Piotra i o pojednaniu, które zaowocowało siostrzaną przyjaźnią. O tym, jak poznała Janka i zakochała się bez pamięci. O tym, jak wyszła za niego za mąż. O Małykach spalonych przez UPA. O walce w partyzantce i śmierci Janka podczas likwidowania banderowskiej bandy. O jej decyzji powrotu do Bedryczan i miesiącu, który spędziła w drodze pomiędzy ofiarami ukraińskich zbrodni.

Witalij nie przerywał opowieści. Siedział pochylony, z łokciami opartymi o uda i patrzył w ścianę tak, jakby nie docierały do niego słowa Marty. Zupełnie jak człowiek wyzuty z emocji. I tylko raz zauważyła, że zareagował na jej słowa. Gdy wspominała o tym, jak Swieta uratowała ją przed gwałtem ze strony czerwonoarmiejców, sama zajmując jej miejsce, kościelny ruszył lekko głową w jej kierunku, nadstawiając ucha, i zacisnął usta. Przeżywał. Swieta była dla niego jak córka. Jej cierpienie sprawiało więc ból i jemu.

A on? Czuł się bezsilny i słaby. Wszystko wokół niego toczyło się bez jego udziału i wbrew jego woli. I to było dla niego najgorsze. Nie był w stanie ani nad tym zapanować, ani temu przeszkodzić. Rzeczy wydarzały się same, a jego opór był jak próba odepchnięcia dłonią mgły. Bezużyteczny. Miał na to trzy dowody w postaci grobów w ogrodzie.

Wysłuchał opowieści dziewczyny i teraz trawił wszystko w środku. Nie przerywał jej, nie dziwił się ani nie okazywał radości. Po prostu trwał w milczeniu.

– Witalij, wszystko w porządku? – Marta przerwała ciężką ciszę. – Nie mówisz nic.

Westchnął i wzruszył ramionami.

– Ta o czym tu mówić… – Popatrzył na nią pustym wzrokiem. – Słowa nie zmienią niczego. Dlatego ja już nie wierzę w słowa.

– Masz rację. Tylko że ja się boję ciszy. – Zasłoniła dłonią usta, tłumiąc szloch. – Nie mam już na nią siły. Potrzebuję wiedzieć, że nie jestem sama.

Zamrugał powiekami i podniósł się ciężko, dotykając przedmiotów na ławie.

– Dobre, dobre, zaraz… – Miotał się, nie wiedząc właściwie, co powinien zrobić. – Może ci zaparzę herbaty? Albo jeść zrobię? – Zatrzymał się przed nią, patrząc na wpół przytomnymi oczami, jakby to on potrzebował teraz opieki, a nie Marta. – Pewnie jesteś głodna, a ja nawet nie dałem ci kromki chleba. Wybacz!

Skinęła potakująco głową.

– Bardzo poproszę. Od wczoraj nie jadłam…

Chleb, gorąca herbata i gęsta zupa ziemniaczana pojawiły się na stole w błyskawicznym tempie. Gdy już nasyciła głód, odetchnęła i uśmiechnęła się szeroko.

– Najlepsza kartoflanka, jaką jadłam w życiu. – Oblizała usta ze smakiem. – A teraz – pochyliła się – opowiedz mi o tym, co tutaj się stało.

Rozpoczął więc opowieść, a jej od tego, co usłyszała, zjeżyły się włosy na głowie.

Stukanie do drzwi poderwało wszystkich na nogi. Zamarli w bezruchu. Jegor położył palec na ustach, nakazując milczenie, i pytająco skinął głową w kierunku człowieka pilnującego okna. Ten wyciągnął swą długą szyję, starając się zobaczyć jak najwięcej z tego, co dzieje się za oknem.

– Panie kapitanie! My słyszeli strzał i krzyki. Wszystko dobrze?

Ukraińcy odetchnęli z ulgą. To ci durnie, którzy mieli pilnować tylnego wejścia.

– Wracać na stanowisko! – rozłoszczony Jegor huknął do żołnierzy za drzwiami. – I nie złazić mi z niego, bo nogi z dupy powyrywam! Co za wojsko?! Obesrańce jedne!

Mruknięcie na zewnątrz oznaczało, że rozkaz został zrozumiany doskonale.

Anna patrzyła na męża przerażonym wzrokiem. Kręciła się tak, jakby chciała zasłonić widoczne poprzez porwaną koszulę części ciała. Wstydziła się swojego stanu, a Witalij bał się nawet pomyśleć o tym, co jej robili.

Franek siedział, patrząc w podłogę. Jego strach osiągnął poziom, za którym jest już tylko obojętność i otępienie. Skulił się w sobie, starając się tym gestem odgrodzić od wszystkiego, co działo się wokół.

– Czas kończyć zabawę! – w głosie Jegora nie było już nawet śladu udawanego rozbawienia. Podszedł do oddychającego ciężko Rusina i chwycił go za gardło. Dwóch innych żołnierzy przytrzymało jego ręce.

– Obiecałem ci, że cię nie zabiję. I dotrzymam słowa – jego grobowy głos sprawił, że Witalij poczuł gęsią skórkę na ciele. – Chcę, żebyś umierał inaczej. Z niepewności, co stało się z tą suką i twoim bękartem. Bo my ich zabierzemy ze sobą. A ty tu zostaniesz. I będziesz się zastanawiał nie, czy my ją przed śmiercią… – zrobił kilka charakterystycznych ruchów biodrami – tylko ile razy i czym.

Witalij rzucił się do przodu, rycząc jak zarzynane zwierzę. Trzymający go SS-mani z ledwością byli w stanie nad nim zapanować.

– Zabiję cię, skurwysynu! – krzyczał jak w amoku. – Ubiję jak psa! Ty…

Potężne uderzenie w szczękę rzuciło go do tyłu. Teraz już tylko głośno rzęził, wodząc obłędnym wzrokiem dookoła.

– Nic mi nie zrobisz, staruchu – wycedził Jegor przez zęby. – Ja i moi ludzie zrobimy z tą polską dziwką, co tylko nam się spodoba. A bachora wypatroszymy jak pstrąga. Taka kara spotka cię za bratanie się z Lachami.

Puścili go. Upadł na podłogę, chwytając się za serce, bez siły, żeby się podnieść i zaprotestować. Zamknął oczy. Pod powiekami miał obraz żony wyciąganej za ręce z chałupy i syna wyprowadzonego z lufą mausera dźgającą go w plecy. Krzyk Anny pozostał w jego pamięci dłużej. Słyszał go właściwie cały czas gdzieś z tyłu głowy, nad sobą, z boku, wszędzie… Od trzech miesięcy.

Nie mogłem się podnieść z podłogi przez całą noc. Rzygałem jak kot. Nawet za potrzebą nie miałem siły wstać. Przez cały czas słyszałem w głowie jej krzyk. A może rzeczywiście męczyli ją gdzieś obok domu? – Witalij oparł łokcie o stół i skrył twarz w dłoniach. – Tylko drzwi strzelały od wiatru cały czas, bo ich nie zamknęli.

Marta czuła, że wielka kosmata kula rozpycha się w jej gardle. Gwałtowny dreszcz szarpnął jej ciałem, a ona nie była pewna, czy to z zimna, czy przez opowieść kościelnego.

– Gdzie ich znalazłeś? – Pożałowała tego pytania, gdy tylko wypłynęło z jej ust. Zerkała na gospodarza spod przymkniętych powiek. Rusin otarł dłońmi twarz tak, jakby ściągał z niej niewidzialną pajęczynę. Odchylił się na krześle i spojrzał w sufit.

– Nie znalazłem. To znaczy nie ja. Inni znaleźli. Trzy dni później. Ja tylko Józka z poderżniętym gardłem w ogrodzie znalazłem i zakopałem. Potem włóczyłem się po lesie. Z kijem zamiast laski. Serce bolało bardzo. – Rozmasował pierś szeroką dłonią. – Przyszli ludzie do mnie wieczorem. Zawieźli mnie podwodą w głąb leśnej drogi. Zobaczyłem ją z daleka... Jak wisi... Bez koszuli, jak ją Pan Bóg stworzył. Uda miała takie zakrwawione... Musieli ją... – Machnął ręką, jakby chciał zapomnieć. – Franek też wisiał. Tylko jemu brzuch... Nożem, jak świniakowi...

Wstał i podszedł do okna. Wyciągnął z kieszeni woreczek z tytoniem. Skręcił grubego papierosa, żeby po chwili zaciągnąć się dymem, od którego Marta zaczęła kaszleć.

– Wiesz, jak czuje się mężczyzna, który nie może obronić swojej żony i dzieci? – Obrócił się w jej kierunku. – Bezsilny i słaby. I taki... Do dupy całkiem. Pohańbiony.

Dziewczyna zaprzeczyła gwałtownym ruchem głowy.

– Nie mów tak. Nie mogłeś nic zrobić. Widziałam, jak na Wołyniu całe rodziny szły pod nóż. Kobiety. Dzieci. Starzy – wyliczała, przekładając kolejne palce. – Witalij, nic tu nie zależało od ciebie. Takie czasy nastały, że nie ma żadnego prawa ponad prawo śmierci. Wielu ludzi doświadczyło tego, co ty. I też nie mogli nic na to poradzić. My siedziałyśmy w lesie z partyzantami i robiłyśmy, co się dało. Ale było nas mało. Zbyt mało, żeby ochronić każdego. I też wyrzucam sobie, że nie zrobiłam więcej. Tylko że człowiek się nie pomnoży. Ja dotarłam do takiej granicy, że dalej to już tylko żyły przyszłoby mi sobie otworzyć. Musiałam wyjechać, choć dalej tam Ukraińcy mordują naszych. Nawet nie wiem, czy Swieta jeszcze żyje! – Przycisnęła pięść do ust, tłumiąc płacz.

Witalij pokiwał głową. Wiedział o tym wszystkim. To tylko jego serce buntowało się przed bezsilnością. Zgasił papierosa i dokończył opowieść.

– Zakopałem ich obok Józka w ogrodzie. Siadam obok nich co dnia. I rozmawiam. Anna krzyczy na mnie, że się za cienko ubieram na te chłody. I że palę…

Płakał jak dziecko. Jak siedząca obok na ławie Marta.

4

Marta nie miała dokąd pójść. Naiwna nadzieja, że w Bedryczanach odnajdzie dom, wyparowała po zderzeniu się z rzeczywistością. Myślała, że wracając tutaj, trafi na jakiś ślad, list, cokolwiek, co mogłoby jej pomóc odnaleźć matkę. Na próżno. Dlatego gdy Witalij zaproponował jej, żeby zatrzymała się u niego, zgodziła się z ulgą. Wydarzenia ostatniego roku wyczerpały ją do cna. Potrzebowała odpoczynku. Świat po śmierci Janka przestał być dla niej przyjazny, a ona musiała odnaleźć w nim miejsce dla siebie.

– Jegor tutaj nie wróci?

Witalij bez emocji wzruszył ramionami.

– Nie wiem. Nie było go kilka lat i nagle o, pojawił się. Nie martw się nim. – Poklepał ją po ramieniu. – Dzisiaj każdy człowiek może okazać się zagrożeniem. Nie trzeba do tego Jegora.

Przyjęła jego słowa ze spokojem. Wiedziała, co miał na myśli. Doskonale pamiętała owoce tego zezwierzęcenia, jakie przyniosła ze sobą wojna. Wołyń od lipca tonął we krwi Polaków. Tutaj też nie było lepiej. Martwić się o Jegora to jak bać się, że się człowiek utopi przy czerpaniu wody ze studni. Zdarzyć się może, ale ciągły strach przed tym to już tylko krok do paranoi. Postanowiła się nie bać.

– I jeszcze tylko Horodyłową chcę odwiedzić. Dzisiaj – mówiła cicho, patrząc w podłogę. – Przekażę jej wieści od Swiety. Ona zupełnie nie wie, co dzieje się z jej córką.

Witalij wypuścił głośno powietrze z płuc, nie patrząc w jej stronę.

– Co znowu? – zapytała z rezygnacją, czując przez skórę, że do tych wszystkich złych wieści zaraz dołączą kolejne. Kościelny milczał jednak, nie spiesząc się zbytnio do wyjaśniania czegokolwiek. Marta przekrzywiła głowę i rozłożyła ręce w geście ponaglenia.

Cisza.

Deszcz rozgniatający na szybie pierwsze krople...

Trzask płonącego w piecu drewna...

Tykanie zegara...

– Cholera jasna! Witalij...

– Matka Swiety nie żyje – wszedł jej w słowo Rusin. Wstał energicznie od stołu, podszedł do cebrzyka stojącego obok pieca, nabrał kubkiem wodę i zwilżył suche gardło. Marta opadła na oparcie krzesła zrezygnowana.

– Jak to się stało? Zamordowali ją?

– Życie ją zamordowało. – Wytarł wąsy wierzchem rękawa. – Nie poznałabyś kobiety. Gospodarstwo upadło, bo nie było komu nawet na nim robić. Żebrała o jedzenie pod koniec życia. Zmarła na wiosnę w tym roku. Nikt nie zauważył przez dwa tygodnie, że jej nie ma. W końcu sąsiedzi zajrzeli do chałupy, do obejścia... No i o.

Podniosła głowę i spojrzała na niego. Zmęczona twarz Witalija nie wyrażała niczego. Jakby zapadł się z myślami w jakąś czarną dziurę. I tylko zmarszczek przybyło mu na ogorzałych, czerstwych policzkach.

– Jest w ogóle ktokolwiek w Bedryczanach, kto przeżył, nie został zamordowany albo nie umarł, a kogo znałam?

Pokiwał głową na boki, wykrzywiając usta.

– Chyba nie. Nie. A zaraz, czekaj! – Podniósł do góry palec. – Są! Musiałki! Pamiętasz ich, prawda? – A gdy potwierdziła skinieniem głowy, kontynuował: – Po prawdzie Józka aresztowały Niemce w zeszłym roku i wysłały do obozu jenieckiego jak wszystkich, którzy walczyli we wrześniu w trzydziestym dziewiątym, ale dzieciaka zdążył zrobić. Kolejnego.

– Chłopak?

Zaprzeczył ruchem głowy.

– Diwczyna. Marusia. Z roczek będzie jej teraz. Jutro ich odwiedzimy. Teodozja się ucieszy, gdy cię zobaczy.

Chodziliśmy spać do lasu, póki ciepło było – spokojny ton głosu gospodyni idealnie współgrał z jej drobną sylwetką. – Noc w noc zabieraliśmy najpotrzebniejsze rzeczy i ukrywaliśmy się w chaszczach za wioską. A rano powrót do chałupy... Anielka! – Zmarszczyła brew, patrząc na starszą córkę. – Pobujaj kołyską! Ta słyszysz przecie, jak Marysia kwili!

Kilkuletnia pyzata blondynka podniosła się z ławy i pchnęła drewnianą kołyskę. Płacz dziecka ustał, a gospodyni wróciła do przerwanej opowieści.

– Witalij, sam wiesz, co się wtedy działo. Józka zabrali rok nazad, to i chłopa w domu nie było, żeby obronił. A zresztą – machnęła ręką – kto by tam i wybronił? Ty w domu byłeś i o! Annę zamęczyli i tak. A Józek w stalagu w Rzeszy. Bóg wie, kiedy wróci…

Marta zauważyła, jak na wspomnienie żony twarzą Witalija targnął grymas. Wstała od stołu. W niewielkiej izbie panował półmrok. Płomień lampy naftowej niewiele pomagał. Światło ledwie ślizgało się po skromnych, prostych meblach, odciskając ich wyolbrzymione cienie na ścianach. Dwaj chłopcy, Piotrek i Edek, siedzieli po drugiej stronie stołu, przysłuchując się rozmowie.

Podeszła do kołyski. Wspomnienia pani Teodozji wywołały z jej pamięci obrazy, o których najchętniej wolałaby zapomnieć. Przypomniało jej się to, co widziała na Wołyniu, te umęczone torturami ciała i przerażeni, zaszczuci przez banderowców ludzie, Polacy…

– …powiedziałam sobie: dość! Nie będę się kryła z dzieckami po lesie. Co ma być, to będzie!

Pochyliła się nad kołyską. Mała Marysia ssała kciuk i spała w najlepsze. Odgarnęła pasmo jej ciemnych włosków z twarzy i uśmiechnęła się. Ten spokój i zaufanie dzieci wobec otaczającego je świata rozbrajały ją. Niepomne na niebezpieczeństwa i okrucieństwa przewalające się nad ich głowami na co dzień, po prostu żyły…

– …przyszli pierwszej nocy, którą zostaliśmy w domu. Łomotali kolbami karabinów w drzwi. Piotrek i Edek, synowie – wskazała głową na dwóch chłopców, starszych nieco od Anielki – chcieli już brać małą i uciekać przez podwórze, ale tam też już Ukraińcy byli. Upowcy. Myślę, po nas już. Było mi wszystko jedno. Byle tylko dzieci nie męczyli. Niech choć zastrzelą. A oni, że nic nam nie zrobią, ino żeby im jeść dać, bo głodne. Ta ja myślę, dam. Śmierć i tak mi pisana. Wpuściłam ich…

– Anielka, ile masz lat? – Marta uśmiechnęła się do stojącej obok dziewczynki.

– Idzie mi na dziewięć – odpowiedziała rezolutnie.

– Do szkoły chodzisz?

Anielka pokręciła przecząco głową.

– Niemce zamknęli szkołę. Teraz tylko ukraińska jest. We starym dworze. Ale mama nie daje nam tam chodzić. Mówi, że ojciec gniewaliby się bardzo. Tać to ukraińska szkoła.

– We dworze... – Marta powtórzyła mechanicznie za małą ze wzrokiem wbitym w ścianę. Otrząsnęła się i spojrzała na Anielkę. – A wiesz, że ja tam kiedyś mieszkałam? We dworze? To było jeszcze przed wojną.

Blondyneczka popatrzyła na nią oczami okrągłymi jak guziki.

– To wyście dziedziczka?!

Kosiecka zakryła usta, maskując rozbawienie.

– Jaka dziedziczka?

– Noooo, mama mówiła – Anielka podrapała się po głowie – że w starym dworku dziedzice mieszkali. Prawda, mamo?!

Gospodyni przytaknęła z uśmiechem, nie przerywając.

– ...Piotrek, budrys jeden! Pobiegł do spiżarni i zamiast przynieść jedzenie, to zaczął gruszki wrzucać do soli. „Nie będą banderowcy jedli naszych gruszek!"Tak mówił! – Musiałkowa śmiała się w głos. Witalij wtórował jej donośnie. W końcu uspokoili się, a Teodozja otarła oczy załzawione od śmiechu. – Najedli się i poszli. I tylko nasi szeptali po opłotkach, że dziwniśmy Polacy, skoro nawet UPA nas oszczędziło. A przecież Józek we wrześniu trzydziestego dziewiątego w Armii „Małopolska" walczył...

Marta zajrzała do kołyski.

– Jeszcze będzie normalnie, maluchu – szepnęła cicho, dotykając ciepłego, aksamitnego policzka Marysi. – Jeszcze wszyscy będziemy się śmiać.

5

*D*żdżysta jesień przyszła tak nagle, że mieszkańcom wioski zdawało się, że jednego dnia wygrzewali się na słońcu, siedząc przed chałupami, a następnego musieli już osłaniać policzki futrzanymi kołnierzami. Mogli za to nacieszyć się do woli złotem hojnie opadającym z łysiejących drzew. I tylko wiatr rozwiewał kolorowe liście na cztery strony, odsłaniając gdzieniegdzie czarną ziemię poprzetykaną zeschniętymi kępami traw. Ruch we wsi zamarł niemal zupełnie, za to przyklejone do drogi chaty zakwitły siwymi chmurami dymów. Wieś zapadła się pod ciężarem jesieni, jakby miała pogrążyć się w zimowym śnie. Czasem tylko ktoś przemykał drogą, taszcząc na plecach pęk chrustu na opał.

Marta od samego powrotu do Bedryczan usiłowała wpasować się jakoś w miejsce. Próbowała odwiedzać znane zakątki i ludzi. Jednak szybko okazało się, że nic już nie jest takie jak kiedyś. Stary Żyd prowadzący malutki sklepik nie przeżył spotkania z przedstawicielami rasy panów w trzydziestym dziewiątym. Jego bliscy przenieśli się do Drohobycza i zamieszkali u rodziny. Nie dane im było jednak zaznać spokoju. W czterdziestym drugim Niemcy zlikwidowali getto, wysyłając Synów Abrahama do obozu koncentracyjnego w Bełżcu.

Najbardziej jednak odchorowała wyprawę na grób ojca. Po kilku dniach pobytu we wsi przemogła strach przed Ukraińcami, przeszła przez wielką łąkę tuż po wschodzie słońca i pchnęła bramę małego przykościelnego cmentarza. Nie poznała tego miejsca. Wysokie chaszcze, trawa i chwasty zamieniły wąskie alejki w nieprzyjazne uroczysko. Znalazła grób Michała

Kosieckiego nie bez trudu. I rozpłakała się. Mimo utrąconego ramienia w wieńczącym pomnik krzyżu, mimo zarośli go oplatających był to ten sam grób, na którym po każdej niedzielnej mszy wstawiały do małego wazonika bukiet świeżych kwiatów. Po raz pierwszy od wielu miesięcy poczuła, że w końcu w całym otaczającym ją obcym świecie znalazła swoje miejsce. Pośród umarłych…

– Przydałbyś się teraz, tatku. – Łzy jak groch płynęły po jej policzkach. – Przytuliłbyś mnie mocno i powiedział, że wszystko będzie dobrze. Nie uwierzyłabym ci – uśmiechnęła się przez łzy – ale przynajmniej poczułabym się bezpiecznie. Nawet nie wiesz, jak tego potrzebuję. – Zacisnęła mocno powieki. – Janek wiedział… A teraz też go nie ma. Podlec jeden! Nigdy ci nie mówiłam, ale uwielbiam ten twój wiśniowy tytoń do fajki. Jak będę duża, też będę palić! – Roześmiała się na dobre. Słowa płynęły same, bez ładu i składu, tylko po to, aby je powiedzieć. Wysypywały się z jej ust niczym ziarnka piasku wyrzucane na brzeg przez morską falę. Przegadała z pomnikiem kilka długich godzin. I czuła się z tym bardzo dobrze.

Nie wiedziała, jak to się stało, że trafiła właśnie tam. Nogi same zaniosły ją na porośnięty trawą placek ziemi pomiędzy dwoma gospodarstwami, gdzie już tylko sterczący samotnie strzęp komina uparcie świadczył o tym, że kiedyś było tu pogorzelisko, a przedtem mieszkali tu ludzie. Przystanęła na chwilę w nieistniejących drzwiach, odetchnęła głęboko i… zrobiła krok do przodu, wkraczając do niewidzialnego domu Judyty Kowalewskiej, matki Piotra.

Wchłonęła całą sobą te okruchy wspomnień wirujące w powietrzu niczym czarodziejski pył, stojący na straży tego miejsca jak pies warujący przy grobie swego pana. Pociemniało jej przed oczami. Zrozumiała wszystko, gdy gwałtownie, łapiąc kolejne hausty powietrza, położyła dłoń na kruszących się cegłach komina. Obrazy uderzyły w nią jak stado ptaków. Jeden po drugim. Śmiejąca się do niej mama. Ojciec w skupieniu nabijający fajkę. Piotr zawadiacko spoglądający w jej kierunku. I Swieta, jej siostra nierodzona. I Janek...

Upadła na kolana w wilgotną od jesieni trawę. Janka już nie było, ale za to usłyszała delikatny szept. Nie potrafiła powiedzieć, skąd dobiega: czy słyszą go jej uszy, czy może płynie gdzieś z jej wnętrza. Tak bardzo zatęskniła za mężem, że rozpłakała się w głos.

Słyszała, że mówi, jednak słów nie potrafiła zrozumieć. Nie starała się nawet. Ogromna rana w jej sercu otwarła się ponownie. Znów przyłożyła dłoń do komina, tak żeby nie stracić niczego z tej chwili. Chropowata powierzchnia zdawała się drgać i wibrować pod wpływem dotyku. A Marta na przemian uśmiechała się i ocierała łzy.

Janka już nie było. Czuła za to obecność Piotra. Znowu on. Tak jak wtedy, gdy banderowcy trzymali ją na muszce, a on, szepcząc w jej głowie łagodnie, przeprowadził jej myśli przez modlitwę ratującą życie. Niewidzialny, ale obecny. Co on miał w sobie, że zapadł w jej pamięci tak głęboko? Swieta wiedziała co. W końcu pokochała go tak bardzo mocno. Swietka... Co się z nią teraz dzieje? Czy dalej walczy w oddziale, który Marta opuściła niedawno? Czy żyje? Co też za bzdurne myśli! Oczywiście, że żyje! Przeżyła tak dużo, że nic jej nie złamie!

Otworzyła oczy. Delikatny szept wybrzmiewał w jej głowie. Powoli podniosła się z kolan. Wiedziała już, co zrobić ze swoim życiem. Decyzja została podjęta. Przyjaciele rozpłynęli się w popołudniowej szarudze. Oni wykonali już swoje zadanie. Oprócz jednego. Ten zawadiacki uśmiech miała wciąż przed oczami. Oddała mu go, wypowiadając szeptem jego imię.

– Piotr...

6

$\mathcal{P}$iotr…

Chłopak otrząsnął się, jakby chciał zrzucić z ramion jakiegoś pająka. Jego wzrok prześlizgnął się po twarzach otaczających go towarzyszy. Żaden z nich nie patrzył w jego kierunku, więc to nie oni. Ale przecież usłyszał wyraźnie swoje imię, wyszeptane wprost do ucha. Przesłyszał się? Na pewno nie.

– „Tom"! Grupa „Zająca" jest już na wyznaczonej pozycji! – głos żołnierza obok wyrwał go z zamyślenia. W sekundę zapomniał o szepcie, skupiając się na ważniejszych rzeczach. Byli gotowi. Nadszedł czas na likwidację posterunku na granicy z Rzeszą.

– Zaczynamy!

Z ziemi poderwało się kilka postaci. Od budynku, w którym mieścił się posterunek, dzieliło ich mniej niż trzydzieści metrów. Piotr dopadł ściany domu, wyszarpnął zawleczkę granatu i szerokim łukiem wrzucił go do środka przez zamknięte okno. Brzdęk tłuczonego szkła zbiegł się w czasie z kanonadą za zakrętem drogi.

– Zając! – zdążył pomyśleć, zanim huk granatu zagłuszył szczekanie peemów. Nie było jednak czasu na odsiecz. Osłaniający całą akcję od strony lasu plutonowy musi radzić sobie sam.

Drzwi wejściowe nie były zamknięte. Dwóch chłopaków już wbiegło przez nie do środka. Sten i MP40 robiły właśnie krwawą jatkę wewnątrz. Piotr wszedł do wąskiego korytarza. Po lewej stronie w obszernej izbie „Ryś" i „Tarzan" kończyli zabawę z niemieckimi policjantami. Piotr z odbezpieczonym stenem przystanął na progu. Usłyszał skrzypnięcie drzwi. W głębi korytarza z pokoju po prawej stronie wybiegł kolejny policjant. Zobaczył stojącego w drzwiach Polaka i rzucił się do ucieczki w kierunku tylnego wyjścia. Nie był uzbrojony, ale i tak nie miało to żadnego znaczenia. Piotr ściągnął spust. Krótka seria zakończyła żywot niedoszłego uciekiniera.

– Sprawdzić chałupę i zebrać broń! – rzucił krótko do wychodzącego z izby Tarzana. – Ja biorę resztę i skaczę do Zająca. Zabezpieczyć nam tyły!

– Tajest!

Po chwili wraz z trzema pozostałymi chłopcami pędził w kierunku stanowiska grupy osłonowej. Gdy dopadli zarośli przy drodze, strzelał już tylko jeden pistolet maszynowy. Zając z przestrzeloną głową leżał obok przerażonego „Mietka". W niewielkiej odległości od nich po przeciwnej stronie widać było kilka rowerów i dwa ciała.

– Poszli w las?!

Trzęsący się Mietek popatrzył na niego błędnym wzrokiem. Miał dopiero osiemnaście lat, to była jego pierwsza akcja. Specjalnie odesłał go z Zającem do osłony oddziału, nie przewidując żadnych problemów od strony drogi. Mylił się. Widocznie patrol powracających na rowerach policjantów nadział się na jego ludzi. A teraz Zając leżał tu… Cały we krwi.

– Fryce! Uciekli do lasu? – zapytał Piotr jeszcze raz.

– N-n-nie wiem… Zając nie żyje. – Mietek posypał się całkowicie. Aż dziw brał, że nie opuścił posterunku i nie uciekł po tym, jak kula dosięgła jego towarzysza. Piotr wiedział, że na razie niczego się od niego nie dowie.

– „Wacek", zostajesz z Mietkiem! Pilnujcie drogi! „Zadra", skaczemy przez drogę!

Po chwili skradali się już w kierunku rowerów. Nie uszli daleko. Krótka seria z krzaków osadziła ich na miejscu.

– Granat – szepnął do Zadry.

Nad jego głową przeleciało śmiercionośne jajko. Wybuch wyrwał zarośla z korzeniami. Krzyk bólu oznaczał, że ładunek osiągnął cel. Kilkadziesiąt metrów po prawej stronie odezwał się automat. Krótkie serie przeczesywały zarośla. To Tarzan i Ryś oskrzydlali dogorywających Niemców. Podniósł się z ziemi i skoczył do przodu. Wystrzelił kilka razy tak, żeby wybić z głowy ewentualnie ocalałym jakiekolwiek próby obrony. Nie było to potrzebne. Za krzakami leżeli dwaj martwi Niemcy. Obok nich, oparty o drzewo, siedział ostatni policjant. Jęczał z bólu, trzymając się za brzuch. Spomiędzy jego palców wypływała czerwona, lepka struga. Piotr zakończył jego męczarnie, naciskając spust.

Patrzyli na niego z szeroko otwartymi oczami. Dopiero teraz to dostrzegł.

– Co się stało? Co tak patrzycie?

Odwrócili głowy bez słowa. Jedynie Zadra wskazał na siedzącego pod drzewem trupa.

– Jeńca dobijać?

Z trudem opanował wściekłość. W końcu nie musieli go ani znać, ani rozumieć. Po latach strzelania do wszelkiej maści konfidentów zabicie uzbrojonego bandyty, nawet rannego, było dla niego niemal oczyszczeniem sumienia. Tylko Bóg wie, jak bardzo musiał zagłuszyć tę potrzebę bycia porządnym, normalnym człowiekiem, żeby móc strzelać bez skrupułów do nieuzbrojonych ludzi. Wiedział, że są winni. Miał świadomość, że prawdopodobnie z ich powodu straciło życie wielu zwykłych Polaków. Ale jedyne, co miał przed oczami w chwili, gdy ściągał spust, to klęczący przed nim, błagający o życie człowiek. Tak, był inny niż ci chłopcy, którzy w przeciwieństwie do niego nie musieli się pozbywać rycerskości. Poza tym ten przy drzewie przynajmniej miał broń...

– Zająca zabili. Należało się frycowi – rzucił oschle w kierunku „Wilka", który cmoknął i pokręcił głową z dezaprobatą.

Piotr kontynuował więc: – A co z nim zrobić? Opatrzyć? Czy może dać ostatnie namaszczenie? Zbierajcie się. Pozbierajcie jeszcze broń. Bierzemy Zająca i odskakujemy.

Spojrzał na chłopców, którym wykonywane zadanie pozwoliło oderwać myśli od całej sytuacji. Otarł spływającą mu po czole strużkę potu. Wyszedł na drogę i odetchnął głośno. Lekki szum drzew uspokoił jego nerwy.

„Kim my będziemy, gdy to wszystko się już skończy…" – przeszło mu przez myśl. Patrzył na nadchodzącego Mietka. Przypomniał sobie pierwsze dni wojny, gdy jako świeżo upieczony żołnierz pierwszy raz oddał strzał do drugiego człowieka i zabił go. Zachowywał się wtedy dokładnie tak, jak trzęsący się przed nim chłopak. Lata wojny pozbawiły go wrażliwości dręczącej jego sumienie, gdy odebrał życie po raz pierwszy. Co zostanie z człowieka, gdy umilkną już karabiny? Kim będzie, gdy przyjdzie odbudowywać kraj zniszczony hekatombą? Przecież jedyne, co umiał, to profesjonalnie zabijać… No, kiedyś jeszcze umiał rysować.

Przypomniał mu się szept, który usłyszał tuż przed akcją. Ten melodyjny głos wypowiadający jego imię. Zrobiło mu się ciepło na sercu.

„Znam cię… Nie wiem gdzie, ale już cię kiedyś słyszałem…"

7

Nóż sprawnie poruszał się w jego ręku. Kilka pociągnięć ostrzem i kolejny obrany ziemniak wylądował w garnku.

Witalij zajrzał do naczynia. Pięć żółtawych kulek nawet nie przykrywało dna.

– Nie najemy się tym chyba – mruknął pod nosem. Wprawdzie w ogrodzie za domem zakopcował worek ziemniaków, ale dzisiaj wybitnie nie miał ochoty grzebać w ziemi. Pomyślał jednak o Marcie i westchnął ciężko. Przecież nie zagłodzi dziewczyny na śmierć. Włóczy się gdzieś po okolicy od rana, więc przyjdzie głodna jak wilk.

Podniósł się ciężko z zydla. Złamane żebro nie zrosło się jak trzeba, a teraz dokuczało mu szczególnie mocno. Nie zdążył narzucić kożucha, gdy usłyszał walenie do drzwi.

– Panie Witalij! Panie Witalij! Otwórzcie! To ja, Pietrek Musiałko! Matka mnie przysłali!

Wpuścił chłopaka, a ten wpadł do izby jak bomba.

– Bo ja wiem, kto był u was wtedy! No bo byli u nas w nocy! I jeden się chwalił, że kościelnego żonę, znaczy waszą, znaczy, że oni ją w las! – Piotrek wyrzucał z siebie słowa z szybkością karabinu maszynowego. – Mówili wszystko…

Witalij potrząsnął chłopaka za ramiona.

– Uspokój się! Powiedz po kolei, bo nic nie rozumiem. I powoli.

Piotr zamilkł na chwilę. Usiadł na krześle i zaczął od początku.

– Byli u nas ci Ukraińcy, co latem przyszli się nażreć. Matka mówili, że oni wiedzą, co u nas ojca nie ma. Przyszli nad ranem. Jeść chcieli jak zwykle…

– Pietka, do rzeczy!

– No tak, tak… No to jeden z nich, jak patrzyłem na niego spode łba, to on do mnie mówi: „Ty się tak na mnie nie bacz, bo z wami pohulamy, jak Jegor i Onyksyk pohulali z Witalijem, jego babą i dzieckami".

Rusin czuł, jak pod wpływem słów chłopca zaczyna mu cierpnąć skóra. Świeża, niezabliźniona rana w sercu zaczęła broczyć ponownie.

– I potem między sobą gadali, że Onyksyk i cała jego kompania wyruszyli na północ – kontynuował Piotrek. – Że na Wołyń pociągnęli. No to jak już sobie poszli, to matka długo nie kazała z chałupy wychodzić. Chciała Anielkę pchnąć do was, ale baby się na wojnie nie znają – wypiął dumnie pierś – to matka w końcu mnie wysłali.

℘rzystanęła na progu chałupy i uspokoiła oddech. Prawie całą drogę ze starej zagrody Kowalewskich pokonała biegiem. Nie mogła się doczekać, aż powie Witalijowi o tym, co postanowiła. Pchnęła w końcu drzwi, weszła do izby i zatrzymała się zaniepokojona. Kościelny siedział na małym krześle i patrzył w podłogę nieobecnym wzrokiem. Nie zareagował na jej wejście. Dopiero gdy zawołała go cicho po imieniu, popatrzył na nią.

– Witalij, co się stało?

Pokręcił głową.

– Niczoho. Stare wspomnienia.

Podeszła do stołu i usiadła obok niego.

– Podjęłam decyzję. Wracam na Wołyń. Odnajdę oddział majora Dobrowolskiego i Swiętę. Tęsknię za nią. Jest moją jedyną rodziną, a tu nic mnie już nie czeka.

Witalij odetchnął z ulgą.

– To dobre, to duże dobre. Bo martwiłem się, że sama zostaniesz, jak cię nie przekonam do wyjazdu. Pojedziemy razem. Ja też mam tam sprawę do załatwienia. Ale nie teraz. Muszę nabrać sił.

– Nie chcę czekać! – zaprotestowała gwałtownie.

– Nie ma się co spieszyć. Poza tym sama nie dasz rady.

Jej oczy zwęziły się w szparki.

– W takim razie mnie naucz! Tak, żebym dała radę. Nawet gdyby ciebie nie było obok i musiałabym liczyć sama na siebie!

Popatrzył na nią rozbawiony.

– Baby żołnierze. Tego jeszcze nie grali.

8

Zerwała się z łóżka zlana potem. W pierwszej chwili zupełnie nie mogła sobie przypomnieć, gdzie się znajduje. Szybki, płytki oddech nie pomagał w koncentracji. Rozejrzała się, próbując przebić wzrokiem ciemności panujące dookoła, żeby choć wyłuskać jakikolwiek znajomy kształt i zakończyć ten męczący, conocny rytuał. Po chwili do jej uszu dotarło głośne chrapanie za ścianą. Witalij! Klocki w jej głowie wróciły na swoje miejsce i wszystko stało się jasne. Strach chwytający za gardło zniknął, a ona mogła wreszcie odetchnąć.

I tylko sen, który nawiedzał ją od dłuższego czasu, nie dawał jej spokoju. Usiadła na brzegu łóżka i sięgnęła po stojący na ławie kubek z wodą. Przełknęła głośno zimny, orzeźwiający płyn.

Ból... Nie czuje go, wie o nim tylko. Szum drzew nie przynosi ukojenia. Coś ją ogranicza, nie pozwala się ruszać swobodnie. Słyszy jakieś głosy dookoła, ale jej oczy nie potrafią się przebić przez zasłonę mroku...

Nic szczególnego. Miewała gorsze koszmary, które ledwo pamiętała po przebudzeniu. Jednak w tym śnie było coś niepokojącego. Nie chodziło o to, co widziała. To, co sprawiało, że cierpła jej skóra, to było wszechobecne, potworne, zmuszające jej serce do szybszego biegu przerażenie, które nie mijało nawet po przebudzeniu.

– To na pewno jakieś cholerne proroctwo, Witalij – mówiła z przekonaniem, gdy po raz kolejny przyśniło jej się dokładnie to samo. Kościelny wzruszył tylko ramionami, gdyż na jego oko nocne majaki nie niosły ze sobą niczego konkretnego, nie miały żadnego odniesienia do rzeczywistości.

– Szkoda głowy sobie zawracać, córka. – Machnął ręką, licząc w duchu na to, że ten gest nieco uspokoi dziewczynę.

Jednak ona czuła przez skórę, że powtarzający się dokładnie ten sam obraz nawiedza ją nie bez powodu. Na dodatek jedna rzecz nie dawała jej spokoju. Za każdym razem widziała coraz więcej, jakby oglądała ten sam film od początku, ale za każdym razem odrobinę dłuższy i bardziej szczegółowy. W pierwszym śnie były tylko lęk i szum wiatru, potem to przerażające uczucie skrępowania, a w końcu doszły do tego głosy słyszane dookoła.

Dzisiaj zobaczyła coś jeszcze. Do tej pory słyszała szum gałęzi, teraz zobaczyła wreszcie drzewa. Leżała na trawie, pomiędzy nimi…

Otrząsnęła się gwałtownie na samo wspomnienie. Czuła, że musi wyjść na zewnątrz, żeby ochłonąć. Pchnęła drzwi, które otwarły się z piskiem, skutecznie ucinając chrapanie gospodarza, i wyszła na dwór. Mroźne powietrze owiało ją od samego progu i przeniknęło cienką koszulę, atakując jej skórę milionami igieł. Księżyc zadbał o to, żeby doskonale widziała kłęby pary wydobywające się z ust. Nie było w tym nic dziwnego, w końcu spodziewano się śniegu lada dzień. Chłód podziałał na nią orzeźwiająco. Oparła się o framugę, oddychając pełną piersią, tak jakby chciała strumieniem powietrza wypłukać resztki niepokojącego wspomnienia. Spojrzała na posrebrzony poświatą sad, majaczący w oddali dworek, który do niedawna był jej domem, na chmury wałęsające się leniwie po zagwieżdżonym niebie i poczuła się źle. Oprócz grobu taty nie było już tutaj nic, co mogłaby nazwać swoim. Straciła ostatnie złudzenia, gdy kilka razy przespacerowała się z Witalijem przez wieś. Ludzie patrzyli na nią spode łba. Wielu z nich nie znała w ogóle. Osiedlili się tutaj, gdy polscy mieszkańcy Bedryczan uciekli w obawie przed UPA bądź zostali wysiedleni przez Sowietów podczas pierwszej okupacji. Poznawała miejsca, ale nie potrafiła połączyć ich z emocjami. Wszystko było jakby mniejsze, ciaśniejsze. A może to ona wydoroślała? To już i tak nie miało znaczenia. Właśnie uświadomiła sobie jedno. W Bedryczanach nie miała już czego szukać. To bolało...

Ludzie, których spotykała podczas spacerów, a którzy poznawali w pięknej kobiecie młodą Kosiecką, witali się z nią serdecznie i równie szybko jak zaczynali rozmowę, kończyli ją, wracając do swoich spraw.

– Nie dziw im się. – Witalij wzruszał ramionami swoim zwyczajem. – Dla nich tyś tylko osoba, którą znali kolyś. Tera są zajęci walką z losem o kożen deń. Wony bojat'sia. Czasy niespokojne... Rozumiesz...

Rozumiała doskonale. I dziwiła się samej sobie, że tak długo żyła nadzieją na to, iż po powrocie do Bedryczan wszystko się odmieni, że znajdzie tu spokój i dom. Nic się nie zmieniło. Poza tym, że po nadziei zostały tylko gonione przez wiatr kłęby kolorowych liści.

Weszła szybkim krokiem do izby, by po chwili powrócić ubrana w kożuch i buty. Ruszyła w głąb sadu. Kilka metrów od jabłonki zatrzymała się, wyciągnęła z rękawa nóż i błyskawicznie wyrzuciła rękę do przodu. Ostrze wbiło się w pień do połowy. Wyciągnęła je nie bez wysiłku i wróciła na miejsce. Kolejny rzut, kolejny i kolejny... Czuła, jak odpływają z niej emocje... Była tylko ona i ta śmierć zaklęta w kawałek płaskiej stali... Tak jak od jakiegoś czasu uczył ją Witalij... Dwa ruchy, nóż z rękawa i rzut! I znów! I znów!

*J*eszcze minutę! Jeszcze ostatnia prosta! Cholera! Nie dam rady!" – Ból w piersiach i kłucie w kolanie sygnalizowały jej bardzo wyraźnie, że dociera właśnie do granic swoich możliwości.

– Martoczka! Nie stawaj! Biegnij dalej!

– Niena... wi... dzę cię! – wycedziła, przebiegając obok Witalija, który zaciągał się właśnie dymem z dopiero co odpalonego papierosa.

– Dobre, dobre. – Uśmiechnął się, wypuszczając z ust siwą chmurę. – Nienawidź, ile chcesz, ale wytrzymaj jeszcze trochę.

Wytrzymała. Forsowny bieg z ciężkim plecakiem pomiędzy drzewami właśnie dobiegł końca. Gdy stanęła obok kościelnego, miała ochotę paść na ziemię i nie ruszać się już do końca świata. Wiedziała jednak, że on jej na to nie pozwoli.

– Dalej!

Wyszarpnęła pistolet z kabury przytroczonej do pasa i przyklęknęła za drzewem. Trzęsące się ręce odmawiały posłuszeństwa, pot zalewał oczy, ale przemogła się i wycelowała. Pulsujące w skroniach tętno zamazywało jej obraz. Mimo to ściągnęła spust. Vis podskoczył w jej rękach pięć razy. Trzy spośród pięciu butelek rozprysły się w drobny mak. Przeklęła w myślach, choć przy takim zmęczeniu i tak był to nadzwyczaj dobry wynik. Przeturlała się w lewą stronę. Strzał. Zadowolona z efektu, poderwała się z ziemi i biegnąc w stronę celu oddalonego o kilka metrów, wypaliła ponownie, trzymając broń w wyciągniętej ręce. Piąty ze szklanych przeciwników zakończył swój żywot.

W ostatnim momencie usłyszała trzask łamanej przez but gałązki. Zanurkowała ciałem w lewą stronę, odwracając się jednocześnie. Kij, który miał pozbawić ją przytomności, świsnął nad jej głową. Czuła, że sił nie starczy jej już na długo, więc spięła się w sobie po raz ostatni. Nie dała Witalijowi żadnych szans. W magazynku pozostał jeden pocisk, ale odrzuciła pistolet. Rzuciła się do przodu, blokując jego powracające ramię. Wyszarpnęła nóż i przytrzymując unieruchomioną rękę przeciwnika, dźgnęła go kilkukrotnie ostrym nożem w drewnianą deskę umocowaną pod żebrami. Dysząc wściekle, odskoczyła do tyłu, trzymając ostrze gotowe do ponownego uderzenia.

Rusin podniósł ręce do góry w geście kapitulacji.

– Jestem już gotowa! – warknęła w jego kierunku. – Umiem wszystko!

Podszedł do niej i położył jej dłoń na ramieniu. Widział determinację i zawziętość w jej oczach. To już nie była słodka dziewczyna, która potrafiła rozśmieszyć go do łez swoim zaraźliwym humorem. Czasy również nie były już te same. Okres przed wybuchem wojny jawił mu się jak odległe wspomnienie, sielankowy obraz zamazujący się pod powiekami. Nowe warunki wymuszały obecnie nowe postawy. Słodka Martoczka zmieniła się w dojrzałą, silną Martę. I choć jej uśmiech dalej działał na niego rozbrajająco, wiedział doskonale, że jest on już tylko maską przykrywającą wszystkie niechciane blizny na jej sercu. Zdawał sobie sprawę, jak ciężko pracowała na to, żeby stać się dobrym żołnierzem. Musiała trenować. Zadanie, które na nich czekało, wymagało od niej tego, żeby potrafiła zmierzyć się z każdym przeciwnikiem. Tylko dzięki swej determinacji dopięła celu. Widział, że była lepsza od większości chłopaków, którzy poszli do lasu walczyć o Polskę. Pogładził ją po lśniących jasnych włosach. Jak ojciec.

– Jutro powtórka. Jesteś całkiem do dupy. Nie umiesz nic… Aaaaaaaaaaaaaa!

Nie dokończył. Świat zawirował mu przed oczami, gdy leciał w kierunku ziemi, sprawnie podcięty przez dziewczynę.

Gdyby nie to, że to ćwiczenia, nie musiałabym używać noża. Dostałbyś ostatnią kulę. – Marta owinęła się szczelniej w chustkę, chroniąc twarz przed chłodnymi podmuchami bezlitosnego wiatru. Mimo forsownego marszu, który czuła dotkliwie w obolałych nogach, starała się dorównywać krokowi idącemu przed nią Witalijowi.

– Ostatnią zostawiaj dla siebie – odpowiedział nie bez troski w głosie. – Jesteś dziewczyną. Nie potraktują cię jak jeńca.

– U wrogów sami mężczyźni, a ja ładna jestem – powtarzała monotonnym głosem, jakby recytowała nudną regułkę. – Wiem, wiem…

Stanął w miejscu, przerażony jej niefrasobliwością. Chwycił ją za ramiona tak mocno, że skrzywiła się z bólu.

– Nie wiesz! Nic nie wiesz! Położą cię na trawie i będą się tylko zmieniać. Po dziesiątym przestaniesz liczyć następnych! – Nie potrafił opanować gniewu. – Po kilku godzinach puszczą ci stawy w biodrach! Wojna to nie miejsce dla bab! Dlatego ostatnia kula dla ciebie!

Złapała jego dłonie, starając się zluzować uścisk, i spojrzała mu w oczy. Zanim wypaliła, zdążył zobaczyć jeszcze grymas złości na jej twarzy.

– Widziałam, jak gwałcili Swietę. Poszła zamiast mnie. Wiem, jak to boli i co robi z człowieka, bo opiekowałam się długo tym żywym trupem, w którego się zmieniła. Nie! Nie musisz mnie uświadamiać. I ja się na tę wojnę nie wybierałam. To ona mnie znalazła! – oderwała wreszcie ręce Witalija od swoich ramion. Odsunęła się i spuściła wzrok, gdy zauważyła, że Rusin zmieszał się na jej słowa. Nie chciała mu zrobić przykrości. – Wojna zabrała mi męża. Oni mi go zabrali, cholerni bandyci. I jego... naszą rodzinę. Witalij! – Spojrzała jeszcze raz na jego twarz. – Nie spocznę, póki ich nie znajdę!

– I co im zrobisz tym kozikiem?

Zacisnęła usta jak mała, zagniewana dziewczynka.

– Nastrugam kredki!

9

Palce nieskładnie bębniły o drewniany blat, wybijając jakiś połamany rytm. Przedłużający się czas oczekiwania na to, co miały przynieść najbliższe minuty, udzielił się chyba nawet złotej rybce, bo ta zaczęła nagle miotać się nerwowo w niewielkiej szklanej kuli, stojącej na stoliku przy oknie. Po raz nie wiadomo który wstał z krzesła i zrobił kilka kroków dookoła stołu.

Niewielki pokoik znacznie ograniczał spacerowe możliwości, a on powoli zaczynał się czuć jak klaustrofob.

Wezwano go tu w związku ze złożonym przez niego raportem, w którym opisał przebieg akcji zlikwidowania posterunku policji na granicy z Rzeszą. Rozkaz mówił o natychmiastowym stawieniu się pod wskazany adres. To właśnie wzbudziło jego niepokój. Sama akcja przebiegła pomyślnie. Stracił jednak człowieka, a to był już wystarczający powód, aby góra zażądała dodatkowych wyjaśnień. Tylko skąd ten pośpiech? Przecież Zającowi i tak nic nie zwróci życia.

Wyciągnął ze stojącej pod ścianą półki pierwszą z brzegu książkę, ale zrobił to na tyle niezręcznie, że ta wysunęła mu się z ręki. Huk jej upadku zbiegł się ze skrzypieniem otwieranych drzwi. W pierwszej chwili zawahał się, czy najpierw zasalutować, czy może podnieść wolumin z podłogi. W końcu jednak trzasnął obcasami.

– Spocznij… – Stary machnął ręką w jego kierunku, odsunął krzesło i usiadł na nim ciężko. – I podnieś książkę z podłogi. Gospodyni nie lubi bałaganu. Wystarczy już ten, który musimy ogarnąć służbowo.

Piotr wykonał polecenie i usiadł naprzeciw dowódcy. Major wyciągnął z koperty jego raport i zaczął uważnie go studiować. Zmarszczył przyprószone siwizną brwi i westchnął głośno.

– Zając dostał kulę, tak jak napisałem. Przecież nie zawsze udaje się bez strat! – Ochocki nie wytrzymał napięcia. Zakołysał się na krześle i odwrócił głowę w kierunku okna. Dowódca popatrzył na niego uważnie.

– To prawda, straty są wpisane w ryzyko. Ale ja nie o tym chciałem. Znaczy się nie o tej stracie będziemy rozmawiać dzisiaj – chrząknął, robiąc tym samym wstęp do mającego nastąpić za chwilę wywodu. – Piotr, napisałeś w raporcie, że po obrzuceniu granatami pozycji wroga i ostrzelaniu jej z broni automatycznej zastaliście na miejscu dwóch martwych niemieckich policjantów oraz jednego rannego w brzuch.

Stary przerwał, spojrzał na Piotra i zastygł niczym egipski sfinks. Nie pytał o nic, nie dawał mu żadnych znaków ani nie zdradzał oznak zniecierpliwienia. Ochocki wytrzymał kilkanaście sekund ciszy. W końcu jednak, gdy przeszywający go wzrok stał się nie do zniesienia, poddał się. Nic lepszego nie przychodziło mu do głowy, więc po prostu przytaknął.

– Tajest – odkaszlnął i wytarł usta dłonią. – Tak było.

Major jak gdyby tylko na to czekał. Skinął głową na znak, że przyjął potwierdzenie Piotra do wiadomości, po czym powrócił do przerwanego wątku.

– Piszesz dalej, że strzeliłeś do tego Niemca i zabiłeś go, żeby zakończyć jego męczarnie. To, przyznam szczerze, dość osobliwa forma udzielenia niezbędnej pomocy rannemu jeńcowi. Dlatego przeprowadziłem małe dochodzenie i okazało się, że wszyscy twoi ludzie daliby sobie ręce uciąć, że widzieli coś zupełnie innego. Otóż Zadra i pozostali zeznali, że ów jeniec wyciągnął zza pazuchy lugera i wtedy strzeliłeś do niego.

Piotr pokiwał przecząco głową.

– Nieprawda. Nie było żadnego pistoletu. Po prostu zastrzeliłem sukinsyna…

– Piotr… – przerwał mu spokojnie dowódca. – Chłopcy doskonale wiedzą, co widzieli. I tak właśnie to opisali. I nie kręć mi tu głową. Pomyśl dobrze. Pomijam już fakt, że doskonale zdajesz sobie sprawę z tego, iż strzelanie do nieuzbrojonego jeńca jest morderstwem. Ba! Nawet można powiedzieć, że to zbrodnia wojenna. Czy uważasz, że popełniłeś zbrodnię wojenną?

– Nie – rzucił krótko Piotr, zaciskając usta. – Należało się skurczybykowi. W końcu…

– …wyciągnął w twoją stronę odbezpieczony pistolet – dokończył za niego major. – I dlatego strzeliłeś, co potwierdziły zeznania twoich podwładnych. I te wyjaśnienia właśnie przyjmuję jako oficjalną wersję raportu.

Wiedział, co zrobił. Nie było tam żadnego pistoletu. Chciał strzelić i strzelił. Mijanie się z prawdą nie było potrzebne. W końcu przez lata strzelał do różnej maści kolaborantów albo tych, którzy za kolaborantów zostali przez sąd podziemny uznani. Prawie żaden z nich, w czasie wykonywania przez niego wyroku, nie był uzbrojony. A on nawet nie był pewien, czy są tak naprawdę winni, czy może stali się ofiarą tragicznej pomyłki. Jakie więc znaczenie miał jeden Niemiec z bebechami na wierzchu? Żadnego. Chyba nawet bardziej niemoralne było kłamanie w tej sprawie. I tym kłamstwem się brzydził, nie strzałem do wroga. Jednak na jego próbę zaoponowania zniecierpliwiony stary machnął ręką.

– Nie chcę już tego słuchać. Poruczniku, zdaje mi się, że straciliście ostrość postrzegania rzeczywistości. Nawet pamięć chyba wam szwankuje. A ja nie mam zamiaru pozwolić na to, żeby mój człowiek dał się odstrzelić przez sąd wojenny, bo uroiło mu się, że szkop broni nie miał. Zrozumiano?!

Piotr spuścił głowę. Sam do końca nie rozumiał dlaczego, ale czuł się upokorzony. Odpuścił jednak. Na jego ciche „tak jest" major odprężył się nieco.

– Podczas tego przesłuchania zdałem sobie sprawę, poruczniku, że potrzebujecie odpoczynku. Wykorzystajcie go na poukładanie sobie pewnych spraw i priorytetów. Każdemu może zdarzyć się przesilenie, zmęczenie ciągłymi akcjami i napięciem. Ja naprawdę nie chcę was stracić przez to, że tracicie ostrość w postrzeganiu, co można, a czego żołnierzowi polskiemu nie należy robić. Zawieszam was w dowodzeniu grupą szturmową. Do odwołania pozostajecie do mojej dyspozycji. Nie wolno będzie się wam kontaktować z grupą. Możecie się tylko z nimi krótko pożegnać. I radzę podziękować im za przytomność przy składaniu raportu. To wszystko!

Ochocki po takim lewym podbródkowym padł na deski bez czucia.

10

Siedziała nieruchomo, z zamkniętymi oczami. Nie miała nic oprócz naiwnego, dziecięcego przekonania, że delikatne powieki mają moc oddzielania od siebie światów. Ciało drżało jej z zimna, ale nie poruszyła się na drewnianej ławce nawet o centymetr. Wokół jej głowy przetaczały się symfonie dźwięków, lecz póki co nie pozwalała im zagnieździć się po jej stronie zamkniętych oczu. Ona nie widzi nikogo, więc i jej pewnie nikt nie widzi.

Każdą sekundę spokoju chwytała z łapczywością topielca walczącego o oddech. Kolejne chwile łączyły się w minuty, a te w kwadranse i godziny. Zdążyła już uspokoić skołatane zwierzęcym strachem serce. Opanowała ból wyłamanych palców i zatamowała strużki łez spływających jej po opuchniętych od siniaków policzkach. Głośna, skoczna melodia dobiegająca z ustawionego w korytarzu radia przestała wywoływać w niej panikę, za to unosiła się gdzieś pod sklepieniem, mieszając z jękiem okaleczanych w wymyślny sposób gdzieś za ścianą istot. Co jakiś czas tuż za nią otwierała się stalowa krata i chropowaty głos obwieszczał koniec podróży dla kolejnego współpasażera tego dziwacznego pojazdu. Niektórzy podnosili się w ciszy i udawali się do wyjścia, innych trzeba było wyszarpywać z drewnianych siedzeń przy akompaniamencie ich krzyków i głośnego płaczu. Ona miała to szczęście, że nikt nie zakłócał jej podróży. Uwierzyła nawet, że nigdy się ona nie skończy. Zanuciła zasłyszaną gdzieś piosenkę.

– „Tramwajem jadę na wojnę…"

Mocne uderzenie pięścią w ucho wyrwało ją z ukrycia z korzeniami.

– Maul halten!

Opasły strażnik z wykrzywioną złością twarzą pochylił się i szarpnął za włosy.

– Twoja kolej! Zaraz będziesz śpiewała na inną melodię.

Wszystko wróciło. Piekło aresztowania i strach odbierający zmysły, gdy wieziono ją i innych zatrzymanych więzienną budą na Pawiak. Ból skatowanego ciała po wstępnym przesłuchaniu, podczas którego modliła się, żeby wytrzymać jeszcze jeden cios, jeszcze jedno kopnięcie i jeszcze jeden wyłamany palec. Rzuciła okiem dookoła. Cela w podziemiach siedziby Gestapo w alei Szucha, w której spędziła minione dwie godziny, była wąską kiszką, w której pod ścianami ustawiono drewniane ławki, zupełnie jak w tramwaju. Więźniom nie wolno było się poruszać ani rozmawiać. Czekali tu na swoje przeznaczenie – hitlerowca, który grając rolę konduktora, wywoła ich po nazwisku na brutalne przesłuchanie.

Strażnik pociągnął ją za włosy do wyjścia. Jej podróż już się skończyła. Wiedziała, że kolejnych tortur nie wytrzyma. Modliła się tylko o to, żeby czas, jaki dała chłopcom, nie poszedł na marne.

– „Tramwajem jadę na wojnę…"

Jej wojna dobiegła końca.

11

𝒫ożegnanie z chłopcami z oddziału miało smak gorzkiej ciszy. Wysłuchali go z uwagą, ale nie patrząc nawet w jego kierunku. Mieli do niego żal i dawali mu to odczuć. Jednak nie tłumaczył się, nie próbował wyjaśniać ani nawet nie usiłował odzyskać ich sympatii. Oni mieli mu za złe to, że doprowadził do odebrania mu dowództwa, mimo iż za pomocą kłamstwa próbowali go ratować, a on nie czuł się winny w najmniejszym stopniu. Dlatego przekazał im tylko rozkaz majora, opowiedział przebieg spotkania z nim i na tym zakończył dyskusję, po czym w zagraconym warsztacie ślusarskim, w którym się poznali, zapadła cisza.

Nie wytrzymał jej Zadra. Po prostu wstał i trzasnął trzymanym w ręku kluczem o ziemię, odwrócił się na pięcie i ruszył do wyjścia. Przy niewielkich drzwiach zatrzymał się tylko na chwilę i rzucił przez ramię.

– Cholera, Tom! I po co było kłamać, żeby ratować twój tyłek, skoro niewarci jesteśmy dla ciebie nawet tyle, żeby zamknąć gębę, gdy ważą się losy całej grupy.

– To był fryc, a jego życie jako fryca…

– Pierniczysz farmazony! – Zadra machnął ręką z wściekłością. – Pokiełbasiło ci się w głowie chyba. Jesteśmy żołnierzami, a nie mordercami! Będziesz mi o wartości życia smolił? Ktoś ty, Pan Bóg? To nie był wyrok sądu podziemnego! To była akcja likwidacji posterunku policji, a podczas akcji jeńców nie wolno rozstrzeliwać! Nie zawracaj więc kontrafałdy o swoich dyrdymałach, o życiu i śmierci.

Piotr obrócił się w kierunku wychodzącego chłopaka i stanął w rozkroku jak bokser w ringu. Zabolały go jego słowa. Nie dlatego, że były celne, ale dlatego, iż ten młody warszawiak w ostatnim okresie stał się mu bliski jak brat, którego nigdy nie miał. Chciał coś powiedzieć, żeby go zatrzymać, ale jakiś cholerny upór całą tę dobrą wolę zniekształcił do tego stopnia, że z jego ust popłynęło zupełnie co innego.

– Przywołuję cię do porządku!

Piotr nie miał ostatnio szczęścia do sposobu, w jaki kończyły się jego dyskusje, bo Zadra zatrzymał się tylko na chwilę i zanim trzasnął za sobą stalowymi drzwiami, warknął.

– Nie jesteś już moim dowódcą. Pocałuj mnie w… nos!

Na dodatek, jakby tego było mało, zaraz potem drzwi otwarły się na powrót i bardzo miły, ciepły kobiecy głos zamienił jedne kłopoty Piotra na inne.

– Entschuldigen Sie bitte, ich suche einen Schlosser.

*P*odobno w życiu chrześcijanina nie ma przypadków. Jednak Piotr miał z Panem Bogiem ostatnio nieco na pieńku, więc w zasadzie dzień, gdy jak szalony pędził w dół po schodach swojej kamienicy, jak Marusarz po mistrzostwo Polski w kombinacji alpejskiej w trzydziestym drugim, można by uznać za zrządzenie losu. Szczególnie ten moment, gdy z impetem staranował wspinającą się w przeciwnym kierunku kobietę.

Zdążył złapać ją wpół i został przez chwilę bohaterem. Zobaczył to w jej oczach, błękitnych tak intensywnie, jakby Stwórca zaklął w nich maleńką drobinkę nieba. Przeprosił za swą gwałtowność. Oczy przyjęły jego słowa i roześmiały się do niego tak, że zrobiło mu się gorąco. Czerwone usta uchyliły się, ale zamiast śpiewnego głosu, który ostatecznie pociągnąłby go na dno, usłyszał miękki szept, którym blondynka rzuciła mu w twarz garść tłuczonego szkła. Niemiecki!

– Das macht nichts…

Otrząsnął się z chwilowego czaru natychmiast. Z całego zachwytu pozostał jedynie przyćmiewający zmysły zapach Chanel No. 5 i śmiejące się do niego oczy. Była ładna, ale nie piękna. Nadrabiała ten defekt doskonałym dopracowaniem każdego szczegółu swojego wyglądu i musiał przyznać, że miała w tym dużą wprawę. Przez ułamek sekundy poczuł, jak bardzo ta wojna zniszczyła proste międzyludzkie relacje. Piętnaście sekund wcześniej ta istota mogła złamać go jak słomkę i zrobić z nim wszystko. Teraz zaś dzieliła ich przepaść, a on wiedział już doskonale, że mimo swej perfekcyjności przegrywałaby z jego Swietą za każdym razem.

Unikał jej, jak mógł, jednak było to trudne, zważywszy na fakt, że mieszkali w jednej kamienicy. Frau Erika! Trzydziestokilkuletnia sąsiadka, której mąż nosił mundur policjanta, mieszkała w lokalu tuż pod nim. Wszystkiego na temat niemieckiego małżeństwa dowiedział się już później od stróża Antosiaka. Buddenchoffowie przeprowadzili się z Breslau ponad rok temu. Mąż dostał przydział służbowy do tego bandyckiego miasta, jak często mówił o Warszawie. Piotr nie interesował się ich życiem. Kilka razy pomógł Buddenchoffowej wnieść torbę z zakupami do mieszkania. Dziękowała, rumieniąc się przy tym mocno. Dziwne zachowanie jak na Niemkę. Za to jej mąż nadrabiał niechęcią do Polaków za ich dwoje. Piotr omijał go więc szerokim łukiem i starał się żyć tak, żeby nie wchodzić sobie w drogę nawzajem.

Dopiero gdy zobaczył ją w drzwiach warsztatu, przypomniał sobie, że kiedy zapytała go któregoś dnia, czym się zajmuje, odpowiedział jej zgodnie ze swoją legendą i doskonale podrobionymi papierami. A te mówiły wyraźnie, że niejaki Tadeusz Ciesielski był zatrudniony od kilku lat w warsztacie ślusarskim mieszczącym się na Powiślu, przy ulicy Topiel.

Uśmiechnęła się, gdy go zobaczyła.

– Herr Ciesielski! Jak dobrze, że pana widzę! Musi mi pan pomóc! Zgubiłam klucz i nie mogę się dostać do mieszkania.

I wszystko jasne. Kamień spadł mu z serca. Spojrzał na twarze kolegów, którzy z szeroko otwartymi oczami patrzyli to na niego, to na uzbrojoną w kozaczki na obcasie i płaszczyk z odsłaniającym dekolt lisim kołnierzem Niemkę.

– Sąsiadka – odpowiedział na ich pytające spojrzenia. – Mieszka pode mną z mężem.

– Aha… – ton głosu jednego z chłopców świadczył o tym, że nie do końca dali się przekonać.

– Nie wygłupiajcie się. To tylko praca.

– Tom, nie pogrążaj się. Weź dobry wytrych i idź pomóż pani. – Majster tylko pozornie uratował sytuację, bo na słowo wytrych towarzystwo ryknęło śmiechem.

$\mathcal{P}$ ańscy koledzy wydawali się zaskoczeni moją wizytą! Nie lubią Niemców, prawda?

Szli w stronę samochodu, którego szofer już otwierał przed nimi drzwi. Po stukocie obcasów zorientował się, że przyspieszyła. Nie patrzył w jej stronę. W głowie wciąż mu się kotłowało po pożegnaniu z oddziałem. To wyjście Zadry, jego słowa, milczenie chłopaków. Odpowiedział więc od niechcenia.

– Oni nie mieli nic złego na myśli. Zresztą pani pochodzenie nie ma nic do rzeczy.

Przystanęła gwałtownie, zaskakując go. Dopiero teraz zauważył, że śmiech kolegów zwyczajnie ją dotknął i uraził. Nie miała już uśmiechu na twarzy. Nawet głos nabrał wyraźnej stanowczości.

– Proszę nie robić ze mnie idiotki, Tadeusz! To, że jestem ładna, nie oznacza, że jestem głupią gąską. Nie musi pan udawać. Nienawidzicie nas i nie ma tu czego kryć.

Popatrzył w jej oczy. Nie były już błękitne. Miały barwę granatowego, burzowego nieba. Odezwała się do niego. Po raz pierwszy per „ty".

– Ale powiem ci coś, chłopcze. Popatrz na mnie – stanęła przed nim wyprostowana, rzucając na stół asa kier, jakim był jej pełny dekolt. – Spójrz! Oni tam przed chwilą, w tej szopie najnormalniej ci zazdrościli. Każdy z nich chciałby być teraz na twoim miejscu!

Odwróciła się na pięcie i wsiadła do auta.

– Proszę za mną, Herr Ciesielski.

$\mathcal{W}$ ydarzenia ostatnich kilku dni wyczerpały go zupełnie. Dopiero gdy uporał się z zamkiem nadąsanej Eriki, wrócił do mieszkania i usiadł na kuchennym krześle. Przez chwilę pomyślał o tym, że powinien odnieść skrzynkę z narzędziami do warsztatu, ale kiedy głowa opadła mu na blat stołu, poddał się. Gdy się obudził, było już ciemno. Nie miał pojęcia, jak długo spał. Rzucił okiem na zegarek i podrapał się po głowie. Dochodziła dwudziesta. Pokręcił się chwilę po kuchni, nastawił wodę w czajniku i sięgnął do kredensu po kawę zbożową. Dotknął ręką ciężkiego razowego bochenka owiniętego w gazetę, ale po chwili cofnął dłoń. Nie czuł głodu. Wręcz przeciwnie, żołądek wypełniało mu coś ciężkiego i obrzydliwie niepokojącego. To była gorycz przegranej. Usiadł na tapczanie i zamknął oczy, ale nie wytrzymał tak długo. Po chwili trzymał w dłoniach kubek pełen brunatnej cieczy. Wszystkie te czynności wykonywał jak gliniany golem, mechanicznie i ociężale. Jego ciało nie nadążało za umysłem, który w tym czasie po raz tysięczny zabrał go z powrotem do warsztatu po to, żeby przypomnieć mu, jak swoim durnym uporem odsunął od siebie chłopaków gotowych pójść za nim w ogień. Jeszcze próbował w duchu bronić swojej postawy, ale wiedział już, że to ostatnia linia oporu. Po niej były już tylko wstyd i potworne wyrzuty sumienia. Nawet nie miał komu o tym opowiedzieć.

– Kuba, gdzie jesteś, do cholery, gdy cię potrzebuję! – wyszeptał, zatapiając twarz w dłoniach. Nie mógł liczyć na „Hucuła", który szalał w tym czasie z oddziałem gdzieś na wschodzie kraju. Pomyślał o Swiecie. Próbował odtwarzać z pamięci barwę jej głosu i smak jej ust. Wyciągnął małą kokardkę, którą zerwał z jej bluzki, i próbował odnaleźć jej zapach. Choć nos nic nie wychwycił, to uszy napełniły się szeptem. Słów nie rozumiał, ale rozpoznał głos. I zatęsknił znów z całej siły. Trwało to tylko chwilę, po czym w jego głowie znów Zadra strzelił drzwiami warsztatu na odchodne. Po Swiecie nie zostało już śladu.

12

*D*ręczony przez sumienie, zasnął dopiero nad ranem. Nie pamiętał tego, co mu się śniło. W jego głowie przez cały czas trzaskały te nieszczęsne drzwi. Dopiero gdy otworzył oczy, zorientował się, że stukot nie był częścią snu. Właściwie to słyszał go bardzo wyraźnie. Upłynęła dłuższa chwila, zanim dotarło do niego, że to ktoś puka do drzwi. Nie byli to Niemcy, bo ci weszliby do mieszkania już dawno razem z futryną.

– Już się ubieram! Chwileczkę.

Wciągnął spodnie i założył marynarkę. Gdy wreszcie przekręcił klucz w zamku, ujrzał po drugiej stronie dwóch młodych chłopaków. Nie znał ich, dlatego odruchowo sięgnął do kieszeni po broń.

– Aaaaaa! – wycedził jeden z nich i podniósł do góry pistolet. – Pan Ciesielski?

Nie było sensu kręcić.

– Tak, to ja.

Weszli do mieszkania tuż za nim.

– Ubieraj się, pójdziesz z nami.

Popatrzył na wylot lufy.

– Znam zasady, chcecie mnie kropnąć, róbcie to tutaj. Mnie już wszystko jedno.

– Nie cwaniakuj! – cmoknął intruz. – Majorowi będziesz się tłumaczył. My mamy cię tylko doprowadzić.

Otworzył szeroko oczy ze zdziwienia.

– Myślałem, że już wszystko jasne.

Nie mieli zamiaru mu niczego tłumaczyć.

– Ubieraj się.

Odwrócił się i wykonał polecenie.

– Macie jakieś imiona?

Zapadła cisza. Poprawił guziki koszuli i stanął przed nimi wyprostowany.

– Wy mnie znacie, a ja was nie. Nie bójcie się, nie ucieknę wam. Byłoby miło jednak się poznać, panowie.

– Jestem „Lot"! Tyle wystarczy.

Siedział na krześle zdruzgotany. To, co usłyszał od starego, nie mieściło mu się w głowie. Krótko po tym, jak odjechał z Niemką, Gestapo zrobiło nalot na warsztat. Nie udało się im do końca zaskoczyć chłopaków, którzy bronili się zaciekle, ale krótko. Polegli wszyscy, nawet Mietek. Dostali jedynie Tarzana, ale za to w opłakanym stanie. Piekarz z naprzeciwka widział, jak dwóch gestapowców ciągnęło go nieprzytomnego do auta. Na wolności pozostali więc tylko on i Zadra.

– Twoje mieszkanie nie jest obserwowane. Sprawdziliśmy to. – Dowódca patrzył na niego uważnie. – To znaczy, że Wilk nie znał twojego adresu, albo zna, ale jest nieprzytomny.

– Nie znał. – Ochocki ukrył twarz w dłoniach. – Nikt nie wiedział, gdzie mieszkam.

Major kiwnął głową ze zrozumieniem.

– Wciąż jednak nie wiemy, jak to się stało. Skąd znali adres meliny i czemu przyszli jak po swoje?

Wzruszył ramionami. Nie miał pojęcia.

– Skąd ta Niemka znała warsztat?

– Erika?! – Zaskoczony Piotr pokręcił głową. Wiedział doskonale, co kryło się pod tym pytaniem. – Była ze mną przez cały czas. Nie dzwoniła nigdzie, z nikim nie rozmawiała. To nie mogła być ona.

– Nie pytam cię o to – ton głosu starego stał się szorstki. – Odpowiedz po prostu. Skąd ona znała adres?

Opadł na krzesło i odchylił głowę w bok. Teraz już wiedział, że Lot i jego towarzysz, którzy stali za jego plecami, nie byli zwykłą eskortą majora. W każdym razie nie tylko. Oni byli tu, by starego ochronić przed nim.

– Ja jej powiedziałem – westchnął głośno. – To żona policjanta. Nie chciałem problemów. Zapytała mnie raz czy drugi o to, czym się zajmuję. Odpowiedziałem zgodnie z moją legendą. Po cholerę miałbym się narażać na wpadkę, gdyby nagle sąsiadowi przyszło do głowy, żeby mnie sprawdzić?

Major pokiwał potakująco głową.

– Czyli to mogła być ona.

– Ale w takim razie dlaczego nie doniosła również na mnie?

– Tego nie wiemy – usłyszał zza pleców głos Lota. – Dlatego tu jesteśmy.

Piotr parsknął śmiechem.

– Myślicie, że jestem szpiclem?

– A jesteś?

Krew uderzyła mu do głowy. Zerwał się z krzesła i obrócił w kierunku pilnujących go chłopaków. Powstrzymał go widok wycelowanych w niego luf pistoletów.

– Odłóż tę klamkę i pokaż, z czego jesteś zrobiony – warknął do towarzysza Lota.

– Spokój! – Stary trzasnął pięścią w stół. – Tom! Siadaj na krzesło! Jeszcze z tobą nie skończyłem!

Dyszał z wściekłości, ale opanował wzburzenie na tyle, żeby wykonać rozkaz.

– Czyli myślicie, że to ja wsypałem kolegów i wydałem ich na śmierć?!

Zapadła cisza. Czuł, jak ciężar na ramionach, który przytłaczał go od kilku dni, od tamtego feralnego ataku na posterunek, rośnie, stając się nie do zniesienia, i sprawia, że zaczyna się garbić, nawet gdy siedzi. Nie było sensu chaotycznie się tłumaczyć. W końcu i tak nie miał nic do powiedzenia.

– Nie dramatyzuj – miękki ton głosu majora miał uspokoić
Piotra. – Lot może trochę przesadził, ale my znamy się nie od
dziś i wiem, że można ci ufać. Jednak ja też mam swoich przeło-
żonych i swoje rozkazy. Zostaniesz pod obserwacją tych chłopaków, dopóki sytuacja się nie wyjaśni. To świetni żołnierze i harcerze. Z pewnością znajdziecie wspólny język.

Piotr popatrzył w blat stołu.

– Zdaje się, że nie mam wyjścia, prawda?

Stary zaprzeczył ruchem głowy.

Westchnął i obrócił głowę w kierunku stojącego za nim Lota
i jego towarzysza.

– Spiżarnię mam pustą, więc któryś z was musi skołować coś
do jedzenia. Aha, wódki nie piję. W ogóle nie piję alkoholu.

– Jesteśmy harcerzami, nie lokajami. My mamy swoje ka-
napki, a ty możesz sobie kij od miotły obgryźć, jak ci kiszki
marsza grają.

Uśmiechnął się pod nosem. Wyglądało na to, że towarzystwo
nie jest tak sztywne, jak przypuszczał. Na szczęście.

Ogólnonarodowe powstanie musi wybuchnąć. Szykujemy się
do niego od czterech lat, jesteśmy teraz w bardzo szczególnej sytuacji. Nie będziemy w stanie przekształcać Polski na
drodze demokratycznej ewolucji. Nie mamy też wątpliwości,
że nowa, wolna Polska nie będzie takim samym tworem pań-
stwowym, jakim była przed wojną. Paradoksalnie będziemy
mieli szansę naprawienia tych sfer życia publicznego, jakie
kulały w naszym kraju do tej pory. Nierówności społeczne,
większe zapóźnienie ziem byłego zaboru rosyjskiego, szanse
na edukację i inne problemy będą mogły być wdrażane od
razu po objęciu suwerennej władzy. To tak jakby budować dom
z wiedzą o zaletach i błędach poprzedniego. Teraz Polska jest
areną ścierania się różnych poglądów, od narodowych po socja-
listyczne. Najważniejsze jednak jest to, żeby w odpowiednim

momencie sięgnąć po niepodległość. Do tego właśnie się przygotowujemy.

– To bardzo idealistyczne, drogi kolego. – Lot uśmiechnął się gorzko. – Jednak są tylko dwa warianty odzyskania przez Polskę wolności. Pierwszy z nich zakłada, że dokonamy tego wespół z aliantami. Wtedy mamy szansę na budowanie sprawiedliwego państwa. Oczywiście, jeśli nasz rząd nie popadnie w zbytnią zależność od Wielkiej Brytanii. Druga opcja jest mniej optymistyczna, ale za to bardziej prawdopodobna. Armia Czerwona lada dzień wkroczy na tereny Rzeczypospolitej. Są bliżej nas, znacznie bliżej. Jeśli tak się stanie, to nie miejcie złudzeń. Wybiją nam z głowy samostanowienie się za pomocą strzałów w potylicę jak w Katyniu.

– Nie brakuje głosów, że Sowieci są naszą szansą na wyrównanie krzywd społecznych i rozwój…

– „Juno”, do cholery! – Lot rozłożył ręce rozzłoszczony słowami chłopaka. – Trzeba być idiotą, żeby głosić takie bzdury! Przecież wiesz, czego chcieli od nas w dwudziestym roku. Siedemnasty września pamiętasz?! Nic się nie zmieniło. Ruscy niosą nam czerwony raj na bagnetach.

Juno wstał z krzesła i zrobił kilka kroków w kierunku okna.

– Nie twierdzę, że to moje poglądy! – odparł nerwowo. – Poza tym z Armią Czerwoną idzie polskie wojsko. Przecież nie pozwolą na wasalizację Polski w razie czego.

– Ilu tam ich jest? Dywizja? Dwie? Armia? Bolszewicka nawała idzie w miliony żołnierzy. Nic przy nich nie znaczymy. Poza tym przecież mają tam takich sprzedawczyków jak Wasilewska i jej kompani. Nie potrzebują niczego od nas. Po prostu się tu rozgoszczą i tyle.

– Alianci na to nie pozwolą! My na to nie pozwolimy!

– Alianci grzeją tyłki na Sycylii. – Piotr postanowił dołączyć do dyskusji. – To trochę daleko, nie uważasz? W życiu nie zdążą przed Sowietami do Polski. A wy? Czym wy chcecie wojować, skoro nawet uzbrojenie wszystkich żołnierzy to marzenie ściętej głowy. A trening? Wyszkolenie wojskowe? Jesteście harcerzami, nie wojskiem.

– Jesteśmy najlepsi, Tom. Jesteśmy wyszkoleni i udowadniamy to i w lasach, i na ulicach.

– Nie wątpię w odwagę i poświęcenie żołnierzy Armii Krajowej. Jednak to jest partyzantka, a nie regularne wojsko. Właśnie dlatego przygotowujemy się do szarpania Niemców, gdy będą się wycofywać z naszych ziem. Nasze regularne wojsko obecnie stacjonuje w Wielkiej Brytanii.

– Mamy też instruktorów i oficerów, którzy nas szkolą, Tom – odpowiedział już spokojnie Lot.

Piotr westchnął.

– Panowie, jaką oficjalną nazwę ma Agrikola?

Popatrzyli na niego uważnie.

– Szkoła Podchorążych Rezerwy Piechoty „Agrikola".

– No właśnie! – Piotr pacnął dłonią w stół. – Słowo kluczowe tutaj to „rezerwa". We wrześniu trzydziestego dziewiątego roku wielu naszych oficerów albo zginęło, albo uciekło na zachód, bądź po prostu dostało się do szkopskiej niewoli. Ci, którzy nie zostali aresztowani, to w większości oficerowie rezerwy. To oni wykładają na kursach w podchorążówkach. Co by nie mówić o ich wiedzy teoretycznej, to praktyki nie zdążyli nabyć zbyt wiele. To nie są oficerowie liniowi, to są dzielni żołnierze, którzy proch wąchali raz na rok na ćwiczeniach wojskowych. A wy, Lot? Uczycie się maszerować i nacierać w konspiracyjnych mieszkaniach, bo przecież nie ma gdzie! Jesteście grupą szturmową, taką, jaką był mój oddział. Powiedz sam, jakie macie straty podczas akcji?

Chłopak cmoknął, kiwając głową.

– Różnie jest.

– To znaczy, że są duże – nie odpuszczał Piotr. – A w przypadku otwartej walki nasze siły, złożone z odważnych, gotowych do ofiar chłopców, którzy może raz strzelili z pistoletu na jakimś leśnym obozie, jeśli w ogóle na takim byli, zetrą się z regularnym wojskiem. Będą bić się ze świetnie wyszkolonymi, uzbrojonymi po zęby, zaprawionymi w boju żołnierzami armii, która pobiła nas w miesiąc, Francję też w miesiąc, o planktonie jak Grecja, Belgia czy Holandia nie wspominając. To są realia. Czy mamy szanse? Mamy. Ale jaką cenę przyjdzie nam za to zapłacić? Nie chcę nawet myśleć, skoro nasze najlepsze oddziały składają się właśnie z nas, z was, z harcerzy, a nie piechurów czy artylerzystów. Zresztą skąd tu artylerię…

Juno przeciągnął się na krześle i spojrzał w kierunku okna. Jesienna szarówka zaczynała powoli przejmować wartę nad miastem. Nie zanosiło się na to, aby drugi dzień spędzony w mieszkaniu na Wilczej miał się zakończyć rozwiązaniem sytuacji, w której się znalazł.

– Czyli co, gówno umiemy według ciebie? – zapytał, patrząc na świat po drugiej stronie szyby.

Piotr zacisnął usta. Zdążył polubić tych chłopaków. Pierwsze lody stopniały prawie natychmiast. Znaleźli się wspólni znajomi, różne wspomnienia dotyczące tych samych miejsc oraz te same błyski w oczach, gdy wspominali przepyszne przedwojenne lody u Włocha, w jego mieszczącej się przy ulicy Senatorskiej lodziarni „Gelatteria Italiana". Nie chciał sprawiać im przykrości, dlatego zaprzeczył ruchem głowy, ale skłamać nie potrafił.

– Ja wiem, jak wygląda szkolenie doborowego żołnierza. Byłem u Sosabowskiego, gdy tworzył najlepszych żołnierzy, jakich Polska kiedykolwiek miała. Uwierzcie mi, mam do was ogromny szacunek. Uważam, że w warunkach, w jakich przychodzi nam wszystkim działać, stanowicie najlepszą siłę, która stanie do walki o Warszawę i Polskę. Ale do pełnowartościowego wojska wam daleko. I jest was garstka. Tak jak moich braci po spadochronie. Boję się, że gdy dojdzie do walki…

Jednak oni już go nie słuchali. Patrzyli na niego jak na samego Andersa przybywającego z odsieczą na białym koniu. Wszyscy słyszeli o elicie, jaką była 1. Polska Brygada Spadochronowa. W końcu to właśnie dzieci Sosabowskiego miały pierwsze przyjść z odsieczą, gdy wybuchnie ogólnonarodowe powstanie. Każdy z nich chciał być jak oni, orły z nieba. A tu nagle przed nimi stał żywy żołnierz legendarnego generała. Lekceważenie, jakie początkowo mu okazywali, przerodziło się w zachwyt.

– ...będzie ciężko...

– Jesteś spadochroniarzem?!

Piotr poczuł się nieco zażenowany. Oczywiście celowo użył ostatecznego argumentu, który da mu przewagę w dyskusji. Poczuł się też miło połechtany przez widok szklanych oczu chłopców, wpatrzonych w niego jak w Panienkę Ostrobramską.

– Tak, jestem. Ale ja nie o tym... – Uśmiechnął się pod nosem, jednocześnie karcąc się w myślach za próżność. – Chciałem tylko...

Nie było już szans na dyskusję. Swoim wyznaniem otworzył puszkę Pandory, z której natychmiast wysypały się dziesiątki pytań młodych harcerzy, dla których wojna była nadal niczym zabawa w Indian i kowbojów.

– Rzucasz nożem?

– Z jakiej wysokości skakałeś?

– To prawda, że wytrzymujecie pięć minut pod wodą?

– Trafisz z pistoletu w oko ze stu metrów?

Pozostała część popołudnia upłynęła pod znakiem opowieści „ku pokrzepieniu serc", a on uśmiechał się przez cały czas. Choć na chwilę poczuł się doceniony. Było mu to potrzebne, szczególnie teraz, gdy świadomość śmierci jego chłopców kołysała się w jego głowie niczym posępny wisielec.

Dopóki ktoś nie zapukał do drzwi.

13

Wiadomość przyniosła „Irka". Młoda łączniczka podała karteczkę z rozkazem, nie wchodząc do mieszkania. Chwilę później już jej nie było, a oni maszerowali szybko na Świętokrzyską, gdzie czekał już na nich major z wiadomościami. Wśród aresztowanych kilka dni temu Polaków była matka poległego podczas likwidacji posterunku Zająca. Wiadomość przekazał ich człowiek z Pawiaka. Kobieta wiedziała o warsztacie na Powiślu, w końcu Zając pracował tam razem z Piotrem. Wytrzymała kilka przesłuchań na Szucha, z pewnością po to, żeby dać czas na zwinięcie lokalu. Niestety nikt o jej aresztowaniu nie wiedział, nie miała z nikim kontaktu. Jak wpadła? Nie wiadomo. Tego dowiedzą się w ciągu najbliższych dni.

Piotr był czysty. Dla niego było to oczywiste od samego początku, jednak gdy zobaczył ulgę na twarzy dowódcy, odprężył się.

– Niebywałe, jak ta cała wojna wszystkich nas odczłowiecza. – Major pokiwał głową z niesmakiem. – Cieszy nas tragedia kogoś obcego, bo jest oznaką, że my sami wynieśliśmy cało głowę. Czujemy ulgę, że to nie my zapłacimy za nasze przecież czyny. Straszne to…

Dla Piotra jednak straszne było co innego. Wiedział, jak blisko otarł się o wyrok i wynikającą z niego kulkę. Sam przecież doskonale wiedział, że wystarczyłoby, żeby ich człowiek nie rozpoznał matki Zająca, żeby na nią w ogóle nie trafił. Jedyny ślad wtedy prowadził do niego. Zimny dreszcz przebiegł mu po plecach, gdy skrywany od dawna demon ponownie zapukał do jego sumienia. Ile takich wyroków wydanych niesłusznie wykonał on sam? Był tylko narzędziem, to prawda. Jednak czy usprawiedliwia go to w jakikolwiek sposób? Czy strzelanie do niewinnego człowieka dlatego, że wydano na niego wyrok, czyni go żołnierzem, czy mordercą? Gdy pluton egzekucyjny składa się do strzału, jeden z jego członków dostaje ślepy nabój. Nikt nie wie, kto go otrzymał. Daje to każdemu z nich ułamek nadziei na to, że skazany nie zginął z ich ręki. W przypadku wyroków wykonywanych przez Piotra nie było mowy o ślepym naboju. Plutonem egzekucyjnym był on jeden. Sam jak palec.

Popatrzył na swoje ręce i po raz pierwszy poczuł na ich widok obrzydzenie. W tej chwili, w obecnych okolicznościach, były to ręce mordercy. Przynajmniej dla niego.

– Tom! – głos majora wyrwał go z zamyślenia. – Słyszysz, co do ciebie mówię?

Otrząsnął się i przytaknął, aby po chwili całkiem zbić starego z tropu.

– Nie słyszałem.

– Mówię, że przechodzisz do „Pegaza". Swojego oddziału i tak już nie masz. Poznasz się z chłopakami, potrenujesz ich trochę, nauczysz się dyscypliny. Wszystkim to wyjdzie na dobre. Niedługo czeka was duża akcja. Szczegóły poznacie niebawem. „Pług" wprowadzi was we wszystko. Będzie lament w całej Rzeszy. A teraz odmaszerować.

W pokoju gruchnął gromki, wspólny głos.

– Tajest, panie majorze!

14

Bedryczany utonęły w białym puchu. Zima sypnęła śniegiem tak obficie, że gdyby ktoś spojrzał na wieś z południowego wzgórza, to tylko po dymie z kominów domyśliłby się, że w brzuchach leżących pod białym puchem chat wciąż mieszkają ludzie. Życie przeniosło się pod powierzchnię śnieżnej pierzyny, a świat zapomniał na chwilę o toczącym go raku wojny. Nadchodziło Boże Narodzenie.

Przepiękne, szkliste esy-floresy, które mróz wyrzeźbił na okiennej szybie, zamieniły się w spływające strużki wody, gdy przyłożyła do nich swój ciepły nosek. Jeszcze tylko kilka chuchnięć i można było już swobodnie spojrzeć przez okno na podwórze.

– Anielka, pomóż mi z tym obrusem! – Teodozja położyła biały zwój lnianego materiału na ławie. – Siano trzeba na stole rozłożyć. Edek zaraz przyniesie.

Krzątanina przed Wigilią zaczęła się na dobre już rano. Chłopcy o świcie wyruszyli do lasu po drzewko, które teraz dumnie puszyło się w kącie izby, upstrzone ozdobami, pierniczkami i anielskim włosem. Dom wypełnił się zapachami wydobywającymi się spod pokrywek rondli postawionych na piecu. Gotowały się fasola, groch z kapustą i barszcz. Gorące pierogi czekały już w glinianych garnuszkach, przyciągając wzrok głodnych chłopaków. Teodozja jednak zadbała o to, żeby nie mieli czasu myśleć o burczących brzuchach. Anielka zdążyła już pozamiatać izbę, pomóc przy lepieniu uszek i doglądać malutkiej Marysi, która zawzięcie przemierzała połacie podłogi, stawiając niezdarne kroki.

– Nie mamy ryby – powiedział Edek do matki, która głośno wyliczała potrawy mające pojawić się na wigilijnym stole.

– …kutia to cztery. Wielu rzeczy nie mamy, Eduś. Pierogi z kapustą i grzybami pięć, ruskie sześć… Bieda straszna tera… Bez te wojne i mordy latem strach było w pole iść… Hmmm… – przerwała wyliczankę, zastanawiając się nad kolejnymi daniami. – Kompot ze suszonych jabłek i śliwek to dziewięć, strudel jabłkowy dziesięć, ziemniaki z kaszą gryczaną, no i opłatek! Dwanaście!

Edek nie dawał za wygraną.

– Jakby tatko doma byli, to ryba by była… Ej! – krzyknął, gdy dłoń starszego brata wylądowała na jego głowie. – Co się bijesz?!

– Ucisz się, baranie! – Piotrek starał się nadać swojemu głosowi ostry ton.

Teodozja odwróciła się do ściany. Zamknęła mocno powieki, tak żeby powstrzymać cisnące się do jej oczu łzy. Tak bardzo starała się robić wszystko, żeby dzieciom nie brakowało ojca. Czasem cały ten wysiłek w prowadzeniu małego gospodarstwa, domu, wychowywania dzieci i strachu przed tym, co może przynieść ze sobą pukanie do drzwi, był ponad jej siły. Czuła, jak jej wnętrze rozsypuje się w proch i tylko naciągnięta na szkielet skóra trzyma wszystko razem. Już ponad rok, jak Józka Niemcy zabrali do obozu jenieckiego i ani widu, ani słychu, czy żyje. Modliła się z dziećmi każdego dnia przed obrazem Maryi Boleściwej, patrzyła na miecz przeszywający jej serce i błagała w duchu o powrót męża. Na zewnątrz udawała, że radzi sobie doskonale, ale tylko dobry Bóg wiedział, jak ciężko było jej, trzydziestoletniej kobiecie z czwórką dzieci, żyć samej na tym świecie.

Otarła koniuszkiem rękawa jedną łzę, która spłynęła po jej policzku, i podeszła do syna.

– Piotrek, nie bij brata. Nic ci nie zawinił. – Pogłaskała po głowie obu urwisów. – Edzio, wszyscy tęsknimy za nim.

– Maśki mówili, że tato nie żyją już… – Edek wytarł rękawem łzy kapiące z nosa.

– Nie słuchaj ich! – Teodozja przerwała synowi. – Ludzie różne rzeczy klepią! Ojciec żyje. Przyjdzie wiosna i zobaczysz, jak nic wróci.

Mała Marysia doczłapała do nich i ratując się przed upadkiem, złapała się fałdów matczynej spódnicy. Wszystko byłoby dobrze, gdyby nie to, że fałdów było dużo, a Marysi mało. Klapnęła pupą na podłogę tak, że wszyscy parsknęli śmiechem. Łącznie z małą, która zanosiła się z radości, odsłaniając swoje białe ząbki.

𝒫ierwsza gwiazdka świeci! Pierwsza gwiazdka! – Anielka wpadła do domu jak bomba. Wszyscy odetchnęli z ulgą, masując swoje burczące z głodu brzuchy. Można było wreszcie rozpocząć wieczerzę wigilijną. Stanęli przy stole, najpierw matka, potem Piotr, najstarszy syn, Edek i Aniela. Marysię Teodozja trzymała na rękach. Mała tuliła się do niej i tarła piąstkami zaspane oczy, ziewając szeroko.

– Piotrek, zaczynaj modlitwę.

Chłopak chrząknął kilka razy, jakby ten zabieg miał nadać jego osobie dostojeństwa i powagi.

– Ojcze nasz, któryś jest w niebie…

Pozostali dołączyli do niego i po chwili modlitwa potoczyła się spokojnym rytmem. Puste krzesło i nakrycie, które przygotowane było na wypadek, gdyby do drzwi zapukał zbłąkany wędrowiec, przyciągały ich wzrok jak magnes. Oni dobrze wiedzieli, jakiego gościa powitaliby z radością. I tylko Teodozji było wstyd, że bardziej nawet rada byłaby widzieć właśnie jego niż małego Jezuska.

Już mieli zacząć dzielić się opłatkiem, gdy nagle drzwi zatrzęsły się od uderzenia pięścią.

Kobieta poczuła, jak krew tężeje jej w żyłach. Ukraińcy! Spojrzała na swoje przerażone dzieci i zrobiło jej się żal. Żal tej Wigilii, żal tego, że więcej nie zobaczy już swoich dzieci, i żal, że Józek nigdy już więcej jej nie dotknie, nie przytuli…

– Widkryjte dweri!

Chłopcy stanęli z nią za stołem. Bali się. Anielce trzęsła się broda, a łzy płynęły ciurkiem po jej twarzy. Wszystko w ciszy. I tylko Marysia zaczęła płakać, gdy usłyszała kolejne uderzenie w drzwi.

– Musiałki! Widkryjte dweri. To ja, Witalij!

Teodozja dotarła do punktu, w którym strach przejął kontrolę nad jej ciałem i umysłem.

– Witalij! Ty też po nas, morderco, przyszedł?! Męża nie ma, to nas budesz rizaty?! Ha?! Bodajś sczezł!

Za drzwiami zapanowała cisza, ale Musiałkowa już nie zwracała uwagi na nic.

– Zostaw nas w spokoju! – krzyczała bez opamiętania.

– Dośka! Uspokój się, babo! My na wigilię przyszli. Otwórz drzwi!

– Zostawcie mnie i moje dzieci!

– Pani Musiałkowa – kobiecy głos przedarł się przez krzyki gospodyni. – Pani Musiałkowa! To tylko my! Na wigilię przyszliśmy, bo pewnie krzesło dla gościa macie…

Pierwsza głos rozpoznała Anielka.

– Dziedziczka! – Wyskoczyła zza stołu, nie zważając na krzyki matki. – Dziedziczka Marta i Witalij!

– Anielka! – próbowała ją zatrzymać matka – nie otwieraj! Rezuny przyszły po nas!

Ale dziewczynka nie słuchała już nikogo. Podbiegła do drzwi i odsunęła skobel. W ciemnym wejściu zakotłowało pędzonymi przez wiatr płatkami śniegu. Zapadła cisza. Teodozja przycisnęła córkę do piersi i jak zahipnotyzowana wpatrywała się w czerń próbującą wedrzeć się do środka pomimo świec.

– Pochwalony… – głos Witalija przerwał ciszę. Kościelny nieśmiało przestąpił próg, rozglądając się na boki. Tuż za nim do izby weszła Marta Kosiecka, do której natychmiast przytuliła się Anielka.

– My do was, na wigilię, pani Musiałkowa – odezwała się nieśmiało dziewczyna. – Jeśli można… Bo nam samym, bez rodzin… smutno.

Teodozja omiatała izbę wzrokiem pełnym lęku i paniki, ale widać było, że powoli zaczyna się uspokajać. Mocno przestraszeni całą sytuacją chłopcy stali w bezruchu, czekając na decyzję matki. I tylko Aniela, szczęśliwa z przybycia gości, ciągnęła Martę w kierunku stołu.

– Nooo… Prosimy, prosimy… – gospodyni przerwała niezręczną ciszę, odgarniając włosy znad czoła. – U nas skromnie, ale zawsze miejsce się znajdzie.

– Nawet dwa! – Edek był wyraźnie uradowany zmianą w zachowaniu matki. Jej strach udzielił się przecież i jemu.

Marta wyciągnęła z torby małe zawiniątko i podała je Anielce.

– To dla ciebie. W gazetę owinęłam, bo papieru jakoś nie mogłam znaleźć. – Spojrzała wymownie w stronę kościelnego, który wzruszył tylko ramionami.

– Lalka! Mamo, zobacz, lalka! – piszczała z radości Anielka, trzymając w dłoniach małą, uszytą z gałganków maskotkę.

Witalij podał chłopcom wystrugane z kory statki, które natychmiast zostały wysłane w rejs po drewnianej podłodze w kącie izby.

Teodozja uśmiechnęła się, rozwijając w dłoniach kolorową chustkę, którą Marta przywiozła jeszcze z Wołynia.

– Dziękuję bardzo – wyszeptała. – Bardzo…

Witalij machnął ręką.

– Nie ma za co, Tosiu. Dacie nam co zjeść za to. – Mrugnął do niej znacząco.

– Damy, damy! – Gospodyni nagle nabrała wigoru. – Edek! Pietrek! Dostawcież no ławę małą jeszcze, coby goście zasiąść z nami mogli! A u was, greckokatolickich, to Wigilia dopiero za dwa tygodnie będzie – zwróciła się do gniotącego w rękach czapę Witalija. – Tym bardziej radam, że w gościś do nas przyszedł.

Rusin pokiwał głową w podzięce i usiadł na ławie.

– U nas opłatka nie ma takiego jak ten na stole. Ale za to przyniosłem słoik miodu. Maczamy w nim chleb i się dzielimy – odpowiedział, wyjmując zza pazuchy niewielki słoiczek. – Odkręcić go trzeba.

– Zaraz się tym zajmiemy. A ty, Pietrek, nie zapomnij do bydlęcia pójść i opłatkiem się podzielić. Ino ten kolorowy weź, nie biały. Kolorowy dla zwierząt jest.

Popatrzyła na gości i wyjaśniła szybko.

– Męża nie ma z nami, to Pietrek najstarszy tera. On za gospodarza robi. Józek to jeszcze chodził do sąsiadów, żeby się godzić z tymi, co się z nimi w ciągu roku poswadził. Ale Piotrka nie wyganiam za drzwi. Tera takie czasy, że strach do obcych domów pukać. Nie wiadomo już, kto wróg, a kto swój.

Marta trzymała małą Marysię na kolanach. Dziewczynka gaworzyła zawzięcie, trzymając swoją laleczkę, którą również dla niej Marta wyciągnęła z torby. Siedziały tak obie, uśmiechając się do siebie, jakby starały się zapomnieć o całym otaczającym je świecie. Wyłapywała jednym uchem to, o czym mówiła gospodyni, ale nie starała się skupiać na jej słowach swoich myśli. Takie wspomnienia wciąż były dla niej bolesne.

– ...w Wigilię chyba nie przyjdą. Choć ludzie gadają, że wtedy najłatwiej wszystkich złapać. Na pasterce, w kościele. Ale u nas kościoła nie ma. Jeno w Drohobyczu. Maśki mają nas wozem zabrać. W Drohobyczu to nas nie zabiją chyba. Jeno żeby do domu nie weszli, banderowcy jedne...

Marta pogłaskała Marysię po głowie. Dziwna była ta Wigilia, spędzana w cieniu tych wszystkich straszliwych morderstw i strachu. Ludzie na siłę chcieli zapomnieć o rzeczywistości, która i tak czaiła się w zakamarkach ich umysłów, wpełzając w ich myśli i słowa przy każdej okazji. Rodzinne Boże Narodzenie bez pełnych rodzin, z krzyżami na grobach tych, którzy już do stołu nie usiądą. Z pistoletem Witalija za jego pazuchą i nożem ukrytym w jej rękawie.

– Wiesz, Marysiu – szepnęła do ucha najmłodszej domowniczce – kiedyś moja przyjaciółka, taka moja przyszywana siostra, obiecała mi, że źli ludzie nie zrobią mi krzywdy. Ja ci teraz też obiecuję, tak jak ona mnie, że kiedy źli ludzie przekroczą próg, nie dostaną cię. Nie nabiją cię na sztachetę. Obiecuję! Na grób mojego Jaśka! – złożyła ślub, dotykając dłonią stalowego ostrza.

Mała Marysia popatrzyła na nią swymi wielkimi piwnymi oczami i uśmiechnęła się ufnie.

15

We wsi oddalonej od Bedryczan o dwieście kilometrów na północny wschód śnieg sypał równie mocno. W chacie na skraju lasu, do której prowadziła wydeptana w zaspie ścieżka, mróz skuł jedyne okienko, wychodzące na pokryte białym puchem podwórze. Dopiero po kilku chuchnięciach fantastyczne lodowe wzory topniały opornie, ukazując to, co działo się na zewnątrz.

Jegor przyłożył oko do szyby, osłaniając je dłonią, i wytężył wzrok. Dostrzegł w świetle pochodni swoich ludzi krzątających się wokół zaprzężonych w dwa konie sań. Przywieziona w ten sposób broń znikała za drzwiami niewielkiej stodoły. Po chwili było już po wszystkim. Rozprzężone konie odprowadzono do stajni, a ludzie rozeszli się na swoje kwatery.

– Pane oficyjer, bud' łaskaw na wieczerzu. – Gospodyni wytarła dłonie w założoną za zapaskę ścierkę. Odwrócił głowę i spojrzał na nią. Skromna kobieta stała że spuszczoną głową, unikając jego wzroku. Wiedział, że się boi. Jej dzieci tłoczyły się teraz po jednej stronie ławy ustawionej na środku izby w ciszy, czekając, aż jego wesoła kompania dołączy do nich i dobierze się wreszcie do miski wypełnionej dymiącymi od gorąca pierogami.

– Wszystko zrobione, Jegor. – Onyksyk wszedł do izby i tupnął buciorami o klepisko, strzepując z nich resztki śniegu. Podeszwy plasnęły głośno o ubitą glinę, rozbryzgując powstałe w tym miejscu błoto. – Co tu taka cisza jak na cmentarzu? Nie cieszycie się, że swoich wojaków gościcie? – Klasnął dłońmi, uśmiechając się szeroko. Niestety, zamiast wywołać entuzjazm, sprawił, że dzieciarnia podskoczyła na krzesłach ze strachu.

Jegorem zatrzęsło. Czuł, jak wściekłość zaczyna bulgotać mu w gardle. Patrzył na ludzi, którzy zamiast cieszyć się ich obecnością, czekają tylko na chwilę, kiedy zbrojni opuszczą ich dom. „Czują krew" – przeszło mu przez głowę. Czepił się tej myśli, jakby chciał za jej pomocą wykoleić rozpędzający się w jego głowie pociąg pełen złości.

Czują krew i boją się jej, podobnie jak całego tego piekła, które się tu rozpętało. To chyba było najlepszą ilustracją całej sytuacji na Ukrainie, którą oni wyrąbują w pocie czoła i wyrywają wszystkim dookoła jak z gardła wściekłemu psu. Wojsko walczy, a ludzie wdzięczności za grosz nie mają. Niby dają im schronienie, żywią, kryją przed ruskimi i Lachami, ale widać gołym okiem, że nie wszyscy są zadowoleni.

Nie tak miało być. Najpierw planowali powstanie, jeszcze we wrześniu w trzydziestym dziewiątym. U boku Niemców mieli tworzyć swoje niezawisłe państwo, Samostijnu Ukrajinu. Niestety, Hitler zawarł sojusz z Sowietami, a ci nie życzyli sobie żadnych ruchów narodowowyzwoleńczych na terenach, które miały się stać ich własnością. Do powstania więc nie doszło, choć niektóre niepokorne oddziały stanęły do walki z trupem państwa polskiego. On sam brał udział w rebelii w Stryju, zanim pułk huculski Wojska Polskiego nie wyparł ich z miasta.

Potem była sowiecka okupacja, podczas której nawet mowy być nie mogło o niepodległości. Czekali więc na to, aż Hitler ze Stalinem wezmą się za łby, żeby ponownie wejść pod skrzydła tego, który już raz ich zdradził. Doczekali się. Abwehra ponownie wyciągnęła dłoń do synów Ukrainy.

Wtedy właśnie poznał swojego dowódcę i mentora, Romana Szuchewycza, który wypatrzył go podczas szkolenia strzeleckiego żołnierzy batalionu „Nachtigall". Trudno było go nie zauważyć. Jegor wprost brylował pośród swoich współtowarzyszy. Był dobry, najlepszy. Bardzo szybko stał się ulubieńcem szefa. Uznano mu jego oficerski, przedwojenny stopień i uczyniono dowódcą jednego z plutonów.

Razem z Szuchewyczem trafił na front, a stamtąd do Lwowa. Wkroczyli do miasta jako pierwsi. Do dziś serce kołacze mu mocno na samo wspomnienie tej chwili. Tego nie dokonali nawet ich ojcowie, powstrzymani w osiemnastym roku przez polską gówniarzerię, te ich berkuty. Sam metropolita Szeptycki przyjmował wierne wojsko Ukrainy.

I stało się to, na co czekali wszyscy. Trzydziestego czerwca tysiąc dziewięćset czterdziestego pierwszego roku Ukraina ogłosiła niepodległość! To, na co czekały pokolenia synów i córek tej ziemi, wreszcie stało się ciałem. Szaleli wtedy z radości, pijani ze szczęścia, choć czekali z zapartym tchem na to, jak zareaguje ich sojusznik, Niemcy.

Kilka dni później Gestapo aresztowało Jarosława Steckę i jego rząd. Tak skończył się ich sen o Samostiennoj Ukraini. Hitler dostał szału i rozkazał rozpędzić towarzystwo na cztery wiatry. Bataliony ochotnicze rozwiązano, a on razem z Szuchewyczem zaszył się na jakiś czas, żeby nie trafić do gestapowskiej katowni. Tak ich potraktowali Niemcy w nagrodę za wierność.

Potem była służba w ukraińskim batalionie policyjnym na Białorusi, okraszona pacyfikacjami wszystkich, którzy nawinęli się pod rękę. Służba skończyła się po roku, a oni przeszli do konspiracji. Roman Szuchewycz stanął na czele nowo utworzonej Ukraińskiej Powstańczej Armii, a Jegor szybko stał się jego zaufanym człowiekiem. U boku swojego generała wkraczał na Wołyń jako dowódca sotni. Walka o niepodległość rozpoczynała się ponownie, zaczęli więc walczyć. Ale...

Walczyć nie było z kim. Tylko kobiety, dzieci, starcy... Jakaś samoobrona... Nieliczne polskie oddziały partyzanckie były prawie nie do wytropienia. A on był przede wszystkim żołnierzem, a nie rzeźnikiem. Rzeźnikiem tylko bywał, ostatniego lata prawie cały czas, teraz już rzadziej. Szuchewycz postawił sobie za honor wyplewienie z Wołynia wszystkiego, co polskie. Więc plewił z gorliwością tak, żeby zagłuszyć w sobie dziwne uczucie, że coraz bardziej brzydzi się krwią... Tak było do czasu, gdy spotkał Anastazję.

Chciał walczyć z realnym przeciwnikiem. Brakowało mu adrenaliny, tego hazardu, gdy wiedział, że albo wygra, albo polegnie. A tu tylko od drzwi do drzwi... Jak piekielni kolędnicy, zostawiający za sobą zgliszcza. Nocowali w jakiejś zapadłej dziurze niedaleko Dubna. Wieś jak wieś, złożona z samych ukraińskich gospodarstw, przyjęła ich bardzo gościnnie. On wyznaczył sobie za kwaterę niewielki domek przy cerkwi. Rozstawili warty, oporządzili broń i zasiedli do stołu. Jadł szybko, siedząc przy końcu ławy, podczas gdy jego kompani śmiali się w głos, żartując z domownikami. On nie miał ochoty na pogaduchy. Wszyscy zresztą doskonale wyczuli jego mrukliwe usposobienie, poza sześcioletnią Naścią. Wpatrywała się w niego od samego początku, jakby nieświadoma tego, ile razy jego twarz była ostatnim widokiem dla dzieci takich jak ona.

– Czego?! – warknął znad miski jak pies pilnujący swojej kości. Nie odpowiedziała. Uśmiechnęła się tylko szeroko. A on miał ochotę zapaść się pod ziemię. Wzrok dziewczynki palił go do żywego. Uciekał przed nim, pochylając głowę coraz niżej, czując, że dłużej nie wytrzyma. Zerwał się z miejsca z twarzą wykrzywioną z wściekłości.

– Szczo ty na mene wytriszczajeszsia?!

– Pane, ona nie mówi... – Gospodyni aż przysiadła z przerażenia.

– To niech zacznie, bo ją na pół rozerwę!

– Ale...

– Nie ma „ale"!

Matka zachłysnęła się łzami.

– ...ona nie mówi. Niemowa...

Zamarł, czując, jak oblewa go zimny pot. Ciszę z rodzaju tych, podczas których można było usłyszeć krew płynącą w żyłach, przerwało po chwili chrobotanie małych drewniaczków. Anastazja wdrapała się na ławę, na której przed momentem siedział Jegor, i wyciągnęła w górę swoje malutkie rączki. Jego nos poruszał się niczym chrapy nieufnego, dzikiego zwierza. Gdy poczuł na ramieniu dotyk dziecięcych dłoni, cofnął się gwałtownie. Naścia jednak z uporem trzymała swoje ramionka w górze. Powoli, nieufnie, ugiął się wreszcie i pochylił nieznacznie. Rączki natychmiast zawinęły się niezdarnie naokoło jego masywnego karku. I wtedy poczuł żar. Nie, jeszcze nie wtedy. Najpierw malutkie usta pocałowały obydwie blizny na jego policzkach. Podniósł dziewczynkę do góry i przytulił do siebie. Mała główka przylgnęła do jego ramienia, a wszyscy, którzy obserwowali całą scenę i znali swojego twardego dowódcę, poczuli, jak w ich gardłach rośnie wielka klucha, wyciskając tym starym koniom łzy.

Tamtego dnia Anastazja nie opuszczała Jegora na krok. Maszerowała z nim dziarsko za rękę nawet wtedy, gdy wieczorem szedł sprawdzić posterunki. Nie reagował nawet na podśmiechujki swoich podwładnych. A gdy zasypiał, obok siebie słyszał równiutki oddech małej Nastki. Wtedy, po raz pierwszy od dawna, wyciągnął z kieszeni bluzy małe, postrzępione zdjęcie. Kiedyś była na nim cała rodzina, Danyło, jego syn, żona i… Swieta. Fotografię zrobiono przed samą wojną. Dostał ją od Danyły na pamiątkę, żeby miał przed oczami obraz swojej narzeczonej. Gdy rozprawił się z niedoszłym teściem i jego gówniarzem, odciął wszystkich ze zdjęcia, pozostawiając dziewczynę samą. Miał ją od tej chwili tylko dla siebie. Leżąc obok Anastazji, dotykał palcami papieru fotograficznego i uśmiechał się do siebie.

Tego dnia poczuł, że krew przelewana przez niego i jego siepaczy różni się od tej, która płynie na polu bitwy. Dalej wykonywał rozkazy dowództwa i czyścił Wołyń z Lachów. Nie mógł pokazać słabości. Brzydził się tylko sobą coraz bardziej. Nie mordował już, robili to teraz jego ludzie. Do czasu…

Nie mógł się doczekać chwili, gdy znów wejdą do wsi, w której czekała na niego Nastka. Nie mówił o tym nikomu, nie chciał, żeby myślano, iż zmiękł. Gdy zbliżali się do pierwszych zabudowań, poczuł, jak serce bije mu mocniej. Wyciągnął z torby małą szmacianą lalkę, którą zdobył specjalnie dla dziewczynki.

Domu Anastazji nie było. Zamiast niego w tym miejscu czerniły się popalone resztki chałupy. Gdy rozejrzał się dookoła, dostrzegł to, czemu przypatrywali się do tej pory wszyscy.

Połowa wsi leżała w gruzach. Spalone domostwa były chlebem powszednim na Wołyniu, jednak te nie należały do Lachów, te były ukraińskie.

– Nasze przyszły, pane. – Stary Rusin stojący przy Jegorze odpowiadał na niezadane pytania. – Wymordowały, co mogły. Zaraz jakeście odjechali wtedy. Mówiły, że to za pomoc Lachom.

– A może to jednak Lachy były? – zapytał jeden z ludzi Jegora.

Stary pokręcił przecząco głową.

– Nie, pane. Lachy nie mordują dzieci...

Wtedy umarł po raz pierwszy. Zapadł się w sobie jak źle wyrobione ciasto. Opuścił wieś jeszcze tego samego wieczoru. Małą szmaciankę, leżącą na porośniętym trawą grobku, szybko pokrył kurz.

A on przestał spoglądać na zdjęcie Swiety. Zaczął za to na nowo mordować, żeby zdławić w sobie wszystko to, co ponownie mogło uczynić go słabym. I pić zaczął...

Jednak żalu po stracie kogoś bliskiego nie można zasypać stosami trupów, bo te czynią wyrwę w sercu jeszcze większą. Człowiek coraz bardziej zatraca ludzkie rysy, upodabniając się do potwora, który kupuje chwilowy spokój sumienia w zamian za krwawe ofiary. Ten piekielny kołowrót ma to do siebie, że by zagłuszyć wołającą coraz głośniej o pomstę do nieba krew, trzeba jej upuszczać coraz więcej. Upuszczał więc jak pijak, który zaczyna kolejny dzień od szklanki wódki, żeby nie dopuścić do kaca.

Przed przemianą w Drakulę Wołynia uratował go sam Szuchewycz. Niemcy rozpoczęli formowanie ochotniczej ukraińskiej jednostki do walki ze zbliżającą się od wschodu bolszewią. Szuchewycz chciał mieć kogoś zaufanego wewnątrz przyszłej 14. Dywizji Grenadierów SS „Hałyczyna", a on zgodził się bez wahania. Poprosił tylko o kilka dni na załatwienie pewnej sprawy w Bedryczanach. Miał tam na pieńku z pewnym kościelnym. Nie było go tydzień. Kiedy wrócił, do dręczącego go po nocach zapachu i widoku krwi doszedł jeszcze jeden. Gdy tylko zamykał powieki, stawała przed nim Anna, żona Witalija, z pręgami od sznura na szyi i rozprutym brzuchem. A przecież on wywiózł ją tylko do lasu i zostawił ze swoimi ludźmi. Nie zabił jej. Niewdzięczna baba!

Witalija też nie zabił, choć mógł i chciał. Trzymał go już na muszce. Do dziś usprawiedliwia się przed samym sobą chęcią, żeby Witalij cierpiał jeszcze bardziej z powodu samotności. W rzeczywistości nie był w stanie pociągnąć za spust. Nienawidził siebie takiego, słabego, pełnego wątpliwości i sentymentów. Musiał potem pić te karne, krwawe setki, zagłuszające kaca.

Teraz wszystko było inne. Zamiast ciepłej, letniej nocy za oknem szalał mróz, a przy stole nie było Anastazji, tylko ludzie, którzy bali się go jak ognia. Jego sława dotarła nawet do nich. Nie dziwił im się. W końcu jego siepacze nie oszczędzali nawet swoich, gdy przyłapano ich na pomocy Lachom. Jedna tylko rzecz przypominała mu minione lato – misa pełna pierogów. Wtedy też jadł pierogi, pyszne i gorące. Zakłuło go w okolicy serca. Wróciła na chwilę tęsknota i żal za tą chwilą normalności, za małą Naścią. Był zły na tych ludzi tutaj za to, choć doskonale zdawał sobie sprawę, że to nie ich wina. Ugościli go przecież najlepiej, jak umieli. Jednak to już nie miało znaczenia. Patrzył spode łba na wszystkich dookoła i czuł, jak wściekłość zaczyna wygrywać z jego cierpliwością i rozsądkiem. Nie słyszał już nawet, o czym mówił do niego Onyksyk.

– Musimy z tymi Niemcami. Sowieci już u bram dawnej Polski stoją. Sami nie damy rady. Te polskie psy też idą u boku bolszewików. Nie będą nas oszczędzać, gdy już tu dotrą. Musimy ich zatrzymać. Rzesza zdradziła nas już nieraz, ale tylko oni są gwarantem, że wygramy. Sama UPA nie wystarczy, za słabi są. Ruscy swojej partyzantki mają tu ze dwadzieścia tysięcy chyba. A my? Dobrze, że jest „Hałyczyna", bo po wygranej wojnie będziemy mieli siłę, żeby niepodległość utrzymać. Nawet gdybyśmy mieli się z Wehrmachtem bić. A UPA…

Ale Jegor już go nie słuchał. W głowie huczało mu jak w ulu, a serce waliło w piersiach niczym młot. Zerwał się z ławy, przerywając Onyksykowi, i huknął pięścią w stół, aż wszyscy znów podskoczyli na swoich miejscach.

– Czego tu tak cicho, ha?! – dyszał jak w białej gorączce. – Czy my was mordować przyszliśmy?! Robimy wam jaką krzywdę?!

– Pane oficyjer, ne treba krzyczeć… – próbowała załagodzić szeptem jego gniew gospodyni. Na próżno.

– Ja tu, kurwa, decyduję o tym, czy trzeba, czy nie trzeba, ścierwojady! Zrozumiano?! Zro-zu-mia-no?! – powtórzył, cedząc przez zęby, gdy przerażeni chłopcy pospuszczali głowy w ciszy. Odgarnął włosy z czoła, oddychając ciężko. – A może zabawić się trzeba?! Grać który umie na czym?!

– Pietrek, na flecie trochę gra…

Piotrek! Gdy usłyszał to przeklęte imię, stracił rozum zupełnie. Doskoczył do chłopca wskazanego palcem przez brata i pochylił się nad nim tak, że jego czoło dotykało głowy dziecka. Gdzieś z samego dna zachrypniętego gardła wezbrał bulgot, który Jegor wypluł wprost w twarz przerażonego Piotrka.

– Graaaaj!!!

Grał więc. A ustawieni przez Jegora w pary domownicy kręcili się w kółko, jak kukły, w makabrycznym tańcu. On sam patrzył na ten przerażający spektakl nieprzytomnym wzrokiem. W końcu wyszedł z chałupy chwiejnym krokiem, zostawiając wszystkich za sobą. Stanął na środku zasypanego przez śnieg podwórza i zadarł głowę.

I krzyczał na całe gardło tak, że noc wypełniła się nagle łopotem setek skrzydeł, gdy przestraszone wrony zerwały się z okolicznych drzew.

16

Warszawa, 1 lutego 1944

To już dziś!

Przeczesał dłonią gęstą, schludnie przystrzyżoną czuprynę i uśmiechnął się zawadiacko. Akcja akcją, ale trzeba wyglądać dobrze w każdej sytuacji. Na szczęście z tym nie miał problemu. Wystarczająco potwierdzały to mniej lub bardziej odważne spojrzenia rzucane w jego kierunku przez mijające go kobiety. Przygładził dłonią materiał płaszcza i naciągnął kaszkiet. Ostatnie spojrzenie w lustro sprawiło, że uśmiechnął się zadowolony. Rezultaty długiej porannej toalety były zadowalające. Porucznik Armii Krajowej Piotr Ochocki „Tom" prezentował się znakomicie.

Nie był typem narcyza. Zwykle poświęcał toalecie minimalną ilość czasu, jaka potrzebna była do tego, żeby móc pokazać się ludziom bez straszenia swoim wyglądem. Jednak wszystko się zmieniło. Przedwczoraj.

Bo przedwczoraj Piotr odnalazł wreszcie to, czego szukał przez ostatnie pięć lat. Odnalazł łomotanie serca, gonitwę myśli i warkocz, za którym skoczyłby w ogień. I ten wciąż dla niego egzotyczny, ukraiński śpiewny akcent.

Nigdy, nawet w najśmielszych oczekiwaniach nie przypuszczał, że dziewczyna, którą zostawił na krańcu świata tak dawno temu, odnajdzie go sama. I to tutaj, w Warszawie. To, co wydawało się zupełnie nieprawdopodobne, stało się ciałem. Swieta znów była na wyciągnięcie ręki, tuż obok niego. W tym samym mieście. A niedługo już na tej samej ulicy, w tym samym mieszkaniu i w tym samym łóżku. Niech tylko to wszystko się skończy...

Ale nie to było teraz najważniejsze. Musiał się skupić na zadaniu i choć było to bardzo trudne, zająć myśli szczegółami zaplanowanej operacji. Opuścił już mieszkanie i złapał pierwszą wolną rikszę.

– Na róg Ujazdowskich i Piusa XI!

Rikszarz nacisnął mocno na pedały i już po chwili skrzypiący pojazd toczył się żwawo w dół ulicy. Piotr mieszkał na Wilczej, więc równie dobrze mógłby pójść piechotą. Jednak pod połą płaszcza ukrywał to, co miało stanowić o jego dzisiejszej przydatności – pistolet maszynowy sten, marzenie wszystkich warszawskich konspiratorów. Wolał zatem usiąść wygodnie bez wzbudzania czyichkolwiek podejrzeń kształtem broni rysującym się pod materiałem płaszcza. Musiał być ostrożny. W miejscu, do którego się udawał, roiło się od uzbrojonych po zęby Niemców. W końcu w bliskim sąsiedztwie znajdowały się najważniejsze urzędy okupacyjnych władz hitlerowskich. Ale tylko tam mogła się udać akcja, do której żołnierze Kierownictwa Dywersji Armii Krajowej przygotowywali się od dawna.

Mieli „upierdolić łeb żmii", jak powiedział jego przyjaciel Hucuł. Za chwilę znienawidzony kat Warszawy Franz Kutschera, chowający się pod enigmatycznym tytułem „Dowódca SS i Policji na Dystrykt Warszawski" widocznym na każdym obwieszczeniu o ulicznej egzekucji, zostanie odstrzelony wyrokiem Polski Podziemnej. Chłopcy z oddziału „Pegaz" pewnie już czekali na miejscu. I pewnie palce już ich świerzbiły, żeby odpłacić się za terror, jaki ten sukinsyn zafundował mieszkańcom stolicy. Zapolują na potwora, który od kilku miesięcy tak drastycznie zwiększył liczbę łapanek i ulicznych egzekucji, że życie w zniszczonym od ciągłej walki o przetrwanie mieście stało się jeszcze bardziej upiorne. Zrobią to naprzeciw siedziby SS. Bardziej niebezpiecznego miejsca na te harce nie można było sobie wymarzyć.

Podczas gdy oni zaaranżują spotkanie pana generała ze Stwórcą, Piotr za pomocą swojego stena będzie ich osłaniał. Zadanie nie było łatwe, gdyż Kutschera ukrywał się w Warszawie jak szczur. Nawet dwieście metrów dzielące jego dom w alei Róż od siedziby SS, w której pracował, pokonywał autem. „Albo się tak bardzo boisz, albo już czujesz, że w każdej chwili możemy cię kropnąć, bydlaku". – Kąciki ust Piotra uniosły się lekko. „Za chwilę wyprujemy ci flaki i sprawimy, że świat stanie się odrobinę lepszym miejscem".

Jedna tylko rzecz nie dawała mu spokoju. Należał do najlepszych cyngli kontrwywiadu. Do tego dość regularnie brał udział w akcjach bojowych na terenie całej okupowanej Polski. Był cichociemnym, wojownikiem wyszkolonym do tego, żeby zabijać wrogów i czynić ich życie piekłem. Do tej pory nie bał się o swoje życie. Jego strata była wpisana w to, czemu poświęcił całego siebie.

Jednak przedwczoraj wszystko się zmieniło. Zupełnie nagle zdał sobie sprawę z tego, że śmierć przestaje być dopuszczalną opcją. Teraz, oprócz walki, była jeszcze Swieta. Nie mógł zginąć, nie po tym, gdy znów poczuł, jak dobrze jest trzymać ją w ramionach i tulić. Musiał dla niej żyć.

– Dojeżdżamy, panie sianowny! – wyrwał go z zamyślenia głos rikszarza. Pojazd zatrzymał się przy krawężniku. Piotr podniósł się z siedzenia i wręczył zmęczonemu chłopakowi kilka drobnych monet. – Zatrzymaj wszystko.

– Szaconeczek sianownemu panu! – Zadowolony chłopak lekko uniósł czapkę na pożegnanie, ale Piotr nie zobaczył już tego gestu. Szedł właśnie w kierunku dowodzącego akcją Bronka Pietraszewicza „Lota", który czujnym okiem lustrował okolicę.

– Serwus, Piotr! – Nieznacznie skinął głową. W jego głosie dało się wyczuć delikatne napięcie. – Zaraz zaczynamy. Wszyscy już rozstawieni na pozycjach.

– Klamki dostarczone?

– Przed chwilą. „Miś" czeka na sygnał w aucie. Swieta podała mu już paczkę z bronią…

– Kto?! – Poczuł, jak niewidzialna stopa docisnęła pedał gazu w jego sercu. – Co ty…?

Bronek popatrzył na niego szeroko otwartymi oczami.

– Nie wiedziałeś? Nooo… Pług dopuścił ją do akcji. Tak na sprawdzenie… Warunkowo! W końcu ona nasza, AK-owska. Ooo, tam idzie… z Hucułem. – Kiwnął głową za siebie.

Zobaczył ich: eleganckiego jak zawsze Kubę i Swietę ubraną w ciemny płaszczyk. Stali kilkadziesiąt metrów od niego. Zauważyła go, a on uśmiechnął się do niej. Nie mogła tego dostrzec, była za daleko. Chciał tylko, by w jakiś magiczny sposób poczuła ciepło, które dla niej miał. Cztery i pół roku czekania na chwilę, gdy znów ją weźmie w ramiona, sprawiło, że czuł potworny głód jej obecności. Zazdrościł Hucułowi, że może obok niej stać.

– Sukinkot! Nie wysprzęglił się ani słowem z tego… – Spojrzał w kierunku przyjaciela i upewniwszy się, że ten go widzi, rozłożył ręce w geście mówiącym „jak mogłeś mi to zrobić?!".

– Zaczynamy! – Głos Bronka podziałał jak trzaśnięcie biczem.

– Co?

– Piotr! Zaczynamy! „Kama" dała znak!

Był wyszkolonym żołnierzem, jego umysł natychmiast przestawił się na tryb akcji. Odwrócił się i dostrzegł „Hankę" przekazującą umówiony sygnał Lotowi. Położył dłoń na guziku płaszcza. Jeszcze chwila...

Z alei Róż wyjechał czarny opel admiral i ruszył powoli w ich kierunku, a Bronek ściągnął z głowy kapelusz. Ktoś niezorientowany w sytuacji nie zauważyłby niczego podejrzanego, ale Piotr natychmiast dostrzegł, jak na ten znak poszczególne osoby i sekcje przesunęły się na wyznaczone pozycje niczym pionki na szachownicy. Zza jego pleców wytoczył się adler trumpf junior, prowadzony przez Misia, i zajechał drogę oplowi. Lot już tam był. Zaraz za nim „Kruszynka". Piotr usłyszał pierwszą serię wypuszczoną z pistoletu maszynowego Bronka w kierunku Kutschery. Usłyszał, bo sam uważnie lustrował to, co się dzieje przy wyjściu z komendantury SS. Trwało to ułamek sekundy i już po chwili razem z „Olbrzymem", „Cichym" i Junonem pruł ze stena po oknach budynku, szachując jego załogę. Krótkie serie! Okno! Wejście! Okno! Okno! Zmiana magazynka!

Nie zauważył go. Nie widział go żaden z ubezpieczających akcję żołnierzy. Wyłonił się tuż za nim. Akurat wtedy, gdy Piotr wyciągał magazynek z kieszeni! Oficer Abwehry już podnosił rękę uzbrojoną w parabellum gotowe do strzału. Piotr był cholernie szybki, magazynek już wsuwał się w gniazdo peemu. Jeszcze sekundę, dwie!

Nie zdążył. Tamtemu wystarczyło tylko unieść dłoń i pociągnąć za spust. Pierwszy strzał trafił Piotra w lewą pierś. Tam, gdzie serce... Wypuścił stena z dłoni i upadł na kolana... Jeszcze raz pierś i potem niżej, mostek... Jak uderzenie młotem, jak gorącym szpikulcem... Stracił oddech... Tracił też świadomość. Zanim zapadł w otchłań, w jego głowie niczym błyskawica pojawił się obraz... Jego Swieta! I zrobiło mu się tak cholernie żal.

– Nie tak miało być...

17

Czysty, mocny głos odbił się od sklepienia, wypełniając świątynię pieśnią, od której dźwięków jeżyły się włosy na całym ciele. Delikatne promienie letniego słońca wpadały przez maleńkie okienka, tnąc cerkiewny półmrok niczym utkane ze światła miecze. Przez chwilę melodia wibrowała jej w gardle, po czym popłynęła ponownie i zagłuszyła odgłos otwieranych drzwi. Nie odwracała się. Wiedziała doskonale, kto zmącił świątynny spokój swoją obecnością. Czuła, jak zbliża się do niej powoli, delikatnie, jak gdyby bojąc się, że jakimś gwałtownym, niepożądanym gestem zburzy harmonię pieśni i zdmuchnie magię chwili niczym pył ze starej, zapomnianej księgi.

– „Tomu, kto żyzń podarił tiebie". – Zamknęła oczy i uśmiechnęła się, nie przerywając śpiewu. Czekała.

I gdy wydawało jej się, że właśnie teraz powinna poczuć na ramionach dotyk, lekko spięła mięśnie, tak żeby przyjąć ciężar dłoni na swoim ciele. Na próżno.

Obróciła się gwałtownie. Za jej plecami nie było nikogo. Rozejrzała się dookoła, próbując opanować strach. W cerkwi zrobiło się ciemno, tak jakby zachęcony chowającą się za horyzontem złotą tarczą mrok wpełzł przez szczeliny okien i pokrył ściany oraz podłogę ciemnym, gęstym liszajem. To już nie była jej cerkiew. Kikuty kamiennych ścian wznosiły się daleko ponad jej głowę, niczym cembrowina starodawnej wieży, otaczając ją ze wszystkich stron. Na ich szczycie przysiadły czarne, obrzydliwe ptaszyska. Bała się. Czuła, jak lęk zaczyna powoli ściskać jej gardło. Dreszcze na całym ciele wywołane gęsią skórką były jak preludium do krzyku, potwornego wrzasku przerażonej istoty.

Ptaki nie poruszyły się nawet, wpatrując się w nią swymi czarnymi, martwymi oczami.

– Nie bój się, Swietka, to minie. Ból minie...

„Marta?! Skąd ona tu...?" – przebiegło jej przez głowę. Opanowała strach i przestała krzyczeć. Próbowała odnaleźć ją w otaczającym mroku, ale nie mogła dostrzec już niczego poza tym cholernym martwym okiem. Łypało w jej kierunku, jakby próbując jej powiedzieć, że nie uwolni się od jego wzroku już nigdy...

Zegar wybił kolejną godzinę. Leżała z otwartymi oczami, wpatrując się w martwe oko lampy nad sobą. Zaciemnione okno nie przepuszczało światła, ono jednak, sączące się z dogasającej świecy, pozwalało jej dokładnie widzieć zarys wiszącej u sufitu okrągłej lampy bez żarówki.

Obróciła się do ściany, przytulając głowę do mokrej od łez poduszki. Po chwili nowy strumień spłynął po jej policzku. Nie miała siły nawet na to, żeby otrzeć zapłakaną twarz. Potworna pustka, niczym czarna dziura, wysysała z niej wolę życia i działania. Nie wiedziała, jak długo tak leży. Przyniesiono ją nieprzytomną zaraz po akcji. Od tej chwili płakała i spała na przemian, czasem tylko zwilżając gardło łykiem wody z kubka stojącego obok talerza z kanapkami. Nie jadła. Nie chciała i nie mogła przełknąć niczego. Jedyne, czego pragnęła, to umrzeć i nie czuć już nic. Nigdy w życiu nie czuła się tak samotna. Jeszcze wczoraj miała po co żyć. Jej kilkuletnia wędrówka była jak leśna ścieżka, na której końcu pragnęła spotkać tego jednego, najważniejszego w jej życiu człowieka. Jeszcze rano była gotowa walczyć z całym światem o prawo do tej nagrody.

– Boli, prawda? – Słowa Hucuła rozdarły ciszę wypełniającą szczelnie ciemny pokój. Podniosła tylko oczy i poszukała wzrokiem postaci siedzącej na krześle po przeciwnej stronie pomieszczenia. Nie powiedziała nic. Nie musiała. Wiedział doskonale, co czuje. Patrzyła więc tylko w jego kierunku, pozwalając łzom płynąć swobodnie.

– Jutro pójdziemy po ciało. Dowiem się, gdzie je schowali, i zaprowadzę cię tam – w jego głosie nie było słychać nawet najmniejszej nuty żalu za straconym przyjacielem, jednak Swieta znała go już na tyle, że zdawała sobie sprawę z tego, jak doskonale się maskuje. Cierpiał. Przeżywał stratę Piotra tak mocno, jak głęboka była ich przyjaźń. A przecież jeden za drugiego oddałby życie bez wahania. Bolało go więc ogromnie.

– Pić… – szepnęła cicho, a Kuba poderwał się natychmiast z krzesła. Podniósł stojącą na stoliku szklankę z wodą i usiadł na brzegu łóżka. Uniosła się na łokciach i przytknęła usta do brzegu naczynia. Pogłaskał ją po głowie.

– Będziesz jeszcze spała? – zapytał, stawiając wodę na stoliku obok łóżka. Pokręciła przecząco głową.

– Może…

– Dlaczego to zrobiłeś? – przerwała mu w pół słowa.

– Co zrobiłem? – Huculł był wyraźnie zaskoczony pytaniem.

Usiadła na brzegu łóżka obok niego i popatrzyła mu w oczy chłodno, jakby chciała go oskarżyć o to, co wydarzyło się w Alejach Ujazdowskich.

– Dlaczego mi go pokazałeś? Nie mogłeś poczekać? Nie musiałabym tego widzieć! Mogłabym dowiedzieć się później, po wszystkim! „Zginął na polu chwały" czy coś! – wyrzucała z siebie słowa jak małe, zatrute strzały. – Nie widziałam go od lat i nie musiałam! A teraz siedzę i zdycham tu jak pies. – Wbiła palce w swoją pierś. – I siedzę tu… tu… Gdzie ja w ogóle jestem? – Rozejrzała się po pokoju.

Przyciągnął ją do siebie, łamiąc jej opór. Najlepszą obroną jest atak, a jej organizm właśnie atakiem na niego bronił się przed bólem i niemocą. Przycisnął ją więc do piersi i pozwolił jej pęknąć ponownie.

– To moja bezpieczna nora. Wie o niej tylko kilku kolegów i łączniczka Irka. Była tu dziś. Pomogła mi położyć cię do łóżka.

– Byłeś tu cały czas?

Pokiwał twierdząco głową. Nie widziała tego gestu, ale wyczuła, że nie opuścił jej nawet na chwilę. Odsunęła się od niego i oparła się o ścianę.

– Kuba, dlaczego on? Przecież był wyszkolony, najlepszy…

Spuścił wzrok i zagryzł zęby. Nie wiedział, co ma jej odpowiedzieć. Zresztą jaką złotą myślą można zabłysnąć w takiej chwili? Wzruszył więc tylko ramionami, próbując bębnieniem palcami o blat stołu zagłuszyć ból i pustkę zżerające go od środka. On też stracił dzisiaj przyjaciela i brata. Kolejnego…

– Słyszałem o pewnym człowieku… – zaczął bez przekonania, byle tylko wypełnić niezręczną ciszę. Nie był pewien, czy Swieta go słucha. Siedziała skulona na łóżku, wpatrując się w coś, co w tej chwili widziały tylko jej oczy. – Wpadł w łapance na Żoliborzu… Przesiedział w Auschwitz dwa lata. Potem uciekł. Napisał raport o tym, co widział za drutami, który wysłano do Londynu. Wszyscy czekają od tej pory na reakcję aliantów. Ale ja nie o tym… Wiesz, w tej łapance dał się złapać specjalnie, na ochotnika. Nazywał się Serafiński.

Przerwał na chwilę. Sięgnął po szklankę z wodą i zwilżył gardło. Spojrzał na nią. Zauważył, że przechyliła głowę w jego stronę. Czyli jednak go słuchała, więc ciągnął dalej.

– Nikt go nie namawiał. Poszedł sam, z własnej woli, choć wiedział, że może zginąć. Swieta… – Wziął ją za rękę. Nie oponowała nawet wtedy, gdy gładził jej dłoń. – Takie czasy teraz są, że tracimy wszystko, co kochamy, po to, żeby żyć w wolnym kraju, tylko już bez bliskich, bez tych, których kochamy…

– Ale ja tak nie chcę.

Pogładził ją po włosach.

– Nie masz na to wpływu. Ja też nie chciałem, żeby mój brat poległ. I co?

– I co? – powtórzyła pytanie jak echo.

Zacisnął zęby.

– We wrześniu, w trzydziestym dziewiątym służyłem
w 49. Huculskim Pułku Strzelców. W nocy, pod Jaworowem,
natknęliśmy się na Niemców. Nie byle jakich, ale na dywizję
motorową SS „Germania". Rozkazano nam rozładować karabiny. Szliśmy jak duchy, bez wystrzału, po ciemku. Gdy trafiałaś
na Niemca, to go na bagnet albo kolbą przez pysk. W pół godziny obrobiliśmy całą dywizję. Pozostały po niej strzępy. Tak
jak po... – zawahał się – po wielu najbliższych mi ludziach. Ja
też nie chciałem ich stracić.

Siedzieli oboje w ciszy, słuchając własnych myśli i oglądając
obrazy, które podsuwała im pamięć.

– A ten... dobrowolec... Serafiński... – zapytała go po
chwili. – Niemcy się nie zemścili na więźniach?

– Nie. Wyczekał do momentu, w którym Rzesza podpisała
układ z Czerwonym Krzyżem, że za ucieczki z obozów nie będą
karać śmiercią w odwecie...

– No widzisz.

– ...ale ryzyko, że tak się jednak stanie, było bardzo duże.
A ty? Przecież podając klamkę Misiowi, też przyczyniłaś się do
tego, że ktoś da głowę za trupa tego szkopa. To po prostu trzeba
było zrobić. Czasy takie, że za słuszne decyzje płaci się drogo –
westchnął głośno. – Swieta, mnie też żal Piotra. Kochałem go
jak brata. Bez niego moje życie też będzie... – zastanowił się nad
odpowiednim słowem – gorsze.

Dziewczyna oddychała ciężko. Tysiące myśli przetaczało się
przez jej głowę. Tak wiele rzeczy przestało być już aktualnych.
Tych kilka pocisków, które dosięgły jej Piotra, zmieniło wszystko.
Nie dbała w tej chwili ani o udany zamach na Franza Kutscherę,
ani o całą tę wojnę. Cena za wczorajszy sukces okazała się bardzo
wysoka. Nagle fatum, wodzące ją za nos, wyszarpnęło jej spod
nóg tę cienką linę, po której kroczyła od kilku lat. Zupełnie tak,
jakby chciało pokazać jej miejsce w szeregu, z którego się wy-
rwała. Bez domu, bez kraju, pozbawiona matki i ojca, ograbiona

z miłości do chłopca, z którym rozmawiała kilka razy w życiu, a który nadawał sens całemu jej istnieniu, leżała na łóżku, w obcym jej mieście, pomiędzy obcymi sobie ludźmi.

– Nie można czuć się już bardziej samotną, prawda? – głos Marty w jej głowie wyrwał ją z odrętwienia. – Cierpisz, ale to minie…

Zatęskniła nagle za Martoczką jak za nikim innym. Przyjaciółka, która sama straciła męża w walce, zrozumiałaby ją najlepiej. Hucuł nie wystarczał, podobnie jak leśni na Wołyniu i cała reszta dobrych ludzi, których do tej pory spotkała. Gdy więc zabrakło Piotra, wszyscy oni wydawali się tylko tłem, wyblakłym freskiem na ścianie starej cerkwi, po której hula zimny wiatr.

– Co teraz, Swieta? Co się z tobą stanie? – Hucuł patrzył w bok, unikając jej wzroku. Wyraźnie jednak wyczuwała w nim napięcie. Czekał na to, co postanowi teraz zrobić ze swoim życiem.

Bolało bardzo. Czuła, jak zimne, stalowe kleszcze ściskają jej piersi. Teraz, jak nigdy dotąd, stała na rozdrożu swojego życia. Zmiany przychodziły zbyt szybko i były zbyt gwałtowne. Była wyrzutkiem, członkiem narodu, który zatracał wszelkie cechy ludzkie. Przygarnęli ją za to ludzie, którzy równie dobrze mogliby ją rozwalić za to, że ginęli z rąk jej współrodaków. Teraz, po śmierci Piotra, oni byli jej rodziną i bliskimi. On musi być pożegnany żałobą, ale na to przyjdzie czas. Cierpienie po stracie przysypie na razie toną gruzu, podobnie jak żywą ranę krwawiącą w niej po tym, co zobaczyła na Wołyniu, o której nawet nie chce wspominać. Tymczasem przyjaciele potrzebowali jej teraz, natychmiast. Pewnie poradziliby sobie bez niej, bo przecież każdego można zastąpić, ale nie musieli. Ona tu przecież jest. Tylko trochę się ogarnie. Po akcji z pewnością ktoś potrzebuje pomocy…

Poczuła, że powinna zrobić jeszcze jedną rzecz. Wyciągnęła spod bluzki mały srebrny krzyżyk i przyłożyła do ust. Pocałowała go czule. „Żegnaj, Piotr, żegnaj, kochany…"

Zacisnęła zęby mocno, najmocniej, jak tylko mogła. Poczuła smak krwi na ustach. Podniosła oczy, głębokie i zimne.

– Gramy dalej!

18

Kuba przekroczył drzwi Szpitala Przemienienia Pańskiego na Pradze. Wiedział już, że praktykujący tu doktor Maks wsiadł wczoraj na placu Bankowym do samochodu przewożącego rannych. Hucuł znał go dość dobrze, miał więc spore szanse na to, aby dowiedzieć się, gdzie ukryto ciało Piotra. Jednak mrużący z niewyspania podpuchnięte oczy Maks wzruszył tylko ramionami.

– Nic nie wiem o żadnym ciele. Wsiadłem do auta na Bankowym, ale poza „Alim", Kruszynką, Cichym, Lotem, Junonem i „Sokołem" w samochodzie nie było nikogo. Żadnego trupa. Zresztą – otarł czoło wierzchem dłoni – Lota i Cichego tutaj też już nie ma. Zabrali ich w inne miejsce.

Kuba zmrużył oczy, wpatrując się z natężeniem w twarz doktora.

– Musiało być ciało, widziałem sam, jak Ali wciąga Piotra do auta.

Doktor Maks pokręcił przecząco głową.

– Jedyni, którzy wczoraj ponieśli śmierć, to ci nieszczęśni chłopcy na moście Kierbedzia. O innych nic mi nie wiadomo. Tym bardziej o ciele. Nie proszono mnie o wypisanie żadnej metryki zgonu. A teraz – wzruszył ramionami – pan wybaczy, ale muszę wracać do pracy. Proszę zapytać Alego, on na pewno będzie wiedział więcej, skoro był na miejscu.

Hucuł wyszedł ze szpitala oszołomiony. Ruszył w stronę Śródmieścia, próbując poskładać w jakąkolwiek sensowną całość to, co usłyszał. Skoro doktor Maks nic nie wiedział o martwym Piotrze, którego powinien z pewnością zauważyć w samochodzie, to...

– Gdzie, u licha, jest Piotr?!

*D*źwięki przelewały się gdzieś wysoko, jakby zamknięte w szklanym słoju, stłumione i monotonne. Ciemność zdawała się tak gęsta jak czarna, lepka smoła, w której nieodwracalnie grzęzną wskazówki zegara. I to dziwne, nieprzyjemne uczucie psujące cały spokój, w którym był zanurzony, szybko zmieniające się w pulsujący ucisk...

I nagle!

Światło przedarło się przez smolistą próżnię, rozdzierając ją na dwoje, a głosy, ostre i wyraźne, wlały się w jego głowę przez tę szczelinę tak gwałtownie, że zacisnął zęby i powieki jednocześnie. Zupełnie nie wiedział, gdzie się znajduje. Próbował się ruszyć, ale ból w piersiach omal nie pozbawił go przytomności po raz drugi. Otworzył oczy.

– Tom! Dzięki Bogu! Żyjesz!

Rozejrzał się dookoła i nagle przypomniał sobie wszystko. Strzelanina w Alejach Ujazdowskich i trup Kutschery stanęły mu przed oczami.

– Ali! Tom żyje!

– Chwała Bogu!

Leżał na podłodze samochodu, którym ewakuowali się z miejsca zamachu. Auto wypełnione ludźmi pruło w stronę Śródmieścia Północnego. Ktoś rozpinał mu płaszcz i koszulę.

– No, no! Nasz Tom to prawdziwy rycerz. Nie dość, że łeb zakuty, to jeszcze zbroja. Skąd ty to wytrzasnąłeś?

Popatrzył na Cichego i dotknął swoich piersi. Poczuł pod palcami poszarpany materiał. Chłód zmroził jego ciało, gdy zdał sobie sprawę z tego, że właśnie wyczerpał zapas szczęścia na następne kilka lat.

„Panie Szczepanik – szepnął w myślach – jestem pańskim dłużnikiem!"

Jan Szczepanik, „polski da Vinci" z Galicji, o którym pisał nawet sam Mark Twain, nigdy nie dowiedział się, że ma nowego dłużnika. Wszystko dlatego, że od blisko osiemnastu lat jego ciało spoczywało na tarnowskim cmentarzu. Zanim jednak pożegnał się z tym światem, zdążył kilkakrotnie wzbogacić go swymi genialnymi wynalazkami.

Ten, za który dziękował mu właśnie polski cichociemny, porucznik Armii Krajowej Piotr Ochocki „Tom", był białą kamizelką uszytą z kilkunastu warstw jedwabnej tkaniny, której odporność na przerwanie była zadziwiająco wysoka. Niezwykły przedmiot, wykonany na podstawie projektu polskiego wynalazcy, stał się jego własnością za sprawą angielskiego potentata stoczniowego, mistera White'a, ojca Margaret, zakochanej do szaleństwa w Piotrze blond piękności. Ochocki odwiedził ich dom w Londynie jeszcze podczas swojego szkolenia wojskowego na Wyspach Brytyjskich. Pan White podarował mu należącą do swojej kolekcji militariów kamizelkę, żeby chroniła jego potencjalnego zięcia w takich sytuacjach jak właśnie ta. Potencjał został zmarnowany, związek z Margaret nie przetrwał próby czasu, ale za to kuloodporna kamizelka trafiła wraz z Piotrem do Polski. Przed wylotem musiał, niestety, wyjąć z niej cienkie blachy tworzące wewnętrzny pancerz wzmacniający konstrukcję. Podarunek był po prostu zbyt ciężki, a i tak dźwigali ze sobą bardzo dużo rzeczy. Pas z pieniędzmi, puszki z dokumentami, broń oraz cywilne ciuchy założone pod kombinezon wykluczały dodatkowe obciążenie. Nie było innego wyjścia i blachy zostały w Wielkiej Brytanii.

Zdobył je znacznie później, w zakładzie ślusarskim na Powiślu, w którym według swego fikcyjnego życiorysu był zatrudniony.

A teraz leżał na podłodze mercedesa 170 V, dziękując Szczepanikowi, White'owi i samemu Panu Bogu za to, że jego życie zostało ocalone…

– Tom! Krwawisz!

…chyba?

Czuł ból w całej klatce piersiowej. W końcu trzy strzały z tak bliskiej odległości musiały wyrządzić szkody, nawet samą siłą uderzenia pocisku. Łudził się przez chwilę, że skończy się na siniakach, ale byłoby to chyba zbyt wielką nonszalancją wobec losu.

– Możesz się ruszać?!

Mógł. Wprawdzie przy podnoszeniu lewego ramienia czuł przeszywający bark ból, ale ciało miał sprawne.

– Nie podnoś się! Zaraz będziemy na placu Bankowym. – Juno rozglądał się przez szyby pojazdu, wypatrując niebezpieczeństwa. – Stamtąd zabierzemy doktora Maksa. Opatrzy chłopaków.

– Gdzie jesteśmy? – Piotr usiłował dźwignąć ciało na rękach pomimo bólu, ale w samochodzie nie było miejsca na takie akrobacje.

– Zaraz wjedziemy w Aleje.

Pomyślał przez chwilę. Było ich pewnie z sześciu w aucie. Broczący krwią Cichy i Lot byli wystarczającym obciążeniem dla reszty. Doktor Maks się nie zmieści…

– Wysadźcie mnie.

Nie usłyszeli. A może nie dotarło do nich to, co powiedział.

– Zatrzymajcie auto i wysadźcie mnie!

Juno spojrzał na niego z niedowierzaniem.

– Coś ty, oszalał?! Jedziesz z nami do szpitala. Krwawisz, chłopie!

Piotr jednak już podjął decyzję.

– To nie moja krew! Popaprałem się chyba od Lota! A jeśli będzie trzeba, to Swieta mnie opatrzy. W końcu jest pielęgniarką. – Widział miny kolegów, nieprzekonanych jego słowami, więc dodał: – Jest nas zbyt wielu! Poza tym nic mi nie jest, chodzić mogę! Wyrzućcie mnie jak najszybciej!

Mercedes 170 V zatrzymał się przy krawężniku Alei Jerozolimskich. Chwilę później Piotr, trzymając się za brzuch, szedł chwiejnym krokiem w stronę ulicy Wilczej. Bolało go niemal wszystko, jednak ostre kłucie w barku spowodowane było raczej upadkiem, a nie pociskiem. Przeczesał zgrabiałą dłonią zmierzwione włosy. Musiał wyglądać niezbyt dobrze, bo wszyscy przechodnie spoglądali na niego z niepokojem.

„To przez te plamy z krwi na płaszczu" – pomyślał, ale to wyjaśnienie nie dodało mu otuchy. Wręcz przeciwnie. Zdawał sobie sprawę z tego, że teraz każdy mundurowy wyłowi go z tłumu przechodniów.

„Iść do Swiety czy najpierw do domu?" – zastanawiał się przez chwilę, ale prawie natychmiast odrzucił pierwszą możliwość. Od mieszkania na Wilczej dzieliło go kilkaset metrów, a w takim stanie nie dotrze nawet do Nowego Światu.

Zatęsknił za Swietą. Przez tę całą akcję z Kutscherą nagle zdał sobie sprawę z tego, jak bardzo kruchy jest świat, w którym przyszło im żyć. Byle kula może w każdej chwili zakończyć to, czym obdarzył go Pan Bóg. Przedtem Piotr zbyt często wykazywał nonszalancję wobec śmierci. Jednak teraz, gdy los ponownie zetknął go z dziewczyną, w której zakochał się bez pamięci, zaczął się bać o swoje życie. I pragnął. Pragnął jak najszybciej ją przytulić.

Skręcił w ulicę Wilczą i naciągnął kołnierz płaszcza, jakby ten gest miał moc ukrycia go przed niepożądanym wzrokiem. Nie zadziałało.

19

*H*ier ist er – człowiek siedzący w zaparkowanym przy krawężniku samochodzie wskazał Piotra swojemu towarzyszowi. – Zaraz wejdzie do bramy.

Wysoki brunet w szarej kaszkietówce kiwnął głową na znak, że rozpoznał cel.

– Tiepier my dołżny sledit' za nim.

Elegancko ubrany Niemiec skrzywił się z niesmakiem.

– Nicht Russisch, bitte!

Brunet zagryzł zęby.

„Język ci śmierdzi, faszysto! Ale współpraca już nie" – pomyślał. Odburknął jednak głośno: – Jawohl. Kein Russisch… Mam nadzieję, że będzie warty całego zachodu.

Jego towarzysz potwierdził skinieniem głowy.

– Wierzę w niego, Herr Soroncev. Wiemy, że to skoczek z Anglii. Dobrze wyszkolony żołnierz. No właśnie, zbyt dobrze! Cholera, zauważył nas! – Niemiec rzucił się do przodu, napierając na oparcie przed sobą. – Zdejmujemy go!

Rosjanin złapał go za nadgarstek.

– Jak to?! Mieliście go tylko obserwować! Poza tym skąd wiemy, że nas zauważył?

– Nie będę ryzykował. Jeśli się nam teraz urwie, nigdy go nie znajdziemy. Ruszamy! – bezskutecznie próbował wyszarpnąć rękę z uścisku.

– Sami? Nie damy rady, jeśli jest uzbrojony!

Niemiec westchnął z politowaniem.

– Nie bój się. Rzesza obroni cię przed bandytą! Ruszamy!

Po drugiej stronie chodnika Ochocki dochodził właśnie do bramy domu, w którym wynajmował mieszkanie. Już tylko kilkanaście metrów dzieliło go od bezpiecznej kryjówki. Rozejrzał się jeszcze dookoła tak, żeby wychwycić ewentualne nieprawidłowości, czyjąś głowę obróconą zbyt gwałtownie, przydługie spojrzenie ciekawskich oczu albo inny odbiegający od normy sygnał zdradzający, że jest śledzony. Jego uwagę przykuł zaparkowany po drugiej stronie samochód. Siedzący w nim mężczyźni przyglądali się mu uważnie przez szyby pojazdu. To nie był dobry znak. Poczuł skok adrenaliny. Jeszcze przez ułamek sekundy łudził się, że to zwykły przypadek, ale gdy drzwi packarda się otworzyły, wszystko stało się jasne. Nie czekał biernie na rozwój wydarzeń, choć opcje miał niezwykle ograniczone. Z naprzeciwka nadchodził patrol policji, więc jedyną drogę ucieczki stanowiła brama jego domu. Rzucił się do niej, po czym zatrzasnął drzwi i zaciągnął zasuwę. To powinno na chwilę spowolnić intruzów. Rozejrzał się dookoła. Mógł uciec po dachach komórek z tyłu domu. Jednak od podwórza dzieliła go krata. Podbiegł do niej i szarpnął za pręty furtki. Zamknięte!

„Cholera jasna!" – zaklął w myślach. Musiał zastosować plan awaryjny. W jego kuchni znajdowało się wyjście na drugą, tylną klatkę schodową. Mógł zejść nią niepostrzeżenie pomiędzy niskie komórki na węgiel, a po ich dachach przedostać się na sąsiednie podwórze, z którego było wyjście na drugą ulicę. Myśli goniły w jego głowie jak szalone. A co, jeśli Niemcy zastawili kocioł w mieszkaniu? Wpadnie! Przecież ten plan przygotowany był na wypadek, gdyby Niemcy zaskoczyli go w domu. Nie miał jednak wyjścia. Pozostanie tutaj również skończy się dla niego tragicznie. Musiał spróbować.

– Öffnen das Tor! – usłyszał głośne walenie w bramę. Nie było czasu do stracenia. Za chwilę cieć otworzy zamek. Przeskakiwał po dwa stopnie naraz. Drzwi do mieszkania były zamknięte. Wyciągnął pistolet z kieszeni, otworzył zamek i pchnął je delikatnie. W półmroku przedpokoju nie wyłowił żadnego ruchu. Wewnątrz panowała cisza. Wsunął się do środka, trzymając broń przed sobą. Spojrzenie w prawą i lewą stronę. Czysto. Otworzył drzwi do pokoju, ale tam również nikogo nie było. Odetchnął z ulgą. Słyszał już bardzo wyraźnie zamieszanie na dole. Niemcy weszli do bramy. Miał coraz mniej czasu. Pobiegł do kuchni i otworzył małe drzwi prowadzące na drugą klatkę schodową. Ruszył pędem w dół. Mieszkanie było czyste, nie musiał się martwić, że znajdą w nim papiery obciążające kogokolwiek.

Dotarł już do pierwszego piętra, gdy zorientował się, że drzwi do mieszkania położonego pod jego lokum były otwarte. Stała w nich kobieta, na której widok zrobiło mu się słabo.

– Pani Erika Buddenchoff! Ja… Znaczy… Ja muszę iść. – Zrobiło mu się słabo. Niemka mogła wszcząć alarm w całej kamienicy…

A ona widziała pistolet w jego ręce. Jęknęła tylko cicho i oparła się o framugę. Potem dłonią odsunęła wycelowaną w nią broń.

– Mein Gott… Pan cały we krwi…

W jej oczach nie dostrzegł strachu. Zamiast niego zobaczył dużo, a nawet bardzo dużo ciepła…

– Proszę do mnie, do mieszkania – pociągnęła go za rękę do środka. – Mąż poza Warszawą jest. Niech się pan nie boi. Nie wydam pana.

*F*rau Buddenchoff! No jasne! Jednak w tej chwili nie miał wyjścia, musiał skorzystać z jej pomocy.

– Warten Sie hier, bitte!

Erika poprawiła pukiel kręconych włosów, tak mimochodem, po czym wyszła, zamykając za sobą drzwi. Stanął za nimi z odbezpieczoną bronią i przyłożył do nich ucho. Kobieta zbiegła na dół i otworzyła drzwi wejściowe do klatki.

Potem przybiegła z powrotem na górę. Otworzyła drzwi do mieszkania i spojrzała na Piotra. Położyła swoją miękką dłoń na jego ustach.

– Polizei! Polizei!

Poczuł, jak pod wpływem jej krzyku jeżą mu się włosy na całym ciele. Usłyszał kroki podkutych butów na schodach. Musieli przejść przez jego mieszkanie. A on, zamiast uciekać, dał się wciągnąć wilczycy do jej jaskini. Postąpił jak ostatni kretyn! Przecież ta Niemra widziała go z pukawką! Mógł ją zastrzelić teraz, ale wtedy na pewno nie wydostanie się z kotła. Ponownie znalazł się w sytuacji bez wyjścia. A tak bardzo nie lubił tracić kontroli nad tym, co się wokół niego dzieje.

Niemcy byli tuż za drzwiami, odgrodzeni od niego warstwą drewna, strachem i ciepłą dłonią Frau Eriki Buddenchoff. I mógłby przysiąc, że jej palce delikatnie głaskały jego policzek…

– Pobiegł w dół, schodami! Widziałam, jak wymachiwał pistoletem! Groził mi!

Prawie histeryczny krzyk kontrastował bardzo wyraźnie ze spokojnym dotykiem jej ręki. Dobrze wiedziała, że teraz był zdany tylko na nią. Bał się pomyśleć, czego ta doskonale opanowana kobieta zażąda za uratowanie go przed katastrofą.

Zegar wybił popołudniową godzinę. Za oknami robiło się szaro. Długie cienie lizały ozdobione tapetą ściany, przesuwając się po kolejnych filiżankach i spodkach uwięzionych za szybą okazałego kredensu. Nawet Hitler spoglądający z wyżyny zawieszonego na ścianie portretu zdawał się delektować spokojem wypełniającym mieszkanie tak szczelnie, że Piotr musiał od czasu do czasu rozmasowywać szyję, żeby się nie udusić. Roznosiło go od środka. Nie wiedział, co się stało z rannymi chłopakami, nie miał pojęcia, jak skontaktować się ze Swietą i Hucułem, a nade wszystko panicznie bał się tego, że przyjaciel będzie go szukał w jego mieszkaniu i wpadnie przy tym w gestapowskie łapska. Mieszał herbatę, pobrzękując nerwowo łyżeczką.

– Zadzwoń, jeśli potrzebujesz. – Erika siedziała naprzeciw niego, starając się odczarować ciężką jak trumna atmosferę. – Telefon nie jest na podsłuchu.

– Nikt na mnie nie czeka. Nikogo nie muszę zawiadamiać – odmówił łamanym niemieckim tak nieprzekonująco, że nawet Adolf spojrzał na niego z politowaniem.

Westchnęła cicho. Próbowała chwycić jego dłoń, ale cofnął ją, zostawiając jej ręce na białym obrusie.

– Tadeusz, ja wiem, kim jesteś. Wiem o waszym ruchu oporu i innych zabawach w wojnę. – Spokojny, ciepły ton jej głosu zupełnie nie pasował do marszowego języka. – Mój mąż ugania się całymi dniami za wami.

– Frau Erika... – zaczął, wypuszczając głośno powietrze z płuc. Przerwała mu w pół słowa.

– Proszę... – Udało jej się dotknąć jego dłoni, ale znów ją cofnął. – Mów mi po prostu Erika. Prosiłam cię o to tyle razy.

– Eriko... – Widać, że przestawienie się na tryb bardziej osobisty wymagało od niego sporo wysiłku. – Ja nie należę do żadnego ruchu oporu. Kolega miał mały wypadek, stąd ta krew... – Naciągnął poły płaszcza na siebie tak, żeby w żaden sposób nie można było zobaczyć kamizelki.

Odsunęła się od stołu i spojrzała w bok. Po chwili wstała i podeszła do okna.

– Może mam męża policjanta, ale nie jestem głupia. Nie traktuj mnie tak, bo to mnie obraża. – Ani na chwilę nie straciła cierpliwości. – Dziś rano grupa bandytów – poprawiła się natychmiast: – partyzantów zastrzeliła Franza Kutscherę. Wiem, słyszałam o tym od męża przez telefon. A potem nagle się zjawiasz cały umazany krwią, a za tobą zgraja mundurowych. Tadeusz! – Odwróciła się do niego i spojrzała twardo, po raz pierwszy dzisiejszego dnia. – Uratowałam ci życie! Dobrze o tym wiesz! Nie wydam cię. Możesz odejść w każdym momencie, choć teraz grozi to natychmiastowym aresztowaniem. Oczywiście możesz mnie zastrzelić, ale to przysporzyłoby ci jeszcze więcej kłopotów. Poza tym mam nadzieję, że nie chciałbyś tego zrobić... – Uśmiechnęła się ponownie. – Jesteś uparty jak osioł, ale nie będę więcej nalegać na nic. Rozumiem, że chcesz chronić swych bliskich i przyjaciół. W końcu jestem Niemką.

– Dlaczego mi pomagasz? – zapytał, jakby nie znał odpowiedzi, a ona dała mu ją, jak gdyby nie wiedziała, że się domyśla.

– Bo cię lubię i... Podobasz mi się – powiedziała to, znowu patrząc w okno. – Nie muszę udawać, jak ty. Żałowałabym bardzo, gdyby ci się coś stało.

– Co chcesz w zamian?

Obróciła głowę w jego kierunku natychmiast.

– Och, konkretny do bólu. Tak nisko mnie cenisz? – Popatrzyła na niego uważnie. – Nie potrzebuję wymuszać na nikim niczego. Znam swoją wartość – wyprostowała się leniwie – a jeśli nawet, to i tak nie możesz mi tego dać. Nie ufasz mi. A szkoda...

Miała rację. Nie ufał jej. Była miła, ale była również wrogiem. Należała do narodu, który z Polakami nie zawiera przyjaźni.

„Boże! Ile dałbym za to, żeby to wszystko się skończyło". Ukrył w dłoniach twarz, a wraz z nią swoje myśli.

– Czeka na ciebie narzeczona? – zapytała, wyrywając go z zamyślenia.

– Co? Czy narzeczona? – Przeczesał dłonią fryzurę. – To nieistotne.

– A więc jest jakaś kobieta. – Zmrużyła oczy, uśmiechając się lekko. – Ładna?

„Najpiękniejsza!" – pomyślał, wzruszając jedynie ramionami.

20

Szedł szybkim krokiem w kierunku kamienicy, w której Ochocki wynajął mieszkanie. Spieszył się. Niedługo zaczynała się godzina policyjna. Kilka razy musiał zmieniać trasę marszu, a nawet schować się na chwilę w jakimś zaułku. W mieście zrobiło się gorąco. Niemcy histerycznie zareagowali na odstrzelenie przez chłopców z „Pegaza" ich warszawskiej wunderwaffe, Franza Kutschery. Z koszar wypełzły hordy policyjnych i wojskowych patroli, a ulicami pędziły czarne limuzyny Gestapo. Na mur-beton wezmą zakładników i rozstrzelają ich w odwecie.

Przekonany, że Piotr nie żyje, nie pomyślał wcześniej, żeby tu zajrzeć. Skoro jednak doktor Maks nie widział go w samochodzie, to znaczy, że ten skubaniec przetrwał strzelaninę. Hucuł, jak na złość, nie był w stanie skontaktować się w tej chwili z nikim, kto mógłby cokolwiek wiedzieć. Na dodatek cały dzień czuwał przy rozsypanej w drobny mak Swiecie. I chociaż serce kołatało mu w piersiach jak szalone, gdy docierało do niego, że Piotr mógł przeżyć, to jednak cały czas wracał myślami do pozostawionej w bezpiecznym domu dziewczyny. „Przecież ona nie przeżyje tej całej niepewności i huśtawki nerwowej. Co ja mam jej powiedzieć? Może na razie nic? Cholera!"

A on sam? Co czuł i myślał?

Odwrócił głowę w bok… Jakby uciekał… Jakby bał się odpowiedzi na to pytanie…

I wtedy to zobaczył. Serce skoczyło mu do gardła. Kwiatek w oknie ciecia Antosiaka stał po lewej stronie. Dozorca był ich człowiekiem, więc Kuba doskonale rozpoznał sygnał. W kamienicy jest kocioł!

Minął bramę, nie zatrzymując się nawet przy niej. Samochód zaparkowany na poboczu po drugiej stronie ulicy przyciągał jego wzrok tak, jak oczy kobry przyciągają spojrzenie ofiary. Opanował się jednak, żeby w żaden sposób nie zwracać na siebie uwagi. Na próżno.

– Halt!

Ten przeklęty samochód! Wysiadający z niego mężczyzna, ubrany w czarny płaszcz, wyciągał w jego stronę rękę uzbrojoną w pistolet.

Hucuł też miał broń!

I był szybszy!

Kula wystrzelona z biodra trafiła Niemca w bark i rzuciła go na ziemię. Zanim upadł, zdążył pociągnąć jeszcze za spust. Pocisk odłupał kawał tynku tuż nad głową Kuby, który biegł już wzdłuż ściany domu. Słyszał, jak zawył silnik samochodu. Ruszano za nim w pościg! Biegł przed siebie, nie zwracając uwagi na to, że gdzieś na piętrze kamienicy rozchyliły się okna, z których natychmiast otwarto do niego ogień. Poczuł szarpnięcie w rękę. Któryś ze strzałów okazał się na tyle celny, żeby drasnąć go w ramię i rozerwać rękaw kurtki. Sekundę później chodnik wypełnił się światłem samochodowych reflektorów. Nie miał szans dobiec do skrzyżowania z Mokotowską. Auto nabierało już prędkości. Rzucił się w jakąś bramę, modląc się w duchu, żeby nie okazała się pułapką bez wyjścia. Słyszał, jak pojazd zatrzymuje się z piskiem opon. Wpadł na podwórko, ale wiedział już, że nie zdąży dobiec do furtki prowadzącej do małego ogrodu.

SS-Oberscharführer Otto Weimar, najniższy stopniem funkcjonariusz sekcji C referatu IV A tajnej policji Gestapo, gapił się beznamiętnie przez szybę samochodu. Jego dwaj koledzy rechotali na tylnym siedzeniu, wspominając wczorajszą wizytę w jednym z nocnych lokali na Pradze. Jemu jednak nie było do śmiechu. Sekcja, w której pracował, zajmowała się zwalczaniem najważniejszych bandyckich organizacji podziemia w Generalnej Guberni. I właśnie dziś jedna z nich odstrzeliła im szefa, SS-Brigadeführer und Generalmajor der Polizei Franza Kutscherę. Pieprzeni Polacy! Jego przełożony, SS-Obersturmführer Ulrich Stern, dostał białej gorączki. Rozpuścił wszystkich wyższych stopniem podwładnych jak psy gończe, żeby czasem brak szybkich wyników śledczych nie pozbawił go funkcji i głowy. Cała sekcja biegała po Warszawie jak kot z pęcherzem. Poza nim.

Operacja, którą prowadził, była dla Sterna zbyt ważna, by ją zawiesić choć na chwilę. Obersturmführer dbał bowiem bardzo mocno o pewien specyficzny rodzaj bardzo nieformalnych kontaktów. Co prawda Trzecia Rzesza prowadziła morderczą wojnę ze Związkiem Sowieckim, a co za tym idzie, oficjalna współpraca Gestapo i NKWD w zwalczaniu polskiego podziemia dawno została zakończona. Jednak na pewnych szczeblach obie te instytucje nadal zachowały stare kontakty.

Śledztwo w sprawie potencjalnego oficera polskiej organizacji zbrojnej, mieszkającego w kamienicy, przy której zaparkowali swój samochód, było właśnie takim „dzieckiem z nieprawego łoża". Lokalizację tego Polaka wystawili im agenci NKWD, którzy namierzyli go przed nimi. Nie wiedział dokładnie, jaki cel mieli w przekazaniu tej informacji bolszewicy, ale nie obchodziło go to zbytnio. On miał za zadanie jedynie obserwować bandytę i na tej podstawie stworzyć mapę jego kontaktów z innymi członkami podziemia.

Ale dzisiejszy dzień przyniósł ze sobą kilka nieoczekiwanych zmian. Wczoraj Otto otrzymał informację, że postanowiono wreszcie złowić Polaka i dać mu „propozycję nie do odrzucenia": współpraca albo krótkie życie bez paznokci i zębów.

I wtedy wydarzyła się katastrofa. Najpierw ten gnojek wymknął się jego obławie, a potem przyszła wiadomość, że zastrzelono szefa policji i SS. Nad ich głowami zawisły czarne chmury.

Teraz SS-Oberscharführer Otto Weimar umierał z powodu ogromnej kuli strachu w samym środku swojego żołądka. Już dwa razy biegał do kibla, co nie uszło uwadze tych dziwkarzy z tyłu śmiejących się z niego w głos. Zwłaszcza że wiedział o czymś, co nie dawało mu spokoju od rana. Otto szybko skojarzył komunikat o egzekucji na Kutscherze z faktem, że na płaszczu śledzonego przez nich Polaka dostrzegł ślady krwi. To nie mógł być przypadek! A on pozwolił na to, żeby ten wymknął mu się z rąk!

Potok jego myśli przerwał człowiek idący chodnikiem po drugiej stronie. Normalnie nie zwróciłby na niego uwagi. Jednak dzisiaj każdy był podejrzany. Zwłaszcza że przechodniów było coraz mniej. Poza tym Otto mógł nie być wybitnym policjantem, ale był na tyle dobry, żeby wyłapać ledwo dostrzegalne zdenerwowanie tego człowieka. Mógł to być przypadek, strach spowodowany tym całym zamieszaniem w mieście. Ale równie dobrze mogłoby to być cokolwiek innego. Na przykład…

– Hermann, sprawdź tego faceta naprzeciwko – zwrócił się do swojego człowieka, który na tylnym siedzeniu rechotał z kolejnego kawału kolegi. – Zobacz, co się tak czai.

Podwładnemu chyba nie spodobał się rozkaz, bo mruknął coś pod nosem z niezadowoleniem. Jednak otworzył drzwi samochodu i ruszył w stronę przechodnia.

– Halt!

Cała reszta była dla Otta niczym zwolniony film oglądany zza szyby samochodu. Tamten wyciągnął pistolet i strzelił. Hermann padł bezwładnie na bruk, jednocześnie pociągając za spust. Niecelnie! Bandzior uciekał już wzdłuż ulicy, podczas gdy z okien mieszkania przebywający w nim policjanci otworzyli ogień.

– Zawracaj! – wrzasnął do kierowcy. – Za nim!

Auto zawyło i potoczyło się za oddalającym się mężczyzną. Jeszcze kilka metrów i przetną mu drogę.

– Scheisse! – twarz Otta wykrzywiła się z wściekłości. Polak wpadł do bramy jakiejś kamienicy. Niemiec poczuł, jak oblewa go zimny pot. Nie mógł pozwolić, żeby wymknął mu się drugi bandyta w ciągu jednego dnia. Szarpnął za klamkę i po chwili dopadał już korytarza. Słyszał za sobą kroki biegnącego za nim Jürgena, trzeciego policjanta.

„Nie ucieknie nam!" – ta myśl sprawiła, że poczuł dziką satysfakcję. W końcu deptali tamtemu po piętach!

Widział już wylot drugich drzwi prowadzących z ciemnego korytarza wprost na podwórko. Widział zarys kamienicy naprzeciwko.

Ale nie zauważył dłoni, która – wystrzelona wprost z ciemności – uderzyła go w gardło. Z pewnością runąłby na ziemię, gdyby ktoś nie złapał go za rękę trzymającą pistolet i nie przytrzymał, obracając całe jego ciało. Ból krtani odbierał mu świadomość. Poczuł tylko, jak człowiek, o którego się opiera, podnosi do góry jego rękę. Potem nie czuł już nic. Kula wystrzelona przez Jürgena zakończyła jego życiowe dylematy.

Napastników było dwóch. Wbiegli obaj do korytarza. Pierwszy spieszył się za bardzo. Hucuł uderzył go w gardło, przytrzymując rękę z pistoletem. Nie pozwolił mu upaść na ziemię, zasłonił się nim jak tarczą. W samą porę. Drugi Niemiec wystrzelił właśnie w jego kierunku. Kula głucho uderzyła w ciało, którym się ochraniał. Następny strzał należał już do Kuby. Mała dziurka na środku czoła i mózg rozpryśnięty na ścianie definitywnie odsunęły bezpośrednie zagrożenie. Rozejrzał się szybko dookoła, jakby dopiero teraz dostrzegł kilku mieszkańców kamienicy stojących na podwórku.

– Panie kochany – łamiącym się głosem odezwał się starszy, pucołowaty mężczyzna, ściskając w dłoniach czapkę – przecież nas teraz wszystkie zamordują Niemce. Panie…

Znał ten widok.

Patrzyli na niego przerażeni ludzie, na których chyba właśnie podpisał wyrok śmierci. Kolejny raz. Nie wiedział, co im powiedzieć, podobnie jak tym na Wołyniu, którym wprawdzie uratował życie, ale jednocześnie skazał ich na wieczną tułaczkę.

Ci tutaj, na podwórku, też właśnie zostali skazani. Jeszcze tylko do końca nie wiedzieli, jak wysoki będzie wymiar kary, którą przyjdzie im ponieść za jego ocalenie.

– Do domów idźcie… – Ruszył w stronę ogrodu. – Nie stójcie tak. Zaraz tu będą.

Nie odwracał się, nie miał odwagi. Przebiegł przez ogród, przeskoczył przez mur oddzielający go od podwórka obok i zniknął w ciemnościach.

21

*P*rzesuwał nogi w górę z wysiłkiem, pokonując kolejne stopnie tak, jak gdyby była to trasa prowadząca na szczyt Giewontu, a nie do mieszkania na poddaszu. Buty odlane z ołowiu wcale nie ułatwiały mu zadania. Podobnie jak myśli.

Co ma powiedzieć Swiecie? Jaką wiadomość przekazać? Piotr żyje? A może Piotr wpadł w łapy Gestapo? Albo może nic nie mówić?

Bał się o nią. Zdawał sobie sprawę z tego, ile już przeszła w życiu, i opiekę nad nią stawiał sobie za najważniejszy cel, nawet gdy stało się to, co było nieuniknione. Gdy powrócił Piotr.

Tego nie zaplanował ani nie przewidział. Swieta stała się mu tak bliska, że odchorował to prawie fizycznie, gdy jego przyjaciel zniknął w jej mieszkaniu na całą noc, a on po raz pierwszy nie mógł zapukać do jej drzwi. Zdał sobie wtedy sprawę, że przeoczył ten moment, gdy troska o tę małą subtelnie zmieniła się w uczucie, o zdolność do którego nigdy siebie nie posądzał.

A gdy myśleli, że Piotr zginął, Hucuł poczuł coś bardzo dziwnego. Złapał się na tym, że potrafił znaleźć w tym momencie dobre strony takiej sytuacji. I zamiast biegać po mieście jak kot z pęcherzem, próbując dowiedzieć się czegokolwiek o przyjacielu, przesiedział ponad dobę przy łóżku Swiety, karmiąc się tą chwilą i tym, że potrzebowała czyjejś obecności.

Zapukał do drzwi i usłyszał za nimi szybkie kroki… Otworzyła mu Swieta. Promieniejąca blaskiem i szczęśliwa jak nigdy dotąd.

– Kuba! – Rzuciła mu się na szyję. – Piotr! Piotr! On żyje!

Poczuł się jak najgorszy łajdak i egoista, może nawet bluźnierca.

Swieta odsunęła się od niego, nie ściągając dłoni z jego szyi. Oczy śmiały się jej tak, że cała Puszcza Kampinoska mogłaby spłonąć od ich żaru. I z tym przepięknym uśmiechem na ustach przebiła jego serce na wylot.

– Piotruś przeżył. Boże, jaka ja szczasływa!

*J*est tam! – Kuba wskazał kierunek delikatnym skinieniem głowy. Jednak po szerokim uśmiechu na twarzy Swiety poznał, że się spóźnił. Stała jak zahipnotyzowana, gapiąc się na Piotra spacerującego przy schodach prowadzących do kościoła św. Krzyża na Krakowskim Przedmieściu. Musiał pociągnąć ją za rękę za pomnik Kopernika.

– Musimy się upewnić, że nikt go nie śledzi. W końcu urwał się z pola widzenia na dwie noce.

Spojrzała na niego zaskoczona.

– Przecież ma płaszcz rozpięty, choć zimno?

Westchnął z dezaprobatą, jak nauczyciel, który musi tłumaczyć oczywistości. Rzeczywiście, Piotr zrobił tak, jak powinien. Rozpinając płaszcz, dał sygnał obserwującym go przyjaciołom, że nie ma ogona i nikt go nie śledzi. Jednak istniało zagrożenie, że jeśli wpadł w ręce Niemców, to mógł zostać złamany i zmuszony do współpracy. W takim wypadku byli w niebezpieczeństwie. Hucuł nie wierzył w taką ewentualność. Znał Piotra i wiedział, że ten nigdy nie naraziłby ich na żadne ryzyko. Drażniła go jednak radość dziewczyny, ten jej niczym niezachwiany entuzjazm. Nie potrafił zapanować nad chęcią przytłumienia go choć na chwilę swym mentorskim tonem.

Nie miało to, niestety, większego znaczenia. Nie słyszała jego słów. Jej wszechświat oddalił się z zawrotną prędkością od wszystkiego dookoła, od Kuby też.

– Swieta!

Szła teraz szybkim krokiem w kierunku Piotra. Nie dbała w tej chwili o to, czy jacyś Niemcy ich obserwują, czy nie, i czy Hucułowi się to podoba. Miała dość ukrywania się i ciągłego strachu. I jeśli on rzeczywiście dostał się w ręce Gestapo, ona wlezie w ich łapy razem z nim.

Miękki dotyk jej dłoni uwolnił go z bezruchu. Całe napięcie spłynęło z niego natychmiast. Już było dobrze. Tulił ją do siebie tak, jak gdyby chciał nadrobić te godziny niepewności jednym gestem. Ujął jej twarz w dłonie.

– Znów mnie zostawiłeś samą – cichy, ciepły głos był balsamem dla jego uszu. Ocierał jej łzy, nie mogąc nasycić oczu jej widokiem. – Na całą wieczność. Umrzeć ci zdążyłam…

– Przepraszam… Już nie będę…

Pogładził ją po włosach i przytulił znów, nie zwracając uwagi na uśmiechających się do nich przechodniów. Nie liczyli się. Nic się już nie liczyło.

– Piotr… Ja się boję – odgarnęła z czoła kosmyk włosów, nie odrywając się od niego. – Cały świat przeciw nam. Boję się, że mu się uda…

– Komu się uda?

Ścisnęła powieki, tamując łzy.

– Temu światu.

*P*o drugiej stronie pomnika Hucuł odwrócił się do Piotra i Swiety plecami. Odchodził w kierunku ulicy Kopernika, rozdarty między lojalnością wobec przyjaciela a emocjami, których ani nie rozumiał, ani nie umiał opanować. Czuł się podle, jak złodziej, który zapragnął czegoś, co do niego nie należało. Najgorsze jednak było to, że pragnąć nie przestawał.

22

*P*iotr odchylił się na krześle, zaplatając dłonie z tyłu głowy. Syknął i natychmiast skulił się ponownie. Jego tors w bolesny sposób przypomniał o tym, że przyjął na siebie niedawno kilka kul. Początkowo adrenalina zadziałała znieczulająco. Jednak gdy emocje opadły, ciało dało o sobie znać. Trochę dał mu się też we znaki długi spacer z Krakowskiego Przedmieścia. Na Wilczą nie miał po co wracać. Zresztą Swieta nalegała, żeby pójść do jej mieszkania. W domu miała wszystko, czego potrzebowała, żeby zająć się obolałym Piotrem.

Nie spieszyli się. Chłodny lutowy dzień nie zachęcał do spaceru, ale sama przyjemność pójścia pod rękę skusiła ich skutecznie. Nie rozmawiali dużo. Przytulona do ramienia Swieta była zajęta zgrywaniem rytmu ich kroków. Uśmiechała się, rozbawiona swą nieporadnością, gdy co chwilę musiała przeskakiwać z nogi na nogę, tak by kołysać się równo i nie obiać o Piotra. W końcu chłopak zlitował się nad nią i skrócił krok.

– Nawet po krokach widać, że nie jesteśmy parą – powiedziała z uśmiechem, nie podnosząc głowy. – Znaczyt' tak, ale nie…

Piotr pogładził jej skrytą pod materiałem rękawiczki dłoń.

– Jak to nie jesteśmy, skoro jesteśmy? Chodzić cię tylko muszę nauczyć, droga panno.

– Gdybyś tak nóg nie wyciągał jak na szczudłach, to i ja nie musiałaby rachować twoich kroków. A tak wszystko mi się miesza.

Byli szczęśliwi. Chyba najszczęśliwsi pośród przygaszonych ludzi dookoła, zajętych swoimi myślami i spieszących do swoich spraw. Gdyby radość była kolorową aurą, to obserwujący swoje miasto z wysoka Bóg zobaczyłby małą, wielobarwną, pulsującą życiem kulkę na jednolitym, szarym tle Krakowskiego Przedmieścia. Toczyli się więc, coraz mniej nieporadnie, w kierunku placu Zamkowego. I nie przeszkadzały im teraz nawet liczne niemieckie patrole.

Tyle czasu czekał na ten moment. Tak wiele razy wyobrażał sobie, jak to będzie, gdy stanie ze Swietą na warszawskim bruku i poprowadzi ją niespiesznie ulicami swojego miasta. A teraz czuł jej bliskość i marzył już tylko o tym, żeby przytulić ją mocno, bardzo mocno. Widział, jak błyszczą jej oczy, i była to dla niego najlepsza nagroda za lata cierpliwości. Przeciągał więc spacer tak, jak odwleka się chwilę, gdy wreszcie wsunie się w usta kawałek słodkiej czekolady, podsycając pragnienie samym widokiem. Miał ją przy sobie i była teraz zdana tylko na niego. I podobało się jej to. Czuła się wreszcie bezpieczna.

A teraz stała przy zlewie tyłem do niego i słuchała opowieści o tym, co wydarzyło się od akcji na Alejach Jerozolimskich, szorując wypucowaną do czysta patelnię, byle tylko zająć czymś dłonie trzęsące się ze zdenerwowania. Uśmiechać się przestała w chwili, gdy usłyszała o kotle na ulicy Wilczej. Usta zacisnęła mocno na wieść o ratującej go kobiecie. Próbowała opanować nerwy, ale Piotr nie dał jej żadnych szans.

– Erika powiedziała wprost, że chce się jeszcze spotkać – zakończył historię ponurym tonem.

Huk rzuconej na ziemię patelni poderwał go z krzesła. Swieta stała oparta o zlew i dyszała wściekle.

– Ubiję sukę!

Nie zrozumiał. Oduczył się już chyba subtelności, która pozwoliłaby mu prześlizgnąć się bezpiecznie poprzez rewiry, w które wdepnął, wspominając o Niemce.

– Uratowała mnie.

Odwróciła się i spojrzała na niego lodowato.

– Widać nie za darmo.

– Za darmo może nie, ale widocznie na darmo!

Ugryzł się w język, lecz było już za późno. Mechanizm kłótni ruszył ze zgrzytem i kolejne słowa zaczęły zazębiać się o siebie jak koła przekładni i go napędzać. Jeszcze spróbował podejść do Swiety i przytulić ją, ale uniesione w górę jak bariera dłonie zatrzymały go, zanim zdążył zrobić dwa kroki. Zaczęła wolno i spokojnym głosem. Słowa szybowały w jego kierunku jak zatrute strzały, wyrzucane przez zaciśnięte zęby.

– To ja czekała na tebe lata… trzy długie lata. Byłam wierna jako ten pies, choć tebe, tak po prawdzie, nie znała nawet. Myślała, żeś pomarł. Ale odnalazła tebe. Odnalazła i straciła od razu. – Jej głos zaczął drżeć. Już nie potrafiła trzymać emocji na wodzy. Nie mówiła już cicho. – Czy ty wiesz, jak to jest opłakać kochaną osobę? Czy ty w ogóle znasz, co to umrzeć razem z nią? Wiedzieć, że się już jej nie zobaczy?! Nie dotknie?! Nie przytuli?! Czy ty wiesz, co ja przeżywała, gdy ty siedział u tej dziwki w kwaterze?! Jakie prawo masz mówić tak do mnie po tym, jak ja cię opłakała?! – krzyczała teraz, nie zważając na łzy cieknące jej po twarzy. – A ja nigdy cię nie zdradziła, nigdy nie pomyślała, że może kto inny! Sukinsynu! Jak możesz kazaty mi teraz, szczo ty na darmo przeżył?! Ty znasz, szczo ja teraz czuję?!

Patrzył na nią szeroko otwartymi oczyma. Nigdy nie znalazł się w takiej sytuacji. Katastrofa była więc nieunikniona.

– Ale ona mi tylko pomogła…

– To niech pomaga dalej! Niech ci rany opatruje! Po co wróciłeś?!

I wtedy powiedział to, czego nie powinien.

– Nie byłaś wierna.

Popatrzyła na niego błędnym wzrokiem, nie rozumiejąc tego, co powiedział.

– Szczo?

– Nie byłaś wierna! – powtórzył głośno. – Ten rusek, który chciał cię do siebie brać. Na Wołyniu.

Uchylił się, gdy rondel przeleciał mu nad głową.

– Nie dałam się mu dotknąć, łajzo!

Tyle błędów w ciągu tak krótkiego czasu mógł popełnić tylko ktoś, kto bardzo się starał. Piotr starał się wyśmienicie.

– Nie dałaś, bo go w namiocie nie było, gdy do niego polazłaś!

A Swieta czuła, że dłużej już nie wytrzyma. Cały ból, który gromadził się w niej od chwili, gdy Piotr upadł na bruk Alei Ujazdowskich, wylewał się z niej teraz jak ropa z pękniętego pęcherza.

– Zabiłam go! Dla ciebie go zabiłam! Za to ty smakowałeś angielskich frykasów w tym czasie! Nie wytrzymałeś nawet tyle co ja! Pyszna była ta angielska dziewczyna?!

– Wyjechałem od niej…

– Ale ją całowałeś!

Mówi się, że jeśli Bóg chce kogoś ukarać, odbiera mu rozum. Nad Piotrem jednak chyba się zlitował, bo gdy ten usłyszał o Maggie, opamiętał się i pojął, że posunął się o wiele dalej, niż powinien. Spojrzał na nią, zapłakaną i poniżoną, i zrozumiał, że Niemka to tylko ostatnia kropla topiąca ostatecznie tę odrobinę siły, którą dziewczyna w sobie miała. Patrzył w jej błądzące chaotycznie dookoła oczy i zobaczył w nich pustkę. Nie było w nich ani blasku, ani nadziei, ani nawet woli życia. Samotna w obcym mieście, pośród obcych ludzi, z których ten kochany przez nią okazał się jeszcze bardziej odległy niż pozostali, była jak dziecko we mgle. Zdał sobie nagle sprawę z tego, jak wiele los zrzucił na jej barki. Zamilkł więc.

Wyobrażenie, że teraz będą żyli długo i szczęśliwie, rozsypało się w proch jak zwęglona żagiew. Wojna i to, co przeszli podczas niej, zrobiły swoje. Bagaż doświadczeń wielokrotnie przerastał ich siły. Zamiast zakochanej pary byli przecież zniszczoną emocjonalnie kobietą i zamkniętym w sobie poranionym mężczyzną. Na dodatek nigdy tak naprawdę nie mieli szansy dobrze się poznać. Jedyne, co ich łączyło, to mała kokardka i srebrny krzyżyk, które podarowali sobie nawzajem w dniu rozstania. Kochali, nie bardzo dopuszczając do siebie myśl, że na oślep. Piotr zrozumiał, że to nie świat był przeciwko nim. Największym niebezpieczeństwem dla siebie nawzajem byli oni sami. Czekała ich ciężka walka.

Objął ją mocno. Przylgnęła do niego całym ciałem jak dziecko. Pocałował ją w czoło. Nie wystarczyło jej to. Odchyliła głowę i przylgnęła do niego ustami.

– Kocham cię, Swieta…

Popatrzyła na niego.

– Musisz być silny, Piotr – wyszeptała. – Musisz teraz być silny dla mnie.

Pokiwał głową. Odgarnął z jej czoła niesforny kosmyk włosów.

– Przepraszam.

Odetchnęła z ulgą. Pierwsza kłótnia nadwyrężyła jej siły. Musiała odpocząć. Jego skrucha i czułość sprawiły, że po tej nawałnicy, która przetoczyła się nad ich głowami, zaczynała czuć euforię przez to, że przy niej stał i był na wyciągnięcie ręki.

– Przepraszam nie wystarczy, chłopcze – wyszeptała mu do ucha. – Musisz mi to wynagrodzić.

Oddychał przez nos. Próbował wyłapać w powietrzu zapach wypalonej świecy, ale ten ulotnił się już dawno temu. Natura nie znosi próżni, więc zamiast dymu pomieszczenie wypełniało ciche tykanie zegara. Wyciągnął przed siebie dłoń, ale nie potrafił dostrzec nawet jej zarysów. Zaciemnione okno skutecznie odgradzało ich od ciekawskiego srebrnego rogala za oknem. Delikatnie opuszczał rękę, dopóki opuszki palców nie dotknęły aksamitu. Wtedy dopiero zacisnął palce. Miękkie wgłębienie tuż nad kształtnym biodrem poddało się jego dotykowi, poruszając się delikatnie. Usłyszał ciche mruknięcie. Ciepłe ciało pulsowało pod jego palcami, podsuwając pod rękę kolejne partie głodne dotyku. Próbował gasić ten głód od kilku godzin. Bezskutecznie.

Palce zagrały na biodrze niemą melodię. Jakby tylko czekała na ten akord. Jej plecy, chłodniejsze od reszty ciała, przylgnęły do jego torsu. Zagarnął ją ramieniem, gdy miękkie kształty zaczęły wpasowywać się w niego leniwie. Teraz pulsowała już cała, dostosowując rytm do ruchów jego szorstkiej dłoni. Łapczywie zacisnął palce na jej piersi, zmuszając serce do szybszego bicia. Westchnęła głośno, gdy poczuła udami, że jest gotowy. Nie czekała dłużej. Wygięta w łuk szyja ledwo pozwalała jej dosięgnąć go ustami. Obróciła więc ciało tak, żeby już nic nie przeszkadzało w pocałunku. Jeszcze przez moment udawało się jej kontrolować tempo, ale gdy zgniótł w dłoni krągły pośladek, nie wytrzymała.

Nie widział jej. Czuł jedynie jej dotyk, oddech, gorące usta i rękę przyciskającą go do pościeli. Jego palce śledziły ruch kształtnego uda, którym go przykrywała. W górę i w dół, w górę i w dół… Gdy przesunął je wysoko i zacisnął na aksamitnej krągłości, jęknęła głośno. Po chwili leżała już na nim, przylegając mocno i oplatając go ramionami. Nie na długo. Oderwała od niego swoje usta, dopiero gdy usiadła i wyprostowała się. Przymknęła oczy, ujęła jego dłonie i przesunęła nimi wzdłuż swojego ciała. Położyła je na nabrzmiałych piersiach i pozwoliła palcom chwycić mocno. Nie czekała już dłużej. Po raz kolejny tej nocy rozkołysała pokój tak, że zawirowało jej w głowie. W ostatniej chwili jego dłoń zacisnęła się na jej ustach, dławiąc krzyk.

Wygięła się do tyłu i zastygła jak posąg po to, by chwilę później runąć na niego całym ciężarem.

Dyszała mocno, przygryzając usta. Szukała zroszoną kroplami potu twarzą jego dłoni jak kot domagający się pieszczot. Pogładził jej policzki, a ona wtuliła się w niego ufnie, bez słowa. Nie potrzebowała zresztą słów. Potrzebowała odpoczynku. Odpłynęła chwilę po tym, gdy spośród głosów, które przyniósł ze sobą ogarniający ją sen, wyłuskała jego delikatne chrapanie. Jedna myśl zdążyła przemknąć jej przez głowę. Uśmiechnęła się w ciemności.

– Mężczyzna…

23

Wołyń.

Jeśli istnieje miejsce na ziemi, którego niebo zazdrości ludziom mogącym po nim stąpać, to jest nim Wołyń. Bóg musiał mieć wyjątkowo dobry dzień, gdy na swej palecie mieszał żywe farby, aby pokryć nimi wszystkie zakamarki tego skrawka Polski. Dlatego trzeba tutaj mrużyć oczy, patrząc na kipiące złotem w słońcu łany zbóż, a szum goniącego pomiędzy drzewami wiatru głaszcze uszy niczym szept kochanka. Letnie burze szarpią koronami drzew prawie tak mocno jak żony targające ze złością czupryny chłopów wracających z karczmy do domu. A gdy grom rozświetla majową noc, to jakby niebo pękało na dźwięk trąby obwieszczającej nadejście sądnego dnia. Niebo zaś wylewa wtedy potoki deszczowych łez równe tym, którymi matka opłakuje stratę dziecka. Pąki kwiatów pękają tutaj z hukiem wodospadu, rzeki dopieszczają swoim nurtem poprzecinaną nimi ziemię dotykiem pełnym ożywczej miłości, a śpiew ptaków wypełnia czyste, zdrowe powietrze najpiękniejszą z możliwych muzyką.

A człowiek? Człowiek żyje tu wpisany w naturalny rytm przyrody, prosto, tak jak mu Bóg swoimi przykazaniami wyznaczył. Jakby nigdy nie został wygnany z raju. Wita się ze swoim sąsiadem przy płocie, aby usłyszeć pozdrowienie w innym, ale zrozumiałym języku.

Jeśli istnieje jakiekolwiek miejsce na ziemi, za które Bóg przed samym sobą wstydziłby się bardziej niż za Sodomę i Gomorę, to jest to Wołyń. W ciągu jednego lata dziesiątki tysięcy jego dzieci zapukało do bram nieba, stojąc przed nimi w czerwonych od przelanej krwi koszulach i błagając o ich otwarcie po polsku.

Luty tysiąc dziewięćset czterdziestego czwartego roku mijał mieszkańcom wschodniej Polski pod znakiem niepewności. Miesiąc wcześniej Armia Czerwona przekroczyła w okolicach miasteczka Sarny przedwojenną granicę Rzeczypospolitej. Polacy dobrze pamiętali wywózki na Sybir, które przetrzebiły naród kilka lat wcześniej. Czekali więc na nadejście radzieckich zagonów z duszą na ramieniu. Z jednej strony Niemcy i Ukraińcy, a z drugiej sowiecki terror. Wszyscy czuli przez skórę, że zmieni się tylko depczący im gardło but, piekło zaś zostanie to samo. Może tylko banderowcy nie będą tak mocno mordować.

Michał postawił kołnierz kurtki i mocno naciągnął czapkę na głowę. Od rana wiało tak, że nawet pod kilkoma warstwami ubrań dopadał go nieprzyjemny ziąb. Przyspieszył kroku, żeby choć w ten sposób odrobinę się rozgrzać.

– Gdzie lecisz? Nie mogę tak szybko. Coś mnie but uwiera.

Westchnął i przystanął na chwilę. Maciek oparł się o drzewo i zajął się rozwiązywaniem swojego buta. Michał rozejrzał się dookoła. Do wsi pozostało im może pół godziny marszu. Niedaleko. Jednak niespokojne czasy wymagały szczególnej ostrożności. Wracali do oddziału po przekazaniu meldunku dowódcy oddziału Armii Krajowej z pobliskiej Huty Wierchobuskiej. Robiło się coraz bardziej niespokojnie. Kilka dni temu ich oddział samoobrony razem z tymi akowcami pogonił ze wsi bandę. Potem się okazało, że to były łajzy z ukraińskiej dywizji „Hałyczyna". Pewnie wytłukliby wszystkich, ale Ukraińcom przyszli w sukurs ich kompani z sotni UPA „Siromanci" od Karpienki. W sumie udało się odepchnąć nieprzyjaciół, ale wiedzieli doskonale, że powrócą. Wokół wsi stacjonowało zbyt dużo ukraińskiego wojska, żeby odpuścili. Na dodatek lasy pełne były banderowców. Nad Hutą Pieniacką gromadziły się ciemne chmury.

– Cholerna cholewka! Obtarła…

– Ciiii! – Michał przyłożył palec do ust, uciszając towarzysza. Wydawało mu się, że gdzieś z przodu trzasnęła gałąź, jakby ktoś na nią nadepnął. Wsłuchiwał się chwilę w leśną ciszę i nagle przykucnął, dając znak Maćkowi, żeby zrobił to samo. Ktoś nadchodził leśną ścieżką. Niemal bezszelestnie wycofali się w pobliskie zarośla. Michał wyciągnął zza pazuchy złożonego MP 40. Odciągnął sprężynę, przeładowując broń. Maciek trzymał już w dłoni wycelowany w ścieżkę pistolet.

– „Maaaaruuusia raz! Dwa! Try! Kałyna! Czorniawaja diwczyna…"

Ktoś niezbyt głośno śpiewał pod nosem ukraińską piosenkę. Partyzanci zacisnęli zęby. Czekali.

Nadchodzących ludzi było dwóch. Jakiś starszy mężczyzna i drobny młokos próbujący dotrzymać mu kroku. Jeśli mieli broń, to schowaną. Michał przypatrzył się przybyszom dobrze. Nie wyglądali na chłopów. Starszy szedł sprężystym, mocnym krokiem – żołnierskim. Młody przytrzymywał coś pod połą kurtki. Peem? Upowcy? Zaraz się przekonają.

– Ręce do góry!

Wyskoczyli z krzaków na wprost zaskoczonych obcych. Odbezpieczona broń w ich rękach nie dawała tamtym żadnej opcji ucieczki.

– Coście za jedni?!

– My swoi. Nie trzeba celować – odezwał się stary spokojnym głosem po polsku. Próbował powoli opuścić ręce, ale Michał zareagował błyskawicznie.

– Łapy w górze trzymaj! A ty – zwrócił się do młodego – co tam za pazuchą niesiesz?

– Jesteśmy Polakami – miękki głos chłopca zaskoczył go. – Mam, co mam. A ty zaprowadź nas do dowódcy.

– Maciek, sprawdź, co gówniarz ma pod kurtką. Ja przytrzymam ich na muszce.

Drugi z partyzantów ruszył w stronę stojących na ścieżce ludzi tak szerokim łukiem, żeby nie wchodzić na linię strzału.

– Nie dotykaj mnie! – warknął młokos do niego. – Prowadźcie nas do dowódcy! Musimy mu przekazać ważną wiadomość!

– Porozmawiasz, jak ci pozwolimy, bandyto! – Maciek kładł już rękę na ramieniu chłopaka. Nie zdążył. Starszy Ukrainiec zrobił krok w bok, a Michał odruchowo skierował na niego wylot lufy. Ułamek sekundy później wiedział już, że popełnił błąd, bo młody tylko na to czekał. Błyskawicznym ruchem wykręcił rękę Maćka i zasłonił się nim, jak tarczą. Zanim Michał na powrót wziął go na cel, ten przykładał właśnie obrzydliwie wielki nóż do szyi jego towarzysza. Nie pociągnął za spust, za to wytrzeszczył oczy ze zdziwienia. W trakcie krótkiej szamotaniny młokosowi spadła czapka, a spod niej wysypały się długie blond włosy. Dziewczyna!

– Mówiłam, żebyś mnie nie dotykał – powiedziała już spokojnie. – Nie zrobimy nikomu krzywdy. Idziemy do Huty Pieniackiej. Musicie nam uwierzyć. Jest źle…

Chciała cofnąć rękę i wypuścić trzymanego mężczyznę. Nie zdążyła. Huk wystrzału zaskoczył prawie wszystkich. Prawie, bo

Michał z przestrzeloną głową runął w śnieg. Zza drzew wysunęło się kilka postaci w esesmańskich mundurach.

– Harna diwczyna! Dobre, szczo my tut buły.

Serce Marty Kosieckiej zakołatało z taką mocą, że poczuła dudnienie na skroniach. Ukraińcy!

– Nie musisz już go piłować w szyję. Nic ci się nie stanie. My się nim zajmiemy.

Było ich sześciu, jednak ona wiedziała doskonale, że stanowią jedynie małą część wrogich sił maszerujących w kierunku wsi. Właśnie o tym chcieli powiadomić żołnierzy samoobrony w Hucie Pieniackiej. Teraz wszystko przepadło. Jedyna nadzieja w tym, że miejscowi Polacy, jak zwykle, trzymają rękę na pulsie.

A co, gdy wyda się, że jest Polką?!

Nogi nieomal ugięły się pod nią. Puściła Maćka, który padł na kolana, trzymając się za gardło i charcząc głośno. Wtedy do akcji wkroczył Witalij, jakby czując, że sytuacja zaczyna dziewczynę przerastać.

– Diakujemo, pany. – Ukłonił się nisko i zaraz dodał, wskazując ruchem głowy na partyzantów: – Oni by nas tu zabili chyba.

Stary wiedział, że drugiego Polaka nie uda im się uratować. Wyrok na niego był prawie pewny. Za to szanse, że oboje z Martą wyniosą głowy cało z tej awantury, nie były wcale takie małe.

Wstawaj!
Krótki rozkaz rzucony w kierunku leżącego na ziemi partyzanta poderwał go na nogi. Stał teraz z rękami założonymi na karku, z twarzą białą jak pokrywający ściółkę śnieg. Był świadomy swojego losu. Jedyne, czego teraz bał się najbardziej, to ból, jakim go niechybnie poczęstują przed śmiercią. Rozejrzał się dookoła i zatrzymał wzrok na dziewczynie. Zauważyła to. Spuściła głowę i odwróciła w bok, nie mogąc znieść jego pełnego nienawiści spojrzenia. Przymrużył powieki, jakby siłą woli chciał

zmusić ją do tego, aby na niego ponownie popatrzyła. Skupiony na niej, zupełnie ignorował krótką wymianę zdań między żołnierzami, która właśnie przesądzała o jego losie.

Sprzeczali się o to, czy zlikwidować jeńca na miejscu, czy odprowadzić do dowódcy, który sam zdecyduje o tym, czy Lach mu się przyda. W końcu autorytet kaprala przeważył i Maćkowi darowano życie.

Dopiero teraz Ukraińcy ponownie zainteresowali się dziewczyną i jej towarzyszem.

– Ja będę mówił – wyszeptał Witalij, który w międzyczasie przysunął się do Marty i stanął tyłem do nadchodzących w ich kierunku żołnierzy. – Pamiętaj, co ustalaliśmy. Nie mów niepytana. Nawet pytana milcz.

Przytaknęła głową, choć łomot wystraszonego serca prawie zagłuszył słowa kościelnego. Próbowała opanować drżenie rąk, które pojawiło się od pierwszego momentu, gdy usłyszała ukraiński język. Wspomnienia powróciły ze zdwojoną siłą. Martwy mąż Janek leżący w kałuży krwi, zabity przez ukraińską kulę. Ciała jego braci, siostry i rodziców nieludzko skatowane przez upowców, rozrzucone w domu i w ogrodzie. I ci wszyscy pomordowani i okaleczeni ludzie, których dotykały jej młode ręce. Jakby melodyjna mowa uzbrojonych Ukraińców sama w sobie miała moc podnoszenia włosów na całym ciele. Marta bała się potwornie.

– Zwidky wy?

Witalij odwrócił się do stojącego przed nimi zwalistego esesmana.

– My z sotni od „Jastruba". Tylko we wsi byliśmy. Wracamy do swoich.

Mężczyzna popatrzył na niego uważnie.

– Papiery pokaż.

– Ale panie, jakie papiery. Przecież nie będziemy paradować z dokumentami, jak tu Lachiw pełno dookoła. – Rusin kiwnął głową w stronę leżącego obok ciała, pod którym czerwieniła się kałuża gęstej krwi.

Żołnierz wydawał się niespecjalnie przekonany tym, co usłyszał. Uniósł brwi i przyglądał się z uwagą Ukraińcowi.

– A ty? – zwrócił się do dziewczyny. – Co za sekret chciałaś Polakowi powiedzieć?

Witalij zrobił krok w przód.

– Ona ze strachu...

– Milcz stary! Niech sama powie. W końcu słyszałem, że potrafi gadać.

Zapadła cisza. Esesman zacisnął dłoń na kolbie karabinu. Witalij w tym czasie starał się uspokoić pobudzone adrenaliną tętno. Nie uspokajał go wcale fakt, że jego życie zależało teraz od tego, co powie wystraszona Marta. Byle nie milczała za długo, bo ci ludzie z pewnością nie należą do cierpliwych.

– Ogłuchłaś?! A może ty Laszka?! – Do przesłuchującego ich żołnierza dołączyli pozostali. – Słyszeliśmy, jak po polsku szczebioczesz!

– Szczo ja powinna buła skazaty, koły ludyna trymał pistolet wkazan na mene?! Ja szcze choczu żyty, a nie wmyraty!

Witalij odetchnął z ulgą. Miesiące poświęcone na ciężki trening i na naukę języka ukraińskiego nie poszły na marne.

– Tak? A gdyby pozwolił ci jednak mówić, gdybyśmy nie nadeszli, to co byś wtedy zrobiła? – Dociekliwy żołnierz podszedł do dziewczyny tak blisko, że patrzył teraz na nią, niemal dotykając nosem jej czoła.

I zamarł, otwierając szeroko oczy...

Ostrze bagnetu, które jeszcze chwilę temu wisiało u jego pasa, dźgało go teraz w podbródek. Usłyszał spokojny głos ślicznej blondynki.

– Todi poczęstowałabym joho w tsomu.

Niespodziewany obrót sytuacji zaskoczył wszystkich, ale już po chwili szczęknęły odwodzone zamki karabinów. Marta szybko odsunęła się od esesmana i wyciągnęła rękę, żeby zwrócić bagnet. Ukrainiec chyba jednak poczuł się ośmieszony, bo natychmiast gniewnie podniósł swojego mausera do biodra.

– Ach ty, suka!

Byłby pewnie pociągnął za spust, gdyby ścieżka, na której stali, nie zaroiła się nagle od żołnierzy. Cały oddział esesmanów umundurowanych tak samo jak ci, którzy trzymali Witalija i Martę na muszce, wkroczył tyralierą na drogę.

– Co się tu dzieje?

Ukraińcy z patrolu stanęli na baczność przed młodym sierżantem, który na widok podejrzanej grupy w lesie zatrzymał swych ludzi. Kilka zdań wyjaśnień wystarczyło mu, żeby ogarnąć całą sytuację.

Marta dochodziła do siebie. Trauma, która dała o sobie znać w chwili, gdy usłyszała ukraińską mowę z ust uzbrojonego człowieka, minęła. Pomógł też fakt, że ci tutaj wzięli ją za swoją. Jednak spokój nie trwał długo.

– Tego Lacha odprowadzić na tyły. Może będzie miał coś ciekawego do powiedzenia. A oni – sierżant wycelował swój palec w dziewczynę i starego – od Jastruba są, mówisz? Zawołajcie Hryhorija, szybko!

Po chwili niemłody już żołnierz prężył się przed swoim dowódcą.

– Ci ludzie mówią, że służą u Karpienki. Ty byłeś u niego, prawda?

– Tak jest! Służyłem pod Jastrubem do grudnia!

Sierżant skinął głową w kierunku trzymanych już pod bronią.

– Znasz ich?

Hryhorij popatrzył uważnie na wskazanych mu ludzi. Przez chwilę z uwagą lustrował ich twarze. Po chwili jednak pokręcił głową przecząco.

– Melduję, że nigdy ich na oczy nie widziałem. No i… – zawahał się.

– Co „no i"? – Dowódca był wyraźnie niecierpliwy.

– Panie sierżancie… Jak to, baba w wojsku? Ona na pewno nie z naszych. – Prosty człowiek wykrzywił twarz z odrazą, jakby zobaczył sąsiada z dziurą w portkach na zadku idącego do cerkwi.

Towarzystwo zarechotało rubasznie, słysząc jego odpowiedź. Za to Witalij zacisnął mocno szczęki i modlił się, aby nie stała się ona przyczyną…

– Rzuć ten samopał i stań, spróbujemy się! Zobaczymy, kto się do wojska nadaje bardziej!

…tragedii, ale Bóg był chyba zajęty gdzie indziej, bo wydarzyło się dokładnie to, czego się obawiał. Przeklęta gówniara z niewyparzonym językiem!

Marta rzuciła kurtkę na ziemię. Tymczasem obserwujący ją nieustannie Wojtek wytężył wzrok. Cała afera przecież rozpoczęła się od próby sprawdzenia, co ma za pazuchą. No i dowiedział się.

Deska!

Dziewczyna miała pod kurtką przymocowany do siebie sznurkiem kawałek drewna! Żadnej broni, żadnego karabinu! „No i co było tak chować, głupia dziewucho?!" – zaklął w myślach. I bandytów mogliby uniknąć, i Michał by żył, i każdy poszedłby w swoją stronę. A tak…

– Na chuj ci to drewno, diwczyna. – Sierżant przytrzymał ręką gotującego się do walki Hryhorija. – Rozfajczysz je i wbiegniesz do polskiej chaty jak żywa torpeda?

Marta spojrzała na niego ponuro, odwiązując deskę.

– To dla ochrony, żeby mnie taki stary grzyb, jak ten, nożem nie pchnął.

Wściekły szeregowiec wyrwał się do przodu, jednak powstrzymał go stanowczy rozkaz sierżanta.

– Dość! Nie będzie żadnej bijatyki! – po czym zwrócił się do dziewczyny: – Mój człowiek was nie rozpoznaje…

– Bo my nowi, dopiero przeszliśmy z południa niedawno – wszedł mu w słowo kościelny.

– ...dlatego pójdziecie z tym Lachem. Odstawią was do dowództwa. Nie musicie się bać, jeśli mówicie prawdę. Jastrub ze swoją sotnią obchodzi wieś od drugiej strony, nie ma szans teraz na dotarcie do nich. Pośrodku za dużo wojska i cywilów. Niedługo rozpocznie się atak.

Witalij wzdrygnął się. Poczuł dotknięcie lodowatego strachu na plecach. Od wczoraj obserwowali wzmożony ruch oddziałów ukraińskich. Wiedział, co się święci. Myśl o nadchodzącej masakrze nieodmiennie wywoływała na jego ciele gęsią skórkę. We wsi mieszkało grubo ponad tysiąc dusz. Samoobrona nie podoła przeciw idącej na nich potędze...

– Hryhorij, jeńców oddaję pod twoją opiekę – sierżant wydał krótki rozkaz. To poprawiło humor żołnierzowi, który uśmiechnął się z zadowoleniem. Nie uszło to uwadze dowódcy.

– Tylko bez samosądów mi tu. Bo nogi z dupy powyrywam i przed plutonem postawię, zrozumiano?!

– Tak jest, panie sierżancie! – odpowiedział mu mężczyzna, jednak uśmiech nie zniknął z jego twarzy.

„Jak ona to robi? – nie mógł się nadziwić Witalij, spoglądając to na Hryhorija, to na Wojtka. – W ciągu pół godziny sprawiła, że dwóch chłopów dałoby wszystko, żeby móc udusić ją gołymi rękoma".

– Ilu ludzi wziąć ze sobą? – Hryhorij zapytał odchodzącego już sierżanta. Ten odwrócił się na chwilę.

– Dwóch – odpowiedział bez namysłu. Miał już zamiar opuścić ścieżkę, ale jego wzrok spoczął ponownie na dziewczynie. Po kilku sekundach jednak dodał: – Czterech. Weź czterech.

Co stało się z tym światem, że pistolet w kieszeni sprawia więcej radości niż bukiet kwiatów? Czy przelana krew wroga może smakować bardziej niż pocałunek? Jak wiele trzeba wyrzucić z pamięci, aby przyjąć krwawe prawo pięści za swoje? A gdzie miejsce na sen bez strachu? Gdzie się podziały dni spędzone w szkole, kiedy największym zmartwieniem była dwója z łaciny? A matka? Jakim trzeba się stać człowiekiem, żeby nie chcieć pamiętać matki, jej głosu i niedzielnych spacerów na mszę w kościele za wielką łąką? Kiedy ostatni raz w ogóle widziała wnętrze kościoła?

– Szybciej! Nie będę się wlókł noga za nogą cały dzień!

Chropowaty głos Hryhorija wbił się w jej myśli niczym klin. Jednak podniosła wzrok dopiero wtedy, gdy poczuła szturchnięcie w ramię. Idący przed nią Witalij, w odróżnieniu od niej, rozglądał się uważnie dookoła. A było na co.

Co chwilę mijali kolejne grupy żołnierzy, które zajmowały stanowiska wokół Huty Pieniackiej. Rozmach, z jakim przygotowywano się do akcji, zaskoczył nawet Witalija. Esesmanami byli Ukraińcy z 4. Pułku Policji SS, wchodzącego w skład 14. Dywizji Grenadierów SS „Hałyczyna". Pomiędzy nimi można było zobaczyć nieregularnie umundurowane, dobrze uzbrojone oddziały UPA od Jastruba. Było jasne, że szykują się do natarcia na wieś.

Witalij jednak wiedział coś jeszcze. Coś, co mroziło mu krew w żyłach. Poprzedniej nocy, którą spędzili w niedalekich Opakach, spotkał polskich żołnierzy odchodzących na zachód. Od nich właśnie dowiedział się, że są plany, aby nie bronić Huty. Po potyczce, którą samoobrona wraz z akowcami stoczyła z esesmanami kilka dni temu, spodziewano się odwetu. Licząc na to, że Ukraińcy nie zaatakują bezbronnej ludności, planowano, że szczupłe siły samoobrony opuszczą wieś. Niestety, wzmożony ruch ukraińskich jednostek już w nocy i od samego rana wskazywał na to, że napastnicy nie będą mieli żadnych skrupułów. Na dodatek Witalij wdał się w rozmowę z ukraińskimi chłopami, którzy przez całą noc szykowali się na rozprawę z Lachami. Dla nich nie istniała opcja, żeby oszczędzać kogokolwiek i z jakiegokolwiek powodu. Postanowili wówczas z Martą, że spróbują dotrzeć do akowców i złożyć meldunek o tym, co widzieli i słyszeli.

Teraz, gdy oglądał potęgę zgromadzoną do spacyfikowania Huty Pieniackiej, zrozumiał, że nawet gdyby zbrojni zostali we wsi, nie miałoby to większego znaczenia. Czterdziestu żołnierzy samoobrony przeciw setkom świetnie uzbrojonych bandytów nie miało żadnych szans. Po raz kolejny w swoim długim życiu czuł się bezsilny wobec losu, który drwił z niego w żywe oczy, pokazując mu zbliżające się piekło.

Szturchnięta w ramię Marta zacisnęła usta ze złością.

– Nie jesteśmy twoimi jeńcami. Masz nas tylko odprowadzić. Ale chyba drogę zgubiłeś, bo od pół godziny kluczymy dookoła.

– Wiem, dokąd iść – Hryhorij pochylił głowę – i nie spodoba ci się to.

Mogła się domyślić od razu, zamiast rozpraszać się dręczącymi ją dylematami. Było już jednak za późno. Znaleźli się na jakiejś malutkiej polanie i choć słyszeli dookoła głosy rozlokowanych w lesie żołnierzy, nie było z niej widać nikogo. O to chodziło Ukraińcowi.

– Zatrzymać się!

Zdziwieni esesmani przystanęli, nie spuszczając eskortowanych z muszek pistoletów maszynowych.

– Mieliśmy ich odprowadzić do dowództwa, a nie prowadzać się z nimi po lesie jak zakochani!

Hryhorij uciszył ich ruchem ręki. Widać było, że czują przed nim respekt, bo umilkli na ten sygnał, czekając na rozwój wypadków. Ukrainiec zaczął się rozbierać do koszuli. Zrzucił płaszcz i rozpiął mundurową bluzę.

– Na co czekasz! – zwrócił się do stojącej w środku Marty. – Rozbieraj się bohaterko! Pokażesz mi, kto bardziej się do wojska nadaje!

– Mieliśmy zaraz wracać – próbował oponować jeden z żołnierzy. – Cholera, Hryhorij, nie czas teraz na jakieś harce!

Tamten podszedł do niego powoli i patrząc mu prosto w oczy, wycedził:

– Więc chodź i zatrzymaj mnie. A jak nie masz odwagi, to stój i patrz! I nie zawracaj dupy!

Żołnierz odwrócił głowę w bok i cofnął się.

– Jak chcesz. Ty odpowiadasz za ich odprowadzenie.

Kościelny wiedział, że nie unikną tej konfrontacji. Przysunął się do Marty i korzystając z tego, że Ukraińcy byli zajęci sobą, szepnął jej do ucha:

– Nie wywiniesz się. Nie pozwolą na to. Skracaj dystans, bo jest od ciebie wyższy. Tylko pamiętaj, córcia, nie daj się mu złapać…

– Dość tego gadania! Pokaż, gówniaro, ile to twoje szczekanie warte!

Hryhorij kołysał się, stojąc w lekkim rozkroku. Splunął na ziemię i podniósł dłonie do góry jak bokser. Marta nie zwlekała już dłużej. Rozpięła kurtkę i rzuciła ją na ziemię. Wyzwała Ukraińca na pojedynek wtedy, gdy jeszcze buzująca w jej żyłach adrenalina podejmowała decyzje za nią. Teraz emocje wyraźnie opadły i czuła potworny strach. Znalazła się w środku lasu na jakiejś polanie z pięcioma uzbrojonymi po zęby esesmanami, mając u boku partyzanta ze związanymi rękami i Witalija, w którego wycelowano co najmniej dwa z pięciu pistoletów maszynowych. Odetchnęła głęboko i zrobiła krok w kierunku Hryhorija.

Esesmani nie otoczyli ich. Stali z prawej strony polany tak, żeby mieć w zasięgu wzroku całą ich trójkę. Spojrzała na Wojtka. Patrzył na nią szeroko otwartymi oczami, nie wiedząc do końca, co się dzieje. Nie było jednak czasu na wyjaśnianie.

Pierwszy cios powalił ją z nóg. Salwa śmiechu dotarła do jej uszu mimo tego, że dzwoniło jej w nich niemiłosiernie. Poczuła ciepły, słodki smak krwi w ustach. Na jej szczęście esesman nie był bokserem, na jakiego pozował. Przy ciosie zrobił ręką szeroki zamach jak cepem, dzięki czemu wiedziała, z której strony nadchodzi zagrożenie. Jego kułak ledwie prześlizgnął się po jej głowie. To ją ocaliło. Inaczej leżałaby teraz nieprzytomna na ziemi, z zębami rozrzuconymi po śniegu niczym czerwono-białe paciorki.

– Wstawaj, suko! – Hryhorij wyraźnie dopiero się rozkręcał.

Wstała i gdy pewny siebie zamachnął się po raz drugi, rzuciła się na ziemię pod jego ramieniem. Przekoziołkowała tak szybko, że skołowany chłop w pierwszej chwili nie wiedział, gdzie jej szukać. Gdy się odwrócił, otworzył gębę szeroko z przerażenia.

Idioci, pamiętali, żeby zobaczyć, co ma za pazuchą, ale zapomnieli, żeby sprawdzić cholewki jej butów. Osiągnęła to, co chciała. Wysoki Hryhorij oddzielał ją w tej chwili od całej reszty, a siedem kul w magazynku visa wprowadzało nową jakość do całej sytuacji.

Z pięciu Ukraińców już tylko dwóch trzymało peemy w pogotowiu, celując z nich do Witalija i Wojtka. Ci esesmani zostali wyeliminowani jako pierwsi. Zanim pozostali dwaj zorientowali się, z której strony padły strzały, na ziemię runął kolejny z nich. Czwartego przysłonił jej Hryhorij, który ocknął się z pierwszego szoku. Rzucił się na Martę z wściekłym rykiem, wiedząc, że teraz walczy o życie. Kopnięcie w krocze wyhamowało go skutecznie. Gdy opadł na kolana, trzymając się mocno za rozporek, wyciągnęła do przodu dłoń. Wyjący z bólu esesman podniósł głowę i zobaczył wylot lufy pistoletu tuż przed swoim czołem.

Zdawała sobie sprawę z tego, że przekroczy granicę, poza którą wesoła, szczebiocząca i czuła Marta nie ma już wstępu. Ile razy zamknęłaby oczy i otworzyła je ponownie, przed nią klęczał człowiek. Nie Ukrainiec czy morderca, czy uzbrojony wróg, jak tamci leżący za nim, ale bezbronny człowiek. Wiedziała, że nie może zwlekać, nie było na to czasu. W pierwszej chwili chciała odrzucić visa i załatwić sprawę nożem, ale czuła, że to za dużo jak na pierwszy raz.

– Strzelaj! – ponaglił ją Witalij, który właśnie wyciągał swój nóż z piersi ostatniego Ukraińca, którego nie dosięgła kula.

– Za Janka, skurwysynu!

Wojtek stał ze związanymi rękoma pośród rozrzuconych dokoła ciał. Obserwował całą sytuację, starając się uważać na to, żeby nie dostać się pomiędzy płowowłosy młot a esesmańskie kowadło. Zupełnie nie rozumiał tego, co widział. Był przekonany, że tych dwoje to banderowskie pomioty. Rozumiał, że Ukraińcy nie do końca im zaufali i że ten wysoki chciał się odegrać za zniewagę ze strony dziewczyny. Ale żeby zabijać wszystkich? Jeśli ich znajdą, a znajdą przez te cholerne wystrzały, to cała ich trójka umrze powoli, w straszliwych męczarniach.

Dziewczyna podbiegła do niego, trzymając w ręce nóż.

– Nie bój się! – powiedziała, gdy zobaczyła jego minę na widok ostrza w jej dłoni. – Trzeba było tak nie kozakować od samego początku, to nie bylibyśmy teraz w takiej ciemnej du… W kropce, znaczy w kropce byśmy nie byli.

– W czym? – zapytał lekko oszołomiony partyzant, gdy przecinała jego więzy.

– Mówiłam ci, że jestem Polką! Uparte osły! Ten drugi byłby teraz żył. I ci za mną też.

Roztarł zdrętwiałe nadgarstki.

– Tych to chyba nie szkoda – mruknął, spluwając pod nogi i dodał z podziwem: – Tak ich załatwiłaś… Dobra jesteś!

Spojrzała na niego swoimi wielkimi oczyma, a on poczuł, jak po plecach przebiegł mu chłód. Jej oczy nie wyrażały niczego. Były puste, przepastne i martwe, jak głęboka studnia.

– Nieprawda. – Głos, który z siebie wydobyła, sprawił, że oprócz ciarek poczuł lodowaty uścisk strachu na gardle. – Jestem zła. Bardzo zła.

Nogi same niosły ją do przodu. Jakimś cudem udawało się jej nie zgubić Witalija idącego tuż przed nią. Mimo wzroku wbitego w jego plecy wciąż widziała twarz Hryhorija. Patrzył na nią martwymi oczyma, a z dziury pomiędzy nimi wypływała strużka krwi. Zmuszała do szybkiego marszu pustego chochoła, którym jej ciało było od kilkunastu minut. Oprócz płaszcza zdjętego z jednego z zabitych esesmanów i stalowego hełmu dźwigała kamień w miejscu, gdzie jeszcze przed chwilą biło jej serce.

Dopiero gdy potknęła się o rozstawiony na dwójnogu karabin maszynowy, upiór znikł jej z oczu.

– Gdzie leziesz, łajzo!

Rozejrzała się dookoła. Dotarli już na skraj lasu, gdzie rozlokowano stanowiska ogniowe. Przed nimi nieopodal majaczyły chałupy w Hucie Pieniackiej. Śmiertelny pierścień zacisnął się już więc wokół wsi. Wytężyła wzrok, ale mimo dnia nie mogła dostrzec żywej duszy pomiędzy zabudowaniami. Zmroziło ją, gdy uświadomiła sobie, że oni tam wszyscy wiedzą, co się za chwilę wydarzy, i siedząc w ciszy przy stołach, czekają na wyrok.

– Spieprzaj z linii ognia! – pieklił się już nie na żarty strzelec obsługujący kaem.

Wojtek pociągnął ją za rękę w kierunku zarośli i po chwili zniknęli z oczu przyglądającym im się podejrzliwie żołnierzom. Gdy znaleźli się po drugiej stronie zielonej kępy, wpadli na Witalija. Stał nieruchomo, blady jak pociągnięta wapnem ściana. W pierwszej chwili miała ochotę go popędzić, ale gdy spojrzała w tym samym co on kierunku, nogi się pod nią ugięły.

Panie kapitanie, wszystko gotowe!
Jegor przyjął meldunek skinieniem głowy. Nie spieszył się. Śmiercionośne kleszcze zacisnęły się wokół wsi. Jego ludzie czekali już tylko na jego znak. Patrzył jeszcze chwilę na

zwieńczone siwymi słupami dymów dachy leżących przed nim domostw. Z trudem przełknął ślinę. Nie wahał się. Jednak dziękował w duchu za to, że nie musiał dzisiaj samemu pociągać za spust karabinu. Spojrzał na stojącego obok niemieckiego oficera.

– Coś nie tak, Herr Jegor?

Pokręcił głową przecząco i odpowiedział dowódcy.

– Wszystko w porządku, panie kapitanie. Jesteśmy gotowi.

– No to… – Niemiec uniósł brwi i rozłożył dłonie w ponaglającym geście.

– Tak jest, panie kapitanie! Onyksyk!

Jego podwładny podniósł do góry rękę, w której trzymał pistolet sygnalizacyjny.

– Zaczekaj! – Jegor ściągnął skórzaną rękawiczkę z dłoni. – Daj rakietnicę!

Zaskoczony Ukrainiec podał mu pistolet. Jegor trzymał w dłoni metalowy przedmiot, ważąc go przez chwilę. „Taki mały, a tak wielką ma moc" – pomyślał, patrząc na niego. Tysiąc ludzkich istnień położonych na drugiej szali w jego głowie nie zdołało jednak przeciągnąć języczka u wagi na swoją stronę.

Jegor podniósł dłoń i pociągnął za spust.

Czerwona flara wzleciała w powietrze. Przez ułamek wieczności świat zamarł w oczekiwaniu. Cisza zadzwoniła w uszach Marty tak, jakby w purpurowym, unoszącym się w powietrzu ogniu spłonął każdy dźwięk i ruch. Dziewczyna stała zahipnotyzowana tą chwilową równowagą wszechświata niczym marmurowy posąg. Próżnia, trwająca pomiędzy uderzeniami serca, zgasła nagle, przecięta spadającym ostrzem czerwonego miecza. Świat runął w przepaść…

Las najeżony dziesiątkami luf rzygnął ogniem. Spadające pociski moździerzowe pognały w kierunku ziemi ze świstem, by po chwili eksplodować pomiędzy wypełnionymi wrzaskiem przerażenia domami. Siekące ich drewniane ściany kule przepchnęły masakrowaną wieś z ostatniego przedsionka piekła w samo jego centrum.

A Jegor stał, niczym czerwony od blasku rakiety upiór, patrząc w kierunku wsi, którą jego ludzie mordowali bez wytchnienia. Setki demonów czekało na skinienie jego dłoni, aby na ten gest, gdy już kule przestaną świszczeć w powietrzu, wedrzeć się do wsi i zagryźć wszystko, czemu udało się przeżyć ogień ich karabinów.

Zwierzęcy strach chwycił ją za brzuch z taką siłą, że odzyskała oddech. Popatrzyła na Witalija, a on zrozumiał wszystko. Ruszył do przodu, upewniając się, że idzie za nim. Byle dalej od tego miejsca. Nie obejrzała się ani razu. Nie mogła. Wiedziała, że jeśli spojrzy za siebie, widok zarzynanej bronią maszynową wsi sprawi, że nie ruszy dalej z miejsca. Koszmarny łoskot toczącego się przez Hutę krwawego walca gryzł jej uszy jak skrzekliwy głos nocnych strzyg wołających ją do siebie.

Nie wie, jak długo szła i jak kościelnemu udało się wyprowadzić ich trójkę poza pierścień złożony z żołnierzy i banderowców. Dookoła nich nie było już nikogo. Do ich uszu ciągle dochodziły odgłosy gęstego ostrzału. Przystanęli na chwilę na jakimś wzniesieniu. Dopiero wtedy Marta zebrała się na odwagę i obróciła się. Łzy na powrót popłynęły jej po policzkach.

Za nimi umierała Huta Pieniacka. To, co widzieli, to domy płonące jak pochodnie i ludzkie mrówki uwijające się między nimi. Ogień karabinów maszynowych powoli ucichł. Za to okrzyki szturmujących teraz wieś było słychać wyraźnie. I nagle usłyszeli coś, co zmroziło im krew w żyłach – krzyk, potworny wrzask mordowanych z zimną krwią ludzi. Próbowali zasłaniać uszy dłońmi, ale banderowskie rezuny dobrze wykonywały swoją upiorną pracę, bo głosy ich ofiar wdzierały się w nie mimo tego. Żadne z nich nie chciało zostać tutaj ani chwili dłużej. Uciekli więc, zostawiając mieszkańców Huty Pieniackiej samych, wydanych na pastwę okrutnemu losowi.

24

Zima doczłapała wreszcie do kresu swojego żywota. Gdzie-niegdzie można było jeszcze dostrzec, jak zdycha, chowa-jąc swoje brudne, śnieżne cielsko w najciemniejszych zaułkach warszawskich podwórek. Już tylko tam nie dosięgał go coraz śmielej omiatający miasto swoimi promieniami żółty placek. Wiosna zupełnie nie patyczkowała się z przeciwnikiem. Zdoby-wała coraz to nowe przyczółki, pokrywając zielonym kożuchem trawy połacie parków i skwerów. Nawet Wisła nie potrafiła się jej oprzeć. Zielona armia krzewów i zarośli rozpełzła się na jej brzegach i sięgnęła prawie samego jej nurtu.

W tym samym czasie inna wiosna parła naprzód od wschodu, a zajmowane przez nią ziemie natychmiast zaczynały broczyć krwawymi łzami ze szczęścia. Sowieckie wojska biły Niemców na każdym odcinku frontu i było już jasne, że zdążą się rozgoś-cić nad Wisłą, zanim jakikolwiek aliancki żołnierz postawi nogę na polskiej ziemi. Warszawiacy bali się tej dżumy nadciągającej z prawej strony, pragnąc jednocześnie wyzwolenia od koszmaru okupacji.

– Jak to będzie, Piotr? Przecież oni stąd nie odejdą, jeśli raz ich tu wpuścimy.

Trzymał jej dłoń od chwili, gdy opuścili mieszkanie. Spa-cer brzegiem Wisły zdążył ich już nieco zmęczyć, więc usiedli na zwalonym pniu drzewa. Swieta rozpięła górny guzik płasz-czyka, ściągnęła niebieską chustkę okrywającą jej szyję i oparła się o Piotra. Grzała twarz w słońcu. Powiśle Czerniakowskie udzieliło im azylu w niedzielne popołudnie, a gwar wielkiego miasta przetaczał się gdzieś za ich plecami.

Pragnął, żeby ta chwila trwała wiecznie, żeby nie trzeba było wracać do świata pełnego niepokoju. Piskliwy skrzek syreny ambulansu pędzącego Poniatowszczakiem sprawił jednak, że otworzyli oczy i obudzili się ze snu. Ona poprawiła mu kołnierz kurtki, on założył jej za ucho kosmyk włosów.

– Nie zostaną tu, Swietka. Zachód na to nie pozwoli. Jesteśmy w centrum Europy, jesteśmy jedną z największych armii bijących Niemców – wymieniał kolejne polskie zasługi, patrząc na nią tak, że nie mogła nie spuścić oczu. – Eeej! Czerwienisz się, diwczyna.

Teraz już śmiała się w głos, łapiąc wargami jego usta.

– Pamiętasz ty, jak przyszedłeś z Witalijem do naszego domu?

– Pamiętam. Kozaczyłaś wtedy przede mną. I co? – zawiesił głos i poczuł lekki kuksaniec w odpowiedzi. – Tak, tak, rumieniłaś się wtedy tak samo jak dziś.

Popatrzyła na niego, udając oburzenie.

– A którą armią jesteście w walce z Rosjanami? Pierwszą. I pierwsi polegniecie. A zarumieniłam się, boś zepsuty strasznie, chłopaku.

– Ja zepsuty? A kto mnie na siano, niewinne pacholę, zaciągnął?

Wytrzeszczyła oczy ze zdumienia i wybuchła śmiechem.

– Długo cię ciągnąć wcale nie musiałam. A ręce to ci się same paliły do mene. – Obróciła się do niego i ujęła jego twarz w dłonie. – Piotr, my wiemy, co to znaczy bolszewicki raj. Ojciec opowiadał mi o milionach Ukraińców za wschodnią granicą, których zamorzono głodem. Miliony zdychały, a świat się przyglądał. Stalin to sojusznik. Bardziej im potrzebny niż wy. A bat'ko jeszcze przed wojną mówił o tym, że Francja i Anglia nie kiwną palcem w waszej obronie. Przewidział to. Przecież właśnie na to liczył ze swoimi kompanami z OUN.

Pocałował jej dłonie i pozwolił jej wtulić się w siebie.

– Miejmy nadzieję, że wybronimy naszych granic.

– Ach wy, Lachy… Zawsze myślicie, że wystarczy przed maturą pomodlić się i już…

Pocałował ją w czoło.

– I zawsze jakoś zdajemy. A ty, Swieta, po naszej stronie. Nie mogę się nadziwić, że nie poszłaś drogą Danyły.

– Nie mogłam. – Oparła głowę o jego ramię. – Nie pozwoliłeś mi. Dałeś mi więcej w tej cerkwi niż jakikolwiek mój krajan. Dałeś mi szacunek, ciepło i poczucie, że jestem najważniejsza. Poza tym widziałam na własne oczy, co UPA robiła z ludźmi na Wołyniu. Nie tylko z Polakami. Z naszymi też.

Odsunęła się od niego i spojrzała mu w oczy już poważnie.

– Dałeś mi wybór pomiędzy upodleniem tego, który chciał mnie na własność jak owcę, a sercem, którym zaczęłam się karmić. To ja cię wybrałam, Piotr. Wybierałam cię wielokrotnie, lecząc rany kolegów z oddziału, opatrując pokrwawionych, ocalałych z rzezi, chowając ich trupy. Nie wiem, jak mi się odwdzięczysz.

Szybkie mrugnięcie okiem sprawiło, że uspokoił żar podsycany w jego piersiach przez każde jej słowo.

– Wiem, jak się odwdzięczę! – Podniósł do góry palec wskazujący. – Zabiorę cię do najlepszej cukierni w Warszawie.

Klasnęła w dłonie.

– Kiedy?!

– A kiedy byś chciała?

Uśmiechnęła się szeroko.

– Teraz! Natychmiast!

Swieta zerwała się z miejsca i pobiegła w kierunku zabudowań na Solcu. Ruszył, by ją dogonić, ale po kilku krokach zauważył, że w pośpiechu zgubiła torebkę. Na piasku walało się kilka drobiazgów i monet, które wysypały się ze środka. Szybko pozbierał wszystko, ale śmiech Swiety oddalał się coraz bardziej. Pobiegł w stronę wylotu ulicy Wilanowskiej. Zniknęła mu za ceglaną ścianą niskich zabudowań, jednak po chwili jej głowa wysunęła się zza rogu.

– Pospiesz się, Piotr! – śmiała się do niego. – Chcę ciastkoooo!

Czekała na niego oparta o ścianę. Zgiętą w kolanie nogą, uzbrojoną w beżowy pantofel na lekkim obcasie, wystukiwała na ceglanym murze jakiś rytm. Oddychała szybko, śmiejąc się przez cały czas. Nie mógł się oprzeć. Zagarnął ją w talii zamaszystym gestem i przysunął się do niej tak, że czuł jej gorący oddech. Odgarnął kosmyk włosów i pocałował ją, wywołując na już pulsujących policzkach dodatkowy rumieniec.

– Już trzeba było nad Wisłę iść, jak chcieliście się migdalić, a nie ludziom pod oknami. – Kobieta wchodząca do kamienicy, która rozsiadła się prawie na samym rogu ulicy Wilanowskiej pod numerem pierwszym, patrzyła na nich z niesmakiem.

– Kiedy my właśnie wracamy stamtąd! – Piotr zasłonił sobą Swietę, która, o ile to możliwe, zawstydziła się jeszcze bardziej. – Pani się nie denerwuje tak, bo złość na piękność szkodzi.

– O moją piękność niech się kawaler nie kłopocze – ofuknęła go, znikając za dwuskrzydłowymi drzwiami prowadzącymi do budynku.

I wtedy go zauważył. A może tylko mu się wydawało?

– Zadra! – zawołał głośno, ale mężczyzna, który szybkim krokiem dochodził już do kamienicy pod numerem piątym, nie obejrzał się. Piotr pociągnął Swietę za rękę i ruszył prawie biegiem za kierującym się do bramy budynku człowiekiem.

– Co się stało, Piotr? – Zdziwiona jego gwałtownym poderwaniem się do biegu dziewczyna próbowała dotrzymać mu kroku, ale sprint w pantofelkach na obcasie po nierównym chodniku nie należał do najłatwiejszych wyzwań.

– Widziałaś go? To chyba był Zadra. Co on tu robił? Czemu się nie odezwał?

Popatrzyła na niego zdziwiona. Zadra był podwładnym Piotra z konspiracji, jego zaufanym człowiekiem. To jemu Ochocki powierzał najbardziej wymagające zadania. Właśnie Zadra ubezpieczał go również, gdy razem egzekwowali postanowienia podziemnego sądu, skazującego zdrajców na śmierć.

– Zadra? Tutaj? Na pewno ci się przywidziało.

Piotr mrużył oczy w zdziwieniu.

– No właśnie, dlatego się zdziwiłem. Ale poznałem go. Chyba... Tylko dlaczego się nie zatrzymał?

Na ulicy Wilanowskiej nie było numeru trzeciego. Kamienice pod jedynką i piątką oddzielało małe podwórko, zabudowane garażami, z których korzystali mieszkańcy obu domów. Piotr minął je, ciągnąc za sobą Swietę. Dopadli do bramy, ale na korytarzu nie było już nikogo. Chciał jeszcze pobiec schodami w górę, ale Swieta przytrzymała go za rękę.

– Bo to nie był on – powiedziała, patrząc w głąb korytarza. – Zadra zatrzymałby się przecież. Chodźmy już. Coś ci się przywidziało.

Piotr nie wyglądał na przekonanego, ale nie miał wyjścia. Kimkolwiek był mężczyzna, za którym pobiegli, zniknął z pewnością we wnętrzu któregoś z mieszkań. Nie było sensu dalej tutaj tkwić. Westchnął więc tylko i wsunął dłoń pod ramię Swiety, po czym poprowadził ją w dół ulicy. Nie mógł się jednak oprzeć, aby od czasu do czasu nie spojrzeć za siebie, przeszukując wzrokiem wylot ulicy. Wilanowska jednak pozostała niewzruszona, pusta i zupełnie nieciekawa. I tylko dom na końcu ulicy zdobił ją swą okazałością.

Najstarsza cukiernia w mieście, która otworzyła swe podwoje dla warszawiaków w tysiąc osiemset sześćdziesiątym dziewiątym roku, cieszyła się dużym wzięciem szczególnie wśród śmietanki towarzyskiej przedwojennej stolicy. Jej właściciel, Antoni Kazimierz Blikle, zadbał o to, żeby jego potomkowie mogli odziedziczyć lokal słynący w Warszawie z najlepszych wypieków. Któż przed wojną mógł sobie odmówić wyśmienitego pączka serwowanego przy Nowym Świecie 35? Jedynie ta większość mieszkańców, której, aby związać koniec z końcem, najmniej potrzeba było słodyczy. Jednak by zrobić dobre wrażenie na nowo poznanej dziewczynie, warto było oszczędzać nawet bardzo długo. Blikle gwarantował swoją marką to, że wraz z rozpływającym się w ustach kawałkiem ciasta zmięknie również serce zaproszonej pani. Zwłaszcza że to tu właśnie można było spotkać znanych aktorów, którzy przy ciastku i kawie podpisywali swoje nowe kontrakty. Słodkości i sława zawsze idą w parze, więc pączki Bliklego szybko podbiły podniebienia wszystkich, którzy mieli okazję ich spróbować.

Podbijały również podniebienia przedstawicieli rasy panów, bowiem to właśnie oni stanowili główną klientelę lokalu przy Nowym Świecie. Właściciel jednak okazał się Polakiem rozumiejącym sytuację, w jakiej znalazł się naród, bo oprócz przetrwania na rynku postawił sobie za punkt honoru pomoc potrzebującym. Co miesiąc paczki od niego trafiały na Pawiak, aby chociaż w ten sposób ulżyć tym, którzy trafili na dno piekła.

Dzisiaj, mimo niedzielnego, wiosennego popołudnia, kawiarnia świeciła pustkami. Kilka par zajęło miejsca w głębi pierwszej sali, ale kelner, widząc rumieńce na twarzy Swiety, zawinął się na pięcie szarmancko i zaprowadził ich do drugiego pomieszczenia, oddzielonego kotarą. Po chwili płaszcze wisiały już na wieszakach, a oni mogli spokojnie usiąść przy stoliku.

– Tu drogo, Piotr… – Swieta rozglądała się dookoła z nabożnym skupieniem. – Tu pięknie jak… w kościele…

Parsknął śmiechem i sekundę później przeklinał w duchu swoją głupotę, bo Swieta spuściła głowę speszona.

– Ja nie przywykłam do takich luksusów. Nigdy nie byłam w takim miejscu.

Przeprosił, a ona uśmiechnęła się pierwszy raz od wejścia do cukierni.

– Ty zamów. Ja nie wiem, o co prosić – szepnęła, gdy kelner zbliżył się do stolika. Jednak zrobiła to chyba na tyle głośno, że usłyszał jej słowa, bo zwrócił się bezpośrednio do niej.

– Polecam pani szanownej pączka z marmoladą i lukrem i kawkę z mleczkiem do tego.

Popatrzyła na Piotra pytającym wzrokiem, a on przytaknął skinieniem głowy.

– Poproszę… – odpowiedziała cicho.

– Dla mnie to samo, proszę. – Piotr oddał kartę kelnerowi, który odwrócił się na pięcie i zniknął za kotarą.

Byli sami, jeśli nie liczyć niemieckiego oficera, który samotnie siedział przy stoliku na samym końcu sali i wlepiając wzrok to w Swietę, to w leżącą przed nim gazetę, popijał kawę z małej filiżanki.

– Dam mu po pysku! – W Piotrze zagotowała się sarmacka krew, ale dziewczyna pogładziła go delikatnie po policzku.

– Zostaw. On ci zazdrości. Ciesz się, że ma czego.

Wiedziała, jak sprawić, żeby się uspokoił. Była dla niego Danusią ze Spychowa, której czci chciał bronić niczym szalony z miłości Zbyszko. Wzięła więc jego dłonie w swoje i uśmiechnęła się tak, że zapomniał o obserwującym ich Niemcu.

– Lubię twoje dłonie, są takie… – zmarszczyła brwi, szukając odpowiedniego słowa – niespracowane.

W pierwszej chwili chciała się poprawić, ale na widok jego oburzonej twarzy tym razem ona wybuchła śmiechem. Nie uszło to uwadze oficera, który już bez żenady ponowił obserwację pięknej kobiety.

– Jak to? Sugerujesz, że jestem jakimś paniczykiem?

Spojrzała na niego z udawaną powagą.

– Ja nic nie sugeruję. Tylko tak… Pomyślałam…

– Tak?!

Przygryzła odrobinę usta.

– A gdzie pracowałeś?

Do szeroko otwartych ze zdziwienia oczu dołączyły usta.

– Wiesz, studiowałem… Potem wojna…

Śmiech jest zaraźliwym wirusem, który rozprzestrzenia się błyskawicznie. Swieta nie potrafiła powstrzymać kolejnej fali wesołości. Zasłaniała usta ręką, patrząc, jak Piotr zanosi się, podpierając czoło dłońmi.

Uspokoił ich kelner, który głośnym chrząknięciem zapowiedział przybycie słynnych w całej stolicy pączków.

– Możemy prosić sacharynę do kawy? – wykrztusił Piotr, nie patrząc nawet w stronę obsługującego ich garsona.

– Ależ panie szanowny – odpowiedział ten uprzejmym, ale stanowczym tonem. – Jest pan u Bliklego. Zaraz podam cukier. Biały!

Kelner zniknął za kotarą, a Piotr spojrzał na swoje dłonie.

– Masz rację – westchnął. – Nie pracowały zbyt dużo, nie tak jak dłonie normalnego człowieka. Jednak przygotowywałem je do tego, żeby były rękami architekta, rysownika, a nie mordercy. To złe ręce. Bezużyteczne dla normalnego świata. Nie wiem, czy potrafię jeszcze w ogóle rysować. Nie robiłem tego wieki.

Pocałowała jego palce. Jeden po drugim.

– To dobre dłonie. Ja mam z nich bardzo dużo pożytku. – Mrugnęła do niego znacząco. – Są moje, więc muszą być dobre. I jeszcze nieraz przydadzą się do dobrych rzeczy. To nie są dłonie mordercy, nie mordujesz przecież. Zabijasz skazanych, a ci są winni, prawda?

Piotr wziął głęboki oddech.

– Czasem, Swietka, chciałbym być tego taki pewien. Czasem...

Nie zdążył dokończyć. Zdanie wypowiedziane w języku brzmiącym jak skrzypnięcie starych, nienaoliwionych drzwi przerwało ich rozmowę. Niemiecki oficer, który do tej pory tylko przypatrywał się im z daleka, stał teraz przy ich stoliku.

– Entschuldigung, bitte! Czy mogę się przyłączyć do rozmowy? – Nie czekając na pozwolenie, usiadł na dodatkowym krześle. Spojrzał na zastygłą w powadze twarz Swietłany

Horodyło i zupełnie ignorując obecność Piotra, dodał: – Pani jest niezwykle piękna.

𝒦rew w jego żyłach zamieniła się w płynny ogień. Gdyby dał się ponieść emocjom, szkop siedziałby już wygodnie, z otwartymi ze zdziwienia ustami i dziurą po nożu, która zakończyłaby ostatecznie jego wojenne przygody w okupowanej Polsce. Jednak rozsądek podpowiadał, że warto poczekać, zanim rozpęta się taką awanturę. Na dodatek dłoń Swiety opadła delikatnie na blat, co miało być dla niego sygnałem do zachowania spokoju i ostrożności. Nie mógł jednak nie zareagować.

– Pan zaś jest nieuprzejmy – stanowczy ton jego głosu ściągnął uwagę intruza. – Przerywa nam pan spotkanie bez zaproszenia.

Niemiec spojrzał na niego tak, jak spogląda się na komara brzęczącego nad uchem, z lekkim zniecierpliwieniem.

– Jestem niemieckim oficerem. W tym mieście nie potrzebuję zaproszenia od nikogo, a już na pewno nie od ciebie, chłopcze – resztę wypowiedział już, pochylając się w jego kierunku, artykułując każde słowo wyraźnie i mocno. – Nie wchodź mi więc w drogę, bo na jedno moje skinienie ta nora zapełni się naszymi żandarmami, a ty trafisz na Pawią. Tylko ty.

„A więc jednak będzie dziura w mundurze" – pomyślał i natychmiast był gotowy do działania. Niemiec zaś odczytał jego milczenie jako przyzwolenie na dalszy krok, gdyż odwrócił się w stronę dziewczyny. Piotr czekał właśnie na to. Palce przesunęły się po ukrytym pod rękawem ostrzu. Swieta uśmiechnęła się do szkopa, który natychmiast przesunął krzesło w jej kierunku.

Gotowe!

– Herr Hauptmann! Pana nie można spuścić z oka nawet na chwilę! Na widok sukienki traci pan rozum. I co ja mam o tym myśleć, Herr Hauptmann Fritz?

Erika Buddenchoff.

Zimny dreszcz przebiegł po plecach Piotra. Unikał Eriki od dnia, gdy uratowała mu życie. Wprawdzie po jego meldunku góra nalegała na podtrzymanie tego kontaktu, jednak on nie palił się do tego. Piękna Niemka wyraźnie dała mu do zrozumienia, jakiej nagrody za pomoc oczekiwała, a on nie zamierzał się na to godzić. Jak to się stało, że spotkał ją właśnie teraz? Widocznie Warszawa była zbyt mała na to, żeby można było unikać się wiecznie.

– Hauptmann Fritz, przedstawi mnie pan swym znajomym?

Nie tylko Piotr poczuł się niezręcznie. Oficer poczerwieniał na twarzy, próbując wybrnąć z kłopotliwej sytuacji.

– Ależ, droga Eriko, spodziewałem się pani odrobinę wcześniej… – Obcasy jego oficerek strzeliły tak, że Swieta podskoczyła na krześle. – Umilałem sobie jedynie czas oczekiwania.

Kobieta podeszła do stolika i wyciągnęła uzbrojoną w rękawiczkę rękę, którą kapitan ucałował, spuszczając wzrok, gdy jej druga dłoń groziła mu wyciągniętym palcem. Spojrzała w kierunku Ochockiego i uśmiechnęła się zdziwiona.

– Herr Tadeusz! Cóż za miła niespodzianka!

Jednak w jej oczach Piotr nie dostrzegł zadowolenia ze spotkania. Była wyraźnie zaskoczona. I bała się.

Niemiec na szczęście zwrócił swą uwagę na coś zupełnie innego.

– Pani zna tego Polaka?

– Oczywiście, drogi Fritz – natychmiast odzyskała rezon, a po niepewności w jej oczach nie było już śladu. – Herr Ciesielski był moim sąsiadem, ale wyprowadził się jakiś czas temu. Pomógł mi kilka razy przy wnoszeniu ciężkiej torby z zakupami. Ja również miałam okazję się odwdzięczyć…

– Jak? – wszedł jej w słowo oficer, ale natychmiast pożałował.

– Panie kapitanie! – spokojny ton jej głosu przesycony był tym rodzajem chłodu, który degraduje rozmówcę do roli uczniaka. – O pewne sprawy nie powinno się pytać kobiety, żeby nie stawiać jej w bardzo niezręcznej sytuacji. Jednak zapewniam, że była to czysto sąsiedzka pomoc. A teraz, jeśli pan pozwoli, skorzystam z okazji i zamienię z panem Tadeuszem kilka słów w obecności jego towarzyszki. Inaczej znów zniknie mi z oczu na długo. Za chwilę do pana dołączę.

Niemiec nie był zadowolony z tego, że dostał prztyczka w nos w obecności Polaków, jednak ukłonił się i odszedł do swojego stolika.

Ona zaś usiadła na wolnym krześle i założyła nogę na nogę.

– A więc to jest twoja narzeczona. – Rzuciła Swiecie spojrzenie zupełnie pozbawione kompleksów. Znała swoją wartość i wykorzystywała tę wiedzę bezlitośnie. – Nawet całkiem ładna.

Zauważyła ją, zanim jeszcze usłyszała jej głos, a gdy padło imię „Erika", poczuła sopel lodu przebijający jej serce. Wystarczyła chwila, aby zorientować się, że ta kobieta nie przywykła do bycia jedynie częścią towarzystwa. Nieskazitelnie piękna i zimna niczym posąg z białego marmuru potrafiła z mistrzowską wprawą w ciągu minuty podporządkować sobie wszystkich przy stoliku, zamieniając ich w swój posłuszny dwór. Uległ temu dyktatowi nawet Piotr, co doprowadzało Swietę do wściekłości. Postanowiła jednak, że nie pokaże Niemrze, że czuje się upokorzona. Nie zrozumiała słów, ale bez problemu zrozumiała kształtne biodra i wydatny biust zamknięte w doskonale dopasowanej, beżowej garsonce. Nie musiała patrzeć na jej nogi. Była pewna, że zobaczy pantofle na obcasach i kształtne łydki okryte nylonowymi pończochami ze szwem. Klekoczący język był jej zupełnie obcy, ale płynne ruchy i gesty dłoni, za pomocą których sterowała tymi dwoma durniami, czytała jak otwartą księgę. Piotrowi się nie dziwiła. Nie miał za bardzo wyjścia i musiał grać swoją rolę, ale ten oficer? Pan i władca świata? Wystarczy spódniczka, żeby przedstawiciel rasy panów klęknął i oddał pokłon?

Doskonale zaś zrozumiała, gdy królowa śniegu raczyła wreszcie zwrócić ku niej swoje alabastrowe lico.

– Ziemlich schön! – wypowiedziane w jej kierunku zrozumiała dobrze. Poczuła się zbrukana i poniżona.

– Obyś zdechła, suko!

Kolejny raz ratuję cię z opresji, Tadeusz – Erika odwróciła się do Swiety bokiem, dając jej wyraźnie do zrozumienia, że rozmowa, którą chce przeprowadzić, nie powinna jej interesować. – A ty mnie tak unikasz. Nieładnie.

Piotr widział w oczach Swiety upokorzenie. Patrzyła na niego, jakby szukała potwierdzenia, że ten koszmar za chwilę się skończy.

– Nie sądzę, żebym był pani cokolwiek winien. Dziękuję za przysługę, ale na tym nasza znajomość musi się skończyć. Jak pani widzi, nie jestem sam.

Usta Eriki wydęły się w grymasie zniecierpliwienia.

– Ty chyba żartujesz, chłopcze – odpowiedziała tonem nauczycielki strofującej nieposłusznego ucznia. – Ja o nic nie proszę, ja oczekuję, a to powinno być dla ciebie rozkazem. Zrobisz w tej chwili to, co powiem. Odprawisz swą uroczą przyjaciółkę i poczekasz w moim samochodzie na zewnątrz. Musimy omówić pewną... – uśmiechnęła się do niego tak, że dłonie Swiety zaczęły dygotać – bardzo ważną kwestię. I nie próbuj grać bohatera. Do sali obok weszła właśnie grupa oficerów. Wystarczy mój krzyk, żeby zastrzelili cię na miejscu. A ona – wskazała skinieniem głowy w stronę Swiety – trafi na Pawiak. Wiesz co jej tam zrobią? Wiesz doskonale. Załatw więc wszystko, jak należy. Auf Wiedersehen!

Wychodziła z sali upokorzona i zdeptana. Wiedziała, że Piotr nie miał wyboru. Jednak Niemka starła ją na pył w obecności jej mężczyzny, a to sprawiało, że tylko ostatkiem woli powstrzymywała łzy. Nie mogła dać Erice tej satysfakcji. Zignorowała również jej pożegnalne skinięcie głową. Teraz jedyne, o czym marzyła, to znaleźć się już w domu, żeby móc trzasnąć o podłogę albo garnkiem, albo stosem talerzy.

Piotr pocałował ją na pożegnanie. Przytuliła go tak, jakby znów mieli się rozstać. Odwróciła się i ruszyła w kierunku domu, nie oglądając się za siebie. Uwolnione wreszcie łzy spływały jej po policzkach.

Za jej plecami drzwi czarnego fiata zamknęły się z trzaskiem niczym wieko trumny.

Samochód zatrzymał się tuż za skrzyżowaniem z Marszałkowską. Krople przelotnego deszczu zabębniły o jego dach, a ich widok na brudnej szybie podziałał na Piotra jeszcze bardziej przygnębiająco. Obserwował przechodzących obok ludzi i ich niezdarne próby osłonięcia się przed nieprzyjemną mokrą niespodzianką. Przez głowę przebiegła mu myśl, że dałby dużo, aby zamienić suche wnętrze tego auta na wpadający mu za kołnierz deszcz.

– To kuriozalne, że Polak myśli o ucieczce – Erika doskonale wyczuła jego intencje. – I to w obliczu nie atakującego wroga, ale bezbronnej, drobnej kobietki.

„Wolałbym wroga, w każdej ilości" – pomyślał. Odwrócił się w jej stronę z najbardziej pewnym siebie wyrazem twarzy, na jaki było go stać. Niemka patrzyła na niego z uśmiechem. Po sarkazmie i zimnej ironii nie zostało już śladu. Była słodka i zjawiskowa jak wtedy, gdy złapał ją na schodach.

– Upokorzyłaś moją narzeczoną publicznie. Oczekujesz za to wdzięczności?

Westchnęła z cierpliwością matki patrzącej na swą pociechę oblewającą się zupą.

– Wdzięczności oczekuję za to, że uratowałam ci skórę. Co do twojej piękności, to zauważ, że nie byliśmy sami. Miałeś ogromnego

pecha, a ja szczęście, że wybrałam ten lokal na moje sekretne ren-
dez-vous. Nie mogłam inaczej postąpić. Poza tym zazdrosna kobieta będzie o ciebie walczyć. Postara się dzisiaj, zobaczysz sam.

Jędza wróciła!

– Nie musi walczyć. Ona już wygrała. Poza tym… nie ma dla
niej żadnej konkurencji. Po co miałbym ją zmieniać na gorsze? –
odpowiedział, sięgając do klamki.

Zabolało. Poczuła ten policzek tym mocniej, że wcale nie kła-
mał, żeby bardziej ukłuć. Wystarczy, że wypowiedział głośno to,
o czym był przekonany. Jednak zależało jej na kontakcie z nim
na tyle mocno, że musiała przełknąć tę szklankę goryczy.

– Tadeusz! – Chwyciła go za dłoń. – Przepraszam. Nie po-
winnam tak mówić. Przecież nie byłam sama. Ten głąb Fritz
mnie zna. Miałam ci się rzucić na szyję? Nie znikaj znów. Wiesz
doskonale, że mogę ci się przydać.

Zastygł w bezruchu. To ostatnie zdanie desperacko wypowiedziane przez Erikę przypomniało mu, że oprócz bycia kobietą
była również jego zadaniem.

– Przydać do czego? – udał zainteresowanie, nie cofając dłoni,
którą gładziły jej smukłe palce.

– Nie udawaj przede mną. Doskonale zdajesz sobie sprawę
z tego, że mój mąż jest mundurowym. A ja interesuję się jego
pracą. Potrafię się odwdzięczyć. Nie to, co ty.

Nie odpowiedział. Otworzył drzwi auta i wysiadł na skąpany
deszczem chodnik. Wychyliła się tak, żeby zobaczyć go, zanim
odejdzie.

– Piotr! Będę czekała! Pamiętaj, pojutrze o piętnastej.

Stukot obcasów mieszał się w jej głowie z natłokiem myśli.
Była na siebie zła, że pozwoliła mu odejść bez wyraźnej de-
klaracji. Wdała się w tę głupią i niepotrzebną pyskówkę, wiedząc,
jak może się skończyć. Pozwoliła sobie na słabość do tego Polaka
i straciła inicjatywę. Emocje nie są dobrym doradcą.

Walka z myślami zaabsorbowała ją na tyle mocno, że weszła do bramy, nie zauważając tego, że jest otwarta. A przecież od czasu, gdy Gestapo założyło w kamienicy kocioł na Tadeusza, dozorca miał przykazane pilnować, żeby wejście było cały czas zamknięte.

Wiosenne krótkie dni szybko ustępowały ogarniającej wszystko szarości wieczoru. Panujący w bramie półmrok nie ułatwiał jej zadania. Wytężyła wzrok w poszukiwaniu stopnia prowadzącego na klatkę schodową. Nie zdążyła jednak postawić na nim stopy. Czyjeś silne ramiona oplotły ją, pozbawiając ruchu. Próbowała się wyszarpnąć. Na próżno. Napastnik przycisnął ją do ściany. Poczuła ostry ból, gdy chropowaty tynk rozciął jej skórę na policzku. Próbowała uspokoić łomoczące ze strachu serce. Podziemie?! Wyrok?! A może swoi?!

Zapach... Jakimś dziwnym trafem, pomimo ogarniającej ją paniki, jej zmysły wyłapały znajomą, ulotną woń perfum. Skąd go zna? Kto to jest?! Zanim skojarzyła fakty, uścisk zelżał. Obróciła się jednym ruchem i wytrzeszczyła oczy ze zdumienia. Ta dziwka!

– Położysz na nim palec, a poderżnę ci gardło. Zrozumiałaś?

Erika uśmiechnęła się, wycierając wierzchem dłoni krew oblepiającą rozcięcie na jej twarzy. Próbowała robić dobrą minę do złej gry, choć łydki ciągle trzęsły się jej ze strachu. Przyszedł czas na jej odpowiedź. Zebrała tyle odwagi, ile tylko zdołała.

– Widzę, że ukochany wytłumaczył ci, kim jestem. Ale chyba niezbyt dokładnie. – Zacisnęła oczy w malutkie szparki. – Jestem tą, która bierze, co chce. Więc jeśli będę miała ochotę na chłopca z czekolady, to po niego sięgnę. Czy ci się to podoba, czy nie.

Na stojącej przed nią dziewczynie nie zrobiło to jednak większego wrażenia. Jak na zazdrosną kobietę potrafiła doskonale maskować emocje. Podeszła do Niemki, pochyliła się tak, że jej czerwone od szminki usta nieomal ocierały się o policzek Eriki, i chwyciła ją mocno za twarz. Niemka chciała ją odepchnąć, ale wtedy właśnie usłyszała trzask zapałki. Ktoś obok nich zaciągnął się papierosem. A więc ta dziwka przyszła tutaj z obstawą. Nie było więc innego wyjścia. Musiała zachować spokój i wysłuchać każdego słowa, które docierało do jej ucha.

– Powiem ci pewien sekret – szept, jak syk żmii, paraliżował jej ciało. – Płynie we mnie krew ludzi, dla których rozerwać dziecko na pół to jak przeciąć jabłko. A ty jesteś złym człowiekiem, nie dzieckiem. Nie zawaham się. Trzymaj się od niego z daleka albo będziesz się dławić własną krwią. Następne nasze spotkanie skończy się dla ciebie bardzo źle. Bądź mądra i posłuchaj dobrej rady.

Nie odpowiedziała. Zgrywanie bohaterki w takiej sytuacji byłoby czystą głupotą. Odwróciła się powoli i ruszyła schodami w górę, cały czas bojąc się, że huk wystrzału oznajmi koniec jej życia. Bała się tak bardzo, że nie wytrzymała i po przejściu kilku stopni odwróciła się gwałtownie. Słyszała huk bijącego jej w piersiach serca. Na klatce schodowej nie było już jednak nikogo. Odetchnęła z ulgą i usiadła na schodach, pozwalając sobie rozładować napięcie płaczem. Dopiero teraz dotarło do niej, jak źle mogło skończyć się dla niej to popołudnie.

Jedna rzecz umknęła jej uwadze. Ze strachu nie zauważyła, że przez cały czas rozmawiała z tą dziewczyną po rosyjsku.

25

Chodzą za mną.

Piotr wyszeptał to tak, jakby bał się, że podsłuchuje go całe szemrane towarzystwo siedzące przy stolikach w tej małej spelunie na Powiślu. Lokal nie grzeszył ani czystością, ani kulturą osobistą bywalców. Lata niemieckiej okupacji Warszawy były dla przeciętnego mieszkańca miasta czasem ciężkiej walki o przeżycie. Najprostsze rzeczy, które przed wojną były niezauważalną codziennością, urosły do rangi problemów, od których rozwiązania zależało „być albo nie być" warszawiaków. Praca stała się nagle luksusowym przywilejem, którego dostąpić mogło niewielu. Jedzenie nadal było tym, co człowiekowi do życia najbardziej potrzebne, więc niemal wszystko okazywało się towarem na sprzedaż. Pamiątki rodzinne, obrazy, futra czy biżuteria zostały zdegradowane do roli perkalu i paciorków gotowych do wymiany za kilka groszy. Ludzie należący do przedwojennych elit bardzo szybko nauczyli się, że dumy nie da się ugotować w garnku. Nie było więc dla nich innego wyjścia, jak tylko zamienić ją na jakiekolwiek zajęcie, za które można było dostać parę złotych. Prasowanie, nauka łaciny czy gry na fortepianie ratowały ich domowe budżety na równi z oddawaniem za pół ceny swoich najcenniejszych rzeczy.

Jednak nie wszyscy skazani byli na wegetację i dorywcze, słabo płatne zajęcia. Wojna jest okresem, w którym ulegają wywróceniu wszystkie zasady. Dlatego właśnie ci, którzy bez tych zasad żyją, zaczynają się czuć jak ryba w wodzie. Na powierzchnię okupacyjnego rynsztoka wypłynęli dranie, którzy za kosztowności płacili grosze, handlarze zdzierający ostatnie zaskórniaki za lewy towar, przemytnicy, złodzieje, naciągacze i oszuści.

I właśnie knajpę, gdzie cwaniaki spod ciemnej gwiazdy miały swoją melinę, Piotr wybrał na spotkanie z Kubą.

– Cholera, nie było bardziej obskurnych miejsc? – Hucuł nie czuł się zbyt dobrze, gdy po każdym jego słowie towarzystwo milkło i zaczynało się w niego niesympatycznie wpatrywać. I tylko barmanka z papierosem wetkniętym w usta uśmiechała się w jego stronę, eksponując gigantyczny biust wylewający się z przyciasnego dekoltu.

– Musiałem mieć czas, żeby zgubić ogon – Piotr westchnął, kryjąc twarz w dłoniach. Nie przejmował się zupełnie przyciasną atmosferą panującą dookoła. Sytuacja, w jakiej się znalazł, musiała pochłaniać go całkowicie, gdyż zupełnie nie zwracał uwagi na podejrzliwe spojrzenie, którym obdarzył go przyjaciel.

– Dlaczego wszyscy tutaj gapią się na mnie, a na ciebie nie, Pietrek?

Ochocki spuścił dłonie i warknął gniewnie.

– Cholera, Hucuł! – pochylił się nad stołem w stronę zaskoczonego wybuchem chłopaka. – Ja czapę mogę mieć już zasądzoną, a ty się przejmujesz tą bandytierką!

– Coś podać sianownemu państwu? – mlecznobiały biust zafalował nagle nad ich głowami. – Może przysposobić ćwiarteczkę bimberku na rozluźnienie, bo się pańskiej żonce nerw chyba popsuł, tak strzela oczętami dookoła.

Piotr uśmiechnął się szeroko po raz pierwszy od chwili, kiedy przekroczyli próg knajpy.

– Szefowa umi jak zwykle żart zarzucić na każde okoliczność. – Podniósł jej pulchną dłoń do ust i pocałował szarmancko. – A ten tutaj to nie moja żonka, ale przyjaciel najlepszy, któren w towarzystwie dobrem nieobyty jeszcze.

Kobieta zaśmiała się rubasznie, po czym pochyliła się w stronę oniemiałego Hucuła.

– Ja tam zawsze mogę przyjacielowi pomóc, jeśli takiej potrzeby będzie.

Gdy na potwierdzenie swych słów mrugnęła do niego porozumiewawczo, Kuba pisnął przerażony.

– Pani Marylko, ja dobrze wiem, że na pomoc przyjacielską zawsze liczyć u pani można – Piotr postanowił wybawić kolegę z kłopotu. – Gdyby co, będziem walić jak w dym. I po lemoniadzie poprosimy.

Bufetowa leniwie podniosła się znad stolika i obróciła na pięcie.

– Lemoniada! Panienki! – zaśmiała się pod nosem i nie patrząc już w ich stronę, rzuciła na odchodne: – Zaraz naleję.

Hucuł szarpnął się w stronę Piotra, gdy tylko zostali sami.

– Co to było, chłopie?! Skąd ty znasz to towarzystwo?!

Piotr uciszył go gestem dłoni, ale nie było już takiej potrzeby. Odkąd ich stolik opuściła pani Marylka, nagle obaj stali się niewidzialni dla całej reszty. Jakby rozmowa z nią była inicjacją, po której uznali nową twarz za nieszkodliwą.

– Nie pękaj, jesteś bezpieczny – palce Ochockiego zabębniły w blat stolika. – To typy straszne, ale charakterne. Mnie znają. Czasem robię z nimi interesy...

– Jakie interesy?! – szept Hucuła zabrzmiał ostrzej niż krzyk. – Wiedzą, kim jesteś?!

– Coś tam wiedzą. – Wzruszenie ramion Piotra podziałało na Błaszczyka jak kot na bulteriera.

– Coś tam?! A co, jak cię sypną, szmalcownicy jedni?!

Piotr zbladł. To jedno słowo za dużo, wypowiedziane szeptem, przebiło się do czujnych uszu co poniektórych siedzących dookoła. Nie bał się o skórę. Już raz znaleźli się obaj w podobnej sytuacji. To było we Francji w czterdziestym roku, gdy jako młodzi żołnierze spędzali popołudnie w jednym z lokalnych barów. Burda, jaką wywołali zazdrośni o swoje dziewczyny miejscowi, skończyła się dla żabojadów niezbyt ciekawie. Kilka rozbitych łbów ostudziło ich zapał do bitki, a jednocześnie zapoczątkowało wyjątkową przyjaźń pomiędzy Ochockim i Hucułem.

Wiedział zatem, że udałoby się im wynieść skórę cało w przypadku awantury. Jednak jej konsekwencje byłyby opłakane. Z ludźmi tymi bowiem łączyła go pewna więź, o której jego towarzysz nie miał pojęcia.

– Szmalcu nie ma jeszcze. Chłopaki wiozą gdzieś ze wsi. A ile potrzeba? Ze sześć słoików znajdę.

Celowo mówił podniesionym głosem, tak żeby słyszeli go wszyscy siedzący w pobliżu. Łudził się, że podobieństwo słów

uspokoi zagniewane spojrzenia. O dziwo, gwar rozmów roz-
brzmiał na nowo, co oznaczało, że fortel udał się w zupełności.
Na szczęście Kuba w lot złapał zasady gry i rozsiadł się wygodnie, udając zainteresowanie szmuglem smalcu.

– Uważaj na słowa w tym miejscu! – Piotr przestał już rozglądać się nerwowo. Byli bezpieczni. – To są złodzieje, pijacy
i przemytnicy. Ale to Polacy. Szpicli i folksdojczów nienawidzą
bardziej niż Niemców. Od razu, bracie, w piach. Szmalcownicy
też. To ich miasto i szumowiny tępią sami. Czy ty wiesz, ilu ludzi do odstrzału pomogli mi namierzyć? Taki mam układ z nimi.
Oni mi przysługę, a ja czasem pomogę im z lewymi papierami
albo odkupię trochę rąbniętych pukawek.

Zamilkł na chwilę, bo od strony baru nadchodziła pani Marylka.

– Lemoniada dla jaśniepaństwa. – Bufetowa postawiła
przed nimi dwie szklanki wypełnione mętnym płynem. Popatrzyła na nich z uśmiechem i zwróciła się do Hucuła. – A kawaler niech na uspokojenie coś zażyje, bo niewyparzony język
przyczyną poważnych kłopotów stać się może. Czasy niespokojne i ludzie nerwowe chodzą. Chwila nieuwagi i nieszczęście
gotowe. Dobrze, że my tu Piotrusia wszystkie znamy.

Odeszła, a oni wrócili do przerwanej rozmowy.

– Posłuchaj mnie wreszcie. Ktoś za mną chodzi!

Jakub podniósł szklankę do ust. Zanim jednak zamoczył
w niej usta, zatrzymał rękę i powiedział.

– Polacy? Niemcy?

– Nasi. Zaczęło się od meldunku do starego. Po tym, jak opo-
wiedziałem mu o Erice, zapalił się do pomysłu, żeby ją wykorzystać. Jej mąż jest żandarmem i jeśli udałoby się ją zwerbować,
kto wie, jakie korzyści z tego mogłyby wyniknąć.

– Erika – cmoknął Jakub ironicznie. – To teraz już jesteście
na ty?

– Nie wygłupiaj się – żachnął się Ochocki. – Jak mam o niej
mówić?

– No dobrze, dobrze – poddał się ze śmiechem przyjaciel i po chwili dodał już na poważnie: – Kto miałby się zająć werbunkiem?

– Ja.

– A w jaki sposób?

Piotr przełknął głośno ślinę. Hucuł wytrzeszczył oczy ze zdumienia.

– Chyba żartujesz? Masz jej wleźć do łóżka?

– Zapytałem go o to samo. Pomamrotał coś pod nosem o tym, żebym na razie się tym nie przejmował, tylko zaczął się z nią umawiać na kawę. Ale przecież to jasne, że tak to się skończy.

– A Swieta? Chyba jej tego nie zrobisz?!

Chwila niepewności bywa czasem gorsza od wybuchu bomby. Piotr zamilkł i podniósł szklankę do ust, a w Hucule zawrzało. Myśl, że dziewczyna kolejny raz otrzyma od życia druzgocący cios, była dla niego nie do zniesienia. Nie słyszał już tego, co przyjaciel mówił do niego szeptem. On dałby jej wszystko i stanąłby przeciw każdemu, kto chciałby zrobić jej krzywdę. Nie podejrzewał się o taką zazdrość, więc po raz kolejny dał się ponieść jej napadowi. Skoczył do Piotra, wspierając się dłońmi o blat.

– Jak mogłeś jej to zrobić?! Przecież ona tego nie przeżyje!

Telepało nim w środku i dopiero gdy poczuł mocny uścisk za nadgarstki, pozwolił dojść do głosu resztkom rozsądku.

– Uspokój się, człowieku! Przecież powiedziałem ci, że odmówiłem.

Kuba dyszał jeszcze mocno, ale zrozumiał, że zrobił z siebie idiotę i na dodatek odsłonił się z emocjami, których najchętniej pozbyłby się jak brzydkiego strupa. Nie potrafił się maskować, ale towarzysz chyba wziął jego wybuch na karb zwykłej troski o przyjaciółkę, zupełnie nie dopuszczając do siebie myśli, że Jakub mógłby postąpić inaczej.

– Powiedziałeś „nie"?

– Niezupełnie. – Piotr uśmiechnął się, żeby rozładować sytuację. Pozwolił Hucułowi usiąść z powrotem na krześle i poczekał, aż knajpę ponownie wypełni gwar rozmów kolejny raz zniecierpliwionych ich humorami gości. – Powiedziałem, że w związku z tym, że moje sumienie nie pozwala mi na żaden czyn, który mógłby w jakikolwiek sposób zaszkodzić mojemu związkowi z moją dziewczyną, odmawiam wykonania zadania.

– Zuch chłopak! – Profesjonalizm Kuby pozwolił mu prawie całkowicie zapanować nad emocjami. – Dojrzewa nam Piotruś, skoro o siebie potrafi wreszcie zawalczyć! Nawet wbrew dowództwu.

– Nie wygłupiaj się. Zresztą tak grzecznie powiedziałem za pierwszym razem tylko.

– Jak to? Był jeszcze jakiś inny raz?

Ochocki pokiwał potakująco głową.

– Tak, po tej sytuacji w cukierni u Bliklego. Stary przyprowadził ze sobą innego oficera, który bardzo namawiał na ten kontakt. – Piotr westchnął głośno. – Wiesz, pompatyczne gadki o obowiązku wobec ojczyzny i o tych korzyściach z ewentualnej znajomości. Obiecywał awans, gdyby się udało.

– I co?

Wzruszył ramionami.

– Powiedziałem, że narzeczonej zdradzać nie będę, a gdy nalegał, kazałem mu sobie ten awans w tyłek wsadzić.

Hucuł zaśmiał się głośno.

– Tak powiedziałeś?

– No nie do końca. – Piotr odchylił się na krześle i splótł dłonie na karku. – Powiedziałem o dupie.

Kuba rechotał w najlepsze.

– Niesamowite! Naprawdę dojrzewasz. No i co dalej?

– Nic, starego znasz. Wściekł się na to, że oficera obrażam. No to ja mu mówię, że jeśli pan oficer czuje się obrażony, to czekam na dole, żeby dać mu satysfakcję.

– Zszedł na dół?

– A skąd. – Uśmiechnął się szeroko. – Za to od tego momentu zauważyłem za mną obserwatorów. Czy śledzili mnie wcześniej? Nie wiem. Dopiero teraz zwróciłem na to uwagę.

Hucuł dopił zawartość szklanki.

– Może chce cię mieć na oku i sprawdzają tylko, czy wywiązujesz się z zadania?

Wzruszenie ramion przyjaciela starczyło za odpowiedź.

– Nie wiem. Nie w smak im było, gdy powiedziałem o narzeczonej. Dziewczynę jeszcze kazaliby pewnie odstawić, ale w tym wypadku to kaplica.

Do Błaszczyka dopiero teraz dotarło to, co powiedział Piotr. Drugi raz tego wieczoru zacisnął usta.

– Narzeczoną? Jest coś, o czym nie wiem?

Ochocki uśmiechnął się szeroko.

– Nie wiesz. Swieta jeszcze też nie. Dzisiaj się oświadczę.

„Kurwa mać!" zabrzmiało w głowie Jakuba, ale z jego ust wypłynęło coś innego:

– Stary, gratulacje! Musimy się napić!

– Pogratulujesz, gdy powie „tak". A wódki i tak nie piję. – Uśmiech nie schodził z ust chłopaka. – Za to myślałem, że może coś słyszałeś na temat tego ogona. W końcu wiedzą, że się przyjaźnimy.

– Skąd? Przecież ja nie jestem w kontrwywiadzie, tylko ty. Poza tym to nie powinieneś się im dziwić. W końcu po kropnięciu Kutschery zniknąłeś na Bóg wie ile, a potem nagle okazało się, że czysta rasowo sąsiadka cię przygarnęła. – Błaszczyk klepnął się po udach. – Ogonem się nie martw. Pewnie tylko sprawdzają albo ubezpieczają. Martw się lepiej tym, co zrobić, jeśli Erika zechce zakosztować polskiego rarytasu w zamian za informację.

Ochocki westchnął głośno. Zwerbowanie Niemki byłoby znakomitym ruchem. Uzyskaliby pewnie dużo cennych informacji, a kto wie, może nawet kolejne dojście do przetrzymywanych w aresztach więźniów. Jednak nie za cenę spoufalania się z nią. Może da się ją przekupić?

– Słuchaj – Kuba podniósł się z krzesła. – Ja muszę już iść. Spróbuję zapytać tu i tam, a ty biegnij do Swiety. Czeka cię ważna chwila. Będziemy w kontakcie.

– Dziękuję, że przyszedłeś. – Piotr uścisnął jego dłoń. – Daj znać, jeśli dowiesz się czegoś. Serwus!

– Czołem!

Hucuł ruszył do wyjścia, a w jego piersiach dopalała się kula ognia. Przeklinał dzień, w którym spotkał tę dziewczynę. Gdyby mógł cofnąć czas, trzymałby się od niej z daleka. Bolało bardzo. Szczególnie to, że nie potrafił cieszyć się czyimś szczęściem. Zapragnął być już w domu, gdzie czekała na niego butelka bimbru. Nie chciał czekać. Szybki krok zamienił się w trucht, a ten przeszedł w bieg. Pokonywał kolejne ulice do momentu, w którym poczuł kłucie w boku i stracił oddech. Zatrzymał się przed wejściem do kamienicy i poczekał, aż ból zniknie. Na nieszczęście ustała jedynie kolka. Ten drugi rodzaj cierpienia wydawał się nieśmiertelny. Ale on postanowił dzisiaj podjąć kolejną próbę pozbycia się go.

– Utopię cię w wódzie, sukinsynu! Już za chwilę.

26

Przed wojną Eugeniusz Bodo należał do jego ulubionych aktorów. Przegrywał jedynie z Adolfem Dymszą, który swym humorem i żywiołowością bardziej podchodził Piotrowi niż amant Bodo. Jednak łobuzerski, niepokorny charakter Dodka odezwał się w najmniej odpowiednim momencie. Dymsza wyłamał się rozkazowi podziemnego Związku Artystów Scen Polskich, aby dla okupantów w teatrach jawnych nie grywać. Występował więc dalej, nawet w alei Szucha, tracąc tym samym wiele w oczach warszawiaków. Ochocki uważał, podobnie jak wszyscy jego koledzy i towarzysze walki, że tylko świnie siedzą w kinie, a w teatrze to już w ogóle. Łobuz Dodo przegrał więc potyczkę o miejsce w sercu młodego porucznika z amantem Bodo.

Dlatego właśnie w taki dzień nie mógł zaprosić Swietki nigdzie indziej, jak tylko do Café Bodo, mieszczącej się przy ulicy Foksal 17, założonej przez sławnego aktora tuż przed wybuchem wojny kawiarni.

Siedziała więc, wpatrując się w jego rękę leżącą obok filiżanki z kawą i talerzykiem, na którym rozparło się na wpół zjedzone ciastko. Swoje dłonie położyła obok. Wstydziła się ich. To była jedyna część jej ciała, która postarzała się nienaturalnie szybko. Spracowane, pokryte suchą skórą, prawie dorównywały wielkością rękom jej chłopca. Pamiętała dobrze delikatne, smukłe palce Eriki, miastowej kobiety, a ukłucie zazdrości zmąciło na chwilę to, co działo się teraz w jej sercu. Zawsze, gdy wyobrażała sobie tę chwilę, myślała o stadach motyli buszujących w brzuchu, radości i łzach.

Motyli nie było. Było za to szczęście, błogie i spokojne, w którym pływało jej poszarpane życiem serce. I uśmiech był. Nie schodził z jej twarzy, odkąd zorientowała się, po co tutaj przyszli. Na chwilę tylko skrzywiła się w grymasie, gdy przypomniała sobie o Erice. Szybko jednak wymazała ją z pamięci. Nie pozwoli jej zepsuć tej chwili. Nie dzisiaj.

Ujęła jego dłoń w swoją i uniosła je lekko. Wpatrywała się w małe, bordowe pudełeczko, w którym wciśnięty w białą poduszkę złocił się do niej mały, skromny pierścionek. Mrugał do niej lśniącym okiem niewielkiego diamencika. Wiedziała, że to ten sam, który tata Piotra założył na palec jego mamie.

Przypomniała sobie o swoich rodzicach i znów poczuła to ukłucie bólu. Ale nie teraz…

– Widzisz? Twoje ręce nie mogą być złe. Tyle dobra mi przynoszą…

Wpatrywał się w nią uważnie, serce łomotało mu, jakby właśnie przystępował do najważniejszego egzaminu w swoim życiu. Nie miał czego się bać, ale trema pożerała go od środka. Widocznie nie można zawsze być na wszystko przygotowanym.

– To znaczy „tak"?

Motyle wreszcie przyfrunęły. Przygryzła usta i pokiwała głową.

– Tak!

I natychmiast zawirowało jej w głowie, gdy uniósł ją w ramiona i zatańczył pomiędzy stolikami. Tak jakby cały świat uśmiechał się do niej. Śmiała się więc w głos do niego.

– Szkoda, że tatko i mama nie mogli nas zobaczyć – powiedziała, gdy znów znaleźli się przy stoliku, odprowadzani wzrokiem gości siedzących dookoła.

– Twój tatko chciał cię Jegorowi dać. – Piotr spoważniał na chwilę. – Pewnie nie byłby też szczęśliwy, że chcesz być żoną Lacha.

Pokiwała potakująco głową.

– Tak go pamiętasz, a ja widzę tylko, jak obronił mnie przed gniewem Jegora. Polubiłby cię – przeczesała jego czuprynę palcami.

Nie chciał kontynuować smutnego tematu w najważniejszym dla nich dniu. Mrugnął do Swiety zawadiacko.

– Za to właściciel tej kawiarni, Eugeniusz Bodo, pierwszy amant Warszawy, zazdrościłby mi ciebie z pewnością, gdyby tutaj był!

Popatrzyła na wiszące na ścianie zdjęcia i plakaty filmowe, na których przywołany przez Piotra aktor czarował swoim uśmiechem.

– Nigdy nie widziałam jego filmów. Nigdy nie byłam w kinie. Raz tylko przyjechał do nas taki wóz, z którego zagrano film ze Szczepciem i Tońciem. Obraz był na takim białym prześcieradle.

Podobało mi się, ale to nie to samo, co prawdziwe kino. Bardzo chciałabym zobaczyć tego Bodo.

Wziął jej dłoń do ręki i pocałował palec, na który wcześniej z trudem włożył pierścionek.

– To się świetnie składa, bo mam dla pani, przyszła pani Ochocka, niespodziankę. Jesteśmy tutaj nie przez przypadek – powiedział do niej poważnym, uroczystym głosem. – Dlaczego? Zaraz się wyjaśni. Zabieram panią w bardzo ciekawe miejsce.

– Gdzie idziemy? – uniosła ciekawskie brwi.

– Dowiesz się za chwilę.

Zapłacił rachunek kelnerce, która obdarzyła go promiennym uśmiechem, po czym wyszli z kawiarni. Gdy otwierał jej drzwi, rzucił wzrokiem na amanta Bodo, zazdrośnie patrzącego na niego ze zdjęcia.

– Niedoczekanie twoje – mruknął z zadowoleniem pod nosem. – Ona jest moja.

Aktor wiedział o tym doskonale. Był w takim miejscu, gdzie wiadomo już wszystko. Kilka miesięcy wcześniej, w Kotłasie, jego wycieńczone morderczą pracą i głodem ciało wrzucono do zbiorowego grobu. Sowiecki łagier przemielił pierwszego amanta wśród aktorów Rzeczypospolitej. Jedyne więc, co mógł zrobić, to patrzeć bezsilnie ze zdjęcia, jak młody warszawiak wyprowadza pod rękę najpiękniejszą dziewczynę w stolicy.

Spacerowali Chmielną pomiędzy spieszącymi do swoich spraw ludźmi, gwarem ulicy i krótkimi przystankami, w czasie których, żywo gestykulując, opowiadała mu o ślubie swoich marzeń. Bo Swieta nagle opuściła gardę i wysunęła głowę ponad mur, którym odgrodziła się szczelnie od wszystkich i wszystkiego. Zauważył to natychmiast, dlatego ze spokojem słuchał całego potoku słów, którym go zasypała. A on cieszył się z tego, że choć przez chwilę znów jest tą samą dziewczyną, która zawróciła mu w głowie pięć lat wcześniej.

– I wianek miałabym. Koniecznie! – Jej oczy śmiały się do niego tak, że przechodzący obok ludzie oglądali się za nimi. – No bo bez wianka, to jak? Szłabym boso, przez całą łąkę. Z tatkiem i mamą. I brat mój byłby tam też. A ślub razem z naszym swiaszczennikam i księdzem waszym. Potem wesele. W tej samej stodole, gdzie tańcowałeś z Martą. Marta! – Przystanęła ponownie i podniosła palec do góry. – Marta musiałaby być. Koniecznie! I Witalij… I twój tatko…

Pocałował ją i pogładził po policzku. Zrozumiała gest.

– Ja wiem. – Ściszyła odrobinę głos, nie tracąc ani odrobiny z rozpierającej jej radości. – Nie musisz nic mówić. Ja wszystko wiem, że to się nie stanie. Ale taki właśnie ślub chciałabym najbardziej.

Ruszyli ponownie. Po chwili skręcili w jakieś podwórko, by nagle znaleźć się przed dwuskrzydłowymi drzwiami wiodącymi do wysokiego budynku. Piotr zastukał w wymyślny sposób i spojrzał na zegarek. Ciągle uśmiechnięta Swieta rozglądała się uważnie dookoła.

– Gdzieś mnie przyprowadził?

– Sprzedam cię Cyganowi.

Przytaknęła energicznie głową.

– Dobrze! Ale hroszi dzielimy na pół. Kupię sobie nowego chłopca. Wartam tyle, że na pewno starczy i na ładnego, i mądrego.

– Na dwóch ci nie starczy. – Wydął kpiarsko usta. – Musisz wybrać.

– Piotr – odrzekła mu moralizatorskim tonem. – Teraz nie mam ani tego, ani tego, to i każden będzie lepszy. Tylko targuj się dobrze. – Jej podniesione brwi zdawały się mówić: „Zastanów się dobrze, co teraz odpowiesz".

Z kłopotów wybawiło go skrzypnięcie drzwi. Wysunięta zza nich głowa rozejrzała się uważnie, po czym skinęła, zapraszając ich do środka. Weszli do ciemnego, długiego korytarza. Swieta chwyciła Piotra za rękę.

– Gdzie my jesteśmy?

– Zaraz wszystkiego się dowiesz – szepnął spokojnym głosem.

Stanęli wreszcie przed kolejnymi drzwiami. Mężczyzna nacisnął klamkę i kilka sekund później byli już w miejscu, o którym Swieta marzyła od dawna. Kino!

– Kino Palladium, pani Ochocka! – Piotr machnął szarmancko ręką, prezentując puste wnętrze.

– Jeszcze nie Ochocka, Lachu – odpowiedziała szeptem, rozglądając się nabożnie, jakby weszli do lwowskiej katedry, a nie do kina.

– Panie Piotrze sianowny, wszystko gotowe na tę okoliczność. – Mężczyzna skinął zapraszającym gestem w ich kierunku. – Proponuję panience zasiąść na widowni, a my sobie słówko zamienimy na osobności.

Gdy weszli do sali projekcyjnej, Swieta pisnęła z radości.

– Paniusia zostawi siły i głos na zachwyty później. Będzie warto. Wyszukałem prawdziwy cymesik.

– Poczekaj chwileczkę. Zaraz wrócę.

Chwyciła go za rękę.

– Piotrusiu, a jak my tak, w kinie… Przecież tylko świnie w kinie…

Pocałował ją w czoło.

– Czasem, żeby sprawić przyjemność swojej pani, trzeba być trochę świnią. Nie bój się, nikt nas nie zauważy. Znam tego człowieka. On puszcza tutaj filmy. Dzisiaj kino zamknięte, więc jesteśmy bezpieczni. Pamiętasz tego aktora ze zdjęć w kawiarni?

Przytaknęła głową.

– Zobaczysz go teraz, jak się rusza na ekranie. A teraz muszę zamienić kilka słów z Wieśkiem.

– Suka, model z trzydziestego czwartego roku. Plus parabellum. – Gdy tylko znaleźli się na powrót w hallu, Wiesiek przeszedł od razu do rzeczy.

– Ile? – Ochocki również nie tracił czasu.

– Panie Piotrusiu, czasem dla ojczyzny trzeba i ze swojego dołożyć. – Mężczyzna uśmiechnął się szeroko. – Łatwo przyszło, nie będziem zdzierać. „Rudy Alek" przekazuje, że to prezent dla podziemia.

– A co w zamian? – w głosie Piotra odezwała się nutka ostrożności. – Wiecie, że ja lubię czyste układy.

Wiesiek skrzywił się i cmoknął niezadowolony.

– Niech pan nas nie obraża. Skoro mówię, że darmoszka, to darmoszka. My może nie jesteśmy ministrantami, ale wiemy, z kogo i kiedy drzeć mamonę. Giwery są za darmo. Jako prezent ślubny od Alka. No i ode mnie, ma się rozumieć. – Pochylił się i mrugnął porozumiewawczo. – A narzeczona prima sort!

Piotr podniósł ostrzegawczo palec do góry. Roześmiali się obaj. Jeszcze tylko uścisk dłoni i ponownie wszedł do sali projekcyjnej. Swieta usłyszała jego kroki, obejrzała się i pomachała mu.

– Wszystko dobrze? – zapytała, biorąc go pod rękę, gdy usiadł obok niej.

– W jak najlepszym. – Uśmiechnął się szeroko. – A teraz patrz.

Na widowni zrobiło się ciemno, a z tyłu rozległ się terkot pracującego projektora. Po chwili snop światła padł na białe płótno ekranu.

– *Piętro wyżej* – Swieta odczytała tytuł filmu. A gdy na ekranie pojawił się Eugeniusz Bodo, roześmiała się w głos i klasnęła.

Patrzył na nią częściej niż na przesuwające się przed ich oczami obrazy. Widział, jak chłonie wszystko, szturchając go co chwilę i pokazując palcem na ekran, gdy tylko coś ją zachwyciło. Widział jej radość i poczuł się szczęśliwy. Kolejny raz tego dnia.

– Wiem, czego od ciebie chcą. Domyślam się – usłyszał nagle jej szept. Nie patrzyła nawet w jego stronę. Ciągle oglądała film, uśmiechając się nieustannie.

– Ale ja nie…

Położyła palec na jego ustach.

– Nic nie mów, to i tak trudne dla mnie. Zgadzam się. Umów się z nią na tę kawę czy co tam. Ja to rozumiem. Chcę tylko jednego.

Poczuł w środku wstyd, jakby złapano go na kradzieży, jakby na jaw wyszła skrzętnie ukrywana, niemiła tajemnica.

– Gdy będziesz się z nią spotykał, nie mów mi o tym.

Rozszerzył oczy ze zdziwienia. Zrobiło mu się gorąco.

– Jak to…

– Tak to – przerwała mu. – Mów, co chcesz, kłam. Bylebym nie wiedziała, kiedy to się dzieje. To mój dar dla ciebie, kochany. – Pocałowała go w policzek.

Opuścił głowę, przytłoczony tym, co usłyszał. Uświadomił sobie, jak wielki ciężar przyjdzie jej dźwigać, i poczuł się jak najgorsza szumowina. Nie chciała wiedzieć. Ten warunek był jak ślepy pocisk w karabinie żołnierza plutonu egzekucyjnego. Dawał jej nadzieję, że może będzie w tym czasie w innym miejscu, z kim innym.

– I nie rozmawiajmy już nigdy o tym – dodała, jakby słyszała jego myśli. Chwilę potem śmiała się w głos, klaszcząc i słuchając w zachwycie, jak zakochany Bodo śpiewał szlagier *Umówiłem się z nią na dziewiątą*.

27

Ja chyba na stałe przeprowadzę się do kawiarni!

Głośno wypowiedziana przez Piotra myśl wywołała dyskretny uśmiech na twarzy Eriki. Odstawiła filiżankę z herbatą i pochyliła się w jego stronę, serwując spojrzenie tak lepkie od kokieterii, że poczuł mdlącą słodycz w ustach.

– Nie narzekaj, siedzisz w towarzystwie pięknej kobiety. Spędzasz czas w sposób, o jakim większość panów w tym lokalu zdaje się marzyć. No i nie płacisz za to.

Sięgnął do kieszeni po portfel, ale zatrzymała go, kładąc mu dłoń na ramieniu.

– Nie irytuj się. Nie wypominam ci niczego. Po prostu chcę, żebyś umiał cieszyć się moim towarzystwem.

Nie irytował się, a ukradkowe spojrzenia mężczyzn siedzących przy innych stolikach uważał raczej za obelgę niż powód do dumy. On się po prostu dusił. Sięgnął palcem do górnego guzika koszuli, ale ten okazał się już rozpięty. Chwycił więc za jej brzeg i pociągnął go w prawo i w lewo, by złapać trochę powietrza, które z trudem przeciskało się przez ściśnięte gardło.

Czuł się paskudnie jako bawidamek. Przypisana mu rozkazem rola całkowicie odbiegała od tego, czym do tej pory się zajmował. Gdy strzelał do zdrajców jeszcze w „Wapienniku", oddziale „Dwójki", czyli Kontrwywiadu AK, sprawy również nie były proste, a wyrokom przez niego wykonywanym bywało czasem daleko do jednoznaczności. Jednak wtedy działał, atakował i stawiał czoła wrogowi z klamką w ręce. Teraz jego jedyną bronią była posrebrzana łyżeczka, którą co najwyżej mógł podłubać w nosie, a i to uszłoby pewnie za przejaw grubiańskiego zachowania. Już to, że więcej czasu spędzał w kawiarniach niż na pracy w terenie, sprawiało, że czuł się nieswojo, jak pijak na spotkaniu towarzystwa trzeźwości.

Erika chyba jednak umiała czytać w myślach.

– Wiesz, nie musimy się spotykać publicznie. – Wydęła usta w grymasie, który miał sprawić, że wypowiedziana przez nią propozycja została rzucona ot tak, mimochodem. Jednak Piotr poczuł ciarki na plecach. Moment, który odwlekał od pierwszego spotkania, wreszcie nastąpił, a on nie miał pomysłu, jak się z niego wybronić i nie wpaść całkowicie w wypielęgnowane dłonie Niemki.

Gdy zdecydował się, żeby podjąć grę, nie miał pojęcia, w jakim kierunku się ona potoczy. Był jedynie pewien, którego z nich chciał uniknąć za wszelką cenę. Ona zaś nawet nie była zdziwiona, gdy pewnego dnia po prostu podszedł do niej, kiedy wysiadała z auta przed domem, i podał zwitek papieru z datą, miejscem i godziną spotkania. Oczywiście w kawiarni przy Nowym Świecie.

To było ich trzecie spotkanie. O dziwo, nawet odważna w poczynaniach Erika za każdym razem starała się zachować powściągliwość, co tylko wzbudziło jego dodatkowy niepokój. Rozmawiali o rzeczach nieistotnych, próbując obwąchiwać przeciwnika tak, żeby się nawzajem nie spłoszyć. Piotr zapytał ją o pracę męża, ale szybko urwała temat, dając mu do zrozumienia, że nie łączy przyjemności z życiem prywatnym.

Dyspensa na kontakt z Niemką, dana mu przez Swietę, tylko pogorszyła sprawę. Wolałby już, żeby dziewczyna nic o tym nie wiedziała, niżby miała samotnie czekać na jego powrót, mając świadomość, gdzie jest. Ilekroć opuszczał mieszkanie, widział, jak zaraz po pocałunku na pożegnanie odwracała wzrok. Nie tłumaczył się nigdy z tego, dokąd się wybiera, a ona nie pytała. I tak nie miało to znaczenia, skoro kłamstwo zostało podniesione do rangi prawdy. Żadne tłumaczenie nie łagodziłoby jej niepewności. Czuł się więc jak oszust, nawet jeśli załatwiał sprawy zupełnie niezwiązane z nowym zadaniem.

Wiedział, że w końcu przyjdzie ten dzień, gdy Erika zażąda więcej niż tylko wspólnie wypitej kawy. Wtedy właśnie zamierzał wyłożyć karty na stół. On się poświęci i zrobi krok w jej kierunku, ona da mu informacje. Wyglądało na to, że ten czas właśnie nadszedł.

– Wiesz, nie musimy się spotykać publicznie.

– Co ci chodzi po głowie? – udał zdziwienie. – U ciebie nie możemy się spotkać, bo na twojego męża nie chcę się naciąć. Poza tym kto wie, czy mieszkania nadal nie obserwują.

– Ale przecież są inne miejsca… – Wzruszyła ramionami, patrząc w bok. – Widzę, że się czujesz jak ryba wyjęta z wody. – Odwróciła głowę i spojrzała na niego ciepło. – Pozwól, że zadbam o to, byś poczuł się swobodniej. Szklaneczka koniaku w niewielkim hotelowym pokoju to jeszcze nie zdrada. A my porozmawiamy sobie swobodniej.

Wytrzymał jej spojrzenie. Wiedział doskonale, co ma uczynić.

– O twoim mężu też porozmawiamy? O jego pracy?

Nawet jeden mięsień nie drgnął na jej twarzy.

– Myślisz, że nie wiem, dlaczego się ze mną spotykasz, skoro tak bardzo mnie nienawidzisz za uratowanie ci życia? Mówiłam ci już, żebyś nie traktował mnie jak głupią gąskę. Podobasz mi się. Lubię twoje towarzystwo i jestem w stanie dużo znieść i dać, żeby się nim cieszyć. Jednak nie traktuj mnie jak tanią dziwkę, targując się przy wejściu do jej mieszkania.

Umiała zadziałać tak, że poczuł się zmieszany i winny. Gdyby nie zdawał sobie sprawy z tego, jak wyrafinowaną jest graczką, pewnie pozwoliłby sobie na to, żeby ją przeprosić. Nie zrobił jednak tego. Skoro była świadoma sytuacji, powinna też być na tyle silna, żeby przełknąć tę pozorną zniewagę. W końcu nie wytrzymała.

– Mój mąż pracuje na Szucha. Często zabiera pracę papierkową do domu, mogę więc zajrzeć tu i tam. Odwiedzam go często w jego gabinecie. Idzie się potem odświeżyć. – Uśmiechnęła się znacząco kącikiem ust. – Wiem, gdzie trzyma listy zatrzymanych.

Cena została ustalona. Nowy zakres znajomości również. Poczuł, jak czarna i zimna niczym śmierć otchłań wciąga go bezpowrotnie. Poczuł w sercu wstręt do samego siebie, bo kierunek toczącej się gry właśnie skręcił w tę stronę, której bał się najbardziej.

Święta wyczuwała wszystkie jego niepokoje. Nie było to zresztą zbyt trudne, bo każda troska odbijała się na jego twarzy jak plamy po ospie. Jednak gdy podczas obiadu odstawił pełny talerz, poczuła ucisk w dołku. Nigdy go o nic nie pytała, gdy wychodził. Wolała uczucie niepewności od jednego fałszywego słowa, gestu albo spojrzenia, które mogłoby potwierdzić fatalne domysły. Teraz jednak wpatrywała się w pełny talerz kartoflanki i czuła, jak pytanie przebija się przez jej gardło jak plamy błota na zaśnieżonym podwórku, paskudnie i nieuchronnie.

– Idziesz do niej?

Pytanie zawisło między nimi niczym dym z cygara nad bilardowym stołem.

– Co? – Wyrwany z zamyślenia Piotr spojrzał na nią nieprzytomnym wzrokiem. Nie powtórzyła pytania. Wiedziała, że usłyszał doskonale. Zebrał myśli, a ona zacisnęła zęby, gdy świadomość okrutnej wiedzy wypełniła jej serce. Pokiwał głową na boki zaskoczony. Nigdy go o to nie pytała, więc teraz zupełnie nie wiedział, co odpowiedzieć.

– Nie – westchnął. – Dziś wychodzę spotkać się z Zadrą. Muszę z nim zamienić kilka słów. Ma się spóźnić, więc jeśli nie wyrobię się przed godziną policyjną, zostanę u niego na noc. Dobrze?

Zebrała w sobie każdą możliwą cząstkę siły i uśmiechnęła się blado.

– Dobrze. Będę na ciebie czekała.

Potem, gdy leżeli po obiedzie na łóżku, tulił ją, zachłystując się zapachem jej włosów. Leżała odwrócona do niego tyłem, więc nie widział jej twarzy. Głaskał ją po głowie, dziwiąc się, jak mogła tak szybko zasnąć, czując na sobie ważącą tonę dłoń. Nie mogła, nie spała w ogóle. Wiedziała jednak, że nie odejdzie, dopóki będzie czuł jej świadomą obecność. Gdy podnosił się ostrożnie z łóżka, spod jej zamkniętych powiek popłynęły łzy. Skuliła się, gdy zgrzyt klamki zabrzmiał niczym samotny strzał pistoletu egzekutora.

Zerwała się z miejsca i wytarła twarz rękawem. Ktoś pukał do drzwi. Podeszła do judasza i wyjrzała przez niego na korytarz. Hucuł! Właśnie wyciągał dłoń, aby zapukać raz jeszcze. Oparła się plecami o ścianę i pozwoliła wybrzmieć kolejnej serii stuknięć. Oddychała głęboko, z zamkniętymi oczami. Obecność Kuby zmieniała teraz wszystko. Otworzyła drzwi i popatrzyła na stojącego za nimi chłopca.

Nie będzie dzisiaj płakać w samotności! Nie będzie płakać w ogóle!

Czuł, jak ręce i nogi poruszają się, jakby były odlane z ołowiu. Zdenerwowanie ścisnęło mu żołądek z taką mocą, że tylko cudem nie wpadł w panikę. Dopiero na widok niemieckiego patrolu zdołał się opanować. W Alejach Jerozolimskich wskoczył w przejeżdżającą dziewiątkę, która zabrała go w stronę Ochoty.

Erika miała do dyspozycji jakieś lokum niedaleko pomnika Lotnika, tego samego, na którym ten młokos „Rudy" opisany w ostatnim krzyku mody konspiracyjnej literatury, *Kamieniach na szaniec*, namalował kotwicę Polski Walczącej. Wysiadł na ulicy Żwirki i Wigury, tuż za monumentem i odszukał zapisany przez Erikę na kawałku papieru numer kamienicy. Dłonie trzęsły mu się jak przeżartemu kacem alkoholikowi. Wszedł na klatkę schodową i doczłapał na drugie piętro. Drzwi, za którymi czekało go ostateczne upodlenie, nie wyglądały specjalnie zachęcająco: stare, pokryte łuszczącą się farbą. Nie zastanawiał się długo, żeby nie przedłużać wszystkiego. Wyciągnął rękę i zapukał głośno.

*R*ubaszny śmiech, przeplatany strzępami rozmów, z których niewiele rozumiał, przelewał się w jego głowie jak jakaś brunatna, gęsta ciecz zamknięta w szklanej butli. Otworzył oczy, ale jego wzrok nie mógł sobie poradzić z panującymi dookoła ciemnościami. Dopiero po chwili zorientował się, że związano mu oczy. Spróbował wstać. Na próżno. Ręce założono mu za oparcie i związano na tyle ciasno, że praktycznie siedział unieruchomiony. Bolało go całe ciało, a w ustach poczuł ciepły smak krwi. Nie wiedział, na jak długo stracił przytomność. Zresztą nie było to istotne.

– Obudził się nasz Dżon. – Z lewej strony doszedł go jakiś męski głos, po którym gdzieś w innym pomieszczeniu gruchnęła salwa śmiechu. Ktoś inny wszedł do pokoju.

– Nu kak? Budiesz ty goworit'? Bo my możemy z tobą tak długo. Oj, bardzo długo. Aż znudzi ci się ból. – Śmierdzący bimbrem oddech pochylonego nad nim człowieka odbierał Piotrowi zmysły. Poruszał zbolałą szczęką. Zęby były całe.

– Opaskę mi zdejmij, tchórzu. I ręce rozwiąż. Pogadamy wtedy inaczej. – Nie poznał własnego głosu, gdy pierwsze dźwięki wydobyły się z jego ust. – I bić lepiej zacznij. Wszystko to lepsze od twojego śmierdzącego oddechu.

Mężczyzna buchnął śmiechem. Poklepał go po ramieniu i odsunął się.

– Bardzo zabawnyś. Lubię takich wesołków. Zwłaszcza gdy cieszą się niemiłosiernie, jak im jajca butem ścisnąć.

Zerwał Piotrowi opaskę. Zmrużył powieki, bo światło wbiło się w jego oczy niczym sztylet. Po chwili jednak mógł już normalnie patrzeć. Obaj mężczyźni siedzieli przy stole i wpatrywali w niego, zagryzając leżącą przed nimi słoninę i czarny chleb.

– Pokuszajesz? – odezwał się jeden z nich, po czym obaj znów zanieśli się śmiechem.

Piotr rozejrzał się dookoła. W pomieszczeniu brakowało jeszcze kogoś. Brakowało Eriki.

*B*yła tu, gdy otwarły się drzwi. Zaprosiła go do środka, uśmiechając się przyjacielsko. Była przygotowana do spotkania. Zdążył zauważyć głęboki dekolt i buciki na obcasach. Przekroczył próg i zamknął za sobą drzwi. Potem wszystko potoczyło się bardzo szybko. Kątem oka dostrzegł jakiś ruch. Odruchowo zanurkował i uderzył łokciem. Usłyszał tylko jęknięcie i odgłos upadającego ciała. Więcej już nic nie usłyszał. Za jego plecami był ktoś jeszcze. Dostał w głowę cios, który zwalił go z nóg.

Gdy się ocknął, siedział już na krześle związany, z zasłoniętymi oczami. Bili go powoli, systematycznie. Raz w głowę, raz w brzuch, czasem w piszczele. Starał się nie krzyczeć, ale nie zawsze mu się to udawało. Nie odezwali się do niego nawet słowem. W końcu stracił przytomność po raz drugi.

*S*iedziała w kuchni, słysząc każdy jego jęk. Zmiękczali go przed negocjacjami. Starała się nie myśleć o tym, co się dzieje w pokoju obok, ale głuche odgłosy bicia i krzyk chłopca wdzierały się w jej uszy jak zgrzyt zardzewiałego gwoździa o szybę, przyprawiając ją o dreszcze. Nie mogła tego słuchać, ale nie miała innego wyjścia. Jeśli okaże emocje, jeśli da poznać, że jej na nim zależy, pogrzebie i jego, i siebie. A plan był zupełnie inny. Miała go omotać i wydusić z niego wszystko. Lekko, łatwo, z dużą dawką przyjemności. Kto mógł przypuszczać, że odrzucenie podziała na nią jak lep. Sama nie wiedziała, kiedy wpadła w niego po uszy. Nie, to nieprawda. Doskonale wiedziała, w którym to było momencie. To było w chwili, gdy po raz pierwszy poczuła ukłucie zazdrości z powodu tej ślicznej Ukrainki.

Usłyszała jeszcze jedno uderzenie i zaraz potem jego krzyk. Zasłoniła dłońmi uszy, pozwalając łzie spływać swobodnie po jej policzku.

*T*eraz rozglądał się obolały dookoła, próbując zrozumieć, co tu się w ogóle dzieje. Kim są jego oprawcy? Jaką rolę odgrywa w tym Erika? Gdzie ona jest?!

– Erika! – zawołał w stronę korytarza.

– Sikoreczki swojej woła. No cóż, niech przyjdzie sikorka. Niech mu zaszczebiota.

Mężczyźni przy stole powrócili do jedzenia. Na głośne polecenie jednego z nich do pokoju weszła Niemka. Spokojnym krokiem podeszła do stołu i chwyciła ostatnie wolne krzesło. Ustawiła je naprzeciw Piotra i usiadła na nim, zakładając nogę na nogę. Na jej twarzy nie drgnął żaden mięsień.

– Witaj, Tadeuszu, Łukaszu czy jakkolwiek masz na imię – jej beznamiętny głos, zupełnie różny od tego, do jakiego był przyzwyczajony, zabrzmiał w jego uszach jakoś fałszywie. Zdaje się, że była to nowa jakość, do której musiał się przyzwyczaić. – Wiem, że liczyłeś na coś zupełnie innego dzisiejszej nocy, na inny rodzaj pieszczot.

Na te słowa siedzący przy stole roześmiali się.

– Nu, staralimsja, jak najlepiej moglim.

Nie uśmiechnęła się. Zatrzepotała tylko rzęsami, tak jakby coś wpadło jej do oka. Przez ten jeden moment sprawiała wrażenie, że jest jej go żal. Chwilę później jej twarz ponownie zamieniła się w taflę gładkiego marmuru.

– Wiemy, kim jesteś i czym się zajmujesz. Obserwujemy cię od dość dawna.

– Tak? – Odwrócił głowę w bok. – To po jakiego grzyba mnie tu trzymacie?

– Nie wiemy wszystkiego, to oczywiste. Jesteś spadochronia-rzem. Nazywają was cichociemnymi, mój słodki. – Uśmiech-nęła się z ironią. – Wiem dużo, ale chcę jeszcze więcej. Do tego powinieneś był się już przyzwyczaić, że mam niezaspokojony apetyt i ciągłą chęć na więcej. W tym przypadku łaknę wiedzy. Ogromnie.

Pochyliła się w jego stronę tak, by czuł zapach jej perfum.

– Żałuję trochę, że nie było okazji, żeby cię spróbować, ale byłeś zbyt uparty. No cóż – wzruszyła ramionami – moja strata, twoja zresztą też.

– Nie jestem żadnym cichociemnym. Nie wiem, skąd ci to przyszło do głowy. Chyba szukasz niewłaściwego człowieka.

Pokiwała głową niezadowolona.

– Nie mam czasu do stracenia, więc od razu ustalimy, co jest prawdą, a co nie. – Wygładziła brzeg spódnicy i poprawiła się na krześle. – Wiesz, co cię zdradziło? Mały szczegół podczas pierw-szego spotkania. Nawet go nie zauważyłeś. Pamiętasz pierwsze słowo, które do mnie wtedy powiedziałeś?

– Nie, przeprosiłem cię tylko za to, że na ciebie wpadłem. Czy to zbrodnia?

Wzięła głęboki oddech.

– Przeprosiłeś. Jednak tak byłeś zajęty gapieniem się w mój dekolt, że zrobiłeś to po angielsku. Tak, tak, nie podnoś teraz brwi ze zdziwienia. Powiedziałeś „I'm sorry". Tylko człowiek przebywający na co dzień pomiędzy Brytyjczykami będzie miał nawyk użycia tego języka w niespodziewanej sytuacji. Ale ja, oprócz tego, że jestem piękna, posiadam również wiele innych przydatnych zalet. Jedną z nich jest zmysł obserwacji. No więc, Herr Tadeusz, obserwowałam cię bacznie.

– Od kiedy to Gestapo wysługuje się ruskimi? – Kiwnął głową w kierunku siedzących przy stole.

– Nie obrażaj nas, bo bite będzie – odszczeknął się jeden z nich. – My nie Gestapo.

– Nie jesteśmy Gestapo. My pracujemy… – zawiesiła na chwilę głos. – Pracujemy nad tym, żeby po przegranej przez faszystów wojnie nastąpił czas dziejowej sprawiedliwości.

Uśmiechnął się z niedowierzaniem.

– Jesteś sowieckim szpionem. – Roześmiał się w głos, gdy zrozumiał to, co sam powiedział. – Jesteś ruskim szpiegiem. Pracujesz dla Sowietów!

Odchyliła się do tyłu i westchnęła głośno.

– Wolę określenie agent, a nie szpieg. Zresztą nie będziemy się bawić w sztuczki słowne. Mam dla ciebie propozycję. Ty nam powiesz wszystko o siatce, w której działasz, a my nie zlikwidujemy twojej narzeczonej. Wiemy, gdzie mieszkacie. Wyłowienie jej nie stanowi żadnego problemu.

– Gówno wiecie – parsknął z pogardą. – Nie działam w żadnej siatce. Poza tym gdyby nawet, to miałaś mnie na widelcu. Wystarczyłoby tylko mnie obserwować. A ja mam pytanie: jak się Sowietom udało zwerbować taką aryjską lalkę? Na kartki na chleb czy na bimber?

Musiało ją zaboleć, bo skrzywiła się nagle. A może to była reakcja na kułak, którym jeden z ruskich poczęstował go w twarz.

– Nie pyskuj, bo nie jesteś w dobrej sytuacji do cwaniakowania. Zaraz mi się cierpliwość skończy – po czym zwrócił się do kobiety. – Erika, nie opierdalaj się tak z nim. Nie ma na to czasu.

– Powiedziałam, że zrobimy to po mojemu! – Piotr nie spodziewał się takiej stanowczości w jej głosie. – Zostawcie nas samych na chwilę.

Odburknęli coś pod nosem, ale posłuchali. Czyżby więc to ona tutaj dowodziła?

– Tadeusz… – Gdy tylko mężczyźni zniknęli w przedpokoju, wyraz jej twarzy natychmiast się zmienił. Zobaczył w niej to samo, co sprawiło, że ukryła go w swoim mieszkaniu po zamachu na Kutscherę. Tyle że teraz nie miał do niej za grosz zaufania. Dotknęła jego policzka i odetchnęła ciężko. – Oni cię zabiją, jeśli czegoś im nie dasz, i nawet ja nie będę w stanie ich powstrzymać. Powiedz cokolwiek, tylko mów. Dopóki mówisz, jesteś bezpieczny. Tadeusz, proszę cię...

Odwrócił głowę w tym samym momencie, gdy jeden z mężczyzn wszedł z powrotem do pokoju. Erika cofnęła pospiesznie dłoń.

– Czego?!

– Maksym idzie na dół. Chyba wreszcie przyjechali, bo jakieś auto zaparkowało pod domem już chwilę temu i cały czas stoi. Rozejrzy się.

– O tej porze to raczej już nie oni. Godzina policyjna trwa od dawna. Chyba że Franz przywiózł ich samochodem służbowym, ale to mało prawdopodobne. Dzisiaj miał służbowy wyjazd. Co to za marka?

Mężczyzna wzruszył ramionami.

– Zbyt ciemno, nic nie widać.

– Rozejrzyj się.

Poprawiła włosy i zastanowiła się przez moment.

– Na razie niech się nie rusza. Poczekamy. Jeśli to nasi, sami wiedzą, gdzie trafić.

Drzwi zamknęły się z powrotem i znów byli sami.

– Bawisz się ze mną w dobrą ciocię? – Piotr rzucił jej spojrzenie spode łba. – Chcesz mnie zmiękczyć dobrocią? A te twoje pachołki rozwałkują mnie na marmoladę? Mam dla ciebie złą wiadomość. Ani nie jestem Anglikiem, ani żadnym innym konspiratorem. A teraz wołaj tych swoich goryli. Niech kończą, co zaczęli. Chyba że zaraz wpadną tu prawdziwi Niemcy, nie podrabiani jak ty.

Wstała z krzesła i podeszła do zaciemnionego okna. Obróciła się w jego stronę.

– Niemców się nie boję. Ja jestem Niemką. Mój mąż jest Niemcem, wysokim oficerem zresztą. Jeśli tu przyjdą, ja będę z nimi rozmawiać. Jedno tylko musisz zrozumieć. Oni o tobie wiedzą. Tak to w polityce jest, że czołgi i żołnierze do siebie strzelają, a nieformalne układy toczą się swoim torem. My im coś, oni coś nam. Jesteś naszym wspólnym projektem. Tyle że z ich strony jest to nie Gestapo, a Abwehra. To, że musiałam trochę przyspieszyć z wydobywaniem z ciebie informacji, to właśnie ich wina. I twoja. Ostatnio, od czasu tej akcji, w której twoi koledzy i być może ty zastrzeliliście szefa policji, przestałeś się kontaktować z kimkolwiek i zrobiłeś się nadzwyczaj ostrożny. No i Niemcy chcieli cię zdjąć. Nie mają czasu na długie operacje. Musieliśmy cię przechwycić pierwsi. Zwłaszcza że ja też nie mogę się wiecznie bawić w czułych kochanków i czekać, aż być może coś chlapniesz.

– Jeśli wpadną tu Niemcy, to pierwszy cię wysypię. I tak nie będę miał nic do stracenia. Pewnie nazwisko i pochodzenie masz równie fałszywe. Sprawdzą, że się zwąchałaś z czerwonymi zbyt mocno i tyle będzie z twojego bycia Matą Hari.

Uśmiechnęła się gorzko. Nie wiedział o niej nic. Nie miał pojęcia, że jej rodzice byli matrioszkami, czy śpiochami, jak inaczej zwano takich agentów. Ideowi komuniści wyszkoleni w Moskwie po nieudanym marszu Armii Czerwonej na Europę w dwudziestym roku zakonspirowali się zgodnie z zaleceniami mocodawców. Swoje dzieci wychowali tak, żeby mogły kontynuować walkę o światową rewolucję, gdy przyjdzie na to czas. Jej ślub również był zaaranżowany. Franz i jego rodzina należeli do tego samego kręgu politycznego. Erika jednak nie miała zamiaru tłumaczyć Piotrowi tego wszystkiego.

– Sęk w tym, Tadeusz, że ja jestem rodowitą Niemką. Urodziłam się w Breslau, tak jak i mój mąż. Od małego przygotowywano nas do roli, którą odgrywamy. Żyliśmy, uczyliśmy się, pięliśmy się w hierarchii. Wybuchła wojna, nadeszła nowa szansa na Kraj Rad od Kamczatki po Atlantyk, a potem jeszcze dalej. Franz poprosił o przeniesienie do Warschau. Tutaj jest bliżej wielkich wydarzeń.

Tadeusz, nie masz na nas nic. Mamy prawdziwe nazwiska i pochodzenie. A Niemcy wiedzą tyle, że jestem oddelegowana przez nich do kontaktów z Sowietami. Nigdy nie uda ci się przekonać Gestapo, że jestem komunistką. Nie uwierzą – otarła mu twarz i westchnęła ciężko. – Nie mogę patrzeć na to, co ci robią.

Przerwała na chwilę, gdy drugi z mężczyzn wszedł do pokoju.

– Więc wyjdź. Nikt cię tu nie trzyma. To raczej ja jestem przywiązany. Dosłownie.

Erika w obecności swojego towarzysza ponownie zmieniła się w sopel lodu.

– Chcemy od ciebie tylko tyle, żebyś nam opowiedział trochę o swoich zadaniach, o tym, jak wyglądają wasze szkolenia, ilu was jest i gdzie. Nie musisz podawać nazwisk, nie musisz nam nikogo wystawiać. Czysta wywiadowcza robota.

– A od NKWD dostanę medal, tak?

– Nie dasz nam sam po dobroci tego, co chcemy, Dżon – Rosjanin pochylił się nad nim i poklepał go po policzku – to sami weźmiemy. Tylko boleć będzie bardziej.

– Nic nie wiem, to wam nic nie powiem – odparł głucho Piotr. – Choć pewnie gdybym wiedział, nie wydusilibyście nic ze mnie. I Polski też nie weźmiecie. Nie uda się to wam.

Odwrócona do okna Erika odpowiedziała beznamiętnie.

– Nawet nie wiesz, jak bardzo jesteście już sprzedani przez swoich zachodnich aliantów. Wykrwawicie się za nich na wszystkich frontach i pewnie niejednej barykadzie, a oni już dawno was oddali Stalinowi. Spójrz na mapę. Amerykanów i Brytyjczyków nie ma jeszcze nawet we Francji, a my już zajmujemy ziemię w waszych byłych granicach. Za towarzyszami radzieckimi idą polscy komuniści. I choć teraz jeszcze są słabi i nie mają poparcia, to dostaną każdą pomoc. Czy ty myślisz, że ja jestem jedyna w swoim rodzaju? Twoi koledzy też się do nas przyłączą. Każdego kusi zwycięstwo. Ich też skusi.

– Będziemy z wami walczyć do ostatniego żołnierza.

– No! – Klasnęła w dłonie. – To w takim razie długo to nie potrwa.

Obróciła się, podeszła do stołu i nalała sobie wódki. Wychyliła szklankę i otarła usta wierzchem dłoni.

– Co robi Maksym?

Jej towarzysz kiwnął głową w kierunku przedpokoju.

– Czeka, aż skończysz się cackać z delikwentem.

– Sam do siebie gada?

Zamilkli oboje. Coś działo się na korytarzu. Po chwili usłyszeli rozmowę. Erika spojrzała na mężczyznę.

– Jura, to chyba nasi. Sprawdź.

Wstał, ale w tym momencie drzwi do pokoju otwarły się gwałtownie. Na widok stojącej w nich postaci Piotr poczuł, jak krew ścina mu się w żyłach.

– Zadra, skurwysynu! – jego głos odbił się od ścian pomieszczenia. – Ty cholerny zdrajco!

Tępy cios od tyłu, zadany przez Jurę kułakiem, zgasił światło w jego głowie.

Dozorca syknął, gdy gorący od ognia czajnik sparzył mu palce. Nie puścił go jednak. Z uwagą naciągnął rękaw drugą ręką i w ten prowizoryczny sposób zabezpieczył dłoń przed rozgrzanym naczyniem. Chwilę później pokój wypełnił się zapachem parzonej zbożówki.

Najchętniej położyłby się spać. Po całym dniu ciężkiej pracy oczy zamykały mu się same. Jednak ci na drugim piętrze czekali na swoich ziomków. Musiał ich wpuścić. Nie wyglądali na takich, którzy patyczkują się z tymi, co stoją im na drodze. Może kawa go wzmocni?

Zamarł, gdy usłyszał stukanie w szybę. Odwrócił się i spojrzał na siedzących przy stole ludzi. Kiwnął potakująco głową.

– To oni.

Zapukali do mieszkania. Ci w środku musieli chyba się już niecierpliwić mocno, bo drzwi stanęły otworem prawie natychmiast, a osiłek, który się w nich pojawił, przywitał się z nimi, nie czekając na to, aż wejdą.

– Gdie wy byli? Korzenie tu zapuścić zdążyliśmy.

Dopiero wtedy zrozumiał, jak koszmarny błąd popełnił, nie pytając o hasło. Potężny kopniak w brzuch rzucił go na stojącą za nim ścianę. Zanim zdążył otworzyć usta, by ostrzec pozostałych, zimne ostrze prześlizgnęło się po jego krtani. Zacharczał chwilę w stalowym uścisku Hucuła i poddał się. Zadra biegł już w kierunku pokoju, a Swieta ruszyła w stronę kuchni. Pomieszczenie było puste.

– Zadra, skurwysynu! Ty cholerny zdrajco!

Usłyszała Piotra za plecami i rzuciła się w kierunku, skąd dochodził jego głos. Padł strzał. Zachwiała się i oparła o ścianę. „Maryśka", podwładny Hucuła, znikał właśnie w pomieszczeniu na wprost. Wszyscy już tam byli. Oprócz niej.

Zadra ogarnął sytuację jednym spojrzeniem. Uderzony właśnie w potylicę Piotr tracił przytomność. Napastnik ruszył w jego kierunku, ale on podnosił już pistolet do góry. Mężczyzna cofnął się, a chłopak w ostatniej chwili wyłapał kątem oka jakiś ruch. Kobieta! W jej dłoni lśnił luger. Hucuł był jednak szybszy. Kula wypluta z jego parabelki trafiła Erikę w brzuch. Uderzyła plecami o ścianę i zsunęła się po niej na podłogę. Biały żakiet pokryła plama krwi.

Tuż za nim do pomieszczenia wbiegł Maryśka. Rzucił się w kierunku trzymanego przez Zadrę na muszce Jury, pchnął go pod ścianę i zajął się przeszukiwaniem.

– Piotr! Piotr! Szczo wony tobi zrobyły??!

Swieta przecisnęła się obok Zadry, dopadła do zwisającego na krześle chłopaka i uklękła przed nim. Drżącymi dłońmi przesuwała po jego ciele, szukając rany po pocisku.

– To nie on oberwał. – Hucuł kucał w rogu pokoju. Spojrzała w tamtym kierunku. Na podłodze leżała Erika. Trzymała się za skąpany we krwi brzuch. Jej blada twarz mówiła sama za siebie. Życie Niemki uciekało z niej jak powietrze z przebitego balona.

– Ona miała być moja. – Syk żmii wślizgnął się w ucho Kuby.

– Nie mogłem czekać. Miała broń.

– Nie daj jej zdechnąć. Ja muszę zająć się Piotrem.

Na dźwięk jej słów Erika drgnęła i z trudem obróciła głowę w kierunku krzesła. Kąciki jej ust podniosły się nie bez wysiłku. Patrzyła szklącymi się coraz mocniej oczami, jak dłonie Ukrainki dotykające jego twarzy przywracają go do życia. Po kilku klepnięciach w policzek podniósł głowę, a jego wzrok prześlizgnął się tępo po całym pomieszczeniu. Nie docierało do niego to, co rejestrowały jego oczy.

– Skąd ty…? – Zatrzymał wreszcie spojrzenie na wielkich, ciemnych oczach, mokrych od strachu o niego. – Co tu robisz, Swieta?

Roześmiała się przez łzy, opierając swoją głowę o jego czoło.

– Wypuścić młokosa samego, to tylko kłopotów narobi. Musieliśmy cię pilnować.

Rozwiązała mu ręce i przytrzymała go, żeby nie upadł na podłogę.

– Zadra cię śledził, głupku. Nawet nie zauważyłeś.

Na dźwięk tego imienia rozejrzał się jeszcze raz. Dopiero teraz dostrzegł wszystkich dookoła.

– Zadra to zdrajca! – zawołał w stronę stojącego pod drzwiami chłopaka. Ten tylko wzruszył ramionami.

– On nie zdrajca – Swieta złapała go za ramiona. – On cię pilnował. Pierwszy tu wpadł. Miał rozkaz nie spuszczać cię z oczu. Uratował ci życie.

Piotr patrzył na kolegę i zaprzeczał ruchem głowy.

– Słyszałem wszystko! Mówili o tym, że czekają na kogoś, a potem ten wszedł! Uważajcie!

Zadra machnął ręką i dołączył do wyprowadzającego Jurę do kuchni Maryśki.

– Uspokój się. – Chwyciła jego głowę w dłonie. – On był z nami. Tamci już nie przyjdą. Zadbaliśmy o to. Czekaliśmy na nich na dole, w stróżówce.

– Amant z ciebie jak z koziej dupy trąba. – Hucuł podnosił się z podłogi. – Chłopak ci życie uratował. Tak byłeś zajęty spacerem do tej dziuni, że trzy razy na ciebie wlazł, a ty nic.

Piotr dopiero teraz przypomniał sobie o Niemce.

– Erika…

Leżała wciąż na podłodze, patrząc w jego stronę. Oddychała z coraz większym trudem, trzymając się za brzuch. Uśmiechnęła się, gdy wreszcie ją zauważył.

– Poczekaj…

Swieta pocałowała go w policzek. Podniosła się i ruszyła wolnym krokiem w kierunku umierającej kobiety. Kucnęła przy niej.

– Ja tiebie skazała. Zbliż się, to cię ubiję jak psa. Nie posłuchałaś, więc zdychasz teraz na podłodze, sama – jej słowa, wypowiedziane prawie szeptem wprost do ucha, sączyły się jak trucizna. Nie miało to jednak znaczenia. Erikę od wieczności dzieliły już tylko minuty.

– Poproś… Niech podejdzie na chwilę… – sine usta z trudem wyartykułowały kilka słów. Patrzyła na niego tak, jak spogląda się na morskie fale wieczorem, gdy z wakacji trzeba wracać do domu.

Jednak Swieta usiadła obok niej, podciągnęła kolana pod brodę i oparła na nich głowę.

– Nie. Nie porozmawiasz z nim. Możesz tylko patrzeć. Nie zasłużyłaś sobie. Odebranie mi go było dla ciebie łatwe jak pstryknięcie palcami. Umieraj więc sama.

Erika kaszlnęła. Z kącika ust popłynęła krew.

– Skaży mnie… kak jegu zowut… Prawdziwe imię… jakie?

Serce Swiety dla Niemki pokryte było grubą warstwą lodu.

– Nie poznasz nawet imienia.

Erika chwyciła ją za rękę ostatkiem sił.

– Proszę...

Ta ręka paliła ją żywym ogniem. Westchnęła głośno. W końcu nawet skazany ma prawo do ostatniego posiłku.

– Piotr...

Oczy kobiety rozbłysły na chwilę.

– Peter... – Imię wypowiedziane po niemiecku zgrzytnęło w uszach Ukrainki, ale dla Eriki zabrzmiało jak najpiękniejsza muzyka. Uścisnęła jeszcze raz dłoń Swiety, o wiele słabiej.

– Danke schön...

Erika von Buddenchoff zgasła z uśmiechem na ustach, trzymając pod zamkniętymi powiekami obraz tego Polaka.

A on siedział na krześle, rozcierał nadgarstki i patrzył spokojnym wzrokiem na leżące pod ścianą ciało. Po raz pierwszy od wielu tygodni poczuł ulgę. Zwlókł się z krzesła i podszedł do Swiety, która również wstała z podłogi. Objął ją i pocałował w czoło. Czuł jej ciepło i to uspokajało go jeszcze bardziej. Popatrzył ponad jej ramieniem na martwą Erikę. Miał to już za sobą. Nie czuł nienawiści do niej. Ku własnemu zdziwieniu poczuł na języku cierpki smak, coś, jakby dotknął nim ogniwa baterii.

Coś jak współczucie.

30

Syknął z bólu, gdy otarła mokrą gazą jego obitą twarz. Bardziej jednak od siniaków bolało go to, że przez cały ten czas był marionetką, nawet dla ludzi mu najbliższych. Nawet dla Swiety.

– Cholera! – zaklął, gdy auto podskoczyło na nierówności. Ulica Wolska potrafiła zaskoczyć dobrego kierowcę dziurami za dnia, a co dopiero po zmroku. Na szczęście dojeżdżali już do celu. Maryśka zgrabnym manewrem pomiędzy otwartymi skrzydłami drewnianej bramy wprowadził pojazd na jakieś niewielkie podwórko. Kilka minut później auto zniknęło pod płachtą brezentu w stojącej nieco z boku szopie, a oni mogli wreszcie dać odetchnąć napiętym jak postronki nerwom.

Piotr został położony w osobnym pokoju. Bardziej udawał wycieńczonego, niż był w rzeczywistości. Całe ciało bolało go wprawdzie okrutnie, lecz tak naprawdę nie miał ochoty z nikim rozmawiać.

Nie naciskali na niego. Huculł z Zadrą zostali w mieszkaniu na Ochocie, żeby od rana sprzątać po całej akcji. Tyle obiecali stróżowi, który wystawił im krasnych. Maryśka zasnął na wersalce w kuchni. Przy Piotrze została już tylko Swieta. Zdążyła go umyć i opatrzyć, a teraz leżała obok, gładząc go po policzku. Wiedziała, że czuje żal. Nawet na nią nie spojrzał. Chciała mu powiedzieć wszystko od razu, natychmiast, żeby już zrzucić z siebie ciężar milczenia. Wiedziała o wszystkim od chwili, gdy spotkała się z majorem. Gdyby nie obecność Hucuła, pomyślałaby, że śni. Próbowano ją namówić do donoszenia na Piotra, do składania meldunków. Odmówiła kategorycznie, ledwie powstrzymując się od skoczenia Huculowi do oczu. Nie przemawiało do niej tłumaczenie, że Piotr nawiązał kontakt z Niemką dość przypadkowo jesienią zeszłego roku i w zasadzie nie wiadomo, na jakim znajduje się etapie, że może być rozpoznany, szantażowany i ogólnie w tarapatach. Po długich pertraktacjach zgodziła się jedynie na to, żeby go obserwować, a całą rozmowę zachować dla siebie. W razie jakichkolwiek sygnałów świadczących o tym, że Ochocki jest uwikłany w jakiś niejasny układ z von Buddenchoff, miała o tym rozmawiać bezpośrednio z Huculłem. Nie bez oporu więc stała się swoistym kontrwywiadowcą, czuwającym nad bezpieczeństwem zakochanego w niej kontr-wywiadowcy i żołnierza.

Swieta doskonale wiedziała o tym, że Zadra również jest włączony do obserwacji. Nie rozmawiała z nim, nie kontaktowała się. Nie było takiej potrzeby. Tylko od czasu do czasu widziała go, kręcącego się gdzieś blisko. Tak jak wtedy na Powiślu Czerniakowskim, gdy spacerowała z Piotrem wzdłuż Wisły. Chłopak dbał o swojego byłego dowódcę, jak umiał najlepiej, czyli niepostrzeżenie.

Początkowo próbowano go przekonać do tego, żeby zacieśnił kontakty z Niemką w celach wywiadowczych. Odmówił ze względu na Swietę. Pewnie poprzestano by więc na samej obserwacji, gdyby nie nagły grom, który uderzył z jasnego nieba.

Żołnierze dawnej Tajnej Armii Polskiej wchodzącej w skład wywiadu Armii Krajowej donieśli o wzmożonej aktywności siatki sowieckiej. Okazało się również, że ktoś rozpoznał Franza von Buddenchoffa z czasów, gdy kontaktował się z nim podwójny agent rozpracowywany przez „Dwójkę" jeszcze przed wojną. Kilka dni później Swieta wraz z Piotrem natknęła się na Erikę w cukierni u Bliklego. Poniżona Ukrainka upiekła dwie pieczenie na jednym ogniu. Dała Niemrze znać o swojej determinacji i sprawdziła ją od razu. Ubezpieczający dziewczynę Marycha tak wystraszył von Buddenchoffową, że ta nawet nie zauważyła, że w pewnym momencie odpowiedziała na zadane przez Swietę po rosyjsku pytanie. Mieli więc pewność.

Pozostało tylko pchnąć lekko Piotra, tak żeby zaczął działać. To stało się właśnie w dniu, gdy się zaręczyli. Ochocki dostał od Swiety zielone światło do działania.

– Jak ty wczoraj wychodził, myślałam, że serce mi pęknie – szept dziewczyny głaskał go na przemian z jej ciepłą dłonią. – Wiedziałam, gdzie idziesz, i modliłam się, żeby się coś stało, żeby nie musieć sama w domu z myślami… I wtedy Kuba przyszedł, a mi kamień spadł z serca. Piotr, ja wiem, że to głupie, ale gdy powiedział, że Zadra wisi na telefonie i nadaje o zasadzce w mieszkaniu, to byłam najszczęśliwsza na ziemi. Można było działać.

– Skąd Zadra wiedział o ruskich w mieszkaniu? – odezwał się po raz pierwszy i nie poznał swojego chropowatego głosu. Z trudem przełknął ślinę.

– Stróż go wypatrzył, że się kręci. Od słowa do słowa, zgadali się. Sowiety często korzystały z tego mieszkania. On chyba narodowiec, więc i czerwoni mu przeszkadzali. Powiedzieli mu już wcześniej, że czekają na jeszcze trzech innych ludzi z transportem i żeby czuwał w nocy i bramę otworzył. No to otworzył. Najpierw nam, potem im.

Nie chciał na razie wiedzieć nic więcej. Uczucie ulgi towarzyszące mu po raz pierwszy od chwili, gdy cała ta szemrana sprawa z Eriką wyrosła w jego życiu, rozlewało się w nim leniwą, błogą taflą.

– Masz spotkać się z jakimś człowiekiem z kontrwywiadu. Chcą wiedzieć wszystko, co zaobserwowałeś podczas spotkań. Ale to, gdy wypoczniesz…

Nie słyszał już tych słów. Spał spokojnym snem, przepastnym jak królująca za zaciemnionymi oknami noc.

31

I znów ten szum drzew, których upiorne kształty wyłaniały się z ciemności. Na ich pniach nikły blask płonącego za nią ogniska pląsał swój obłąkańczy taniec. Ból pełzł poprzez każdą cząstkę

jej ciała. Jednak nie czuła go, wiedziała jedynie, że jest, że dławi jej świadomość. Spróbowała odwrócić głowę w stronę ognia, ale szyja odmawiała jej posłuszeństwa. Wiedziała, że ktoś tam jest, ale dzisiaj po raz pierwszy usłyszała głosy. Zza pleców dobiegł ją śmiech. Nie był to radosny śmiech, pełen ciepła. To chichot, zły rechot, od którego robiła się bardziej naga i bezbronna. NAGA! Leżała naga na pełnej kłujących kamieni trawie. Gdy ostatkiem sił przekręciła głowę, ktoś uderzył ją mocno w twarz. Poczuła palący dotyk szorstkiej dłoni na udzie…

Przytrzymał w palcach kawałek papieru. Sprawnym ruchem nałożył na niego porcję tytoniu. Po chwili wonny aromat wypełnił izbę. Oparł się o ścianę, zamknął oczy i odetchnął głęboko. Mimo zmęczenia sen omijał go jak trędowatego. Zza ściany docierały do niego strzępy słów, ale nie starał się nawet składać ich w jakąś całość. Pewnie i tak rozmawiano o nich. Nie dbał o to. Zaciągnął się mocno jeszcze raz i spojrzał na śpiącą na ławie Martę, która od czasu do czasu rzucała się niespokojnie. Lepsze jednak to niż bezsenność. W końcu mieli za sobą bardzo wyczerpujący okres.

Po ucieczce z Huty Pieniackiej kluczyli między wsiami tak, żeby odskoczyć jak najdalej na północ. Wojtek wrócił do swojej wsi, a oni postanowili pójść na północ i dołączyć do oddziału majora Dobrzańskiego, który Marta opuściła jesienią. Niestety, noce spędzane w zimnym i wilgotnym lesie nadszarpnęły zdrowie Witalija na tyle mocno, że tylko ostatkiem sił udało im się dotrzeć w okolice Łucka. Wtedy organizm kościelnego poddał się na amen. Do ogólnego osłabienia doszła również wysoka gorączka, która uniemożliwiała dalszą wędrówkę. Musieli poszukać normalnego schronienia. Wybór padł na chałupę leżącą na skraju jakiejś wsi, w której mieszkała samotna Ukrainka z dwójką dużych dzieci. Mąż albo nie żył, albo siedział w lesie. Dla pewności obserwowali obejście przez kilka godzin, zanim zdecydowali się poprosić o gościnę. Wojna redukuje ludzkie odruchy do niezbędnego minimum, nie zdziwili się więc, że przyjęto ich niechętnie. Gdyby nie to, że Witalij padł na podłogę nieprzytomny po przekroczeniu progu, pewnie w ogóle odmówiono by im dachu nad głową.

Mijał właśnie trzeci tydzień od chwili, gdy utknęli na tym pustkowiu. Marta opiekowała się kościelnym w dzień i w nocy. Wprawdzie czasy były ciężkie, ale gospodyni dzieliła się z nimi tym, co miała. Polubiły się nawet, odkąd Marta zaczęła pomagać w obejściu. Jej mąż zginął tragicznie latem ubiegłego roku. Spadł z dachu podczas łatania strzechy. Umarł nie od kuli ani siekiery, tylko tak po prostu, normalną śmiercią w nienormalnych czasach.

Próbowała wypytać Ukrainkę o polskich partyzantów, ale ta nie wiedziała za dużo. Leśnych nie widziano w okolicy od jakiegoś czasu, ale o tym, co się z nimi stało, nie miała pojęcia. Marta musiała więc odłożyć poszukiwanie oddziału do czasu, aż Witalijowi się polepszy.

Wyzdrowiał. Jeszcze czuł się słabo, ale wychodził już na podwórze na krótkie spacery. Marta mogła wreszcie odpocząć. Obserwował teraz, jak męczący sen szarpie jej ciałem od czasu do czasu. Zacisnął zęby i pokręcił głową. Wyszkolił ją dobrze. Umiała zabijać, skradać się, przygotowywać zasadzki i robić wszystkie te rzeczy, które pozwalają walczyć i przeżyć. Ale nie był pewien, czy poradzi sobie z brzemieniem, jakim jest odebranie komuś życia. Niepokojąco cicha i dławiąca w sobie wszelkie emocje kobieta zrzuciła z siebie ciepło i radość, tak jak wąż zrzuca skórę. Wesoła trzpiotka zgasła gdzieś po drodze, a zamiast niej pojawił się zamknięty w sobie, roztrzaskany niczym szklany wazon wrak człowieka. Zdarzało się jej jeszcze żartować i śmiać jak dawniej, ale działo się to już tylko w momentach, gdy na chwilę zapominała o bólu, którym skutecznie odgradzała się od całego świata.

Miał sobie za złe to, że nauczył ją bronić się przed każdym zagrożeniem, zapominając, że to ona sama była teraz swoim największym wrogiem. Tego zmienić nie potrafił. Budził się czasem w nocy i słuchał tępych uderzeń, jakimi raczyła drewniane drzwi za pomocą noża. Wiedział, że trenuje do upadłego, gdyż pozwala jej to zapomnieć o dręczących ją wspomnieniach. Próbował kiedyś pomodlić się z nią wieczorem, ale milczała tylko, wpatrując się w pustkę ziejącą w jej własnym sercu.

Teraz pewnie znów śnił się jej ten las, który nawiedzał ją często. Z uporem maniaka starał się to bagatelizować, próbując odebrać jakiekolwiek znaczenie nocnym obrazom. Kiwała wtedy głową przecząco.

– Mówię ci, Witalij. To jakaś cholerna przepowiednia. Albo czyjeś wspomnienie, którym dręczy mnie ktoś z tej drugiej strony. Zbyt realne to wszystko jest.

Chciał podejść do niej i pogłaskać ją po głowie. Spojrzał jednak na jej dłoń schowaną pod poduszką i zrezygnował. Dobrze wiedział, co czai się na jej końcu. Bał się, że odruchowo mogłaby pociągnąć za spust, zanim zorientowałaby się, gdzie jest i z kim ma do czynienia. W końcu, stary dureń, sam ją tego nauczył.

Musiał przysnąć na chwilę, bo nie dostrzegł żadnego ruchu w pomieszczeniu. Po prostu nagle poczuł czyjąś dłoń zaciskającą się na jego ustach i zanim obudził się na dobre, ktoś szepnął mu wprost do ucha.

– Ciiiiiiii!

Marta! Nie spała już, tylko wpatrywała się w niego dużymi oczyma, próbując zorientować się, czy ją rozpoznał. Pokiwał głową potakująco. Odsłoniła mu usta i pochyliła się jeszcze bardziej.

– Ktoś łazi pod oknami. Ukraińcy.

Zamrugał kilkakrotnie, usiłując pozbierać myśli.

– Kto? Skąd wiesz?

Kucnęła obok okna i starała się zobaczyć cokolwiek po drugiej stronie tak, żeby samej nie zostać zauważoną. Pokiwała jedynie trzymanym w dłoni pistoletem w kierunku podwórza. Wytężył słuch, ale oprócz normalnych odgłosów nocy nic nie przykuło jego uwagi. Nikogo nie było po drugiej stronie. Już miał podnieść się i podejść do szyby, żeby upewnić się ostatecznie, gdy nagle usłyszał trzask łamanej butem gałęzi. Przylgnął do ściany, wpatrując się w dziewczynę. Dała mu znak głową, że słyszała to samo. Teraz już był pewien. Ktoś rozmawiał przyciszonym głosem na podwórzu i najprawdopodobniej chciał wtargnąć do chałupy. Wziął głęboki oddech, a Marta odbezpieczyła broń. Nie czekali długo.

Trzask wyłamywanych drzwi szarpnął Witalijem jak elektryczny impuls. Marta doskoczyła do drzwi, za którymi słychać było już tupot nóg i płacz wyrwanych ze snu dzieci, i stanęła z ich lewej strony. Gospodyni za ścianą zaczęła krzyczeć po ukraińsku, ale po chwili zamilkła. Kroki zbliżały się coraz bardziej.

Czuła, jak pulsują jej skronie. Na samą myśl, że zaraz się zacznie, ogarnęło ją dziwne podniecenie. Nie bała się. Wręcz przeciwnie, nie mogła się doczekać chwili, gdy drzwi staną otworem. Jakby wreszcie nadchodziła chwila, gdy życie staje się proste, bez dylematów. Pistolet, nóż, wróg, śmierć. Tyle. Opanowała dygotanie dłoni wywołane potężną dawką adrenaliny. Spięła się w sobie jak ryś gotowy do skoku. W samą porę.

Drzwi odskoczyły do środka kopnięte ciężkim butem. Marta nie czekała, aż intruz wejdzie do środka. Ruszyła, gdy tylko ręka uzbrojona w rewolwer wysunęła się zza drewnianego skrzydła. Lewą dłonią chwyciła ten nadgarstek i pchnęła go od siebie, stając naprzeciw mężczyzny twarzą w twarz. Odgrodziła się nim od reszty jego towarzyszy. I kiedy prawa ręka przyłożyła wylot lufy visa do jego piersi, oczy rozszerzyły się jej w zdumieniu. Było już jednak za późno. Godziny ćwiczeń poświęcone na wyrobieniu automatycznych odruchów nie poszły na marne. Palec ścisnął spust, zanim zdążyła go wycofać.

– O Jezu... – wyrwało się z ust młodemu żołnierzowi, zanim rozerwane kulą serce przestało bić. A wszystko to trwało krócej niż ułamek chwili. Zbyt krótko, żeby uratować chłopaka z orzełkiem na czapce, którego dostrzegła sekundę przed tym, jak jej mięśnie wykonały wyrok.

Intruzami nie byli Ukraińcy. To byli polscy żołnierze. To tylko ona od początku wtłoczyła sobie do głowy myśl, że jest inaczej. Owoc tej tragicznej pomyłki zalewał się właśnie krwią na podłodze. Pistolet wypadł jej z ręki. Chciała pochylić się nad nim i ratować go jeszcze, ale czyjeś silne ręce chwyciły ją mocno i rzuciły na ścianę.

– Ona Polka! – zawołał Witalij do wsypujących się do izby partyzantów. Wiedział, że jeśli nie stanie się cud, wszyscy za chwilę dołączą do leżącego w progu żołnierza. – My nie wiedzieli, żeście Polacy! Myśleliśmy, że wy banderowcy.

Nie rejestrowała już niczego. Nie czuła bólu, gdy mocne szarpnięcie powaliło ją na kolana. Patrzyła tylko w ciemny obrys drzwi, pozwalając łzom płynąć jej po policzkach. Dopiero dzisiaj po raz pierwszy w życiu tak naprawdę zabiła człowieka.

– My do majora Dobrowolskiego. My z jego oddziału – próbował tłumaczyć ich kościelny, ale wściekłość przybyszów po stracie towarzysza nie była sprzyjającą okolicznością. Jeden z nich przyłożył mu pistolet do głowy.

– Kłamliwe ścierwo – wycedził przez zęby. – Gdybyś był od niego, to wiedziałbyś, że od dawna nie żyje. A teraz na kolana!

– Panie plutonowy, Józek nie żyje.

Dowódca zacisnął zęby. Szczęknęły zamki karabinów.

*J*ak to nie żyje?! – do klęczącej Marty dopiero teraz dotarły słowa żołnierza. – Jak to major nie żyje?!

Chciała się zerwać na równe nogi, ale natychmiast została unieruchomiona przez partyzantów.

– Po polsku umiesz mówić, wiedźmo! – wysyczał jeden z przytrzymujących ją żołnierzy. – Czekaj, aż cię wezmą na spytki, przyda się. A potem rozwałka za zabicie Józka. Razem z tym dziadem tutaj.

Witalij stał w spokoju i cierpliwie czekał, aż zwiążą mu ręce sznurkiem. Szybko zorientował się, że leśni nie przyszli tu, żeby ich zabić. Gdyby tak było, dostaliby po kulce już po tym, jak Marta zastrzeliła tego biednego chłopaka. Przyszli tu po nich specjalnie. W takim razie mieli rozkaz doprowadzić ich żywych. Do kogo? O tym się przekonają niebawem. Tymczasem jedyną rzeczą, która może ich uratować, jest spokój. Inaczej nawet rozkaz nie powstrzyma chłopców przed samosądem.

Marta wciąż była w szoku po tym, co się stało. Jakby dotarło do niej, że pistolet zabija naprawdę. A przecież z jej ręki zginął już niejeden człowiek. Prywatna ścieżka wołyńskiej mścicielki doprowadziła ją do miejsca, w którym bardzo boleśnie przekonywała się, że śmierć, jeśli może, posługuje się każdym człowiekiem, byle osiągnąć cel. Dla kostuchy ważne są tylko liczby.

– Gdzie jest oddział?! Kto dowodzi?! Cholera, powiedzcie wreszcie!

Silny policzek uciszył ją na moment.

– Co ty?! – Dowódca oddziału doskoczył do żołnierza i chwycił go za klapy kurtki. – Jeńca bijesz, łachudro?! Szkopem jesteś czy Polakiem?!

– Ale jaki to jeniec… – odpowiedział ze złością zaskoczony mężczyzna. – Zwykła ukraińska dziwka. Józka nam zabiła.

Kopniak odebrał mu oddech. But Marty trafił go prosto w krocze. Opadł na podłogę, wijąc się z bólu. Poszła za ciosem. Najsilniej, jak mogła, rąbnęła obcasem w stopę przytrzymującego ją strzelca. Rozluźnił uchwyt.

– Marta, nie! – Krzyk kościelnego podziałał na nią jak hamulec. W ostatniej chwili. Plutonowy przykładał jej do głowy odbezpieczony pistolet.

– Jeszcze jeden taki numer i dostaniesz kulkę. Rozumiesz mnie? – jego spokojny głos kontrastował z nerwami, które szarpały go od środka.

Zrozumiała. Uspokoiła się, przytaknęła głową i spojrzała w bok.

– Zaprowadźcie mnie do Swiety. Ona wam powie, kim jestem.

– Nie ty tu wydajesz rozkazy i nie masz prawa żądać niczego. Pójdziesz tam, gdzie każemy ci pójść.

– Nazywam się Marta Marciniszyn. Jestem wdową po Janie Marciniszynie, żołnierzu oddziału majora Dobrowolskiego. Jestem sanitariuszką w tym zgrupowaniu. Tak jak Swieta.

– Gówno nas obchodzi, kim jesteś – dobiegł ich głos żołnierza klęczącego przy ciele martwego kolegi. – Dla takich suk jak ty jedna jest kara. Sznur na suchej gałęzi, bo kuli szkoda! Panie plutonowy, po grzyba się z nimi cackać!

– Czekaj, Maciek! – wtrącił się stojący przy Witaliju strzelec. – Panie plutonowy, możemy na słowo?

– Nie teraz, Misiak.

Strzelec jednak nie dawał za wygraną.

– Ale to ważne. Lepiej będzie, jak mnie pan posłucha. Na fajka wyskoczym.

*P*lutonowy zaciągnął się skrętem, by po chwili wypuścić z płuc chmurę wonnego dymu.

– I mówisz, Misiak, że u majora dwie dziewczyny były?

Żołnierz wzruszył ramionami.

– Tak słyszałem. Połowa oddziału się w nich kochała. Ładne były.

Dowódca zaśmiał się cicho.

– Z tego, co przy lampie widać, to nasza lwica pasuje do opisu jak ulał. – Rzucił niedopałek i wbił go butem w ziemię. – Dobra, zabieramy jeńców i ruszamy w drogę. Wiem, kto może ją rozpoznać.

Weszli z powrotem do chałupy. Minęli ławę, na której obok płaczących dzieci siedziała przerażona gospodyni, wpatrująca się w wylot lufy karabinu pilnującego ją partyzanta jak zahipnotyzowana.

– Pójdziecie z nami. Obydwoje – zwrócił się do Marty plutonowy, gdy znaleźli się z powrotem w izbie. Przypomniał sobie, co o niej mówił Misiak, i wytężył wzrok. „Cholera, rzeczywiście ładna. Niczego jej nie brakuje" – przemknęło mu przez głowę. Podniósł tylko brwi do góry i dopowiedział: – Jest u nas ktoś, kto służył u Dobrowolskiego. On będzie wiedział, czy mówisz prawdę, czy nie.

– Co z kobietą i jej dziećmi? – Witalij skinął głową w kierunku drugiego pomieszczenia. Jeden z żołnierzy popatrzył na nich hardym wzrokiem.

– Nie martw się. Przeżyją. Nie jesteśmy tacy jak wy.

Zagryzł tylko usta i spojrzał na dziewczynę.

Ona jednak nie zwracała już na nic uwagi. Wpatrywała się w leżące na podłodze ciało.

– Przepraszam, Józek… – wyszeptała pod nosem.

Szybko zeszli z głównej drogi i zagłębili się w las. Witalij nie znał okolicy, więc nawet nie próbował się domyślać, dokąd zmierzają. Marta szła tuż za nim. Martwił się nią. Milczała od wyjścia z chałupy. Próbował zagadywać ją po drodze, ale szybko został uciszony przez eskortujących ich partyzantów. Po dwóch godzinach marszu zatrzymali się na skraju polany. Ktoś zagwizdał na palcach, a po chwili z drugiej strony przyszła odpowiedź. Ruszyli naprzód. Po kilkunastu krokach minęli czujkę. Parę minut później znaleźli się w obozowisku.

Partyzanci rozlokowali się wokół trzech maleńkich ognisk, rozrzuconych pomiędzy drzewami na niewielkiej przestrzeni.

Większość z nich drzemała opatulona w co tylko się dało. Plutonowy zatrzymał grupę i podszedł do grzejącego się przy ogniu, niepozornego mężczyzny. Rozmawiali dość długo, zanim tamten podniósł się i stanął naprzeciw kościelnego i Marty.

– Człowieka mi zabiliście.

Niezręczna cisza, jaka zapadła po tych słowach, nie trwała długo.

– Trzeba było zapukać, jak normalni ludzie robią, a nie wyłamywać drzwi jak bandyci.

– Proszę liczyć się ze słowami! – partyzant zareagował ostro. – Jedynymi bandytami na tej ziemi wy jesteście i wasze zasrane wojsko! Bo przecież Ukraińcy jesteście. Przynajmniej wy, bo ta dziewczyna twierdzi, że służyła u Dobrowolskiego. Więc dopóki nie potwierdzimy waszej tożsamości, wasze kozakowanie może dla was skończyć się źle.

Ostatnie zdanie wypowiedział już spokojnym tonem. Witalij odwrócił głowę. Nie zamierzał się już więcej stawiać. Był zmęczony. Im szybciej zakończy się cała sprawa, tym lepiej.

– Jak wasza godność? – mężczyzna ponownie zwrócił się do Rusina. Ten jednak milczał uparcie.

– Odpowiadaj, gdy pan porucznik pyta – ponaglił go plutonowy.

– Jak moja godność? Zszargana – odpowiedział grobowym głosem, nie odwracając głowy.

Pękli jak suchy patyk, rzucając się na niego, szarpiąc go za mocno sfatygowaną kapotę.

– Ty, łajzo ukraińska, o godności gadasz?!

– Flaki z ciebie wypruję!

– Mordować dzieci umicie ino i baby!

Marcie wystarczył ułamek chwili, gdy eskortujący ją żołnierze skupili swą uwagę na zamieszaniu wokół Rusina. Szarpnęła się i sekundę później była już wolna. Skoczyła pomiędzy partyzantów i kościelnego niczym lwica broniąca terytorium.

– Cofnąć się, bo dam po mordzie!

Zaskoczyła ich swą gwałtownością pomimo związanych rąk. Odsunęli się, ale wciąż dyszeli z wściekłości.

– Jak pan może pozwolić na to, żeby tak jeńca traktować?! – krzyknęła do porucznika. – Proszę przywołać swoich ludzi do porządku!

– Nie jesteście jeńcami, jesteście zwykłymi więźniami – zimny głos wypłynął spod naciągniętej głęboko żołnierskiej czapki. – Żeby być jeńcem, trzeba być żołnierzem.

Oczy zacisnęły się w szparki, gdy mu odpowiedziała.

– Mówię to po raz kolejny. Jestem Marta Marciniszyn, żołnierz Armii Krajowej, sanitariuszka oddziału majora Dobrowolskiego. I właśnie tego oddziału szukam. A to – skinęła głową do tyłu w kierunku Witalija, który stał dumnie wyprostowany, z zaciśniętymi ustami, tak żeby nie dać po sobie poznać, iż słowa Polaków rwały mu serce. – To jest oficer wojsk kozackich, weteran wojny z bolszewikami, któremu nawet marszałek Piłsudski salutował. Pułkownik Witalij…

– Nie obchodzi mnie, kim on jest! – przerwał jej porucznik. – Siedzieliście w ukraińskiej zagrodzie i wypytywaliście o partyzantów. Nosicie się jak partyzanci, ale z Polakami nie kumacie się. Ludzie donieśli nam o ciekawskich obcych. A jak partyzanci do was przyszli, to zastrzeliłaś mojego chłopaka.

– Bo napadliście na nas!

– Ukraińską melinę zrewidowaliśmy! – syknął. – Ty raczej Polka. Ukraińcy nie mówią tak dobrze po naszemu. Ale zaraz jeszcze sprawdzimy to. Michał nad ranem wraca z patrolu spod Mierosławia, powie, coście za jedni.

– Co za Michał?

Porucznik odwrócił się na pięcie.

– Pilnujcie jej lepiej. Bo nawet nie ja, tylko ona sama jaja pourywa wam – rzucił do swoich żołnierzy, a po chwili dodał: – Michał, z oddziału kapitana Jurkiewicza, zastępcy Dobrowolskiego. Znał wszystkich od niego.

Marta odetchnęła z ulgą po raz pierwszy od kilku miesięcy.

– Wreszcie!

*P*róbowała rozruszać nadgarstki, ale sznurek, którymi je związano, oparł się jej staraniom. Siedziała więc na zwalonym pniaku z dala od ognia i telepała się z zimna. Ktoś nakrył ją kocem, ale nocny chłód był tak przebiegły, że potrafił wcisnąć się przez każdą szczelinę. Próbowała zasnąć choć na chwilę, ale za każdym razem, gdy zamykała oczy, pod powiekami czekała na nią trupio blada twarz Józka. Chyba już lepsza była beznadziejna walka z ociężałymi powiekami. Wodziła więc wzrokiem dookoła, obserwując gęste wstęgi porannej mgły, wijące się pomiędzy drzewami jak wata. Gdzieniegdzie z mlecznobiałej kołdry wyrastały kontury drzemiących żołnierzy, szare i niewyraźne.

„Śpiący rycerze z Giewontu..." – przemknęło jej przez głowę.

Witalij siedział tuż obok. Widziała, jak palcami skostniałych z zimna dłoni przebiera paciorki komboskionu, prawosławnej koronki. Rusin nazywał ją „czotka" i nie rozstawał się z nią na krok. Obserwowała jego usta, gdy poruszały się bezgłośnie, wypełniając przestrzeń między nim a Bogiem modlitwą.

– Hospody, Isuse Chryste, Synu Bożyj, pomyłuj mene hrisznoho... – powtarzała razem z nim, ale słowa modlitwy wpadały jedynie w kamienną cembrowinę jej serca i znikały w tej czeluści, obijając się z hukiem o zimne ściany. Nigdy nie czuła się tak samotna jak teraz. Zamiast kołysać dziecko do snu albo droczyć się z mężem, tkwiła w zimnym lesie, u boku człowieka, któremu ostatnio okrutne życie naliczało lata w tempie dni. Coraz rzadziej wspominała mamę i Janka. Zacierali się w pamięci jak wyblakłe fotografie. To chyba był jej sposób na to, żeby nie rozsypać się w drobny mak, zapomnieć i nie płakać już więcej. Nie czuć bólu, nawet za cenę całkowitej obojętności. Tak dawno nie śmiała się szczerze, a przecież właśnie radość była tym, co sprawiało, że ludzie lgnęli do niej. Janek lgnął... Teraz za to szukała adrenaliny jak narkotyku. Akcja i napięcie zmuszały ją do działania. Umysł i ciało zamieniały się wtedy w perfekcyjnie wytrenowany i działający mechanizm. Potrafiła zabijać i robiła to, gdy musiała. Najgorsze jednak, że zaczynało jej to smakować.

Słońce zdążyło już wtoczyć na niebo całe swoje złote cielsko, zanim partyzancki obóz zaczął ponownie tętnić życiem. Marta łapczywie piła wodę podaną jej przez wartownika, gdy zza jej pleców wynurzył się porucznik w towarzystwie kilku żołnierzy. Popatrzyła na nich zmęczonym wzrokiem. Jeden z nich przyglądał się jej uważnie. Pochylił się w jej stronę i otworzył szeroko zdziwione oczy.

– Marta?! Marta! Co ty tu robisz, dziewczyno?!

Dopadł jej w jednej chwili, zanim ktokolwiek zdążył go zatrzymać. Wyciągnął nóż i szybkim ruchem przeciął jej więzy. Nie miała czasu rozetrzeć zdrętwiałych dłoni, od razu zniknęła w jego ramionach przytulona z całej siły.

– Ej, nie tnij sznurka! – krzyknął wartownik. – Ona jest niebezpieczna!

– Aleś ty głupi! Jak but z lewej nogi! – odpowiedział mu żołnierz, patrząc na zmęczoną twarz dziewczyny. – Przecież to nasza Marta! Wdowa po Janku! Nasza sanitariuszka!

Obrócił głowę w kierunku dowódcy.

– To ona, panie poruczniku!

Porucznik pozwolił im zostać ze sobą. Nie mieli się zresztą gdzie podziać. Po śmierci majora Dobrowolskiego jego ludzi przejął porucznik Jurkiewicz, teraz już kapitan. Niestety wszyscy oni odeszli w kierunku Kowla już w lutym, o czym dowódca poinformował ich, gdy upewnił się, kim są. Pozostawanie w tej okolicy nie miało więc dla nich najmniejszego sensu. Jedynie Witalij był wciąż nieufny po tym, jak potraktowano go na samym początku. Jednak dał za wygraną. Nie miał ani siły, ani chęci na stawanie okoniem. Musiał więc zagryźć zęby i dostosować się.

– O Swietłanie Michał powie ci – porucznik zwrócił się do Marty. – Ja czasu nie mam na to. Oddział do drogi musi szykować się.

– Gdzie Swietka?! – Skoczyła na niego, gdy tylko porucznik odszedł do swoich spraw. – Co z nią?! Żyje?!

– Żyje, żyje… – Chłopak cofnął się przezornie o krok, patrząc na nią podejrzliwie jak na szarżującego odyńca. – Znaczy… Nie wiem.

Marta zbladła, a on schował się przezornie za drzewem.

– Jak to nie wiesz?! – ryknęła do niego ze złością, próbując złapać go za kurtkę. – Gadaj, cholera!

– O Jezu, aleś się nerwowa zrobiła. – Michał był wyraźnie zaskoczony atakiem. – Bo przerywasz, zamiast dać powiedzieć jak człowiekowi.

– No to mów!

Chrząknął kilka razy, ale gdy zobaczył w jej oczach mord, przestał zwlekać.

– Zaraz potem, gdy odeszłaś, zginął major. Zabił go ten rusek, którego przygarnęliśmy, ten, który kochał się w Swietce…

– Iwan!

– Tak, Iwan – potwierdził chłopak. – Tyle że my nie wiedzieliśmy, że to on. Skurczybyk otworzył klatkę ze schwytanym Ukraińcem i wypuścił go na wolność, żeby było na niego.

– To jak się dowiedzieliście?!

Michał spojrzał na niecierpliwą dziewczynę i westchnął głośno. Na jego szczęście przemilczała to.

– Stałem na warcie. Swieta szła na spacer. Nie chciałem jej puścić. Prosiła i prosiła…

– Dalej!

– …i wyprosiła. Ale za kilka minut wydarła mordę z wąwozu, znaczy: krzyknęła – poprawił się natychmiast, widząc reakcję

Marty na swoje słowa. – Okazało się, że ten Rosjanin siłą chciał ją brać, tak oczadział za nią. Ale nasza Swietka wypaliła mu z pistoletu w bebechy. No a potem to pojawił się u nas porucznik. Odbijaliśmy razem jeńców z transportu z Łucka. No i on rozpoznał dziewczynę, znaczy Swietkę. I zabrał ze sobą do Warszawy.

Marta poczuła, jak schodzi z niej całe powietrze. Tak bardzo cieszyła się na spotkanie z przyjaciółką i potrzebowała go, że nie dopuszczała do siebie nawet myśl o tym, że może już jej nie odnaleźć na Wołyniu.

– Dlaczego do Warszawy? – zapytała bez życia.

Michał wzruszył ramionami.

– Bo ten porucznik, okazało się, jest druhem ukochanego naszej Swietki. No i zabrał ją do niego.

Marta poderwała się z miejsca. Uśmiechnęła się szeroko i zacisnęła dłonie jak kibic cieszący się ze zdobytego przez drużynę gola.

– Piotr!

Ciasno się, cholera, zrobiło w lesie teraz. – Michał przetarł nos końcem rękawa, popatrzył na niego, mrużąc oczy z uwagą, a potem skrzywił się z odrazą, po czym odezwał się znowu: – Łuck padł zara na początku lutego. Ale czerwoni nie pociągnęli dalej. My idziem pod Włodzimierz Wołyński. Porucznik chce się przedostać do nowej dywizji, co to ją stworzyli ze wszystkich dostępnych oddziałów na Wołyniu. Walczą tam z Niemcami, żeby ruskie nie mówiły, że nic nie robim. No i upowcom się dostaje też. W końcu znalazł się kij na banderowski ryj. – Roześmiał się cicho. – Tutaj zostało nas niewielu. Większość przedarła się przez linię frontu, kilkanaście kilometrów stąd. Jesteśmy za mali na to, żeby bić się samodzielnie.

Marta słuchała go z uwagą. Mimo że przebywała w okolicy od kilku tygodni, nie orientowała się zbyt dobrze w sytuacji. Niemców widzieli często, Ukraińców też. Śpiew frontu docierał do chałupy tak głośno, jakby przewalał się za ścianą. Jednak ze względu na chorobę Witalija nie byli w stanie dotrzeć do nikogo, kto mógłby im udzielić jakichkolwiek informacji. Teraz wiedziała już wszystko. Jeszcze musi tylko poprosić dowódcę o jedno. W Mierosławiu znajdował się grób Janka, jej męża. Nie było takiej siły, która mogłaby ją zatrzymać przed odwiedzeniem go, jednak wolała zrobić to za pozwoleniem porucznika.

32

Szklane oko świetnego celownika optycznego ZF-4 przesunęło się beznamiętnie, lustrując przestrzeń pomiędzy lasem a oddaloną o kilkaset metrów wioską, aż wreszcie spoczęło na trzech postaciach idących w oddali. Po chwili jednak lufa snajperskiego karabinu ponownie skierowała się na wschód, aby rozpocząć mozolne przeczesywanie okolicy. Zmierzający w stronę wioski ludzie nie stanowili żadnego zagrożenia dla niemieckiego oddziału operującego za plecami strzelca.

Trójka wędrowców kontynuowała więc marsz bez świadomości, że przez chwilę długość ich życia wynosiła tyle, ile ściągnięcie spustu palcem wskazującym, czyli dokładnie półtora centymetra.

Wąska ścieżka wiła się pomiędzy czarnymi plackami pól a niewielkim strumykiem, którego brzegi były porośnięte dość wysokimi krzakami. To pozwalało im podejść niepostrzeżenie do samej wsi. Marta szła przodem. Znała tę okolicę bardzo dobrze. W końcu to była rodzinna miejscowość jej męża. Kilka kilometrów stąd leżały Małyki, w których obie ze Swietą znalazły schronienie na długie wojenne lata. Podczas nocnego ataku UPA, zakończonego rzezią wszystkich Polaków, tylko cudem uniknęły śmierci.

Mniej szczęścia mieli mieszkańcy Mierosławia. Podczas gdy oddział majora Dobrowolskiego zajęty był gdzie indziej, banderowcy wycięli w pień wszystkich mieszkańców polskiego pochodzenia. Rodzina jej męża również poszła pod nóż. Nie oszczędzono nawet jego siostrzyczki i dwóch kilkuletnich braci. Zwyrodnialcy zarąbali siekierami dzieciaki w ogrodzie. Jej mąż zginął następnej nocy. Major zarządził pościg za banderowcami. Dopadli ich w Hucie Jaworowej. Janek ryglował swoim erkaemem jedną z dróg wylotowych tak, żeby żaden sukinsyn nie zdołał uciec. Miał jednak pecha do życia, które jakoś nie bardzo chciało się go trzymać. Wystrzelone przez uciekającego Ukraińca kule zgasiły go jak świecę. Marta pochowała go z rodziną tu, w Mierosławiu. Potem odeszła z oddziału i wróciła do Bedryczan, mając nadzieję, że spotka się z matką i odnajdzie ciepło i miłość, które straciła tutaj, na Wołyniu. Przysłowie o nadziei jest powszechnie znane. Niestety los sprawił, że po raz kolejny boleśnie przekonała się o jego prawdziwości.

Teraz, gdy była w okolicy, nie mogła nie porozmawiać z Jankiem, stojąc u jego grobu. Porucznik wyraził zgodę, jednak pod warunkiem, że Michał będzie jej eskortą. Wlókł się więc za nimi, dźwigając pod połą kurtki peema i rozglądając się nerwowo dookoła. Dowódca z resztą oddziału czekał na nich w lesie nieopodal.

Strumień zakręcał ostro tuż przed wsią, ale ścieżka poprowadziła ich wprost pomiędzy pierwsze zabudowania i dalej do głównej drogi. Marta nasunęła głębiej czapkę na oczy i przyspieszyła kroku. Od czasu gdy była tu po raz ostatni, minęło pół roku. Zbyt mało, żeby łudzić się, że nie zostanie rozpoznana przez choćby jedną osobę spośród tych, które zza płotów łypały na nich nieprzyjaźnie spode łba. Witalij próbował zagadnąć po ukraińsku kogokolwiek, ale po kilku nieudanych próbach zrezygnował. Nie byli tu mile widziani i dano im to odczuć.

Minęli niewielką, murowaną kapliczkę stojącą pośrodku wsi. Dwuskrzydłowe drzwi prowadzące do niewielkiego ołtarzyka smutno wisiały na wyłamanych zawiasach, odsłaniając zniszczone wnętrze. Mosiężny Jezus rozkładający dłonie przybite do krzyża wisiał do góry nogami, oparty o brzeg małego ołtarzyka, wpatrując się niemo tam, gdzie czas i ludzie zadali temu miejscu rany, odłupując połacie pożółkłego wapna na krzywych ścianach. Widać było, że nie miał kto zadbać o to miejsce, odkąd za pomocą siekier i wideł pozbyto się codziennie modlących się tu Polaków.

Nie wytrzymała. Zawróciła na pięcie i podbiegła do kapliczki. Witalij pokręcił głową i westchnął głośno. Nie powinni zwracać na siebie uwagi więcej, niż to było konieczne. Nie powiedział jednak ani słowa. Znał Martę i wiedział, że jeśli się uprze, to nie było na ziemi i w niebie takiej siły, która mogłaby ją zatrzymać.

– Co ona… – Michał natychmiast sięgnął pod kurtkę, na szczęście Witalij w porę to zauważył.

– A ty co z tymi rękami?! – zastopował chłopaka. – Swędzi? To po dupie się podrap! I zostaw żelazo w spokoju, dopóki kulki nie zaczną latać.

Ruszyli za Martą, która stanęła właśnie przy zdemolowanych drzwiach kapliczki. Chwyciła za skrzydło, które wisiało tylko na jednym zawiasie, i spróbowała unieść je tak, żeby dało się otworzyć. Niestety, udało się tylko połowicznie. Drzwi wprawdzie zostały otwarte, ale już na zawsze. Głośne chrupnięcie obwieściło koniec zawiasowego żywota. Marta odstawiła je na bok i weszła do środka.

Dźwięczało jej w uszach. Zawodzący śpiew wiejskich kobiet zawsze sprawiał, że bulgotała ze śmiechu, próbując ukryć to za udawanym atakiem kaszlu. Ale im bardziej się starała, im bardziej srogo łypały na nią baby, a Janek wywracał oczami, tym głośniej musiała kaszleć. A jednak uwielbiała te majówki i ciągnęła męża pod kapliczkę, gdy tylko mogła, za każdym razem obiecując mu solennie, że zachowa powagę. Niestety, za każdym razem, gdy placyk przed kapliczką wypełniało „Chwalcje łonki łumajooooooone", łamała daną obietnicę. Uśmiechnęła się teraz do siebie, podnosząc mosiężny krzyż i stawiając go na ołtarzyku. Z pokrytej kurzem i pajęczynami ikony spoglądała na nią bacznym wzrokiem Najświętsza Panienka.

– Już go odstawiam na miejsce, Mateczko – szepnęła, uśmiechając się w stronę obrazu. Najświętsza Panienka, wyraźnie spokojniejsza, odpowiedziała uśmiechem.

– Do Janka idę. – Marta poprawiła brudny i poplamiony obrus przykrywający drewniany blat. – Powiedz mu, żeby na mnie czekał przy grobie, zaraz tam będę.

Maryja zacisnęła usta, milcząc przez chwilę.

– Niech cię Bóg prowadzi, moje dziecko. Bądź silna.

Cóście zrobili z mogiłą Janka, skurwysyny! Grobu w ogrodzie nie było. Nie było też tego, w którym leżeli rodzice i rodzeństwo męża. Nawet ogród zniknął, podobnie jak to, co pozostało po zgliszczach domu i reszcie zabudowań. Nie tylko po zagrodzie Marciniszynów nie zostało śladu. Wszystkie polskie gospodarstwa wyparowały. Na ich miejscach czerniły się zaorane połacie tłustej ziemi.

Marta opadła kolanami na zabłoconą drogę, jakby ktoś uderzył ją mocno w brzuch. Bolało zresztą podobnie. Wodziła rozbieganym wzrokiem po pustej przestrzeni leżącej przed nią, bezsilnie zaciskając pięści do krwi. Zrozumiała słowa Panienki, te o sile. Tylko skąd ją wziąć?

– O skur… – Michał zdjął czapkę i ścisnął ją mocno dłońmi. Nie wierzył własnym oczom, choć to, co zobaczył, mówiło samo za siebie na tyle wymownie, że nawet Witalij pojął, co kryło się za pustymi połaciami ziemi dookoła.

– Zaorali tak, żeby za jakiś czas nawet ślad nie został tu po Polakach. – Kościelny zaciągnął się wyciągniętym zza pazuchy skrętem. – Źle się dzieje, bardzo źle. Cała Ukraina w ogniu.

Michał doskoczył do niego i dysząc z wściekłości, wyrzucił mu prosto w twarz.

– To właśnie ta wasza Ukraina jest?! – Wskazał ręką za siebie. – Nie mogliście sobie wywalczyć, to bierzecie od niemieckich złodziei, paserzy, wasza psiamać?! My was mordowalim we Lwowie w osiemnastym?! Nie! Myślicie, że jak wyskrobiecie stąd wszystko, co polskie, jak niechcianego bachora, to my zapomnim o Wołyniu, Polesiu i Małopolsce? I o Wilnie też?! Nie łudź się! Ta ziemia zawsze polska będzie!

Witalij przeczekał atak chłopaka, wypuścił chmurę dymu i odkaszlnął.

– Rąbią was jak kury na pniaku. Zabierają wam wszystko, co macie. Nawet partyzanty wasze tu słabe są, chronić swoich nie dają rady…

– Mamy wojsko! 27. Dywizja Armii Krajowej! Walczą pod Włodzimierzem Wołyńskim! Dołączymy do nich! Znalazł się wreszcie kij na banderowski ryj! Polska tu wróci, czy tego chcecie, czy nie, rezuny! Zachód się upomni o nas. A ty wstydu nie masz być Ukraińcem…

Cieniutka nitka, na której wisiało opanowanie Witalija, strzeliła z hukiem. Michał zakrztusił się, gdy kołnierz kurtki zacisnął się wokół jego szyi, odbierając oddech. Chwycił stalowe dłonie w rozpaczliwej próbie poluzowania morderczego chwytu. Nadaremno.

– Popatrz dookoła, durny! Gdzie wasze domy? Gdzie wasze rodziny, kościoły? Nie został kamień na kamieniu. Zachód? Sprzeda was tak, jak zawsze sprzedawał. Za miedzą siedzą ruskie wojska i to one będą mówić, kto tu praw na tej ziemi, a kto nie. Zapomniałeś, jak w trzydziestym dziewiątym wyzwalali Białorusów i Ukraińców spod łapcia polskich panów? Nie będzie ani wolnej Ukrainy, ani Polski. Zapamiętaj moje słowa! I zważ na to, że ja większą ofiarę poniosłem niż wielu z was. Bo was mordowali bandyci i upowcy, a moją żonę Polkę i synów zamęczyli bracia. A przecież to ci sami ludzie. Więc tak, jest mi wstyd. I wolę polskiego pana od sowieckiego towarzysza. I mogę walczyć z wami o to. Tylko mi, polskie jaśniepaństwo, nie ułatwiacie tego od samego początku... Psiamać! Marta!

W ferworze kłótni zapomnieli o dziewczynie. I to był błąd.

Życie składa się z chwil, a pamięć człowieka jest jak pełna regałów biblioteka. Można do niej wejść i sięgnąć po obrazy i filmy, na których te chwile zostały uchwycone. Niektóre z nich wywołują uśmiech, inne salwy śmiechu, a przy kolejnych po raz setny czuje się ból i smak łez. O szczęściu człowieka zadecyduje zaś to, czy na tych półkach więcej będzie kolorów, czy szarości. Biblioteka Marty była teraz czarniejsza niż ciemna, wilgotna, piwniczna cela.

Stąpała bardzo uważnie, tak żeby nie nadepnąć na miejsce, gdzie jeszcze niedawno stał tętniący życiem dom. Jej dłonie przesuwały się po niewidzialnej, pokrytej wapnem ścianie, kreśląc nerwowymi ruchami jej chropowaty obrys.

– Antoś... – przesunęła wzrok wzdłuż stojącego tu kiedyś kurnika w poszukiwaniu Jankowego brata. Nie zdążyła. Skrył się za drewnianymi drzwiami. To właśnie tam znaleźli Anielkę, jedyną siostrę chłopców. Leżała taka cicha... z odrąbanymi rączkami i nóżkami. Antoś i najmłodszy, Maciuś, zginęli w ogrodzie, tuż za płotem. Pobiegła tam, szerokim łukiem omijając miejsce po ogrodzeniu. Dzisiaj plac świecił pustkami. Te szczury wykarczowały wszystko, od domu i kurnika aż po rosnące tu drzewa. A oni? Leżeli gdzieś tu, gdzie wypatrzyły ich czujne oczy Janka. Maciuś przebity widłami, a Antoś z dziurami po siekierach na całym ciele. Pochowali ich razem z zamordowanymi przez Ukraińców rodzicami, których ciała przyniesiono z domu. Janek spoczął obok dwa dni później. Płakała bezgłośnie, bo choć jej oczy widziały teraz całą szóstkę, stojącą obok niej w milczeniu, po grobach nie został nawet ślad. Całą przestrzeń pokrywały skiby przeoranej ziemi. Nie była już nawet w stanie powiedzieć, gdzie leżał teraz jej mąż. Otarła łzy brudnym rękawem i wyciągnęła z plecaka świeczkę. Zapaliła ją i wbiła w tę przeklętą ziemię jak osikowy kołek w serce wiedźmy. Chciała się pożegnać, ale nie wiedziała jak. Podniosła do góry dłoń. Jej twarz na krótką chwilę rozjaśnił uśmiech. To właśnie za pomocą ręki Janek zdobył jej serce. Rozciął ją specjalnie tak, żeby musiała mu ją zszyć, szałaputa jeden. Wyciągnęła kozik i przeciągnęła nim płytko przez środek dłoni. Kilka kropel krwi przemknęło szybko wzdłuż nadgarstka.

– Jak ty mnie, tak ja tobie, Janek. Zszywaj.

Wsunęła rozciętą dłoń w rozmiękczoną promieniami wiosennego słońca grudę ziemi, czując, jak drobinki jej krwi łączą się z krwią jej męża, wymieszaną z ciężką, wołyńską ziemią.

– Ja już tu nie wrócę, Janek. Nie mam po co. Tylko chciałam ciebie dotknąć raz jeszcze.

Chwycił ją za rękę. Tak spod ziemi. Poczuła bardzo wyraźnie zimny kształt jego martwych palców. Zacisnęła dłoń i rozpłakała się. Za dużo jak na jeden raz. W głowie zadźwięczała jej smutna pieśń, ułożona przez jednego z chłopców z oddziału. Zamknęła oczy i zanuciła Jankowi.

Do żywych przywrócił ją jakiś hałas. Spojrzała w bok. Kilkadziesiąt metrów dalej dwóch chłopów szarpało niewielki kawałek płotu wystający z ziemi jak samotne drzewo na pustkowiu. Jedyny ślad po domostwach, zniszczonych przez tych hajdamackich morderców. Gorąco uderzyło jej do głowy. Zerwała się z miejsca z szałem w oczach i ruszyła w kierunku Ukraińców.

– Coście zrobili z grobem Janka, skurwysyny!

opadli do niej w samą porę. Michał chwycił ją mocno z tyłu, oplatając ramionami jej ręce. Nie wyrywała się. Szarpnęła mocno głową do tyłu i z całej siły wbiła piętę w stopę chłopaka.

– Oż głupia…! – syknął z bólu, gdy z rozbitego nosa pociekła krew. Puścił ją i chwycił się za twarz, utykając jednocześnie. Wszystko zadziało się w ułamku sekundy, ale tyle wystarczyło, żeby wolniejszy od Michała Witalij wskoczył pomiędzy Martę a Ukraińców, którzy na wszelki wypadek chwycili za przyniesione ze sobą motyki.

– Wtikajte! – krzyknął do nich, zagradzając drogę dziewczynie. – Uciekajcie, póki możecie!

– Witalij, odsuń się! – Dziewczyna dyszała z wściekłości. – Dziady zapłacą za to, co zrobiły.

– Kto zapłaci, oni? Opamiętaj się, dziecko! Skąd wiesz, że to oni? Za rękę ich złapałaś? Wiesz, kto morduje niewinnych? Hitlerowcy mordują, bandyci mordują! Chcesz być bandytą? Co ci to da? Życie Jankowi wrócisz?

Próbowała sięgnąć wzrokiem do stojących za jego plecami chłopów, ignorując go, ale wiedział doskonale, że usłyszała go i zrozumiała. Nie chciał upokorzyć jej i jej poszarpanych na strzępy uczuć. Najważniejsze, że nie doszło do rozlewu krwi. Choć słysząc nieprzyjazne pomrukiwania za sobą, nie był pewien, czy sprawa została definitywnie zakończona.

Nie została. Od strony wsi nadciągało kilku innych mieszkańców, a przedmiotom w ich rękach daleko było do przyjaznych. Na szczęście Michał, który ogarnął się po niespodziewanym ataku ze strony Marty, wyciągnął spod kurtki swoje MP 40. Widok pistoletu maszynowego w rękach człowieka z zakrwawioną twarzą ostudził zapał grupy. Stali teraz w miejscu, patrząc spode łba na obcych ludzi. Witalij odetchnął z ulgą i otarł kropelki potu z czoła. I wtedy niespodziewanie, może po to, żeby ostatecznie wybić z głowy Ukraińcom jakąkolwiek buńczuczność, a może

po to, żeby zrehabilitować się we własnych oczach za to, że dał
się zaskoczyć babie, Michał wypalił w powietrze.

– Wynocha do dom! – wrzasnął do chłopów. Nie musiał po-
wtarzać. Huk wystrzału przestraszył ich na tyle skutecznie, że
uciekali w popłochu, szukając schronienia.

– Michał, do diabła! – Kościelny zacisnął pięść w kierunku
partyzanta. – Przecież nasi niedaleko siedzą! Ściągniesz nam na
kark nieszczęście tą pukawką!

Chłopak obruszył się, odtrącając dłoń Marty, która chciała
zetrzeć ślady krwi z jego twarzy.

– Wiem, co robię. Nie będziecie mnie pouczać. A nosa wy-
trzeć też se sam potrafię.

Schował karabin za pazuchę i ruszył w kierunku, z którego
przyszli, nie czekając na pozostałych.

*P*orucznik zerwał się na równe nogi, gdy nad lasem przetoczył się odgłos strzału.

– Wieniak! Na kraj lasu skoczcie do Franka i zobaczcie, co
tam dzieje się! Jakby co, meldować prędko, a on niech dalej na
czatach zostanie. Migiem!

Wywołany przez dowódcę partyzant odkrzyknął tylko „tajest"
i zniknął w krzakach. Reszta małego oddziału czekała w pogotowiu z bronią gotową do strzału. Okolica roiła się od niemieckiego wojska, sowieckiej partyzantki i ukraińskich band. Trzeba
było mieć oczy dookoła głowy. A teraz jeszcze ten strzał!

– Uważajcie! – porucznik zwrócił się do swoich ludzi. – Bo
jeszcze te cholery jakieś kłopoty na głowę zwalą nam.

Nie wiedział, że kłopoty siedziały właśnie w nieodległych
krzakach, bacznie obserwując ich każdy krok.

Od paru lat na okupowanych przez Niemców terenach pojawiły się małe grupki świetnie wyszkolonych i uzbrojonych po
zęby żołnierzy. Zadaniem tych działających samodzielnie od-
dżiałów było tropienie, wyszukiwanie i niszczenie partyzantki.

Bardzo często ich członkowie rekrutowali się spośród marginesu społecznego. Można było wśród nich spotkać zarówno przemytników, jak i kłusowników, a nawet kryminalistów, którzy w zamian za służbę w tej formacji uzyskiwali wolność. Byli niczym myśliwi tropiący swą zwierzynę. Zresztą na taki rodzaj działań wskazywała również ich nazwa. Członkowie Jagdkommando, czyli Oddziału Myśliwych, umieli podchodzić przeciwnika tak, żeby ten nie był w stanie zorientować się nawet przez wiele dni o tym, iż jest obserwowany. Grupa pod dowództwem porucznika wtargnęła na teren obserwowany przez komando dziś rano zupełnie przypadkowo.

Sturmhauptführer Franz Werner, dowódca grupy, znalazł się w niezbyt komfortowej sytuacji. Partyzanci stanowili liczniejszy oddział, choć nie miał żadnych wątpliwości, że dowodzeni przez niego żołnierze znacznie górowali nad bandytami zarówno wyszkoleniem, jak i uzbrojeniem. Wolał jednak uniknąć walki. Dysponował tylko dwunastoma żołnierzami i strata każdego z nich stanowiłaby poważne uszczuplenie i tak już wątłych sił. Normalnie powinien zawiadomić dowództwo o pojawieniu się bandy i oddać pałeczkę regularnemu wojsku, które zakończyłoby całą zabawę. Jednak teraz tkwili w okolicznych krzakach bez możliwości ruchu. Wprawne oko mogłoby wprawdzie dostrzec pozostałości po pospiesznie zatartych śladach po nocnym obozie, ale jakimś cudem Polacy w ogóle nie zwrócili na nie uwagi. Jego snajper trzymał w szachu całą przestrzeń pomiędzy wsią a lasem. Sturmhauptführer, mimo całego dyskomfortu, czuł się bezpiecznie.

Strzelec Wieniak zatrzymał się i gwizdnął krótko. Po chwili gdzieś z prawej odpowiedziało mu podobne gwizdnięcie. Wiedział już, w jakim kierunku iść. Musiał tylko przedrzeć się przez kępę krzaków, z której kilka par czujnych oczu obserwowało każdy jego ruch. Nie widział ich. Doskonałe kurtki w błotnym kamuflażu Tarnmuster spełniały swoje zadanie, do czasu. Chłopak zapatrzył się w te zarośla zbyt mocno, zupełnie nie patrząc pod nogi. Gdy więc jego stopa zahaczyła o korzeń, runął w mokrą trawę z wielkim hukiem. Dosłownie, bo przy upadku ściągnął bezwiednie spust pistoletu. Sturmhauptführer Werner odetchnął ciężko i zaklął. Jego plan, by przeczekać wizytę bandytów bezpiecznie, właśnie odchodził w niebyt razem z życiem pechowego partyzanta.

Werner nie musiał wydawać żadnego rozkazu. Wszyscy jego ludzie byli zawodowcami, więc było dla nich jasne, że nadszedł czas działania. Bandyta poległ od noża, zanim zdążył się zorientować, że nie zabił się sam. Ten drugi na skraju lasu nie miał nawet szansy odwrócić się w kierunku całego zamieszania, gdy jego sprawnie podcięte gardło buchnęło krwią. Jagdkommando straciło jednak efekt zaskoczenia, a Sturmhauptführer wiedział, że bandyci zaczynają już zajmować pozycje obronne. Na lewo od nich krótką serią odezwał się karabin maszynowy. To jego ludzie przygważdżali Polaków do ziemi, dając czas reszcie oddziału do rozwinięcia grupy.

Nagły odgłos kanonady zatrzymał ich w miejscu.

– To nasi! – Michał zbladł i rzucił się w kierunku lasu.

– Zaczekaj! Nie przez otwarte pole! – krzyknął do niego Witalij, ale chłopak wcale nie zamierzał go słuchać.

Szklane oko przesuwało się wraz z biegnącym Michałem. Zaniepokojony zamieszaniem w lesie snajper wiedział, że gdy strzeli do niego, pozostała dwójka najprawdopodobniej zajmie się opatrywaniem rannego. Mógłby w spokoju ruszyć na odsiecz swoim towarzyszom. Bandyta wybiegł właśnie na kawałek odkrytego terenu. Strzelec ściągnął spust i odetchnął, gdy kolba karabinu szarpnęła mu ramię. Celował tak, żeby nie zabić od razu.

Marta najpierw usłyszała pojedynczy strzał gdzieś z boku, a chwilę potem głośny jęk Michała, który zwalił się na ziemię. Witalij natychmiast chwycił ją za rękę i pociągnął w jakąś bruzdę.

– Snajper – wyszeptał, choć przecież z tej odległości nikt nie mógł ich słyszeć.

– Muszę do niego iść! Snajper nie snajper! – Marta chciała się wyszarpnąć, ale kolejny pocisk, który wyrwał kawał ziemi tuż obok jej głowy, skutecznie osadził ją na miejscu.

– Żyjesz, Michał? – głos Witalija przebił się przez odgłosy strzałów dobiegających z lasu. Chwilę później usłyszeli głośny jęk.

– Nie ruszaj się! Zaraz do ciebie dotrzemy!

– Nie ma jak się ruszyć, psiakość! – Marta walczyła ze sobą, aby nie zerwać się z miejsca i nie pobiec rannemu na pomoc.

– Poczekaj chwilkę! – Leżący obok kościelny podniósł się lekko na rękach i opadł na dno bruzdy. Po chwili jednak ruszył na czworakach w kierunku Michała.

– Witalij, uważaj!

– Ucieka! Snajper ucieka! – Rusin wskazał ręką w kierunku zarośli nieco na lewo. Zobaczyła go wtedy. Niewielka postać wbiegała właśnie pomiędzy drzewa. Gdy zniknęła, dziewczyna zerwała się i dopadła do Michała razem z Witalijem.

– Ranny w brzuch, rozbieraj go! – Sięgnęła do kurtki chłopaka, próbując rozpiąć jej guziki.

– Zostaw! – Kościelny chwycił ją za rękę. – To na nic.

Rzeczywiście, wzrok Michała odpływał właśnie gdzieś w zaświaty, by zgasnąć na dobre.

Uderzyła ze złością w grudę ziemi i syknęła z bólu.

– Czemu, cholera, on, a nie ja?! Albo ty?!

– Bo miał peema. – Stary wskazał ruchem głowy na leżącą obok chłopaka broń. – Teraz już nieważne. Zostawiamy go tutaj i biegniemy pozostałym na pomoc. Jemu i tak już nic nie pomoże.

$\mathscr{P}$orucznik zdołał jedynie rozrzucić grupę na boki, gdy seria z MG 40 przygwoździła jego ludzi do ziemi.

– Józek z peemem na prawo! – Jego stanowczy rozkaz natychmiast poderwał partyzanta z miejsca. – Plutonowy, weźcie dwóch ludzi i na lewo rozciągnijcie się!

– Uwaga, dawajcie granata!

Równiutka seria kosiła tuż nad ich głowami. Nie trwało to jednak długo. Kilka stalowych jajek poszybowało w kierunku Niemców. Seria wybuchów przerwała dokuczliwy ogień z ich strony.

– Skokami do przodu!

Kilka postaci poderwało się z miejsca i ruszyło w kierunku, skąd jeszcze przed chwilą ostrzeliwał ich niemiecki kaem. Przysiedli na chwilę, gdy z lewej strony odezwało się kilka pistoletów maszynowych. Atakowano ich od skraju lasu.

– Nie cofać się! Plutonowy!

Obsługę karabinu udało się im zlikwidować, ale nowy niespodziewany atak wyrwał z jego oddziału trzech ludzi. Zaklął w duchu, gdy zorientował się, że nieprzyjaciel również rozciągał pozycje w lewo. Ma zbyt mało luf, żeby atakować, ale innego wyjścia też za bardzo nie było. Nie mógł tu tkwić w nieskończoność. Podniósł się nieco, żeby ocenić sytuację. Plutonowy i jego dwójka zajęli najdalsze pozycje przy zwalonym pniu. Nie widział napastników, choć duchami przecież nie byli. Trzeba powoli ruszać do przodu. W końcu napatoczy się jakiś regularny oddział i tyle będzie z ich walki.

– Ru…

Gorąco rozlało się wzdłuż ramienia i objęło cały bark. Upadł na trawę, łapiąc powietrze. Kula uderzyła go z tyłu. Ktoś więc musiał tam pozostać żywy.

$\mathscr{S}$najper podniósł broń do oka na szybko, prawie w biegu. Udało mu się trafić na miejsce, które było położone nieco wyżej niż pozycje wroga. Zlustrował całą sytuację za pomocą lunety swojego karabinu. Bandyci leżeli rozciągnięci tuż przed nim, a jego oddział ostrzeliwał się na prawo. Wyłuskał najbardziej niecierpliwie rozglądającego się na boki partyzanta i strzelił. Nie było łatwo. Tamten co chwilę znikał mu z widoku za rosnącym na wprost drzewem. Jednak oko go nie zawiodło. Polak padł na ziemię. Przesunął więc lufę karabinu, szukając kolejnego celu.

Na prawo od niego Sturmhauptführer Werner wyłowił z całego jazgotu ten jeden charakterystyczny strzał i uśmiechnął się lekko. Nadeszła cenna odsiecz. Niestety, brakowało mu ludzi, żeby rozwiązać sprawę szybko. Ci Polacy bili się nadzwyczaj dobrze. W tej chwili, po wybiciu obsługi jego kaemu i dotychczasowej wymianie ognia, pozostało mu jedynie ośmiu ludzi. Tamtych było więcej. Musiał działać sprawnie.

Strzelec zdążył położyć jeszcze jednego bandytę, zanim ten pierwszy podniósł się i ostrzegł pozostałych, którzy natychmiast wtulili się, w jakąkolwiek szczelinę mogli.

Lustrował teren przed sobą. Wreszcie w samym środku jego celownika na powrót pojawiła się twarz niedoszłej ofiary. I gdy już miał ściągnąć spust, usłyszał za plecami tupot nóg. Obrócił się błyskawicznie, trzymając broń przed sobą. Na nic! Silne kopnięcie odrzuciło karabin w bok. Bandyta z pola! Jak on go znalazł?! Wyrzucił nogę do przodu i trafił gówniarza w brzuch. Tamten upadł na ziemię, ale po chwili zebrał się do kupy. Spod czapki wysypały mu się blond włosy. Dziewczyna! Skrzywił się zdziwiony, ale wyszarpnął nóż i doskoczył do niej. Zablokowała pchnięcie i spróbowała go podciąć. Dobra była! Ale on też nie był pierwszym lepszym chłystkiem. Przerzucił ją przez biodro i zwalił się na nią całym ciężarem. Jęknęła. Nie dał jej żadnych szans. Usiadł na niej i zablokował jej rękę nogą, i z całej siły zadał cios nożem z góry. Jakimś cudem udało się jej wyrwać drugą rękę i zatrzymać uderzenie. Ostrze stanęło kilkanaście centymetrów od jej piersi. Zaparł się, przełamując jej obronę swą masą. Widział, jak jej oczy rozszerzają się ze strachu przed tym, co nastąpi za kilka sekund. I gdy ostrze prawie dotknęło jej kurtki, uśmiechnęła się z taką radością, że zdziwiony nieco zluzował nacisk.

– Zdychaj, skurwysynu! – wypłynęło z jej ust, ale on nie rozumiał zupełnie tego barbarzyńskiego języka. Dopiero gdy usłyszał za sobą trzask złamanej stopą gałęzi, pojął, z czego ta suka tak się cieszy. Było już jednak za późno. Pocisk wystrzelony z pistoletu maszynowego MP 40 roztrzaskał mu głowę jak dojrzałego arbuza.

– Nie spieszyło ci się! – Marta z trudem zwaliła z siebie ciężkie zwłoki.

Witalij dyszał zmęczony forsownym biegiem.

– A ja myślałem, że taka wojowniczka położy faszystę jednym pierdnięciem – odpowiedział, oddychając ciężko. – A tu wychodzi, że bez starego nawet byle łamaga kładzie cię na ziemię, jak chce.

Uśmiechnęła się do niego.

– Dziękuję.

– Podziękujesz, gdy będzie po wszystkim. Teraz idziemy balować dalej. Bierz karabin tego tutaj.

Ruszyli z prawej strony. Głośne „hura!" rozbrzmiało po lesie. Niemcy chyba nie chcieli ryzykować dalszych strat. Wycofali się więc pospiesznie.

Polacy nawet ich nie ścigali. Zostali przy swoich rannych i zabitych.

Porucznik spoczął na prowizorycznie sklecionych noszach. Resztę zabitych chłopców również zabrano ze sobą. Nie było czasu na grzebanie ciał. W każdej chwili trzeba było się spodziewać większych sił niemieckich albo ruskiej partyzantki. Ruszyli więc dalej na północny zachód, w poszukiwaniu legendarnej już, największej formacji Armii Krajowej, 27. Wołyńskiej Dywizji AK. Gdy szykowali się do odejścia, Marta pobiegła szybko na skraj lasu. Oparła się o chropowaty pień brzozy i patrzyła na Mierosław tak, żeby nasycić się widokiem na całe życie. Ponownie wróciła do niej piosenka, którą nuciła dziś Jankowi.

Jeszcze jeden raz spojrzę na nią w dal,
jeszcze jeden, nim zniknie na zawsze.
Na zaciszną wieś, zboża złoty łan,
na rodzinny dom jeszcze popatrzę.

To wszystko to mój Wołyń był,
niech obraz ten przeżyje,
dopóki go żałobny kir
milczenia nie przykryje.

Odchodzę stąd, opuszczam dom,
gdzie wy pozostajecie.
Niech mogił rząd wśród dzikich pól
szkarłatnym wzejdzie kwieciem.

Pośród zgliszczy i setek ciał
wszystko, com tutaj ukochał i znał.
Garść popiołu wiatr ciska w twarz.
Jak Was pochowam,
gdy sił nie mam nawet
na płacz?!*

---

* Tekst piosenki *Wołyń 1943* zespołu Horytnica z albumu *Pod znakiem miecza*.

33

Rotmistrz Roman Jezierski! Serwus!

Mocny uścisk dłoni wyraźnie kontrastował z pogodnym uśmiechem, jakim obdarzył Piotra przybyły na spotkanie oficer. Czujne oczy wpatrywały się w niego, ale miał wrażenie, że bardziej było to związane z jego dziecięcą ciekawością niż z nieufnością konspiratora. Kilka pierwszych zdań, jakie ze sobą wymienili, sprawiło, że cała niechęć do rozmowy z żołnierzem kontrwywiadu ulotniła się niepostrzeżenie. Kimkolwiek był Roman Jezierski, z pewnością nie był służbistą.

Umówili się początkowo na Chmielnej w jednej z wielu kawiarni, ale Roman zaproponował spacer do ogrodu Saskiego. Parkowe alejki świeciły tego dnia pustkami i chyba właśnie o to chodziło, żeby nikt im nie przeszkadzał. Po kilkunastominutowym marszu usiedli w końcu na ławce w pobliżu Świątyni Sybilli.

Opowiedział mu wszystko, co wiedział o Erice i jej siatce. Nie było tego wiele. W zasadzie streścił Jezierskiemu ich rozmowy prowadzone podczas tych kilku spotkań, do których doszło między nimi. Dorzucił jeszcze szczegóły dotyczące całej akcji i odpowiedział na kilka pytań. Gdy zapadła cisza, oficer wystawił twarz do słońca i zamknął oczy.

– Uwielbiam zimę. Kocham łyżwy i śnieg, to, jak chrzęści pod nogami, gdy się go nadepnie. Jednak wiosna zawsze sprawia, że chce mi się żyć, tak mocno i intensywnie jak nigdy dotąd.

– Życie to bardzo ryzykowne zajęcie w dzisiejszych czasach. – Piotr oparł się o ławkę i spojrzał w kierunku pałacu Saskiego.

Na ścieżce przed nimi stado wróbli urządziło sobie bitwę o coś do jedzenia.

– To piekło wokół nas trwa już tak długo, że człowiek przyzwyczaił się do myśli, że życie jest tanie.

Roman uśmiechnął się, nie otwierając oczu.

– Życie ma zawsze dużą wartość. Wiem coś o tym. Zdarzyło mi się kiedyś pobyć w miejscu, którego nie zawahałbym się nazwać piekłem. Udało mi się przetrwać. I wiesz co? Ludzie palą papierosy albo piją gorzałę, a dla mnie życie jest największym nałogiem. Dziękuję za nie Bogu każdego dnia.

– A co z tymi, których zabijamy? Co z ich życiem? Też ma taką wartość jak nasze? – westchnął Ochocki. – Strzelałem do ludzi, co do których nie zawsze miałem pewność, że są winni. Zresztą co za różnica? Gdy pociąga się za spust, z przodu lufy zawsze stoi drugi człowiek. I trzeba tego człowieka zabić. Po dziesiątym razie przestaje się już przejmować wyrzutami sumienia, bo inaczej można zwariować.

– Żyjemy w takich czasach, jakie zostały nam dane, Tom. To nie my wywołaliśmy tę wojnę. Postawiono nas w takiej sytuacji, że musimy sięgać po środki ostateczne, żeby obronić siebie i bliskich. Powiedz, czy gdyby złoczyńca włamał się nocą do twego domu i chciał zrobić twojej żonie krzywdę, czułbyś się usprawiedliwiony, strzelając do niego i zabijając go?

– Oczywiście – przytaknął Piotr.

– Więc traktuj to właśnie w ten sposób, jak walkę ze złem, z manifestacją samego diabła na ziemi. Czym innym są te obozy, egzekucje, łapanki? Musisz jedynie pamiętać o Łukaszu.

– Nie rozumiem. – Zdziwiony chłopak pokręcił głową. – Jaki Łukasz?

Jezierski otworzył wreszcie oczy i spojrzał na ganiające się w kółko wróble.

– „Pytali go zaś i żołnierze: Cóż i my czynić mamy? I rzekł im: Nikogo nie bijcie, ani nie powtarzajcie, ale na żołdzie waszym poprzestawajcie"*. Ewangelia Świętego Łukasza, rozdział trzeci, wers czternasty. To słowa Jana Chrzciciela do żołnierzy, którzy zapytali go o to, jak postępować, żeby podobać się Panu. Czy kazał im rzucić miecze i piki? Nie. Czy kazał im zostać pacyfistami i pikietować koszary legionistów? Też nie. Prorok nie odniósł się nawet do kwestii, czy powinni zrzucić zbroję, czy nie. Sprawa pozostania w wojsku jest poza dyskusją. Za to wyraźnie wskazuje im, co mają zrobić, żeby służba nie zmieniła się w tyranię – Piotr miał wrażenie, że oczy oficera płoną żywym ogniem, gdy mówił do niego. – Mają służyć i walczyć tak, żeby nie znęcać się nad tymi, którzy bronić się nie mogą. Mają skupić się na zadaniach, które obejmuje ich żołd, czyli służba. Twoja służba to ochrona Polaków przed tymi, którzy wydają ich Niemcom. Wykonujesz rozkazy Polski Podziemnej. Jesteś żołnierzem. Łatwo jest przywdziać mundur w czasie pokoju. Mężczyzna czuje się elegancki, silny, poważany. Panny za nim strzelają oczami, zresztą nie tylko panny. – Mrugnął do Piotra i obaj wybuchli śmiechem. – Jednak wojsko to nie tylko defilady i poligon. Czasem trzeba po prostu stanąć do walki i zrobić to, do czego przygotowywało się przez cały czas służby. Strzelać, walczyć, bronić, zabijać i próbować nie dać się zabić.

– A co, jeśli te wyroki skazały przez przypadek kogoś niewinnego? Co mam zrobić?

– Wyspowiadać się. Takie dylematy musisz rozwiązywać ze Stwórcą sam. Poukładaj się w środku. To zawsze pomaga. No i módl się.

– O co mam się modlić?

– O to, żeby, jeśli już będziesz musiał kogoś zastrzelić, Bóg dał ci celne oko i szybką rękę.

Piotr popatrzył na niego zdziwiony.

---

* Cytat z Biblii w przekładzie ks. Jakuba Wujka (Łk 3, 14).

– O to mam się modlić?

– Naturalnie! – Jezierski poparł odpowiedź skinieniem głowy. – Inaczej delikwent może uciec ci spod lufy.

Ponownie parsknęli śmiechem. Ochocki obserwował swojego rozmówcę. Dziwny to był człowiek. Biła od niego jakaś taka siła, pewność siebie, a jednocześnie czuć było, że ma w sobie dużo spokoju. Chciał, żeby ta rozmowa trwała jak najdłużej. Po raz pierwszy od dawna zaczynał się czuć spokojny. Roman jednak nagle zmienił temat.

– Podziwiam cię, Tom. – Pokiwał głową i wyciągnął z kieszeni płaszcza kawałek chleba zawinięty w szary papier. Wysunął w stronę Piotra dłoń, na której leżała ciemna kromka.

– Proszę!

Ochocki odłamał kawałek pieczywa i wsunął do ust. Po chwili obaj żuli ciężkie, gliniaste kęsy.

– Nie wiem, co bym zrobił, gdybym otrzymał rozkaz, żeby tak balansować na krawędzi z obcą kobietą. Marysia, moja żona – przełknął kęs i otarł usta – nie przeżyłaby tego chyba. Musiałbym odmówić.

Piotr wbił wzrok w ziemię i gryzł chleb bez słowa.

– Są rzeczy, których poświęcać nie wolno. Jedną z nich jest dobro bliskich, żony i dzieci. Przecież to właśnie rodziny chronimy, nasze rodziny. Co z tego zostanie, jeśli zbrukamy, złamiemy więzi z tymi, których kochamy najbardziej?

– Najbardziej chyba boli mnie to, że zostałem okłamany – odezwał się w końcu Piotr. – Wszyscy wiedzieli, mój przyjaciel wiedział. Mój podkomendny, którego nazwałem zdrajcą, wiedział. Nawet moja narzeczona wiedziała. Pozwoliła mi na to nawet! Byłem jak kukła na kiju, którą wszyscy kręcili dookoła. Wyszedłem na idiotę.

– Nie oceniaj jej zbyt ostro. Nie wiesz, przez co musiała przechodzić, gdy znikałeś z domu. – Jezierski wyczuł rozgoryczenie w słowach chłopaka. – Na szczęście macie to już za sobą. Za to dziękuj. To dar, którym nie każdy może się cieszyć. Pamiętaj, chłopcze. Dziękuj za wszystko, za dziewczynę też. Za to, że Bóg uchronił was od nieszczęścia.

Piotr podniósł głowę i spojrzał na Romana. Zaciął usta, ale w końcu przemógł się i zapytał.

– Panie poruczniku, mówi pan dużo o Bogu. Proszę mi powiedzieć, gdzie jest Bóg, gdy tysiące ludzi kona w obozach, a inni żyją w ciągłym strachu o swoje życie? Gdzie był Bóg, gdy te sukinsyny mordowały nas w Wawrze, w Palmirach, na każdej warszawskiej ulicy? Schował się? Może się boi tego zła, na które pozwolił.

Był pewien, że oficer rozzłości się, słysząc jego aroganckie pytanie, ale ten uśmiechnął się ciepło.

– Zło musi być na świecie, żeby człowiek zgodnie z wolną wolą wybrał dobro. Dobro musi mieć alternatywę, żeby było wybieralne. To człowiek decyduje o tym, czy chce podążać ścieżką dobra. Musi zatem odrzucić zło. Musi być mądry. Nie wystarcza wiedzieć, co jest złe, a co dobre. Wiedza to nie mądrość. Różnica między nimi jest wielka. Wiedza to świadomość, że kalafior jest kwiatem. Mądrość to nie oświadczać się z kalafiorem w ręku. Człowiek w swej mądrości musi wybrać dobro.

Piotr poczuł się rozbrojony porównaniem. Wyobraźnia zadziałała natychmiast i zobaczył siebie samego klęczącego przed Swietą z kalafiorem w ręku. To było w jego stylu, taki żart. Na szczęście oświadczyny miał już za sobą, inaczej kto wie, czy zamiast do kwiaciarni nie zaszedłby do warzywniaka.

– Bóg dopuszcza więc zło, ale wcale się z niego nie cieszy – kontynuował Jezierski

– To czemu nic nie robi?

– Ależ robi. Posyła do walki ze złem swojego najlepszego rycerza. Posłał ciebie.

Piotr poczuł, jak wokół serca zrobiło mu się gorąco po tych słowach. Nigdy nie patrzył na siebie w ten sposób. Okazało się, że nieznajomy człowiek jest w stanie tak mocno go podbudować, sprawić, że spojrzy na siebie i wszystko dookoła inaczej.

Gdzieś od strony ulicy Senatorskiej usłyszeli policyjną syrenę. Ostry dźwięk przeciął ich rozmowę jak zakładowy gwizdek obwieszczający koniec przerwy śniadaniowej. Jezierski podniósł się z ławki.

– Na mnie już czas, poruczniku. Cieszę się, że mogłem cię poznać. – Wyciągnął rękę w stronę Piotra.

– Mam nadzieję, że będziemy mieli okazję się jeszcze spotkać, panie rotmistrzu.

– Będzie mi bardzo miło. – Oficer uśmiechnął się do niego. – Z Bogiem.

Gdy odeszli, wróble natychmiast rzuciły się pod ławkę, w poszukiwaniu okruchów chleba, które zostawili.

34

Drobny deszcz obmywał trotuar, sprawiając, że spacer w bucikach na obcasach stawał się dla Swiety nieco kłopotliwy. Gdyby nie ramię Piotra, pewnie już nieraz wylądowałaby siedzeniem na mokrym chodniku. Nie narzekała jednak. Uwielbiała te buty, czując nie bez racji, że ich stukot przyciąga wzrok nie mniej niż wysmuklone przez nie łydki.

Ukrywali się pod czaszą czarnego, eleganckiego parasola aż do chwili, gdy drzwi do kawiarni przy ulicy Mazowieckiej 5 stanęły dla nich otworem.

Informacja o tym, że do lokalu ponownie zawitali oficerowie noszący emblematy 14. Dywizji Grenadierów SS „Hałyczyna", dotarła do Piotra już kilka dni temu. Od dwóch dni wydeptywał więc ze Swietą ścieżkę do kawiarni „U Aktorek" w nadziei, że wreszcie ich zastaną. Zadanie było proste. Mieli usiąść przy sąsiednim stoliku tak, żeby Swieta mogła podsłuchać, o czym esesmani rozmawiali. Ani jednak wczoraj, ani przedwczoraj nie zastali w lokalu tych, których polecono im obserwować. Dziś Piotr również nie miał dobrego przeczucia. Myśl o perspektywie następnych trzech, czterech godzin spędzonych nad filiżanką kawy i ciastkiem z kremem nie napawała go jakimś szczególnym entuzjazmem. Strzepnął kropelki wody z rękawów płaszcza, wstawił parasol do stojaka przy drzwiach i rozejrzał się dookoła. Sala nie była pełna nawet w połowie, jednak mundury siedzących przy stoliku po lewej stronie przykuły jego wzrok od razu. Trzy złote korony i lew usadowione na naszytych na lewych rękawach tarczach świadczyły o tym, że wreszcie im się poszczęściło.

Tylko Swieta zesztywniała nieco, gdy prowadził ją do stojącego tuż obok stolika. Bała się spotkania z rodakami. Od chwili, gdy opuściła Wołyń, nie spotkała na swojej drodze żadnego Ukraińca. Teraz siedziało ich tu trzech. Byli uzbrojeni i niebezpieczni. Szła więc w ich kierunku z duszą na ramieniu i nogami ciężkimi jak z ołowiu.

Już mieli siadać przy stoliku, gdy Piotr dostrzegł coś, co sprawiło, że odwrócił się na pięcie i pociągnął za sobą dziewczynę, ściskając jej ramię tak mocno, że syknęła z bólu.

– Chodź! Wyjaśnię ci za chwilę! – szepnął do niej, kierując się do wyjścia spokojnym krokiem. Nie rozumiała, co nim kierowało, ale posłuchała go. On w tym czasie modlił się, żeby to, co zobaczył, okazało się nieprawdą. Poczuł ucisk w dołku, gdy rozmowa pomiędzy esesmanami skończyła się jak ucięta nożem. Jeszcze pięć kroków, jeszcze cztery i…

– Góra z górą się nie zejdzie…

…szlag by to trafił! Pchnął Swietę do przodu, zasłaniając ją własnym ciałem, i wyszarpnął visa z kieszeni. Gdy się odwrócił, zobaczył, jak Jegor wstaje od stolika. Wycelował w niego lufę pistoletu.

– Nie ruszaj się!

Ukrainiec błyskawicznie zgarnął przechodzącą obok kelnerkę i zasłonił się nią. Uśmiechnął się szeroko, eksponując obydwie blizny na policzkach.

– Swieta! – zawołał w stronę przerażonej dziewczyny. – Wyładniałaś bardzo! Dobrze cię widzieć żywą!

Rozpoznała go po głosie. Odwróciła się natychmiast i stanęła w miejscu jak rażona piorunem. Strach rozlał się lodem w jej żyłach, a w głowie, niczym ćma zamknięta w kloszu lampy, szalała myśl: biec! Uciec stąd jak najprędzej! Stała jednak jak zahipnotyzowana jego wzrokiem, bojąc się nawet poruszyć palcami u nóg.

Wszystko to trwało dwie, trzy sekundy. Piotr pociągnął dziewczynę w kierunku drzwi, zasłaniając ją sobą.

– Nie uciekniesz, Lachu! – Jegor spinał mięśnie, gotowy do tego, żeby ruszyć w pościg za najbardziej nieoczekiwanymi gośćmi, jacy mogli dzisiaj zawitać do tej kawiarni.

Swieta otworzyła drzwi wejściowe i zniknęła za nimi. Dwaj towarzysze Jegora zerwali się od stolika. Czas ciszy przed burzą minął. Piotr strzelił w ich kierunku i odwrócił się błyskawicznie. Kątem oka zdążył tylko dostrzec, jak jeden z nich pada na ziemię.

– Za nimi, Onyksyk!

Wybiegł przez bramę oddzielającą podwórze od ulicy. Śmiertelnie blada Swieta czekała już na niego na chodniku. Chwycił ją za rękę i odwrócił się, trzymając broń w wyciągniętej dłoni. Drzwi do kawiarni otworzyły się, ale zanim ktokolwiek zdążył się w nich pojawić, strzelił. Dało im to kilka kolejnych sekund. Ruszyli w kierunku placu Napoleona. Gdy obok niego pocisk odłupał kawałek tynku, zrozumiał, że od tej chwili czas działa na ich niekorzyść. Swieta drobiła kroki jak japońska gejsza, a za sobą słyszał kroki goniącego ich Ukraińca.

Jegor dyszał ogarnięty szałem. Jeden z jego ludzi leżał postrzelony, ale on nie dbał o to. Pchnął Onyksyka w kierunku drzwi, za którymi zniknął Lach z tą, przez którą nienawidził połowy świata. Wystrzał z pistoletu osadził ich na miejscu przez kilka sekund. Jednak już po chwili Onyksyk odpowiedział ogniem.

– Dureń! – Jegor chwycił go za rękę. – Nie strzelaj! Chcę ich żywcem! I tak nie uciekną!

Ruszyli za znikającą w ulicy Świętokrzyskiej parą.

$\mathcal{D}$wie riksze pojawiły się u wylotu placu Napoleona. Piotr posadził Swietę w jednej z nich.

– Gdzie sianowny pan sobie winszuje?

– W cholerę! Ale już! – odkrzyknął, nie patrząc w stronę rikszarza. Ten jednak, warszawiak z krwi i kości, w mig pojął, o co chodzi, zwłaszcza gdy dostrzegł pistolet w ręku Piotra. Sekundę potem pedałował już, ile sił w nogach, w kierunku Marszałkowskiej.

Piotr czekał, aż Jegor wybiegnie zza rogu. Wymierzył dokładnie i gdy tylko esesmański mundur pojawił się u wylotu ulicy Mazowieckiej, strzelił. Odległość nie wynosiła więcej niż trzydzieści metrów, ale to wystarczyło, żeby Jegor zwalił się z nóg. Piotr nie czekał dłużej. Rzucił się do ucieczki i po chwili zniknął za rogiem ulicy Moniuszki.

*P*siamać! – Jegor zaklął, podnosząc się z ziemi. Czerwone od krwi ramię rwało go jak cholera. Nie dbał o to jednak. Patrzył, jak Piotr znika w oddali, i czuł, jak wściekłość odbiera mu zmysły. Bóg postawił na jego drodze tę dwójkę ponownie, po czym odebrał mu ją, jakby chciał zakpić z niego po raz kolejny.

– Jegor! Nic ci nie jest?! – Onyksyk spróbował złapać dowódcę za postrzelone ramię, ale ten mu się wyrwał.

– Zostaw! Będę żył.

W drodze do hotelu, gdzie się zatrzymali, Jegor nie odezwał się ani słowem. Szukał w głowie rozwiązania, które pozwoliłoby mu zostać w tym przeklętym mieście dłużej, niż to zakładały rozkazy. Musiał to jakoś załatwić. I załatwi!

*M*iękki dywan skutecznie tłumił kroki podkutych oficerek. Na szczęście, bo potworny ból głowy towarzyszył mu od chwili, gdy na powrót znalazł się w hotelu. Ramię zostało wprawdzie opatrzone, ale rwało go niemiłosiernie.

W ogóle nie zwracał na to uwagi. Co jakiś czas rozmasowywał pulsujące skronie, po czym ponownie wracał do spaceru pomiędzy meblami. Zatrzymał się w pewnym momencie na wprost okna, za którym w strugach deszczu dogorywała bryła Dworca Głównego, śmiertelnie ranionego niemieckimi bombami we wrześniu trzydziestego dziewiątego roku. Pozwolił, by firanka zawinęła się wokół jego twarzy jak całun. Rana, zadana mu przez kobietę pięć lat temu, otworzyła się znów, ponownie budząc ból.

Poznał ją od razu, jakby wyszedł od niej rano. Do dziś zdawało mu się, że potrafi wykrzesać z pamięci każdy szczegół jej ślicznej twarzy. Mylił się. Gdy drzwi kawiarni otwarły się, spojrzał na nią i zrozumiał, że zapomniał już, jaka była piękna. Pasowały do niej sukienka i buty, i płaszcz, i miasto... Znalazła wreszcie należne jej miejsce, a on zrozumiał to w trakcie tych sześciu kroków, które udało jej się zrobić w jego kierunku.

A potem ten chłystek go rozpoznał i uciekli. W pierwszej chwili chciał tylko zatrzymać ją na chwilę, usłyszeć jej głos, zachłysnąć się jej zapachem. Jednak ten gówniarz wyciągnął pistolet. Bandyta! Ale ona? Też bandytka? No tak, poszła za nim, to i stała się jak on. Zabrał ją mu podwójnie. Nie dość, że dotyka jej, ma ją na własność, budzi się z nią w jednym łóżku, to jeszcze zrobił z niej Polkę.

A mimo to nie potrafił jej nienawidzić...

Myśleć już o niczym innym też nie potrafił. Wiedział, że musi ją odnaleźć! Albo jego!

W hotelu Polonia nie mógł zostać. Jego kapitański żołd na to nie pozwalał. Kończyła mu się delegacja i powinien niedługo wracać do oddziału. Załatwi przeniesienie! Stary zrozumie...

Wynajmie stancję. Na to było go stać. I rozpocznie poszukiwania. Nikt nie rozpozna w nim ani Ukraińca, ani oficera. Ubierze się jak cywil i zacznie węszyć.

Podjął decyzję, ale nie poczuł ulgi. Ramię rwało go coraz mocniej. Powinien się przespać. Położył się na łóżku i zamknął oczy. Pod powiekami natychmiast pojawiła się twarz Swiety. Wyciągnął dłoń i spróbował jej dotknąć, ale za każdym razem wykrzywiała się w grymasie strachu jak wtedy, gdy za stodołą Kosieckich próbował brać ją siłą. Cofał więc dłoń tak, żeby móc cieszyć się jej widokiem. Zupełnie jak w życiu. Im bardziej była wolna od niego, tym piękniejsza się stawała.

Niemiecki spiker zapowiadał przyjazd jakiegoś pociągu. Beznamiętny głos zupełnie ignorował jego ból. Jakby nie krwawiło mu serce, jakby nie czuł bólu. Jakby przestał kochać...

U zbrojone w pazury łapy dzielnie chrobotały po kuchennym stole. Niestety, plan ucieczki musiał zostać zmodyfikowany. Silna dłoń przytrzymywała od góry wypukłą skorupę, skutkiem czego żółw przebierał łapami w miejscu. Pozostał więc już tylko bierny opór. Swieta odłożyła nóż i sięgnęła palcami do łysej, łypiącej dookoła małymi, czarnymi oczkami główki, którą zwierzak natychmiast schował pod pancerzem.

– Wyłaź! – Swieta zapukała palcem wskazującym w skorupę. – Muszę obciąć ci głowę!

– Nieee! – odpowiedział żółw i wciągnął do środka nawet łapy.

Pochyliła się tak, żeby spojrzeć mu w oczy.

– Nie bądź niemądry, muszę ugotować zupę.

– No to gotuj, tylko beze mnie!

– Ale ty mi jesteś potrzebny w garnku, a nie na stole – westchnęła. – Nie pomagasz mi.

– Ha, ha, ha, ha! – Roześmiał się ironicznie spod pancerza.

Odetchnęła ciężko i wyprostowała się.

– Poddaję się. Nie dam rady go ukatrupić – powiedziała do właśnie wchodzącego do kuchni Piotra. – To nie kura, żeby jej łeb uciąć i w rosół wrzucić. Kłóci się ze mną i chowa. Nie zabiję go. Ty to zrób!

– Nieee! – jęknął żółw głośno ze strachu.

Piotr wzruszył ramionami i uśmiechnął się szeroko.

– Ja? Czemu ja?

– Bo go przyniosłeś!

Rzeczywiście, to Piotr przyniósł do domu małego nieszczęśnika. Wczoraj, tuż po feralnej wyprawie do kawiarni „U Aktorek", spotkał się z chłopakami z Powiśla, od których przejął kolejną partię kradzionych pistoletów maszynowych. Na zakończenie transakcji jeden z nich wyciągnął z pudełka żółwia, którego podał zaskoczonemu Piotrowi.

– To zamiast kwiatków, w podziękowaniu za dobre interesy.

– A co ja mam z tym zrobić? – Ochocki trzymał zwierzaka niezgrabnie, jakby zamiast niego w wyciągniętych dłoniach spoczywała pielucha z nieciekawą zawartością.

– Panie Piotrze sianowny, te skorupiaki są ostatniem krzykiem mody w stolicy. Przywiezieni z Grecji jako żywe konserwy w miejsce naszych rodzimych żwierzont hodowlanych, z powodzeniem mogą służyć w miejsce kury domowej w rosole, jako pożywna i zdrowa kuchnia śródziemnomorska. Tylko wznętrzności trzeba wypatroszyć. Jednakowoż są oni wspaniałymi towarzyszami zabaw w charakterze żwierza domowego. Tylko troszkę wolni są i trzeba do nich cierpliwości. Takie okazy śmigają na bazarku po pindziesiontaka od śtuki!

I tak od wczoraj nowy, pancerny lokator przemierzał mieszkanie, szukając zakamarka, w którym mógłby się ukryć. Dzisiaj jednak jego losy spoczywały w rękach ludzi, którzy zupełnie nie mieli pojęcia o tym, jak ugotować z niego zupę. Wprawdzie w Warszawie już od jakiegoś czasu można było kupić żółwie, które w związku z problemami żywieniowymi sprowadzano z Grecji, jednak ani Piotr, ani tym bardziej Swieta nie mieli pojęcia, jak się do gotowania zupy z żółwia zabrać.

– Powiedzieli, że ze skorupy można zrobić fajną popielniczkę – wyszeptał Piotr, patrząc razem ze Swietą w czarne oczka.

– Idiota! – odpowiedzieli zgodnie Swieta i żółw.

– A czym go będziemy karmić, jak go zostawimy?

Swieta pokiwała głową.

– Nie mam pojęcia. Sałatą?

– Chyba nie. Przecież sałata nie rośnie w Grecji wszędzie. Trawa jakaś rośnie, zielopuchy i inne rośliny. Popytam zresztą.

– To zostawiamy go żywego?

Zapadła cisza. Żółw, zaniepokojony przedłużającym się milczeniem, zaczął przebierać łapkami, żeby się wycofać, ale dłoń Swiety w dalszym ciągu trzymała go nieruchomo. Dwie głowy wystające znad powierzchni stołu tylko do linii nosa śledziły każdy jego ruch.

– Zostawiamy – zdecydował Piotr.

Żółw odetchnął z ulgą, po czym wysunął łepek i mlasnął w kierunku swoich nowych właścicieli.

– Piotr… Jak go nazwiemy? – zapytała szeptem Swieta, nie spuszczając zwierzaka z oczu.

– Pancerniak.

Uśmiechnęła się.

– A co zrobimy z Jegorem?

– Będziemy się modlić, żeby nie trafił na nas znowu. Jutro zapytam Jezierskiego o to, czy znają jego adres pobytu. A jeśli bandyta znów nas spotka, to go zabiję.

– No i gitara! – mlasnął Pancerniak.

37

Ukrainiec zapadł się jak kamień w wodę. Zgodnie z sugestią wywiadu sprawdzano najważniejsze warszawskie hotele, ale rezultatów nie było. W końcu ładna recepcjonistka z hotelu Polonia, ośmielona komplementami Maryśki, zajrzała do księgi meldunkowej, w której ładnym charakterem pisma zaznaczono, iż Jegor istotnie wynajmował jeden z pokoi. Niestety, zarówno on, jak i niejaki Onyksyk, który w tym samym czasie również zameldował się w hotelu, oddali klucze dwa dni wcześniej. Od tego czasu ślad się urywa. Na sugestie, że może obaj esesmani wyjechali z Warszawy, Piotr odpowiadał przeczącym ruchem głowy. Nie wierzył w taką ewentualność zupełnie. Jegor z pewnością coś kombinował.

Szydło wyszło z worka kilka dni później, gdy ktoś dyskretny przyniósł Piotrowi zaproszenie do jaskini zbójców. Ochocki pojawił się w knajpie na Powiślu jeszcze tego samego wieczoru. Bufetowa Marylka nalała mu szklankę wody sodowej z sokiem, którą wychylił, zanim cichy gwizd nie zwabił go na zaplecze.

– Był tu jakiś rusek. Pytał o ciebie. – Rozmówca zaciągnął się jakąś śmierdzącą machorką. – Puścilibym pewnie mimo uszu, ale wiedział twoje prawilne imię i nazwisko. Duży Franek od razu błysnął mu majchrem po ślepiach, żeby frajer znał, że źle trafił.

– To Ukrainiec, nie rusek – przerwał mu Piotr, ale tamten machnął ręką.

– Wszystko jedno, nawet gorzej. W każdem razie znaleźliśmy potem Frania w zaułku, z gardłem pociągniętym pod krawatem jego własnym majchrem.

Zaczynało się robić coraz bardziej niebezpiecznie. Jegor węszył dookoła i zataczał coraz ciaśniejsze kręgi. Dwa dni później Swieta omal na niego nie wpadła, gdy wracała z zakupami do domu. Stał na skrzyżowaniu ulic Królewskiej i Marszałkowskiej. Poznała go, mimo że mundur zamienił na cywilne ubranie. Nie zauważył jej, na szczęście. Płaskie buty, prosty płaszczyk i głowa nakryta chustką pozwoliły jej wmieszać się w tłum.

Nie było na co czekać. Musieli wyjechać na jakiś czas z Warszawy. Następne przypadkowe spotkanie mogło nie skończyć się tak bezproblemowo.

– Za dwa tygodnie harcerze mają obóz leśny. Zameldujecie się w Kampinosie z narzeczoną i pomożecie w szkoleniu. Potem ona może zostać w oddziale, a ty pojedziesz w Wileńskie. Zawieziesz papiery do „Brygady Śmierci", do „Łupaszki".

Pożegnali więc Pancerniaka, który w mieszkaniu u sąsiadki znalazł tymczasowy dom, i wyjechali z miasta. Swieta odżyła z dala od problemów, które dopadły ją w Warszawie. Ciepła wiosna rządziła w puszczy już na dobre, zasypując kampinoskie łąki kwiatami. I tylko „Burza" gnała od wschodu ciężkie, ciemne chmury, majaczące na horyzoncie jak ponura przepowiednia.

38

Majowe słońce odpuszczało powoli i zamiast prażyć, jak przed momentem, muskało zamknięte powieki refleksami. Gęste sito brzozowych liści nie przepuszczało ich jednak zbyt wiele. Hucuł poczuł delikatny podmuch wiatru na policzkach. Machnął dłonią, aby odpędzić natrętną, tłustą muchę bzyczącą mu w okolicy ucha, i skrzywił się. Dałby wiele, gdyby takim samym gestem dało się odgonić kłębiące się w jego głowie obrazy. Wyjął z kieszeni paczkę papierosów i wyciągnął z niej jednego. Gdzieś tam za drzewami młodzi żołnierze szkolili swoje umiejętności strzeleckie. Swieta też tam była. Nie mógł patrzeć ani na nich, ani na nią. Młodzi zbyt mocno przypominali mu brata. Dziewczyna zaś zbyt mocno utkwiła w nim, w samym środku… Jak cierń. W jego głowie, niczym ćma, zatrzepotała myśl. Czy zrobił coś nieumyślnie Panu Bogu, że ten pokarał go samotnością? Czy może jest On tak zazdrosny, że usuwa z jego życia wszystkich, których Kuba pokochał? Nie potrafił znaleźć odpowiedzi.

Las również go nie uspokajał, podobnie jak chwile, gdy zostawał sam na sam ze swoimi myślami. Chciałby móc pogrzebać je w swojej pamięci tak, jak puszcza zakrywa martwe zwierzę grubą warstwą leśnej ściółki. Gdyby tylko nie chodziło o Maćka. Zacisnął powieki najmocniej, jak potrafił. Wtedy, we wrześniu trzydziestego dziewiątego, upał doskwierał tak jak dzisiaj. I pić mu się chciało wtedy, tak jak tym młokosom, których dzisiaj szkolił…

∽

$\mathcal{P}$otężny haust wody z metalowej manierki przedarł się przez wysuszone gardło, z ledwością je zwilżając. Poprawił drugim łykiem, po czym otarł usta wierzchem zakurzonej dłoni. Westchnął głośno.

– Lepiej.

– Oddawaj baniak. Trzeba było swojego nie gubić.

Popatrzył spod byka na idącego obok niego młokosa i zamachnął się, jakby chciał trzasnąć go na odlew w pysk. Tamten jednak uraczył go pełnym politowania spojrzeniem i wyciągnął przed siebie dłoń. Manierka wróciła do właściciela.

– No Jezu, wychlejesz teraz, to na później nie będzie. Tak trudno zrozumieć?

– A czy ja coś mówię?

– No właśnie nic nie mówisz, tylko się gapisz, jakbym ci matkę harmonią zabił.

– Ej, zasrańcu! – żachnął się i rzucił poważnym już tonem. – Od niej to wara! To również twoja matka, gdybyś nie pamiętał.

Tamten wzruszył ramionami.

– Przecież nic nie mówię – odpowiedział obrażonym tonem. – Jejku, Kuba, nawet się odgryźć nie wolno.

Posuwali się w ciszy, którą Kuba delektował się jak porannym papierosem. Jego młodszy brat próbował zmącić tę odrobinę spokoju paplaniem nad uchem, ale on potrafił wyłączyć się skutecznie. Wiedział, że gdy za chwilę słońce zniknie za horyzontem, niebo z hukiem runie im na głowy. Maciek nie mógł się już doczekać walki. Jemu zaś nie bardzo się do niej paliło. Od początku września nic nie układało się tak, jak powinno. Ani oni nie okazali się na tyle silni, żeby zatrzymać hitlerowską nawałnicę, ani Niemcy nie byli tak słabi, jak ich o tym zapewniano w radiu i w gazetach każdego dnia. Mocno poszarpani przez żołnierzy wroga, maszerowali od kilku dni tak, żeby unikać starć z tropiącymi ich niemieckimi oddziałami. Nie miało to jednak znaczenia, bo szli na odsiecz najpiękniejszemu polskiemu miastu. Leopolis Semper Fidelis wołał o pomoc.

– Czemu leziemy dookoła, zamiast pójść wprost na zachód najszybszą trasą? – Maciek nie przerywał trajkotania.

Kuba westchnął ciężko.

– Bo nam drogę szkopy zastąpiły od strony Przemyśla. Generał Sosnkowski postanowił nas pchnąć naokoło, od południa, przez Lasy Janowskie. Sam wiesz, że podchodzą pod same przedmieścia Lwowa.

– No tak… Masz jeszcze papierosy? Zapaliłbym przed walką. W końcu cholera wie, może ostatni.

– Mówiłem ci, gówniarzu! Żadnego palenia! Za młody jesteś!

Maciek obruszył się ze złością.

– Zabijać mogę, ale palić nie?!

– Bez dyskusji! – odszczeknął Kuba. – Na fajczenie masz jeszcze czas!

– Nie to nie! Wezmę od kogoś innego!

– Błaszczyk! Ciszej trochę! To nie piknik. Podchodzimy pod pozycje nepla. I daj bratu zapalić! Nie jesteście jego matką!

– Żadnych cygaretów, panie kapralu! Ciemno jest jak w dupie u Murzyna. Będzie widać fajka z Berlina nawet!

– Ostrożny się, cholera, znalazł! – kapral Mucha pokiwał głową z dezaprobatą. – Echhh, młody Błaszczyk, bratu się zebrało na troskę o twoje zdrowie. W środku bitwy.

– No widzisz? – rzucił z żalem Maciek. – Kapral pozwala.

– Ale ja nie! Koniec! A teraz cisza i maszeruj.

Zamilkli na chwilę i szli naprzód dalej. Różowa łuna dopalała się powoli na horyzoncie. Patrzyli na dogasające w jej świetle kontury świata, który być może oglądali po raz ostatni. Ta myśl krążyła w głowie Kuby niczym natrętna mucha. Nie tylko jemu. Większość z maszerujących w kierunku lasów tysięcy polskich żołnierzy zastanawiała się nad tym samym. Spojrzał wokół siebie. Mrowie stalowych hełmów falowało niczym morskie fale. 49. Huculski Pułk Strzelców, w którym walczyli, zajmował pozycje do natarcia. Bili się dzisiaj od popołudnia. Pod Ożomlą starli się z jakimiś zmotoryzowanymi esesmanami. Rozgromili ich bagnetami i granatami. Szkopy spieprzały w popłochu, zostawiając swoje motocykle i inne pojazdy. Teraz jednak czekała ich cięższa przeprawa. Ruszali na lewym skrzydle 11. Dywizji Karpackiej, w kierunku Mużyłowic. Cisza panująca w posuwających się naprzód szeregach stawała się powoli nie do zniesienia.

ℛozładować karabiny! – głos kaprala Brańczyka zelektryzował wszystkich. Nadszedł więc czas.

– Granaty?

– Żadnych granatów! Podejdziemy ich jak duchy!

Kuba usłyszał szczęk zamka karabinu brata.

– Boisz się? – zapytał, opróżniając swojego mausera z amunicji.

Maciek odpowiedział spokojnym głosem.

– Wczoraj się bałem. Dziś już mniej. Najgorsze to oczekiwanie, za dużo człowiek myśli wtedy. Na szczęście już się zaczyna bal.

– Trzymaj się blisko mnie. Będzie dobrze.

– Nie jestem dzieckiem, dam sobie radę. Palić mi się chce tylko.

– Nic z tego. – Kuba był nieubłagany. Zresztą na skręta nie było już czasu.

– Batalion! Bagnet na broń!

Stalowe ostrza szczęknęły złowrogo. Szara lawa popłynęła do przodu, połykając kolejne metry terenu dzielące ją od celu. Adrenalina buzująca w krwiobiegach zamieniła marsz w szybki trucht. Widzieli już zarysy zabudowań Mużyłowic. Czuli, jak strach pełza po ich ciałach, pokrywając je gęsią skórką i podnosząc wszystkie włosy do góry. Jakby znaleźli się wewnątrz horroru. Tyle że to właśnie oni byli upiorami mającymi za chwilę rzucić się na nieświadome nadchodzącej śmierci, krzątające się pomiędzy pojazdami ofiary. Hucuł czuł, jak coraz mocniej dygoczące dłonie zaciskają się na mauserze, na którego końcu zatknięty był stalowy kieł. Krew bulgotała mu w żyłach, podobnie jak tysiącom jego towarzyszy. Jak czerwień tej wulkanicznej wydzieliny, połyskująca w pęknięciach skorupy. Jeszcze kilkanaście metrów i…

Lawa wdarła się pomiędzy zabudowania. Wbili się w odpoczywających Niemców z takim impetem, że ci nie zdążyli nawet zacząć krzyczeć ze strachu. W ciszy… Jak duchy… W świetle rozpalonych ognisk widzieli, jak twarze nabijanych na bagnety hitlerowców tężeją w przerażeniu. A oni cięli, rąbali drogę naprzód z impetem grunwaldzkich rycerzy. Gdzieniegdzie zaszczekały wrogie kulomioty, gaszone natychmiast kolbami polskich karabinów.

Kuba dopadł piaszczystej drogi wijącej się pomiędzy chałupami. Szalał z niecierpliwości, aż zatopi bagnet w ciepłym ciele. Ten, który stanął mu na drodze, nie zdążył nawet podnieść broni do góry. Kieł wbił mu się w brzuch, rzucając go na ziemię. Męczarnia nie trwała długo. Potężny cios karabinu

starszego Błaszczyka z chrobotem zamienił jego głowę w bez-kształtną masę. Drugiego spotkał ten sam los. I trzeciego...
I kolejnego...

Owładnięci paniką Niemcy próbowali uruchomić swoje po-jazdy, ale ci, którym się to udało, zatarasowali drogi wyjazdowe ze wsi, blokując pozostałych. To wystarczyło. Rozpaczliwa próba obrony zamieniła się w rzeź. Głuche odgłosy ciosów zadawa-nych kolbami i szczęk stalowych ostrzy były ostatnimi, upior-nymi dźwiękami przeszywającymi ich uszy. Niczym zgrzyt starej windy zabierającej ich wprost do piekła. Tak odchodził w niebyt doborowy pułk SS „Germania". Tak chwałą okrywał się 49. Hu-culski Pułk Strzelców.

Kuba biegł do przodu w pierwszym szeregu. Widział, jak kilka metrów przed nim grupa esesmanów próbuje rozstawić karabin maszynowy. Wskoczył pomiędzy nich. Potężny łysol chwycił za lufę jego mausera, ale siła pchnięcia była zbyt duża. Bagnet wbił się pomiędzy żebra z chrzęstem. Niestety, cholerny hitlerowiec dalej trzymał karabin w mocnym uścisku. Nie było czasu. Cios w szczękę powalił na ziemię młodego przerażonego blondyna stojącego obok. Został jeszcze jeden...

...z pistoletem w dłoni. Chwycił ją, odsuwając wylot lufy od siebie, i uderzył jednocześnie drugą dłonią w szczękę. Niemiec osunął się na kolana. Padł strzał. Na szczęście Kuba kontrolo-wał dłoń trzymającą pistolet tak, że jego lufa skierowana była w bok. Był bezpieczny.

Ale biegnący mu z odsieczą Maciek nie był. Kula trafiła go w pierś i rzuciła na ziemię.

– Jezus Maria!

Dopadł go w sekundę. Rozpinał jego płaszcz, próbując dostać się do rany. Chłopak nie oddychał, nie rzęził. Po prostu zgasł bez słowa. Pocisk przebił mu serce...

Wyciągnął drżącymi palcami odżałowanego papierosa z kie-szeni. Włożył go bratu w usta.

– Pal, Maciek! – głos złamał mu się już po pierwszym słowie. Otarł łzy spływające po policzkach. – Pal, cholera! Tylko wstań! Tylko się podnieś!

Nie słyszał już nic. Dzwoniło mu w uszach i w głowie. Poczuł, jak czyjeś ręce poderwały go do góry. Kapral Mucha! Krzyczał coś do niego, ale Kuba tego nie słyszał.

– Jasna dupa, Błaszczyk! Rusz się z miejsca, bo cię usieką!

Mucha włożył mu w dłoń karabin i pchnął do przodu. I Kuba poszedł. I walczył dalej. I każdą łzę spływającą po brodzie zamieniał na ciało przebite ostrzem kła, sterczącego na końcu mausera.

❦

Siedział oparty o pień brzozy i patrzył przed siebie pustymi oczyma. Wspomnienia odpłynęły, a on ciągle jeszcze trzymał w dłoni papierosa. Zgniótł go i rzucił na trawę. Od tamtego września nie zapalił nawet jednego. Nosił wprawdzie w kieszeni paczkę, ale była mu ona potrzebna dla takich chwil jak ta, żeby odreagować.

Gdzieś z boku usłyszał wesołe głosy swoich podopiecznych. Wstał i otrzepał spodnie. Powinien był wracać do obozu.

Szkolenie dobiegło końca, ale chłopcy w dalszym ciągu zawzięcie dyskutowali o wynikach ćwiczeń. Swieta widziała z daleka, jak z przejęciem przybierają strzeleckie pozycje, trzymając w dłoniach wyimaginowane karabiny.

– Mam nadzieję, że nauczyli się czegoś. – Hucuł wyrósł tuż za nią jak spod ziemi. – Jakoś nie za bardzo nadaję się na belfra.

– Nie bądź taki skromny. – Uśmiechnęła się, szturchając go lekko w bok. – Chłopaki patrzą w ciebie jak w obrazek. Słuchają jak księdza. Wszystko w mig łapią i dokonują.

– Wykonują chyba…

– Nie mądruj się! – ofuknęła go, a on bąknął tylko coś pod nosem, nie rozumiejąc żartu.

– Panie kapitanie… – dziewczęcy głos wybawił go z zakłopotania.

– Co jest? – chrząknął jak chłystek złapany na kradzieży jabłek. Swieta zakryła usta, tłumiąc śmiech, a stojąca przed nimi Irka spłoniła się ze wstydu. Hucuł kręcił guzikiem od marynarki tak intensywnie, że miało się wrażenie, iż zaraz go urwie.

– Co się stało, Irka?

– Pan kapitan…

– Cholera, mówiłem wam tyle razy, żeby nie zwracać się do mnie stopniem, bo wejdzie wam to w krew! A co, jeśli ci się wyrwie na mieście? I jakiś szkop usłyszy? Albo szpicel? Kuba mnie wołać. Albo od biedy Hucuł. Zrozumiano?!

Irka spochmurniała i skuliła się w sobie. Uciekła wzrokiem w bok.

– Tak jest… Znaczy niech będzie… Dobrze…

– No to o co chodzi?

Świeżo upieczona sanitariuszka pokiwała spuszczoną głową na boki.

– Nic już… – odpowiedziała cicho i odwróciła się na pięcie.

– No to co mi zawracasz gitarę, dziewczyno? – Hucuł machnął ręką i odetchnął z ulgą, gdy ponownie zostali sami.

Swieta westchnęła głośno.

– Nie masz podejścia do kobiet, oj, nie masz.

Wzruszył ramionami, patrząc w kierunku odchodzącej dziewczyny.

– Nie potrzebuję podejścia. Nie trenuję bab – żachnął się. – To twoja działka.

– Ech… – westchnęła z rezygnacją. – Ja mówię poważnie. Nie chodzi mi o naukę. Tak w ogóle nie masz podejścia. Nikomu nie pozwalasz się do siebie zbliżyć. Ja mam Piotra. Piotr ma mnie. Chcielibyśmy, żebyś myślał nie tylko o tej wojnie. Ja chciałabym…

– Co byś chciała! – warknął na nią niespodziewanie. Popatrzyła na niego zaskoczona.

– Kuba, ja przecież nic złego nie powiedziałam…

– Więc zakończmy rozmowę!

Nie zorientowała się w porę. Nie zapaliła się w jej głowie ta czerwona lampka, która ostrzega przed kłopotami, a którą nazywa się kobiecą intuicją. Chciała po prostu pomóc. Hucuł nigdy nie był specjalnie wylewny, a przy niej zawsze gubił pewność siebie. Nie zastanawiała się nigdy nad tym specjalnie. A przecież tak naprawdę jedynymi bliskimi mu osobami byli Piotr i ona. Wszystkich innych traktował z chłodną rezerwą. W końcu był żołnierzem i samotnikiem.

– Zobacz. – Położyła dłoń na jego ramieniu. Zesztywniał natychmiast, jakby przeszył go prąd. – Irka poszłaby za ciebie w ogień. Myślisz, że dlaczego ona tu przyszła? Przecież widzę, jak ciągle kręci się obok ciebie. Ja jej o opatrunkach i bandażach, a ona nawet nie patrzy, tylko za tobą wzrokiem. To dobra dziewczyna, Kuba. Może warto…

Strząsnął jej dłoń z ramienia. Wyprostował się i wziął głęboki oddech. Zacisnął usta i odwrócił się gwałtownie w jej kierunku. Spojrzała na jego spiętą do granic możliwości twarz i nagle poczuła chłód, jakby znalazła się nieprzyzwoicie blisko jakiejś mrocznej tajemnicy.

– Nie chcę o tym mówić! – warknął.

Zawahała się.

– Dlaczego?

– Nie chcesz wiedzieć!

Wiedziała, że powinna się teraz wycofać, trzymać się z daleka od sekretów, ale pokusa była silniejsza.

– Chcę…

Podniósł gwałtownie dłonie do góry tak, jakby chciał chwycić jej twarz. Jego oczy zmieniły się w dwie wąskie szparki.

– Ty nie wiesz, kiedy przestać, prawda?! – wycedził dobitnie przez zaciśnięte zęby. Zmroziło ją. Spojrzał dookoła, upewniając się, że nikt nie słyszy słów sypiących się jak pszenica z rozdartego worka. – Drążysz temat jak kornik drewno, do skutku. No to masz skutek teraz!

Swieta stała z opuszczonymi rękami, zaskoczona i przestraszona.

– Ja nie chciała… Niczoho pohanoho…

– To po cholerę mnie męczysz?! Po co ze mną rozmawiasz?! Trzymam się od ciebie z daleka, ale widać, że to nie wystarcza!

– Ja ciebie męczę? – Jej oczy zamieniły się w spodki.

Złapał jej twarz w obie dłonie. Drgnęła ze strachu, ale nie odsunęła się. A Huculł patrzył na nią tak… dziwnie.

– Jezu, ty nic nie rozumiesz, prawda?!

Spojrzała mu w oczy i w ułamku sekundy pojęła wreszcie wszystko. Zrozumiała, jak bardzo się myliła, próbując swatać go z Irką. Z kimkolwiek. Zrobiło się jej gorąco dla odmiany. W tej jednej chwili bezpowrotnie straciła przyjaciela. Przekroczyli ten punkt, poza którym twardy grunt zmienia się nieodwołalnie w grząskie, wciągające mokradło. Złośliwy los właśnie rzucił na stół kwity, z których wynikało niezbicie, że nie istnieje przyjaźń między kobietą i mężczyzną. Przeklęła w duchu swój brak wyczucia i przenikliwości. Jak wiele kobiet przed nią.

– Huculł, ja nie mogę tak… Piotr jest…

Odsunął się od niej i znów spojrzał w bok.

– Masz mnie za durnia?! Myślisz, że nie wiem?! – krzyczał do niej, choć z jego ust wypływał jedynie szept.

– Ja go kocham… tilky joho.

– To po cholerę mnie ciśniesz?! – wyrzucił jej prosto w twarz, ale szybko się opanował. – Nic od ciebie nie chcę. Nie bój się. Piotr jest mi droższy niż brat. Ty też… Zapomnij o rozmowie. Tylko… – zawahał się przez chwilę – nie traktuj mnie jak trędowatego. Nie potrzebuję współczucia. Zachowuj się normalnie, bo inaczej Piotr domyśli się wszystkiego.

Zapadła niezręczna, grobowa cisza. Siedzieli tak obok siebie, trawiąc ten kataklizm, który właśnie przetoczył się pomiędzy nimi. Po chwili do obozowiska wrócił patrol prowadzony przez kapitana Toma. Zmęczony Piotr wydał drużynie kilka rozkazów i natychmiast podbiegł do Swiety i Kuby. Mocno przytulił dziewczynę, całując ją na powitanie.

– Co tak siedzicie smętnie jak wrony na ogrodzeniu?

Swieta uśmiechnęła się z wyraźnym trudem.

– Niczoho – przytuliła się do niego. Hucuł wstał i otrzepał spodnie.

– Idę sprawdzić, jak młodzi radzą sobie z czyszczeniem broni.

Po chwili zniknął za krzakami. Piotr pogładził Swietę po policzku.

– Co tu się stało? Strasznie poważni jesteście.

Wzruszyła ramionami.

– Mówię, że nic. Wspominaliśmy trochę… Takie tam…

Przytulił ją i pocałował w czoło. Nie pytał już o nic więcej. Swieta zaś dziękowała w duchu Bogu za jego powściągliwość. Przez tę swoją przeklętą ciekawość czuła się teraz brudna, jakby skrywany sekret rozlewał się na jej skórze niczym wielka plama tuszu.

39

Tej nocy nie spała spokojnie, choć goszczący ich Izabelin dawno pogrążył się w ciszy, przerywanej jedynie szczekaniem czujnych psów. Mała izdebka, w której mieli swoją kwaterę, wypełniła się jej myślami pod sam sufit. Krążyły nad jej głową obrazy jeszcze z Wołynia, gdy po raz pierwszy spotkała Kubę, chwile spędzone w Warszawie, zanim odnalazła Piotra i wtedy, gdy przekonana o jego śmierci, wypłakiwała się w ramionach Hucuła. Wszystkie, niezrozumiałe wtedy, elementy nagle zaczęły do siebie pasować. Zawsze serdeczny wobec niej chłopak nagle zmienił się w ponurego mruka, unikającego jej, gdy tylko w pobliżu pojawiał się Piotr. Nagle zaczęła go rozumieć, a uśpiona pamięć natychmiast podsunęła jej przed oczy te drobne, nic nieznaczące dla niej wcześniej gesty i sygnały – muśnięcie dłonią, delikatne objęcie przy podawaniu płaszcza, uśmiechy i ciepło ulatniające się, gdy przestawali być sami. Zrobiło się jej gorąco, gdy uświadomiła sobie, że wszystkie te myśli zaczynają wywoływać u niej niezdrową fascynację, a towarzystwo Kuby staje się dziwnie kuszące i miłe.

Czy stało się coś złego? A czy ona robiła w ogóle coś złego? Przecież to wszystko działo się samo, bez jej udziału, czyniąc ją jedynie biernym uczestnikiem całego tego emocjonalnego galimatiasu. Nie prosiła Hucuła o nic, nie dawała mu żadnych sygnałów, przynajmniej świadomie, a jednak czuła gorąco, gdy myślała o tym zadziornym chłopcu.

Jest taki moment, w którym człowiek wie, iż przekracza granicę bycia biernym. To ta chwila, gdy zdaje sobie sprawę z tego, że jeszcze jedno wspomnienie, być może kolejne marzenie, ostatni odtworzony z pamięci film z jakiegoś wspólnego spotkania będzie tym, co obudzi w końcu uczucie. Gdzieś na dnie tego tygla z całą nawałą kotłujących się myśli wykluło się pytanie, które nieśmiało zaczęło przebijać się ku powierzchni. Na początku udawało się Swiecie je ignorować, ale w końcu poczuła się jak postawiona pod ścianą przez swoje własne serce. Nie mogła dłużej przed nim uciekać.

„Potrafiłabyś się w nim zakochać, Swietka?"

Odpowiedź sprawiła, że serce omal nie wyskoczyło jej z piersi: „Tak...".

Spojrzała w bok, gdzie przykryty pierzyną, lekko pochrapując, spał Piotr. Jeszcze niedawno czuła jego silne ramiona oplecione wokół swojego ciała, gdy sprawiał, iż wtulała w niego swoją twarz, żeby nie obudzić krzykiem śpiących w sąsiedniej izbie gospodarzy. Wyciągnęła w jego stronę dłoń i dwoma palcami złapała go delikatnie za nos, zatykając go. Natychmiast otworzył usta i zabulgotał przez sen. Przykryła dłonią swoją twarz, żeby nie wybuchnąć śmiechem, i powtórzyła zabieg, z takim samym skutkiem. Pogłaskała Piotra po głowie i uśmiechnęła się ciepło.

– Mój Lach...

Głos w jej głowie zareagował natychmiast, zadając ponownie pytanie.

„Czy chciałabyś się zakochać w Kubie?"

Było już jednak za późno. Piotr przygarnął ją do siebie i pocałował gdzieś pod okiem, zasypiając natychmiast ponownie. Było jej dobrze, bardzo dobrze. Czuła się szczęśliwa, teraz chyba jak nigdy dotąd. Wiedziała, że jest we właściwym miejscu.

„Przeczysta Panienko, nie, nie chcę..."

Kłębiące się ciasno w powietrzu myśli i wątpliwości rozwiały się nagle, jakby ktoś otworzył na oścież okno. Za nimi z jej głowy przez to samo okno czmychnęła pokusa. Odetchnęła głęboko, ze spokojem i zasnęła. Pierwszy raz tej nocy.

Nad ranem zaczęło padać. Łącząca Izabelin z Żoliborzem droga nigdy nie należała do najlepszych, ale tym razem przedstawiała tragiczny widok. Rzęsisty deszcz rozprawił się z jej koleinami na tyle skutecznie, że buty zapadały się w błotnistą maź aż po kostki. Wieś tętniła swoim rytmem, zupełnie nie zważając na partyzantów kapitana Józefa Krzyczkowskiego

„Szymona", dowódcy konspiracji w całym Kampinosie, szykujących się do odejścia w las.

Harcerze wrócili do Warszawy już wczoraj. Tygodniowe zgrupowanie w Puszczy Kampinoskiej dobiegło końca.

Dla Swiety i Piotra zakończenie obozu było jak wyrok. On ruszał z rozkazami na wschód, ona po kilku miesiącach spędzonych w Warszawie wracała do lasu. Inny to był las, inni koledzy i dowódcy, ale wszystko było lepsze od strachu przed Jegorem.

– Kuba się tobą zaopiekuje pod moją nieobecność.

Zesztywniała, gdy usłyszała o Hucule, ale natychmiast wtuliła się w Piotra jeszcze bardziej, żeby to ukryć.

– Czemu nie mogę z tobą?

Westchnął i pogładził ją po głowie.

– Tutaj będziesz bezpieczna. Kampinos to potęga, Niemcy mają pełne gacie, jeśli muszą zapuścić się między drzewa. – Pocałował jej włosy. – A tam, gdzie jadę, trwa regularna wojna. Wszyscy przeciwko wszystkim. My przeciw Niemcom, Niemcy przeciw nam, Sowiety przeciw nam i Niemcom. Szkoda gadać.

Nie przemawiało to do niej. Mieli się rozstać na tak długo po raz pierwszy od chwili, gdy udało im się odnaleźć. Stali teraz przytuleni na ganku, z którego lały się strumienie deszczowej wody.

– Pamiętasz, gdy się poznaliśmy i przyszło rozstać się po raz pierwszy, też tak lało. – Swieta poczuła, jak ściska ją za gardło. – To nie jest dobry znak. Zniknąłeś mi potem na wieki.

Zmusił się do uśmiechu.

– Pamiętam dobrze. Stałaś tam jak wyskubany kurczak.

Poczuł kuksańca pod żebrami.

– Na ciebie czekałam, chłystku, boś mnie zaczarował!

– No ale chyba warto było, prawda? – mruknął jej do ucha.

– Nie wiem, czy warto – odgryzła mu się. – Bo gdybym ci ze spodniami nie pomogła, to nie wiedziałbyś, jak się zabrać do rzeczy.

– Wredna żmijka! – Odsunął jej głowę tak, by móc spojrzeć jej w twarz. – Wczoraj w nocy nie narzekałaś na mnie. Miałem wrażenie, że jest wprost przeciwnie.

Nie zarumieniła się nawet. Wytrzymała jego łobuzerskie spojrzenie.

– Długo pracowałam na to, żebyś był coś wart. Auuu! – Podskoczyła, gdy poczuła klapsa. Spróbowała się wyrwać, ale przytulił ją mocno do siebie.

– Wrócę za dwa, trzy tygodnie. Do tego czasu pohulasz w lesie. Chłopakom przyda się dobra sanitariuszka.

Wspomnienie o rozstaniu przygasiło ją nieco.

– Boję się, Piotr. Boję się, że coś się wydarzy jak wtedy, gdy zniknąłeś mi na tak długo. Nie przeżyłabym tego ponownie.

– Wrócę. Obiecuję ci. Tylko czekaj na mnie.

Dotknęła jego kieszeni na piersi, gdzie pod warstwą materiału chował małą, czerwoną wstążeczkę, tę samą, którą dała mu na pamiątkę podczas pierwszego rozstania, jeszcze w Bedryczanach. Historia właśnie zatoczyła koło.

– Poczekam. – Poklepała go po kieszeni. – Nie zgub jej. Masz ją na pamiątkę. Żebyś zawsze pamiętał, że na ciebie czekam.

Część druga

BURZA

1

Ksiądz Lucjan przeżegnał się, zamknął drzwi drewnianego kościoła i ruszył niespiesznym krokiem w stronę plebanii. Mała, przypominająca niewielki dworek parterowa willa, służąca mu za mieszkanie, mieściła się po drugiej stronie ulicy Czystej. Wystarczyło więc skręcić za furtką w lewo i przejść kilkadziesiąt kroków. Zanim jednak udał się w tym kierunku, zatrzymał się na chwilę i spojrzał na swoją małą owczarnię. Mimo zapadającego zmroku osada tętniła życiem. Uśmiechnął się pod nosem, przesuwając w palcach drewniane paciorki różańca. Nie mogło być inaczej. W końcu Kolonię Wileńską zamieszkiwała elita, która obowiązki wobec siebie i ojczyzny miała we krwi. Jeszcze trzydzieści lat temu szumiał tutaj las, w którym wileńscy studenci chętnie spędzali wolne od nauki wieczory. Piękny zakątek, górujący nad doliną wijącej się niesfornie Wilejki, wpadł w oko wileńskim kolejarzom, którzy postanowili tutaj właśnie wybudować swoje domy. Szybko dołączyli do nich wojskowi, lekarze oraz profesorowie Uniwersytetu Stefana Batorego. Okazało się, że hasło „Mieszkaj na wsi, pracuj w mieście" sprawdziło się idealnie. Wystarczyło pokonać schodki biegnące wzdłuż serpentyn schodzącej stromo ku torom kolejowym ulicy Krętej, przejść jeszcze kawałek i już można było kursującą co piętnaście minut Luxtorpedą udać się do leżącego cztery kilometry dalej Wilna. Można było też dojść do miejsca, gdzie wzgórze załamywało swą łagodną linię i rozpoczynało swój pęd w dół ku torowisku, oprzeć się o konar sosny i spojrzeć na przybrane wieżami kościołów miasto. Tak właśnie zrobił. Gdzieś tam w dole, w Ostrej Bramie czuwała nad swoimi dziećmi Matka Miłosierdzia w świętym, pięknym obrazie. Pewnie teraz już zamknięto okno, przez które spoglądała w dół ulicy Ostrobramskiej, czekając z utęsknieniem na krok polskich żołnierzy.

Ksiądz Lucjan spojrzał jeszcze raz w kierunku ginącej w mroku ulicy Wędrownej. Wojna odcisnęła swoje piętno na Kolonii. Wielu zacnych mieszkańców wywieźli Sowieci, niektórych po prostu pożarła okupacja, a jeszcze innych, jak rodzinę pułkownika Fieldorfa, rzuciło w inne rejony Polski. Ci zaś, którzy wytrwali, szykowali się właśnie do kolejnego sprawdzianu, przed jakim postawił ich los.

Od kilku dni w rejon Kolonii Wileńskiej nadciągały oddziały bohatersko walczącej z Niemcami i sowiecką partyzantką Armii Krajowej. Od wschodu nadciągali Rosjanie, nadszedł więc czas, aby rozpocząć plan „Burza" i stoczyć walkę o Wilno. Przybyłe z rejonu nowogródzkiego bataliony 77. Pułku Piechoty szykowały się do natarcia gdzieś w dole, po lewej stronie. Z prawej strony miasta na stanowiska ruszały 3. i 8. Brygada Zgrupowania „Pohoreckiego". Na północy pierścień zamykała 5. Brygada Wileńska majora Łupaszki. Główni aktorzy ustawiali się na scenie. Tysiące partyzantów, żołnierzy polskich, synów ziemi wileńskiej i nowogródzkiej stawało do beznadziejnej walki o to, by nadpływająca czerwona fala nie odebrała im ukochanego przez nich ponad wszystko grodu, by pokazać światu, kto tu jest u siebie. Rozpoczynała się bitwa o Polskę.

Ksiądz Lucjan „Żniwiarz", kapelan Wileńskiego Pułku AK, znał dobrze smak sowieckiej okupacji i nie miał złudzeń co do tego, że Armia Czerwona przyniesie wyzwolenie. Przyszłość jawiła mu się tak czarno, że nie modlił się o zwycięstwo, którego był pewien. Nawet trzydziestotysięczny garnizon nie powstrzyma ich od wydarcia Wilna z pyska Hitlerowi. Tylko czy nie wpadnie ono od razu w łapy drugiemu satrapie? Oto jest pytanie. Dlatego nie martwił się o powodzenie bitwy, ale wbrew logice i zdrowemu rozsądkowi modlił się o to, by przyniosła ona wolność. Zakończył dobijanie się do bramy nieba znakiem krzyża i odszedł w stronę plebanii. Dzisiaj już nic tu po nim. Jutro, siódmego lipca, rozpocznie się szturm. Wtedy będzie potrzebny swoim owieczkom.

Za nim, na płonącym światłami reflektorów niebie, uchwycony przez trzy szperacze sowiecki bombowiec walczył o przetrwanie. Pilot dokonywał cudów akrobacji, jednak pocięte światłami obrony przeciwlotniczej niebo stało się dla niego pułapką bez wyjścia. Serie z działek przeciwlotniczych rozsiekały go bez litości. W końcu zwalił się na ziemię gdzieś za Grzegorzewem w akompaniamencie kanonady, która od wschodu obwieszczała nadejście czerwonego smoka.

2

*P*iotr zacisnął dłonie na pepeszy i pochylił się lekko. Jego uważne oczy lustrowały obie strony torowiska. Do wschodu słońca pozostało jeszcze sporo czasu, ale światła obrony przeciwlotniczej łamały mrok nocy i wskazywały oddziałowi kierunek marszu. Gdzieś przed nimi rozciągały się pierwsze posterunki niemieckiej obrony, musieli zatem wzmocnić czujność.

Jego podkomendni właśnie rozciągali tyralierę w lewą stronę, gdy nagle ponad ich głowami usłyszał serię z kaemu. Dopiero teraz zauważył, że mijają właśnie jakieś umocnienia, połączone transzejami, z których do nich strzelano. Dziwny był ten ogień, rzadki i bezładny. Na dodatek strzelcy chyba zaspali, bo pierwsze drużyny już przemknęły obok nich w stronę stacji. Tajemnica wyjaśniła się, gdy z niewysokiego budynku tuż za umocnieniami wysypali się Niemcy. Biegli w samych gaciach, bo natarcie zaskoczyło ich zupełnie, ponieważ w rowach, gdzie były ich stanowiska, siedzieli tylko celowniczy karabinów maszynowych, rozstawionych za workami z piaskiem. Chłopcy uciszyli ich w mgnieniu oka.

Uciekający fryce nie zabiegli zbyt daleko. Próbowali ostrzeliwać się w nieładzie, ale wpadli wprost pod lufy kolejnym partyzantom, a ci wykosili ich do nogi. Licząca pięciuset żołnierzy 8. Brygada mogła kontynuować atak na wyznaczonym odcinku. Za ich plecami od kilkunastu minut słychać było kanonadę. Nacierająca po sąsiedzku w kierunku Belmontu 3. Brygada weszła w kontakt ogniowy z nieprzyjacielem. Na lewo od nich do balu dołączały nowogródzkie bataliony. Według planu wejdą do miasta od strony cmentarza Na Rossie, po czym wszyscy spotkają się na placu Katedralnym. Byle zdążyć przed nadejściem Sowietów.

Nawet nie zauważył, gdy wybiegli na wprost stacji Kolonia Kolejowa. Piotr posuwał się wzdłuż torowiska, gdy nagle z budynków posypał się w ich stronę grad pocisków. Pochylił się nieco, ale nie zwolnił kroku. Skręcił za to w lewo, tak żeby obejść wrogie stanowisko z boku. Gdzieś za nim ktoś jęknął i zwalił się na ziemię. Nie miał czasu sprawdzać, kto oberwał.

– Marian! Józek! Skok w lewo! Obejdźcie te budy!

Posłuszni jego rozkazom partyzanci przemknęli w stronę zabudowań. Przyłożył do oka rosyjską pepeszę i pociągnął serią po ścianach wyłożonych workami z piaskiem. Dołączyło do niego kilka innych luf. Jego ludzie właśnie wrzucali granaty przez okna, gdy pozostałe oddziały likwidowały kolejne punkty obrony. Dopadł do ściany stacji i przylgnął do niej plecami. W środku jego ludzie kończyli z resztką niemieckiej załogi, której nie udało się położyć granatami. Dwóch niedobitków uciekało teraz gdzieś w bok. Przyłożył kolbę do ramienia i nacisnął spust. Pepesza chrząknęła kilka razy, ale tylko jeden z biegnących zarył głową w ziemię. Piotr przeklął w duchu sowiecką konstrukcję i poprawił jeszcze raz. Uśmiechnął się zadowolony, widząc dwa martwe ciała.

Stacja została opanowana, choć nie obyło się bez kolejnych strat. Mimo wszystko dziwne były te dotychczasowe starcia. Do tej pory nie natknęli się na zwartą linię niemieckiej obrony. Całość przypominała bardziej jakieś podchody ze strzelaniną w tle niż szturmowanie zewnętrznego pasa niemieckich umocnień Fester Platz. Rozpoznanie wprawdzie mówiło o tym, że Wilna strzegą jedynie zewnętrzne posterunki, po których przełamaniu wejdą do miasta i dołączą do powstania zorganizowanego od wewnątrz przez wileński garnizon AK. Jednak Piotr czuł przez skórę, że idzie im zbyt łatwo.

W ogóle wszystko zaczęło się nie tak, jak powinno. Rozpoczęcie operacji „Ostra Brama" zaplanowano na godzinę dwudziestą trzecią, żeby zdążyć przed nadejściem Armii Czerwonej. Niestety, Rosjanie narzucili takie tempo, że dowódca Okręgu Wileńskiego Armii Krajowej podpułkownik Aleksander Krzyżanowski „Wilk" wydał rozkaz o przyspieszeniu ataku o dobę i natychmiastowym szturmie. Na dodatek przez cały ten pośpiech cholera wie które z pięciu zgrupowań okrążających miasto zdołały wyruszyć na stanowiska. Oni, dowodzeni przez Pohoreckiego, atakujące na lewo od nich 2. Zgrupowanie Jaremy, może jeszcze major Szendzielarz „Łupaszka".

Nie bał się, choć tak naprawdę nigdy nie brał udziału w dużej bitwie, gdzie straty są ogromne i życie jednostki było tylko jednym z wielu tysięcy trybików, którego wykruszenia się nikt nawet nie zauważy. Walka o wyzwolenie Wilna stała się ukoronowaniem jego misji na wschód, nadała jej sens, którego szukał bezskutecznie przez ostatnie dwa miesiące.

Zasiedział się w Wilnie. Dokumenty przywiezione z Warszawy Wilkowi zawierały również list od starego, z którego wynikało, iż porucznik Tom pozostaje do dyspozycji sztabu. Spadł im z nieba. Cichociemny mający za sobą służbę w legendarnej już 1. Samodzielnej Brygadzie Spadochronowej generała Sosabowskiego był idealnym materiałem na instruktora. Od wiosny otaczające Wilno lasy zaroiły się od młodzieży, która z różnych powodów musiała się ukrywać przed okupantem. Niestety, Wileńszczyzna leżała na tyle daleko od lotnisk alianckich, że oddziałów tu operujących nie zasilano żadnymi zrzutami broni. Każdą jej sztukę trzeba było zdobywać na wrogu. Na dodatek młodzi nie mieli żadnego doświadczenia wojskowego. Sam zapał nie wystarczał. Trzeba było ich uczyć wojennego fachu. Los Piotra został więc przypieczętowany, gdy tylko podpułkownik Wilk zorientował się, jaki skarb wpadł mu w ręce. Od tego dnia przyporządkowany do 8. Oszmiańskiej Brygady AK Ochocki przeklinał swojego majora, tęsknił za Swietą, szkolił i walczył u boku porucznika Witolda Turonka „Tura" z sowiecką partyzantką, litewskimi oddziałami i ciągle licznymi tutaj Niemcami. Dwutygodniowy wypad zamienił się w dwumiesięczną eskapadę, która doprowadzała go do furii. Nie miał kontaktu z narzeczoną. Nie wiedział, co się z nią dzieje i gdzie aktualnie przebywa. Ufał jedynie, że Hucuł dotrzyma słowa i zaopiekuje się dziewczyną.

Sprawił się dobrze. Jego podkomendni umieli całkiem sporo. Liczył więc na to, że uda mu się wrócić do Warszawy na początku lipca, ale w obliczu zbliżającej się operacji wyzwolenia Wilna Wilk był nieubłagany. Nie pozostało nic innego, jak tylko się bić, z nadzieją, że dożyje zwycięstwa.

Nagły huk wyrwał go z zamyślenia. W chwili, gdy wydawało się, że brygada po opanowaniu budynku dworcowego może nacierać dalej, od strony Nowej Wilejki gruchnęła kanonada.

Torowisko rzygnęło ogniem broni maszynowej. Na stację wtaczał się pociąg pancerny. W pierwszej chwili Piotr stanął jak wryty. Nie tylko on. Nikt się nie spodziewał takiego wsparcia dla kruszonej właśnie obrony. Kilku chłopaków już zdążyło się skulić i paść na ziemię bez życia.

Karabiny ustawione w pełniących funkcję wieżyczek budkach hamulcowych siekały nasyp, wyrywając z szeregów partyzanckich kolejnych żołnierzy. Piotr i jego ludzie znaleźli schronienie za budynkiem stacji.

– „Wiktor" i „Czarny"! – krzyknął do kucających pod ścianą ludzi. – Wyjrzyjcie z drugiej strony i sprawdźcie, co się dzieje na torach.

Partyzanci zniknęli za rogiem. Ale po chwili byli już z powrotem.

– To jakiś taki farbowany pancerniak, panie poruczniku. Dwie ciuchcie i osiem wagonów, ale takich normalnych. Tylko te budki na końcach wagonów obsadzeni. Wygląda, jakby towarówkę podpicowali. Chłopacy już go obkładają kulkami z maszynówek.

Westchnął cicho, próbując podjąć jakąś sensowną decyzję. Hamulce składu zapiszczały nieznośnie, po czym pociąg zatrzymał się po drugiej stronie budynku. Nie było na co czekać.

– Józek! Rozkładaj sukę na prawym rogu stacji! Grzej po tych budkach, żebyśmy mogli dobiec do wagonów! Czarny, ty i dwóch jeszcze, obsadźcie drugi róg. Blokujcie sukinsynów z tamtej strony!

Żołnierze natychmiast wykonali rozkaz. Po chwili MG 34 pruł równymi seriami w drewniane wagony, a wtórowały mu krótkie szczeknięcia automatu Czarnego. Przygasiło to ogień niemiecki skierowany na tę stronę torowiska. Piotr wyskoczył zza budynku i dobiegł do pociągu. Bał się, że ostrzeliwujący się z drugiej strony partyzanci mogą trafić go przez prześwit pomiędzy wagonami.

– Otwieramy skurczybyka!

Towarzyszący mu chłopcy sięgnęli do rozsuwanych drzwi. Gdy jednak ustąpiły, zobaczyli wymierzone w siebie lufy karabinów.

– Nie strzelać! Swoi!

Na podeście stał dowódca brygady Tur ze swoimi żandarmami z ochrony przybocznej. Piotr odetchnął z ulgą, gdy na ich twarzach pojawiły się szerokie uśmiechy.

– Dawajcie do nas! Tu jest od cholery maximów! Przerzucamy te cekaemy za nasyp! – Tur wciągnął Ochockiego do wagonu. Podawali karabiny stojącym z drugiej strony partyzantom, ale po chwili poczuli szarpnięcie.

– Tory! – krzyknął Tur i zaklął pod nosem siarczyście. – Zapomnieliśmy wysadzić tory!

Rzeczywiście, w ferworze walki zapomniano, żeby unieruchomić skład, niszcząc tory kolejowe przed nim i za nim. Teraz pociąg, po niezbyt udanym rajdzie, wracał w kierunku Nowej Wilejki, a oni nie mogli z tym nic zrobić. Wyskoczyli z wagonu i patrzyli, jak buchająca parą lokomotywa znika za zakrętem. Jakby tego było mało, słońce wyściubiło swój złoty nos zza horyzontu, a oni wciąż tkwili na tej przeklętej stacji. Należało się spodziewać tego, że Niemcy lada chwila poderwą swoje samoloty z lotniska na Porubanku.

– Ruszamy dalej! – głos Tura poderwał wszystkich dookoła. Pojawienie się pociągu opóźniło natarcie, trzeba było więc teraz nadrabiać. Nie zaszli jednak za daleko. Po kilkudziesięciu metrach wpadli na dwa betonowe bunkry. Morderczy ogień rzucił ich na ziemię. A przecież silnej obrony miało tutaj nie być. Wszystko zaczynało iść źle.

Ciężkie karabiny maszynowe kosiły gęsto, tuż nad ziemią. Po chwili przedpole zakwitło fontannami ziemi, gdy ze złowieszczym świstem spadły na nie moździerzowe granaty. Gdy to zobaczył, poczuł na karku zimny jak dłoń kostuchy pot. Szereg zaczął się załamywać. Partyzanci zalegli przed wzmocnionymi bunkrami liniami niemieckimi, które po obu stronach torowiska rozciągały się na całej długości natarcia leśnych oddziałów. Ukryty za niewysokim, porośniętym trawą wałem Piotr czuł, jak entuzjazm wywołany zajęciem stacji ulatnia się z niego przy każdej serii wyprutej w ich kierunku. Wprawdzie rozstawili już całą swoją najcięższą broń i próbowali się odgryzać, ale on zdawał sobie sprawę, że strzelaniem na wprost nie przełamią umocnień. Trzeba szturmować.

Dowódca chyba czytał w jego myślach, bo chwilę później wydał rozkaz ataku. Gromkie „hurrrra!" wsparte lufami erkaemów poderwało żołnierzy do biegu. Piotr ścisnął w rękach automat i wychylił głowę. Po chwili biegł z innymi w kierunku oczekujących ich Niemców. Nie miał złudzeń. Okopy rozbłysły salwą, po której kilkanaście postaci runęło na ziemię. Pędził pochylony, strzelając z biodra, dopóki gęsto latające pociski nie zatrzymały go na dobre. Znad krawędzi rowu przy torowisku widział, jak jego towarzysze albo padają ranni, albo chowają się, gdzie mogą, przed masakrującą ich obsługą bunkra. Natarcie załamało się. Nic też nie wskazywało na to, że kolejne również może się zakończyć sukcesem.

Spojrzał tam, gdzie we wschodzącym słońcu poprzetykane wieżami świątyń dachy tworzyły różnokolorową mozaikę. Patrzył na Górę Trzech Krzyży, czuwającą nad niepewnym swego losu miastem, na Rossę, gdzie pod marmurową płytą biło serce Marszałka, i tam, gdzie w oknie Ostrej Bramy nad losem miasta płakała Najświętsza Panienka. Już wiedział, jak czuł się generał Żeligowski, maszerując na Wilno, żeby siłą wrócić je Rzeczypospolitej.

Niestety, od strony lotniska doszedł go warkot silników. Nie będą więc, jak zwycięzca Żeligowski, paradować dzisiaj na placu Katedralnym. Za chwilę nadlatujące samoloty zwalą im na głowę niebo, zamieniając szturm na miasto w bolesny odwrót. Jedyna szansa, żeby zająć gród przed nadejściem Sowietów, właśnie rozpływała się w powietrzu wraz z rykiem aeroplanów. Ścisnęło go w dołku, gdy zdał sobie sprawę, iż leżące na wyciągnięcie ręki Wilno okazało się jednocześnie tak dalekie i niedostępne jak złoty placek na niebie.

Rozejrzał się szybko dookoła. Wszyscy partyzanci wycofywali się w kierunku stacji. Wyczekał do momentu, aż ogień nieco zelżał, i mocno pochylony pobiegł za resztą. Kilkanaście metrów dalej, za kępą krzaków, leżał Czarny. Seria z karabinu poszatkowała mu nogę tuż poniżej lewego kolana. Wył z bólu, przez zaciśnięte szczęki.

– Czarny, wytrzymaj!

Kucnął przy chłopaku i tuż nad kolanem przewiązał jego nogę kawałkiem wyciągniętego z kieszeni bandaża. Pozwoliło to nieco zahamować wypływającą z ran krew.

– Teraz musisz mi trochę pomóc, chłopie. – Uśmiechnął się do ledwo przytomnego żołnierza. Dźwignął go i objął pod ramieniem. Czarny, mimo bólu, pokuśtykał na zdrowej nodze, wspierając się na swym dowódcy.

Gdy dotarli do stacji, samoloty kosiły pokładowymi karabinami wzgórza leżące kilometr dalej na lewo, za bunkrem.

– Kończą oddziały nowogródzkie – mruknął jakiś żołnierz, zaciągając się skrętem. – Przyjdą ruskie i tyle będzie z polskiego Wilna.

Piotr zacisnął zęby.

– Zdobędziemy Wilno!

Tamten wypuścił z sykiem chmurę dymu i pochylił się w stronę Ochockiego.

– Jasna sprawa, że zdobędzim, panie poruczniku. Nie po to szykowalim się tak długo, żeby teraz odpuścić. Jeno nie same. Z ruskiem pospołu. A wtedy cholera wi, czy nas potem wywizą, czy stukną kulkie w główkie. Bo zachować Wilna nam na pewno nie dadzą.

Nie odezwał się już. Słowa, które usłyszał, bolały, ale niosły ze sobą smutną prawdę, wsączającą się w umysły wszystkich niczym trucizna. Siedział więc przy Czarnym, podczas gdy pozostali żołnierze przynosili kolejnych rannych i zabitych. Piotr nawet ich nie liczył. Kilkunastu z pewnością. A tu ani szpitala, ani lekarzy. Konspiracyjne szpitale i punkty opatrunkowe czekały na nich w mieście, a czołówki sanitarne brygad wysłano do Szwajcar i do dworu Czarna, gdyż zakładano, że uda się osiągnąć wyznaczone cele.

Gdy wszystko wskazywało na to, że dla rannych stacja będzie ostatnim przystankiem do nieba, od strony leżącej na wzgórzu Kolonii Górnej, czyli wyżej położonej części Kolonii Wileńskiej, nadeszło kilku jej mieszkańców.

– Dawajcie do nas, na górę! Będziemy organizować szpital dla rannych!

Natychmiast zaprowadzono ich do rozmawiającego ze swoimi oficerami przy wejściu do budynku stacji Witolda Turonka „Tura". Ten po krótkiej naradzie wydał rozkaz.

– Rannych na nosze i przekazać cywilom z Kolonii! Porucznik Tom i jego dwóch ludzi pójdzie z nimi. Reszta szykować się. Za chwilę będą tu pewnie samoloty niemieckie. Wycofujemy się na miejsce nocnej koncentracji przez Kolonię Górną!

Piotr pomógł Czarnemu położyć się na zaimprowizowanych naprędce noszach i chwycił za ich żerdzie. Po drugiej stronie stanął najwyżej piętnastoletni młokos.

– Dasz radę dźwignąć? – Ochocki nie był pewien siły chudego chłopaka.

Tamten jednak tylko prychnął z pogardą.

– Niech się pan porucznik na zakrętach nie zgubi.

*D*roga prowadziła kilkusetmetrową ulicą, która u podnóża stoku zaczynała piąć się ostro pod górę. Czarny nie był zbyt ciężki, ale nawet on czuł zmęczenie ramion. Zatrzymywali się więc co chwilę, żeby odpocząć. Idący z przodu urwis sprawował się wyjątkowo dobrze. Uwaga Piotra podziałała na niego nadzwyczaj motywująco. Ochocki uśmiechnął się tylko pod nosem.

– Macie tam jakiś szpital we wiosce?

– Jakiej wiosce?! – oburzył się młody. – To Kolonia Kolejowa jest! U nas byle kto nie mieszka!

Stłumił śmiech, słysząc zadziorny ton chłopaka. Podobał mu się ten wilniuk, tak jak jego upór i zawziętość.

– Masz jakieś imię?

W odpowiedzi usłyszał tylko sapanie. Gdy już stracił nadzieję na odpowiedź, usłyszał mruknięcie z przodu.

– Mietek.

Uśmiechnął się.

– Ja jestem porucznik Tom. Słuchaj, Mietek, nie chcesz na chwilę zwolnić?

Chłopak milczał, ale po chwili zatrzymał się, gdy droga zmieniła się nagle w serię serpentyn. Stali tak w ciszy, jeśli ciszą można nazwać ciągły jęk bólu Czarnego, wtórującą mu kanonadę otaczającą wzgórze ze wszystkich stron i krzyki pozostałych rannych wnoszonych stromym zboczem przez uczynnych mieszkańców Kolonii.

– Ja to bym nawet walczyć mógł – odezwał się niespodziewanie Mietek. – Ale ojciec zabronili.

– Miał rację. – Piotr starał się nie zabrzmieć zbyt ostro. – Jesteś za młody do wojska.

– Ale strzelać umiem!

Westchnął głośno i otarł pot z czoła.

– Ja wiem, że umiesz, ale kto będzie do szkoły chodził, jeśli cię zabiją? Kim chcesz być, gdy dorośniesz?

Chłopak uśmiechnął się szeroko.

– Bym chciał filmy kręcić. Z kamerą chodzić i filmować.

– No widzisz. Musisz tę wojnę przeżyć. Inaczej kto nam będzie robił kino, jak nie ty? Strzelać każdy może, ale kamerę obsługiwać to już nie.

Mietek nie czuł się przekonany odpowiedzią. Nie było jednak czasu na dyskusję. Czarny potrzebował natychmiastowej pomocy.

– Zaniesiemy go pod kościół. Tam wszystkich zbierają. Mają potem zdecydować, gdzie szpital będzie.

– Daleko to?

– Nie, wcale. To tu za zakrętem, na Cichej.

Gdy dotarli pod kościół, jego plac zapełniony był noszami, na których leżeli ranni partyzanci. Mietek zniknął natychmiast, żeby pomóc znosić tych z batalionów nowogródzkich, na których polowały samoloty na zboczu za Czarnym Traktem. Piotr rozejrzał się dookoła. Wyciągnął manierkę z wodą i przyłożył Czarnemu do ust. Żołnierz pociągnął kilka razy, po czym odwrócił głowę i zamknął oczy. Jęczał jednak z bólu cały czas.

W Kolonii wprawdzie byli lekarze, ale jego podkomendny potrzebował raczej chirurga niż zwykłego doktora. Okazało się, że najbliższy mieszka w odległej o trzy kilometry Nowej Wilejce i właśnie próbowano go sprowadzić do Kolonii. Mieszkający na miejscu lekarze mieli ręce pełne roboty do tego stopnia, że nikt nie miał czasu z nim rozmawiać. Nie dziwił się. Każdy tutaj potrzebował ich uwagi.

Stanął przy jakimś płocie. Był pod wrażeniem tego, jak mieszkańcy tej osady potrafili się zorganizować w ciągu kilku chwil. Ktoś taszczył swoje łóżko do urządzonego w prywatnym domu szpitala, inni przynosili czyste prześcieradła i pościele, a najmłodsi dostarczali wodę z leżącej w lesie studni, gdyż brak prądu ze zbombardowanej przez Sowietów elektrowni miejskiej unieruchomił wodociągi. Każdy dawał z siebie wszystko, by pomóc swoim rannym żołnierzom.

Postanowił wrócić do Czarnego pod kościół. Gdy jednak trafił na miejsce, noszy już nie było. Znalazł go pod ścianą świątyni, z prześcieradłem naciągniętym na twarz. Młoda dziewczyna z opaską z czerwonym krzyżem właśnie zakrywała kolejne ciało.

– Stracił zbyt dużo krwi. Nic nie można było zrobić. – Patrzyła w stronę Czarnego smutnymi, mokrymi oczami.

Poczuł, jak ból ściska go za gardło. Nie chciał, żeby siostra widziała, jak się rozkleja. Podniósł się z ziemi i…

Usłyszał:

– Piotr…

„Znam cię…" – szepnął w myślach, gdy ten sam głos, który zagrał mu w głowie wtedy, po ataku na niemiecki posterunek, teraz owiał go jak ciepły wiatr.

– Piotr!

Odwrócił się i uśmiechnął szeroko.

3

Czekaem! Grzej w ten kurnik! Cholera by go nadała! – porucznik Bolesław Piasecki „Sablewski", dowódca 3. Batalionu 77. Pułku Piechoty AK, dwoił się i troił, żeby ogarnąć sytuację. Poprzedniego wieczoru otrzymał wiadomość, że na drodze do Hrybiszek i Lipówki nie ma żadnych niemieckich umocnień. Miał się tam połączyć z 3. Zgrupowaniem Okręgu Wilno majora Czesława Dębickiego „Jaremy" i przez cmentarz Na Rossie wejść do miasta.

Jego ludzie przyszli walczyć o tron Matki Bożej Ostrobramskiej z ziemi nowogródzkiej. Nie znali tutejszego terenu i nie wiedzieli, jak się w nim poruszać. Mapa nie załatwi wszystkiego, o czym właśnie Sablewski przekonywał się boleśnie. Na planie nikt nie naniósł ziemnego bunkra, który wyrósł jak spod ziemi i szachował jego oddział. Oznaczało to tylko jedno: rozpoznanie było do dupy albo nie zrobiono go wcale.

Gdy przechodzili przez wieś Góry, leżącą tuż przed Hybryszkami, dostali nagle taki ogień, że dalszy marsz okazał się nierealny. Przed budynkiem szkoły dla psów wojskowych i policyjnych Hundeschule Niemcy wybudowali bunkier i otoczyli go polem minowym. Dodatkowo dostępu do niego broniły zasieki z drutu kolczastego. Major nie miał pojęcia, czy da się to cholerstwo obejść. Na zwiad nie było już czasu. Podjął więc decyzję o frontalnym ataku.

Dobrze uzbrojeni żołnierze Uderzeniowych Batalionów Kadrowych wchodzących w skład AK ruszyli do szturmu. Gdy wydawało się, że dobiegną do zasieków, bunkier plunął ogniem. Nie mieli żadnych szans. Równe serie karabinów maszynowych pruły do nich jak do tarcz. Sablewski zagryzł zęby i spojrzał na umocnienie przez szkła lornetki.

– Przygaście ich trochę, niech sanitariusze zbiorą rannych!

Rozstawione na skrzydłach natarcia maximy rozpoczęły ostrzeliwanie obiektu. Niemcy na chwilę nieco zluzowali ogień. Po rannych leżących na przedpolu natychmiast ruszyli żołnierze z czerwonymi krzyżami na torbach. Niestety, jedyne, co mogli, to dotrzeć do tych na samym skraju otwartego terenu. Dalej kule świszczały zbyt intensywnie.

Marta biegła pochylona w kierunku leżącego na prawo młodego strzelca. Próbował czołgać się powoli w stronę polskich pozycji, ale przestrzelone ramię i noga praktycznie uniemożliwiały ruch. Chwyciła go za klapy munduru i pociągnęła w tył. Materiał pękł jej pod palcami.

– Cholera jasna! – warknęła przez zęby. – Nie uciągnę cię. Dasz radę wstać?

– Popróbujemy, Marta…

Nie zdziwiło jej, gdy usłyszała swoje imię. Znali ją tu wszyscy. Dołączyła do nich w lasach nieopodal Lidy po walkach na

Wołyniu i natychmiast wzbudziła zainteresowanie wszystkich chłopców. Marzyli, żeby umówiła się z nimi choć na spacer, ale niedostępna blondynka trzymała wszystkich na dystans. Do małych bukiecików, które znajdowała obok swojej głowy prawie każdego ranka, zdążyła się już przyzwyczaić. Gdy zaś podczas jakiejś potyczki z Niemcami pokazała, że walczyć potrafi lepiej od niejednego z nich, jej popularność urosła jak babka drożdżowa.

Teraz zaś prowadziła pod ramię rannego żołnierza, ratując mu życie. W końcu położyła go na ziemię za zakrętem drogi i dysząc ze zmęczenia, zabrała się do opatrywania ran.

– Kulę trzeba wyjąć. Inaczej będzie zakażenie i amputacja nogi.

Na dźwięk jej słów partyzant zbladł.

– Niech wyciągnie.

– Zwariowałeś. – Popatrzyła na niego z politowaniem. – Tu doktora trzeba. Leż na razie, będziemy was później zbierać.

Strzelec opadł głową na swój plecak, który podłożyła mu jako poduszkę. Pogłaskała go po policzku i cmoknęła w czoło.

– Trzymaj się! Wrócę po ciebie.

– Obiecuje? – zawołał za nią, ale nie odpowiedziała już.

Biegła w kierunku bunkra. Znalazła Witalija tuż przed przedpolem. Opatrywał właśnie kogoś.

– Lecę pomóc chłopakom.

Złapał ją za rękę.

– Zostań z rannymi, trzeba ich opatrzyć. Oni sobie tam poradzą bez ciebie, a ci tutaj nie bardzo.

Z niechęcią przyznała mu rację. Wolała strzelać, niż wiązać bandaże, ale wiedziała dobrze, że jej żądza walki musi zostać na drugim miejscu. Na razie nie było mowy o powtórzeniu szturmu. Partyzanci podciągnęli za to przeciwpancerną armatę Boforsa o kalibrze 38 mm. Ustawiono ją naprzeciw bunkra.

Pierwszy strzał nie wypadł zbyt imponująco. Niestety, działko było pozbawione przyrządów celowniczych.

– Zara, zara! Nie pchać się mnie tu! – Starszy kapral odgonił swoich podkomendnych.

Odryglował zamek i spojrzał przez lufę, po czym skorygował jej kąt ustawienia. Gdy pocisk uderzył tuż przed otworem strzelniczym niemieckiego bunkra, kapral mruknął z zadowoleniem. Kolejna salwa trafiła go już bezpośrednio, ale jeszcze ciągle zbyt wysoko. Próbowali dalej, aż w końcu zobaczyli wydobywający się z umocnienia dym. Ich armatni pocisk musiał trafić w drewniane fortyfikacje bunkra i wywołać pożar.

Wszystko trwało jednak zbyt długo. Nadchodził świt, a wraz z nim nadzieja na to, że uda się wejść do miasta. Na dodatek poniżej ich pozycji w jarach i kotlinach Hrybiszek wykrwawiały się na śmierć słabo wyposażone bataliony zgrupowania Jaremy. Ich żołnierze czekali nadaremno na liczące ośmiuset partyzantów, świetnie uzbrojone i wyszkolone oddziały 77. Pułku, aby razem przełamać leżące przed nimi umocnienia Fester Platz, za którymi było już Wilno z prowadzącą do niego Ostrą Bramą. Major Sablewski nakazał zejście stokiem w stronę Czarnego Traktu i leżącej za nim Kolonii Wileńskiej. Zabrali więc swoich rannych i ruszyli w drogę. Marta i Witalij prowadzili strzelca, który dziękował jej cały czas za to, że o nim nie zapomniała.

– Myślałam, że się pokłonię dzisiaj Panience Ostrobramskiej. – Uśmiechnęła się smutno. – Tak dawno tu nie byłam. Przyjdzie poczekać.

– A Marta to skąd jest? – zapytał zaciekawiony mimo bólu strzelec.

– Marta jest spod Drohobycza. – Roześmiała się, słysząc dziwną dla siebie gwarę.

– To daleko – odpowiedział chłopak z miną znawcy, wywołując kolejną salwę śmiechu.

– No, daleko. – Poprawiła jego ramię na swoich barkach. – W Wilnie byłam tylko raz, jeszcze z tatkiem. Pamiętam, że nikt mi nie wierzył, że srebrny półksiężyc stoi przed obrazem.

Wszyscy myśleli, że jest na nim namalowany. Tak na wszystkich obrazkach jest.

– Nasza Mateczka Ostrobramska przepiękna jest. Zabiorę Martę do jej, gdy bitwa skonczysja.

– No i zawsze z chłopa chłop wylezie – udała zagniewaną. – Nawet z dziurą w zadku amory ci w głowie.

Już otwierał usta, żeby odpowiedzieć jej coś kąśliwego, gdy nagle usłyszeli warkot silników.

– Aeroplany... – wyszeptał ze zgrozą strzelec. Zrozumieli, co miał na myśli. Zbocze, po którym schodzili, było odsłonięte na tyle, że nadlatujące samoloty wystrzelają ich jak kaczki.

Witalij natychmiast rozejrzał się dookoła.

– Idziemy tam, na prawo, do tej kępy krzaków! – zarządził, po czym cała trójka ruszyła w stronę niewysokich zarośli.

Gdy tylko kucnęli w ich cieniu, od strony torowiska runął na batalion huragan ognia.

– Pociąg pancerny!

Nie był to ten sam skład, który oddziały Tura zatrzymały na stacji Kolonia Kolejowa. Ten tutaj składał się z uzbrojonych po zęby, opancerzonych wagonów, urządzających 3. Batalionowi krwawą łaźnię. Jakby tego było mało, do akcji włączyły się niemieckie messerschmitty. Kosiły swoimi karabinami wszystko, co poruszało się w dół zbocza. Skierowali się do następnej kępy. Jednak gdy tylko wychylili się na otwarte pole, kilka pocisków rzuciło ich o ziemię.

– Cała?! – Witalij otrzepał się, szukając rany, ale poza stłuczonym ramieniem nie miał żadnych obrażeń.

– Tak, ja tak. – Dziewczyna podniosła się na rękach. Usiadła i rozmasowała bolącą głowę.

– Jak tam, kawalerze, żyjesz? – Szarpnęła ramieniem leżącego strzelca, ale nie dostała żadnej odpowiedzi.

Natychmiast skoczyła w jego kierunku i zawyła. Przed nią leżały poszarpane pociskami zwłoki. Spojrzała na jego twarz...

Twarzy nie było w ogóle. Kula trafiła go w głowę, zamieniając ją w krwawą miazgę. Po policzkach Marty popłynęły łzy. Sama nie wiedziała, czy z wściekłości, czy z żalu za zabitym żołnierzem.

Nie mogli tu zostać. Marta jednak uparła się, żeby zabrać zwłoki strzelca ze sobą. Położyli je na jego płaszczu i wykorzystując chwilową ciszę, ruszyli w dół. Udało się dotrzeć do Czarnego Traktu, za którym pięło się już porośnięte lasem wzgórze prowadzące do Kolonii Wileńskiej. Jeszcze tylko kilka kroków i zielony parasol drzew zamknął się nad ich głowami. Do Kolonii dotarli pół godziny później. Pierwszą rzeczą, jaką spostrzegli, był leżący na samym skraju osady kościół, a przy nim ranni leżący na noszach. Strzelca położyli pod ścianą. Marta rozejrzała się dookoła i westchnęła głośno.

– Chyba trzeba poszukać jakiegoś lekarza i zapytać, czy pomocy nie potrzebują.

Witalij pokiwał głową potakująco, usiadł pod ścianą i ściągnął but. Coś musiało do niego wpaść, bo uwierał go jak diabli. I gdy już wytrzepał z niego wszystkie niespodzianki, spojrzał na stojącego przy ogrodzeniu żołnierza. Chwilę przypatrywał mu się uważnie, a potem uśmiechnął się szeroko.

– Jego zapytaj. – Wskazał na niego głową. – On lubi kłopoty i zawsze wie, gdzie je znaleźć.

Marta zmarszczyła brwi w zdziwieniu i popatrzyła w tym kierunku. Oblane wrzątkiem serce załomotało, jakby walczyło o życie. Poczuła gorąco na całym ciele, a rozszerzone do granic możliwości oczy śmiały się do przystojnego porucznika prawie w głos.

– Piotr! – zawołała z całej siły i pisnęła z radości. – Pioooooooooootr!

Witalij tylko pokiwał głową.

– Co ten gówniarz w sobie ma, że wszystkie baby dostają na jego widok kociego rozumu?

4

Jak mógł nie pamiętać tego głosu?

Biegła tak szybko, że zdążył jedynie wyciągnąć ręce, gdy rzucała mu się na szyję. Przytulił ją do siebie tak mocno, że omal nie straciła tchu, i podniósł do góry jak piórko. Dopiero gdy poczuł pod palcami jej włosy, zdał sobie sprawę z tego, że tęsknił za nią, jej szczebiotem i tym niesfornym usposobieniem, które zawsze wywoływało uśmiech na jego twarzy, zupełnie tak, jak w tej chwili.

A ona? Gdy go rozpoznała, serce omal nie rozerwało jej piersi na strzępy. Po raz pierwszy od roku mur, jakim odgrodziła się od świata, runął, i to w jednej chwili. Zacisnęła jedynie zęby, żeby rozpłakać się dopiero wtedy, gdy skryje się przed wszystkimi w jego ramionach. Gdy już poczuła, że trzyma ją mocno, popłynęła całkowicie. Po raz pierwszy od śmierci Janka wiedziała, że w tej właśnie chwili nie musi być silna. Może po prostu pozwolić sobie na to, żeby warszawiak przez chwilę o nią zadbał. Odchylił w końcu jej głowę, a ona zaczerwieniła się jak podlotek, bo wystarczyło, aby odrobinę wyciągnęła szyję, żeby poczuł jej miękkie, całujące go usta. Niczego teraz nie pragnęła bardziej.

– Patrzcie go! Naszą Martę przygarnia jak swoją, przybłęda! – przechodzący obok nich partyzanci z jej batalionu udawali zazdrosnych i oburzonych. – Może trza go pogonić?

Uśmiechnęła się, kładąc głowę na ramieniu Piotra.

– Jestem pewna, że porucznik poradziłby sobie z wami wszystkimi. Prawda, Piotrusiu? Chyba że wolicie zmierzyć się ze mną?

Jej koledzy dobrze jednak pamiętali, jak potrafi walczyć ich sanitariuszka.

– My może z panem porucznikiem spróbujemy raczej.

Roześmiała się w głos.

– Wiedziałam.

– Co z porucznikiem? Co się dzieje?

Od drugiej strony nadeszli podkomendni Piotra, zaciekawieni, z kim ich dowódca się tak obściskuje. Gdy tylko zobaczyli Martę, rozległy się gwizdy uznania.

– No, no, pana porucznika to tylko z oka spuścić.

Piotr popatrzył na nich. Stali teraz wszyscy kilka metrów od nich i spoglądali z rozbawieniem. Choć na chwilę mogli zapomnieć o rannych i poległych towarzyszach.

– Poradzę sobie z jedną sanitariuszką bez waszej pomocy. Odmaszerować! Wszyscy!

Chłopcy odeszli, śmiejąc się, a oni mogli wreszcie zamienić kilka słów.

– Co ty tu robisz?! Gdzie Swieta?! Spotkałeś ją?! Gdzie ty się tyle czasu podziewałeś?! Porucznik?! Ho, ho, ho! Zmężniałeś, chłopcze!

Usta się jej nie zamykały, gdy prowadziła go pod ścianę kościoła, a on miał wrażenie, że widział ją najdalej wczoraj. Zmieniła się. Z młodej dziewczyny stała się piękną kobietą i nie zmieniał tego fakt, że zamiast sukienki w kwiaty miała na sobie mundur.

– Przywitaj się ze starym znajomym. – Zatrzymała się przy siedzącym na ziemi człowieku.

Piotr wytrzeszczył oczy ze zdziwienia.

– Witalij?! Co pan tu… w Wilnie?

Kościelny podniósł się z ziemi, przytupując butem, który sprawił mu wcześniej problem. Klepnął Ochockiego w ramiona i chwycił je mocno.

– Dobrze cię widzieć całego i zdrowego… – uśmiechnął się serdecznie i spojrzał na jego naramienniki – poruczniku.

– Wzajemnie, pułkowniku. Nie zauważyłem pana wcześniej.

Witalij machnął ręką.

– Nie musi mnie być widać, nie pcham się w aktory. Za to tobie, widziałem, idzie całkiem nieźle. Zawsze w samym środku wydarzeń. I nie „panuj" mi już. W końcu piliśmy razem wódkę.

Piotr wzdrygnął się na samo wspomnienie pamiętnej popijawy.

– Nic się nie zmieniłeś. – Pokiwał głową. – Ciągle ten sam Witalij.

A jednak kościelny zmienił się od ich ostatniego spotkania w Bedryczanach. Mimo swojego ciętego języka przygasł zupełnie i stał się cieniem samego siebie. Odzywał się rzadko i sprawiał wrażenie, że w ogóle nie słucha toczącej się rozmowy. Piotr wiedział jednak, że jego czujne uszy wyłapują każdy jej szczegół, jedynie sił brakuje mu na emocje i ich okazywanie.

Chwilę wcześniej wzięli udział w pogrzebie poległych żołnierzy na właśnie utworzonym przez księdza Lucjana cmentarzu, mieszczącym się tuż poniżej plebanii. W dołach wykopanych z wielkim trudem w usłanej korzeniami ziemi spoczęli też dźwigany przez Martę strzelec oraz Czarny, którego Piotr złożył w mogile własnymi rękami.

Usiedli na trawie przy szpitalu polowym zorganizowanym w domu prezesa Stowarzyszenia „Kolonia Wileńska" Stanisława Szczepańskiego. Jakimś cudem żołnierzom Piotra udało się zorganizować trzy menażki wypełnione pachnącą zupą.

– Łatwo nie było, panie poruczniku. – Podał im ostrożnie naczynia. – Tutaj pełno miastowych do rodzin przyjeżdża na noc, bo tam niebezpiecznie, odkąd Sowiety bombardują. Jedzenia jak na lekarstwo. Gdyby nie wioskowe, to nie byłoby co do pyska włożyć.

Chłopcy odeszli, a oni wrócili do rozmowy.

– Janek przyszedł w najbardziej odpowiednim momencie. Mama zniknęła, została tylko Swieta, za którą wcześniej nie przepadałam. – Marta sięgnęła łyżką do menażki, nie patrząc na niego. – Najlepszy czas mojego życia, który zakończył się totalną katastrofą, Piotr – westchnęła. – Takiego piekła nie wyobrażałam sobie nawet w najgorszych snach. Wiesz, co ja widziałam? Jakie okaleczone wraki przechodziły przez moje ręce? Janek pozwolił mi przez to przejść. A potem te skurwysyny go zabiły.

Zazgrzytało mu w uszach to przekleństwo, zupełnie niepasujące do uroczej blondynki, której obraz miał ciągle w pamięci. Niby to oczywiste, że ostatnie lata musiały odcisnąć na niej swoje piętno, w końcu on też zmienił się od tych pamiętnych wakacji. Patrzył jednak na nią i docierało do niego, że ma przed sobą zupełnie inną Martę.

– Świat tego nie zapomni banderowcom. Upomnimy się o ofiary. – Czuł, że jego słowa brzmią jakoś naiwnie i sztucznie. Westchnięcie Witalija tylko to potwierdziło.

– Zobacz, tuż za miedzą maszeruje Armia Czerwona. Dla Rosjan nasze waśnie to zbędny balast, niezrozumiały epizod. Oni nie będą pamiętać. A zachód? Kto dziś pamięta o rzezi, jaką Ormianom zrobili Turcy? Nikt. Tak też nikt nie zapamięta tego ludobójstwa, tutaj.

– No to Polska się upomni.

Kościelny pokiwał smutno głową.

– Wy, synku, nawet tego Wilna nie zachowacie. Wszystko wam zabiorą. Dzisiaj rano biliśmy się o miasto i co? Teraz czekamy na czerwonych, bo sami nie damy rady. Ciężkie czasy idą, i to zaraz po takim wojennym piekle.

– A jak Swieta? Opowiadaj! Bo na razie niewiele się dowiedziałam! – Marta zmieniła temat rozmowy. Witalij również nadstawił ucha, gdy usłyszał imię dziewczyny.

Uśmiechnął się, nie wiedząc nawet, od czego zacząć.

– Wszystko dobrze. Jest bezpieczna. Działa ze mną w konspiracji. – Zawahał się, czy następną wieść przekazać Marcie właśnie teraz. – Bierzemy ślub…

Nie chciała tego wiedzieć. Poczuła to bardzo wyraźnie, gdy jego słowa wbiły się w jej serce jak igły. Wyznaczona przez nie wyraźna granica przypomniała jej, że Swieta mogła być przyjaciółką i siostrą tylko do chwili, gdy nie było w pobliżu Piotra. Patrzyła na niego, siląc się na jakąkolwiek oznakę radości, a w środku czuła, że pewne rzeczy nie zmienią się nigdy. Dwie kobiety to zawsze o jedną za dużo.

– Teraz jest w lesie, w Kampinosie. Musieliśmy ją ukryć.

– A czemuż to? – włączył się do rozmowy zaniepokojony Witalij.

Ochocki zawahał się chwilę, zanim odpowiedział na pytanie. Jego słowa sprawiły, że Marciniszyn rzuciła się do przodu jak lwica.

– Jak to spotkaliście Jegora?! Kanalia jedna!

– Uspokój się, Martoczka. – Kościelny chwycił ją za rękę. – Posłuchaj chłopaka, co ma do powiedzenia.

Ale jej wzburzenie toczyło się już jak kamień po zboczu.

– Wiesz, co on Witalijowi i Annie zrobił? Zabiję sukinsyna, gdy go dorwę!

Dyszała ciężko, podczas gdy Rusin przysunął się bliżej.

– Widzieliśmy go ostatnio w Hucie Pieniackiej, gdy ją likwidowało ukraińskie SS. Ale to było w marcu jeszcze. Mówisz, że w Warszawie się zaszył?

Piotr wzruszył ramionami.

– Nie wiem, czy jest tam ciągle. Spotkaliśmy go w kawiarni. Było trochę strzelaniny, ale udało się zwiać. Potem jednak Swieta o mało co na niego nie wpadła na ulicy. Nie było sensu ryzykować. Przenieśliśmy się do leśnego oddziału. To znaczy ona się przeniosła. Ja chwilę po szkoleniu dla Grup Szturmowych wyjechałem tutaj. Nie mam od tej chwili z nimi kontaktu.

– Jeśli jest tam Jegor, w Warszawie, to znaczy, że Onyksyk też tam jest. – Marta zdążyła się już uspokoić. Oparła ręce o kolana i spojrzała na starego. Ten pokiwał potakująco głową.

– Nam więc też tam trzeba. Za nim – odpowiedział stary.

– Kto to ten Onyksyk? – zapytał Piotr i sięgnął do kosmyka włosów, który spadł dziewczynie na czoło. Odgarnął go, a ona uśmiechnęła się do niego ciepło, jak dawniej. Odpowiedzi jednak nie dostał. Witalij patrzył w głąb ulicy Wodnej, gdzie wśród zamieszania, na które nie zwracali zupełnie uwagi, maszerowała jakaś kolumna.

– Idą czerwoni. – Stary zapalił skręta i zaciągnął się nim. – Kończy się sen o wolnej Polsce.

Piotr wstał, żeby lepiej widzieć nadchodzące oddziały, podczas gdy Marta pospiesznie wkładała pod wojskową czapkę swoje długie jasne włosy. Chwilę potem wyglądała już jak młody chłopak. Piotr spojrzał na nią zdziwiony.

– Nie lubi ruskich, mają zbyt szybkie ręce do kobiet – odpowiedział Witalij, który stanął obok Piotra, zasłaniając dziewczynę. Odpalił papierosa i zaciągnął się dymem. – Onyksyk żonę mi zamordował. I synów.

Piotr pobladł. Patrzył na Ukraińca szeroko otwartymi oczami.

– Jak to… Chłopców? Annę?

Czoło kolumny minęło willę rodziny Szczepańskich. Rzędy karnie maszerujących czerwonoarmistów w obstawie wojsk straży granicznej szły w kierunku ulicy Krętej.

– Na Hrybiszki idą. Do Wilka. Tam, gdzieśmy z odsieczą nie zdążyli. Albo pójdą do 3. Brygady. Ponoć kompanie „Szczerbca" dotarły do Belmontu i biją się tam ciągle – snuł domysły kościelny, delektując się dymem. Na koniec zaś dorzucił: – Tak, przyszli z Jegorem i jego siepaczami. Jednego syna na moich oczach, a drugiego… Szkoda gadać. Kobietę mi zamęczyli, a potem powiesili w lesie. Onyksyk ją zamordował własnoręcznie. Tak zemścił się Jegor za tamten wrzesień, za Swietę, że jej pomogłem.

Piotr spuścił głowę.

– Nie wiem, co…

– Nie musisz wiedzieć – przerwał mu Rusin. – Nikt w takiej sytuacji nie wie, co powiedzieć drugiemu człowiekowi. Ja do ciebie żalu nie mam, choć były chwile, że zabiłbym cię gołymi rękami. – Spojrzał na Ochockiego zmęczonymi oczami. – A potem zrozumiałem, że zło nie potrzebuje pretekstu. Taki albo siaki powód jest dobry, byle zepsuć coś, co inni przez lata pielęgnowali. Zobacz na tych, co tu maszerują. Im też nie potrzeba pretekstu. Przyjdą i zniszczą. A Onyksyka dopadnę sam.

Sowieckie kompanie przechodziły przed nimi w dalszym ciągu, gdy na podwórze przybiegli chłopcy Piotra.

– Tur dał rozkaz do wymarszu. Będziemy wracać na wczorajsze pozycje.

– Powiedzcie, że zaraz do was dołączę. Pożegnam się tylko.

Żołnierze odeszli, a on stanął przed Martą, która bez słowa wtuliła się w niego.

– Mam nadzieję, że nie żegnamy się na zawsze, Piotrusiu. Ja tu zostanę, pomogę przy rannych. Gdyby cokolwiek, szukaj mnie tu.

Pogładził ją po głowie.

– Znajdę cię, łobuziaro.

Podniosła głowę, patrzyła na niego chwilę, a potem pocałowała tak miękko, że zmiękły mu kolana.

– Piotr, znajdź mnie!

– Znajdę, nie bój się. Wszystko będzie dobrze.

Puściła go w końcu i odeszła, nie oglądając się w stronę willi, gdzie właśnie wnoszono rannych.

– Piotr! – Witalij uścisnął mu dłoń. – Powodzenia! Nie daj się zabić.

– Wrócę tutaj, gdy wszystko się skończy.

Stary pokręcił głową.

– Będzie, jak Bóg da, bywaj!

Ochocki pobiegł za swoimi ludźmi wzdłuż maszerujących sowieckich szeregów. Nie dali rady sami. Oddawali więc im pole.

Patrzył z żalem w sercu na obcych, którzy nie rozumieli ich, nie rozumieli tej ziemi, i czuł się jak zgwałcona kobieta oddająca się pod opiekę sutenerowi, byle tylko uwolnić się od lumpa, który ją skrzywdził.

5

Leżała naga, zupełnie bezsilna, nie mogąc się ruszyć. Nie była nawet w stanie poruszyć ręką, żeby się zasłonić. Próbowała krzyknąć, zamiast słów usłyszała niewyraźny bełkot, a na języku poczuła garść kamieni. Ze zgrozą uświadomiła sobie, że to nie kamienie miała w ustach, ale pokruszone zęby. Bolało. Ktoś przy ognisku śpiewał po ukraińsku piosenkę, a ona w jakiś sposób wiedziała, że gdy skończy, to stanie się coś złego. Szum lasu doprowadzał ją do szału. Chciała uciekać, ale ciało odmawiało jej posłuszeństwa. Mężczyzna zakończył śpiew.

– Nu, diwczyna, czas na ciebie.

Fala strachu zamieniła się w panikę, gdy obleśna dłoń powędrowała wzdłuż jej uda. Z wielkim wysiłkiem odwróciła głowę w bok, gdy ciężkie cielsko zwaliło się na nią. Z boku, na trawie siedział wpatrzony w nią chłopczyk. Było jej tak bardzo wstyd, że musi oglądać ją tak sponiewieraną. Oprawca rzęził jej wprost do ucha, ale ona patrzyła na dziecko jak na wybawienie. Poczuła szarpnięcie. Drzewa wygięły się w łuk, a niebo rozbłysło w środku nocy jak pochodnia. Świat dookoła niej zaczął się zapadać, a ona nagle zdała sobie sprawę, że chłopiec jest jej w jakiś dziwny sposób bliski. Znała go! Próbowała sobie przypomnieć, a im bliżej była odkrycia prawdy, tym mocniej dziecko wyciągało do niej rękę. Wysiliła umysł, żeby zdążyć, zanim szarpnięcie wyrwie ją spod tego obleśnego wieprza i zamieni wszystko dookoła w kupę gruzu. Jeszcze sekundę, jeszcze ułamek... Chłopiec uśmiechnął się szeroko, a jego drobne rączki dotknęły jej twarzy. Jeszcze...!

– Marta! – Witalij szarpał jej ramieniem. – Obudź się! Moskale łapią naszych!

Usiadła na brzegu łóżka skołowana, jakby ktoś uderzył ją obuchem. Znów ten sen! Poczuła ciarki na całym ciele.

– Witalij, ja umrę – wyszeptała, patrząc przed siebie.

Rusin pakował pospiesznie worek.

– Co? Ubieraj się! Wszyscy umrzemy. Kiedyś. A ty teraz pracujesz bardzo mocno, żeby to „kiedyś" stało się teraz.

– Ja umrę! – powtórzyła głośno. – Ukraińcy mnie zamordują! Widziałam to, rozumiesz?! Ten sen...

Chwycił ją za ramiona.

– Może i tak, ale to będzie kiedyś. A na razie jedynym Ukraińcem jestem tutaj ja. I jeśli nie ruszysz tyłka, to ja cię zamorduję. Ruscy robią obławę na akowców. Wyłapują wszystkich!

Dopiero teraz dotarły do niej słowa starego. Rzuciła się w kierunku zawieszonego na krześle munduru.

– Ale przecież wszystko było dobrze! – Wciągała spodnie, choć żyjące swoim życiem nogawki wcale jej tego nie ułatwiały. – Wilno zdobyte. Mamy formować polską jednostkę i bić się z Niemcami dalej!

– No to widocznie ktoś ruskim zapomniał o tym powiedzieć. – Spojrzał na nią z irytacją. – Bo dzisiaj Wilka aresztowali. Pojechał z kierowcą i jeszcze jednym oficerem do sowieckiego sztabu w Boguszach podpisywać papiery o współpracy.

– No i co?!

Witalij rozłożył ręce.

– No i nie wrócili. Oficerowie, którzy pojechali tam potem na spotkanie z ruskim dowódcą okręgu, też nie wrócili.

– Może się zagadali? Może jeszcze wrócą?

Stary pokiwał głową.

– Rozmawiałem z chłopakami. Mówią, że Strychalski lada chwila wyda rozkaz o wymarszu do puszczy. Ubieraj się, a ja się wypytam na zewnątrz.

Usiadła na chwilę na brzegu łóżka. Nie mieściło jej się to w głowie. Przecież wszystko szło w dobrym kierunku. Wprawdzie nie udało się wyzwolić Wilna bez pomocy Armii Czerwonej, ale po pierwszych niepowodzeniach kontynuowano operację i nawet jakoś dogadywali się z Sowietami. Tydzień trwało oczyszczanie miasta z Niemców. Choć Rosjanie przejęli główny ciężar walki na siebie, Polacy bili się o swoje miasto wszędzie, w dzielnicy Kalwaryjskiej, na ulicy Zamkowej i na Rossie. W każdej części miasta polscy żołnierze walczyli jak lwy.

Nie obyło się bez zgrzytów i tarć. Dowódca sowieckiej brygady pancernej rozkazał majorowi Pohoreckiemu samorozwiązanie 1. Zgrupowania. To było tego samego dnia, gdy spotkali się z Piotrem. Tur rozkaz wykonał, ale za tę samowolkę komendant Wilk zdymisjonował majora. Piotr trafił do sztabu dowódcy Okręgu Wileńskiego AK.

Odwiedził ich w Kolonii kilkakrotnie. Osada przeżywała swój najlepszy od wielu lat czas. Jej mieszkańcy, dumni ze swojego walecznego wojska, dawali z siebie wszystko, żeby niczego nie zabrakło ich chłopcom. Młodzież garnęła się do munduru, więc chętnych do wstąpienia w szeregi Armii Krajowej przybywało z dnia na dzień. Tak cieszyli się z odzyskanej wolności, że wydawało się, iż nic nie jest w stanie teraz zatrzymać ich zwycięskiego pochodu. I tylko na cmentarzu w lesie poniżej plebanii przybywało krzyży.

W końcu Fester Platz został zdobyty, a Piotr i Marta poszli z daleka popatrzeć na biało-czerwoną flagę zatkniętą na wzniesionej na Górze Zamkowej kamiennej wieży, górującej nad

Wilnem. A potem na polecenie Rosjan flagę zdjęto... Oddziałom Armii Krajowej Sowieci nakazali opuścić miasto. Odeszli więc na skraj Puszczy Rudnickiej, czekając na porozumienie w sprawie dalszej walki u boku oddziałów 3. Frontu Białoruskiego.

Wszystko to przewaliło się przed jej oczami, gdy usiadła na łóżku. Hałas za oknem wyrwał ją z zamyślenia. Sięgnęła do guzików bluzy mundurowej i zapięła je w pośpiechu. Nagle drzwi otworzyły się na oścież i stanął w nich kościelny.

– Jest oficjalny rozkaz Strychalskiego! Idziemy w lasy! Sowieci rozpoczęli wyłapywanie naszych! Tyle z wolnego Wilna i Polski! Uciekamy na Białystok!

Poczuła zimny pot na całym ciele. Rację miał major Szendzielarz „Łupaszka", który swą 5. Brygadę Wileńską wyprowadził spod Wilna już tydzień temu, mówiąc, że z Sowietami nie będzie defilował, bo im nie ufa jak psom.

Założyła plecak i nacisnęła czapkę na głowę. Była gotowa. Pozostała jednak jeszcze jedna kwestia do rozwiązania.

– Gdzie jest Piotr?!

6

Od początku coś wisiało w powietrzu. Chwilę po tym, jak znaleźli się w Boguszach, oficerowie zniknęli w wejściu willi, którą Sowieci wyznaczyli na spotkanie. Osłaniającym polską delegację żołnierzom 7. Brygady „Wilhelma" polecono pozostać na zewnątrz budynku.

– Zdies' miesta mało, wsiem nie chwatajet – tłumaczył im uzbrojony w pepeszę sołdat. – Poczekajcie, niech spokojnie pogadają.

Za ich plecami przemknęło kilkunastu innych, na których głowach zauważył czapki z niebieskimi otokami.

– NKWD – szepnął obserwujący wszystko bardzo uważnie Piotr do stojącego obok niego dowódcy plutonu. – Nie podoba mi się to.

Robiło się coraz bardziej gęsto od czerwonoarmistów. Ruszył wzdłuż płotu, nie spuszczając niebieskich otoków z oczu. Chciał wiedzieć, co knują.

Doszedł prawie na tył domu, gdy nagle usłyszał za plecami.

– A ty kuda?

Popatrzył na Rosjanina, który wyrósł przed nim jak spod ziemi.

– Lać mi się chce, mogę?

– Pisaj zdies'! – Żołnierz wskazał mu płot.

Usłyszał jeszcze, jak sierżant krzyknął do swoich ludzi.

– Nie stójcie w grupie! Rozstawcie się wzdłuż ścian i oczy dookoła głowy!

Chwilę potem na jego oczach niebieskie otoki wyprowadziły polskich oficerów tylnymi drzwiami. Musiano ich aresztować tuż po przybyciu, bo mieli już związane ręce. Przy głównym wejściu do posesji nagle zrobiło się zamieszanie. Spojrzał szybko w prawo, gdzie kordon czerwonoarmistów właśnie otaczał wydzielony oddział 7. Brygady. A więc stało się to, o czym mówił Witalij! Sowieci rozpoczynają rozprawę z wileńską Armią Krajową!

Rosjanin stojący za nim zorientował się, że Piotr widział zbyt wiele. Ochocki jakby czytał mu w myślach, bo nim tamten zdążył odbezpieczyć pistolet maszynowy, obrócił się, wysuwając z rękawa nóż. Oczy sołdata rozszerzyły się jak talary, gdy ostry majcher rozpłatał mu gardło. Pepesza gruchnęła na ziemię, a z podciętego gardła buchnęła krew, zalewając mundur i trzymające martwe ciało dłonie Piotra. Położył zwłoki pod płotem, kucnął i wytarł ręce o dół bluzy Rosjanina. Rozejrzał się dookoła. Nikt ich nie widział. Na jego szczęście szarówka złamała wreszcie długi, letni dzień, więc szanse na to, że wydostanie się z kotła, wzrosły.

Do miejsca, gdzie stali otoczeni przez Sowietów akowcy, podjechały ciężarówki. Widok upokorzonych przez niedawnych sojuszników żołnierzy łamał mu serce, ale zdawał sobie sprawę z tego, że pójście z nimi w niewolę to pewny Sybir albo kula. Ktoś powinien ostrzec pozostałych, zanim będzie za późno. Od linii lasu na skraju wsi dzieliło go dwieście metrów. Nie było szans, by przedostał się tam w swoim mundurze. Spojrzał na leżące przed nim ciało i poczuł obrzydzenie na myśl o włożeniu poplamionej krwią bluzy. Nie miał jednak wyjścia.

– Dawaj, Iwan, przydaj się na coś – pochylił się nad trupem i zaczął rozpinać jego guziki.

Chwilę potem ruszył zdecydowanym krokiem pomiędzy krążącymi wszędzie patrolami. Zapadająca ciemność ułatwiła mu zadanie. Nikt nie zwracał uwagi na plamy. Skręcił za stojące na skraju wsi domostwo i zamarł na chwilę. Na jego drodze pojawił się posterunek, przy którym straż pełniło czterech uzbrojonych w pistolety maszynowe żołnierzy. Nie było wyjścia, musiał iść dalej w ich stronę. Liczył tylko na to, że uda mu się podejść jak najbliżej. Ostrzeliwanie się nie wchodziło w grę. Strażnikom pomoc zostałaby wysłana szybciej, niż zdążyłby ich pozabijać.

Na szczęście stojącym przed nim czerwonoarmistom do głowy nie przyszło, że nadchodzący człowiek z pepeszą na ramieniu to Polak. Dopiero gdy błyskawicznym ruchem ściągnął z ramienia automat, zorientowali się, że nie jest tym, za kogo go wzięli. Było już jednak za późno.

Pistolet maszynowy PPSz ma tę właściwość, że podczas strzelania lufa nie ulega podrzutowi. Dzięki temu można prowadzić dość skuteczny ogień, nie podnosząc broni do ramienia. Piotr o tym nie wiedział, ale w związku z tym, że nie miał czasu na celowanie precyzyjne, licząc na cud, wypruł w kierunku żołnierzy z biodra połowę z siedemdziesięciu dwóch pocisków, którymi załadowany był bębnowy magazynek. Ku jego zdziwieniu skutek wydawał się zadowalający. Potwierdzały to cztery wijące się w konwulsjach ciała. Minął je i wbiegł do lasu, zanim ktokolwiek zdążył się pojawić.

7

Od Jaszczur dzieliło go kilka kilometrów. Mimo dość znacznej liczby sowieckich oddziałów w okolicy nieodległych Turgiel zostało rozlokowanych kilkanaście tysięcy żołnierzy Armii Krajowej. Wszyscy czekali na porozumienie o utworzeniu polskiej dywizji i wyposażeniu dla niej, które pułkownik Wilk miał podpisać z rosyjskim generałem Czerniachowskim. Zwycięska bitwa o Wilno rozbudziła nadzieje na dalszą walkę ze znienawidzonym okupantem, choć cieniem na cały zapał kładło się to, że miała ona być prowadzona u boku drugiego satrapy – Stalina.

Ściągnął pokrwawiony radziecki mundur już w lesie. Zmienił go na swój, polski, który cały czas niósł w plecaku, i ruszył w stronę Jaszczur, gdzie na kwaterze zostawił Martę i Witalija.

Zaraz za lasem, w którym się ukrył, natknął się na partyzancki patrol. Wiedzieli już.

– Komendant nie wrócił z narady. – Młody żołnierz rozglądał się niespokojnie. – Są rozkazy, żeby uciekać do Puszczy

Rudnickiej. Ruskie pewnie rano zrobią jakąś kołomyję. Będzie duża afera.

Na wieść o tym, że oficerów również aresztowano, partyzantom całkiem zrzedły miny. Nie wyglądało to wcale dobrze. Musiał się spieszyć. Jeśli rozkaz dotarł do jego oddziału, mogli już wyruszyć do lasu, zwłaszcza że Jaszczury leżały na skraju puszczy. Napotkany oddział również przemieszczał się do Rudnik, więc dalszą drogę odbył z nimi. Rozstali się dopiero przed końcem nocnej wędrówki. Gdy jednak dotarli do wsi, okazało się, że ta świeci pustkami. Po partyzantach pozostały jedynie ślady obozowiska i pochowani po chałupach, przerażeni ludzie, niepewni następnego dnia. Dobrze pamiętali sowiecką okupację, okraszoną wywózkami i terrorem.

Zrobiło mu się gorąco. Nie zdążył. Rozkaz o wymarszu musiał przyjść znacznie wcześniej, a Marta i Witalij uciekli razem z innymi. Nie miał wyjścia, musiał pobiec ich śladem z nadzieją, że jakoś ich odnajdzie.

Pobiegł w stronę chałupy, gdzie mieli swoją kwaterę. Zostawił tam swoje rzeczy, które musiał teraz zabrać. Pchnął furtkę i otworzył drzwi. Po chwili wszedł do zajmowanego przez nich pokoju. Ruszył w stronę szafy i… usłyszał trzask odwodzonego kurka pistoletu.

– Nie ruszaj się. Ręce wysoko do góry! – spokojny głos Marty nie pozostawiał wątpliwości, że jest panią sytuacji. Jednak dla niego usłyszane słowa były młotem, który strzaskał leżący na jego sercu kamień. Zdążył po nich! Zdążył po Martę!

Kazała mu się odwrócić powoli, a on wykonał polecenie.

– Jezu, Piotr! – Rzuciła się na niego i zawisła na jego szyi. – Myślałam, że cię już nie zobaczymy. Bałam się o ciebie. Mówili, że was aresztowali.

Odsunęła się od niego. Czuła, że odrobinę przesadziła z serdecznością. On udał, że tego nie zauważył. Stojący w rogu pokoju Witalij wysunął się w końcu.

– Masz gówniarę. Uparła się, że będziemy czekać, choćby i Stalin osobiście zapukał do drzwi.

Dziękowała Bogu, że w pokoju było tak ciemno. Inaczej zobaczyłby, jak się czerwieni.

– Wierzyłam po prostu, że wrócisz… Nie chciałam, żebyśmy się znów pogubili.

Uśmiechnął się do niej, czego i tak nie mogła zauważyć.

– Zapalcie lampę, bo można się tu o ścianę zabić po ciemku – Rusin przezornie zmienił temat. Było mu żal Marty. Widział, jak rozkwitła, odkąd na powrót pojawił się warszawiak, i to właśnie niepokoiło go najbardziej. Kosiecka przeszła przez piekło i poskładała się do kupy. Zamknęła się w bezpiecznej skorupie na wszystko i wszystkich dookoła i dała radę. Jednak była kobietą i mimo muru, który wokół siebie wzniosła, potrzebowała ciepła jak roślina słońca. Piotr był jak klucz, który otworzył ją z łatwością, ale bezwiednie. Oznaczało to, że wciąż miała dla niego duży kawał serca. W tej całej sytuacji istniało jednak jedno „ale". To „ale" miało na imię Swieta i posiadało wyłączność na tego młokosa. Gdy Piotr wróci do Swiety, Marta znów pęknie jak porcelanowy flakon. Tym razem jednak nikt już nie zdoła jej poskładać. Dlatego musiał czuwać nad nimi jak ciotka przyzwoitka i dbać o to, żeby pomiędzy blondynką i idiotą zawsze leżał miecz, nie zaś róża.

Lampa puściła trochę dymu, ale już po chwili pomieszczenie wypełniło się światłem. Piotr natychmiast wrzucił do plecaka resztę swoich rzeczy leżących na półce ciężkiej, trzydrzwiowej szafy.

Gotowi do drogi pożegnali się z wystraszonymi sytuacją gospodarzami i pobiegli tam, gdzie trzy godziny wcześniej odeszli leśni.

Był na to już najwyższy czas. Na wschodzie zza horyzontu wypełzał właśnie czerwony pyzaty krążek, zalewając okolicę bladym światłem. Gdzieś za nimi rozległy się pierwsze strzały.

Piotr obrócił się jeszcze i spojrzał na przekrwione słońce. Była w tym jakaś ironia. Ten budzący się czerwony świt zbyt dobitnie symbolizował nadejście nowego porządku. Dla nich, wiecznych buntowników, oznaczało to tylko jedno. Znów musieli uciekać, biec jak wilki, szarpać i próbować nie dać się zabić ani złapać myśliwym, którzy spuścili ze smyczy swoje latające charty. Usłyszeli warkot zbliżających się do Puszczy Rudnickiej sowieckich myśliwców i włosy zjeżyły się im na głowie. Polowanie się rozpoczęło.

8

Nogi plątały się im ze zmęczenia. Maszerowali już kilka godzin, klucząc, chowając się i odgryzając tropiącym ich oddziałom NKWD. Nie było lekko. Sowieci domykali właśnie okrążenie leśnego kompleksu, a z góry tropiły ich nisko latające kukuruźniki, jak nazywano niewielkie dwupłatowce Polikarpow Po-2. Nie próżnowały również szturmowe myśliwce, które nie gardziły łupem, jakim byli nawet pojedynczy żołnierze.

Wszyscy mieli świadomość tego, że ich epopeja nie będzie trwała długo. Na razie bagnisty teren skutecznie hamował pościg, ale nieprzerwana kanonada z każdej strony i ciągłe naloty nie dawały zapomnieć żadnemu z kilku tysięcy żołnierzy Armii Krajowej, którzy schronili się w lesie przed rosyjską obławą, że z tego kotła uciec się już nie da.

– Będziemy się przebijać? – Witalij idący obok Piotra otarł spocone czoło i odgonił wszędobylskie muchy. Te jednak niezmordowanie kołowały nad nim dalej, za nic mając sobie jego duże dłonie mieszające zawzięcie gorące i gęste powietrze.

– Witalij, jak? Z lekką bronią? Wszyscy? Jakoś tego nie widzę. Ruskie już pewnie po drugiej stronie zamykają drogi na Grodno i Białystok. Nie ma dokąd się przebijać. Wystrzelają nas – Piotr pokiwał głową z rezygnacją. – Musimy poczekać na rozkaz „Strychańskiego". On teraz rządzi za Wilka.

– No to jedyna droga to rozpuścić wszystko. Niech próbują do domów wrócić ludzie.

Ochocki zbył milczeniem uwagę Rusina. Tego właśnie obawiał się najbardziej. Wprawdzie rozwiązanie zgrupowania było w ich sytuacji najbardziej logicznym krokiem, ale na samą myśl o tym krew burzyła mu się w żyłach. Zdawał sobie jednak sprawę z tego, że pojedynczym żołnierzom i małym grupom łatwiej będzie przedzierać się przez okrążenie. Wielotysięczna armia mogła jedynie wydać Sowietom bitwę, by przedrzeć opasające puszczę kordony czerwonoarmistów. Piotr nie miał wątpliwości, że takie starcie wygraliby w cuglach. Byli od Sowietów bardziej zmotywowani, odważniejsi i waleczniejsi. Ale co potem? Stanowili zbyt dużą jednostkę, żeby się kryć, i zbyt małą, by przebijać się w nieskończoność. Miliony Sowietów przykryłyby ich w końcu jak bezbrzeżny ocean, wypluwając ich oblepione wapnem kości na brzeg.

Marta maszerowała w milczeniu. Podeszwy butów kleiły się do błotnistego poszycia tak, że każdy krok wymagał od niej coraz większego wysiłku. Nie miała siły włączać się w rozmowę. Próbowała zapanować nad tysiącem myśli, które kłębiły się w jej głowie. To nie był dla niej pierwszy odwrót. Od zeszłej jesieni ciągle przed czymś uciekała. Jeśli nie przed Ukraińcami, to przed Niemcami albo nieszczęściami chodzącymi za nią krok w krok. Czuła się już tym wyczerpana. Spotkanie z Piotrem dodało jej skrzydeł. Potrzebowała tego jak powietrza, jak drugiego oddechu, żeby zerwać wreszcie ten knebel dławiący ją od śmierci Janka.

Coś się w niej ruszyło. Poczuła wreszcie, że gdzieś tam w środku, w jej wypalonym jak stary piec sercu, rozbłysnął mały płomień. Bała się jednak, że zgasi go śmierć, tu, na bagnach. Jeśli zaś nie śmierć, to zrobi to Swieta, którą przytuli na jej oczach. Sama nie wiedziała, co byłoby gorsze.

Pomyślała o śmierci i przed jej oczami natychmiast stanął ten straszny jak włochaty pająk sen. Bała się go. Przeklęte proroctwo nabierało za każdym razem coraz bardziej realnych kształtów. A może to Rosjanie tak się nią zabawią, nie Ukraińcy? Przecież nie wszystko musiało się spełnić dokładnie. A dziecko? Skąd ono się tam wzięło? Od myślenia zaczęła ją boleć głowa.

Zatrzymali się nagle, w miejscu, w którym las dawał schronienie przed warczącymi nieznośnie kukuruźnikami. Naprędce zorganizowano stanowiska cekaemów gotowe do odpędzenia każdego, kto pojawiłby się na niebie ponad ich głowami.

– Pułkownik wzywa dowódców kompanii i oficerów na odprawę! – Jakiś młody strzelec wyrzucił z siebie przyniesioną wiadomość i pobiegł dalej.

Piotr zrzucił z ramion plecak i pogłaskał Martę po jej zmierzwionych włosach.

– Chyba przyszedł czas na poważne decyzje. Nie ruszajcie się stąd.

Złapała jego dłoń przy swojej twarzy i pogłaskała ją, zanim zabrał rękę. Uśmiechnął się do niej i zniknął między drzewami.

Gdy wrócił, wszyscy dookoła zerwali się z trawy, na której usiedli, żeby odpocząć. Minę miał chyba nietęgą, bo gdy spojrzał na twarze żołnierzy, zobaczył, że pobladły jak ściana. Pokiwał potakująco głową i wziął głęboki oddech. Musiał to załatwić szybko.

– Podpułkownik Zygmunt Izydor Blumski pseudonim „Strychański", dowódca Okręgu Wileńskiego Armii Krajowej, w dniu osiemnastym lipca tysiąc dziewięćset czterdziestego czwartego roku wydał rozkaz o rozwiązaniu tego okręgu. Żołnierze Armii Krajowej zostają zwolnieni z przysięgi. Możecie zerwać z bojową przeszłością i na własną rękę próbować przedrzeć się przez okrążenie do domów i rodzin. Ci, którzy dość mają walki, mogą poddać się Sowietom i sprawdzić ich prawdomówność, bo z tego, co wynika z tej makulatury, którą nam zrzucają na głowy z samolotów, to przyjmą nas chętnie chlebem, solą i otwartymi ramionami. – Słuchający go żołnierze wybuchli śmiechem, choć wcale nie było im wesoło. Piotr ponownie odetchnął głęboko i dokończył przekazywanie rozkazu. – Możecie też dołączyć do tych, którzy chcą kontynuować walkę na Wileńszczyźnie, albo przebijać się na zachód, by dalej bić wroga.

– Którego?! – usłyszał pytanie gdzieś z dalszego szeregu. – Niemca czy Sowieta?!

Skrzywił się gorzko. Czuł ogromny ciężar klęski, przytłaczający go tak samo mocno, jak tych młodych chłopców, którzy gotowi byli życie swoje rzucić na szalę w obronie Wilna i Polski. Przyszłość jawiła mu się czarna i wroga. Podniósł głowę, uśmiechnął się i odpowiedział.

– Obu!

Nikt już się nie roześmiał. Nagle wszyscy ci karni żołnierze, waleczni i oddani, stali się jak te bezpańskie psy. Serce łamał mu widok kręcących się wokoło ludzi, dla których właśnie zawalił się świat, po raz kolejny.

– Dobra decyzja. – Witalij klepnął Piotra w ramię, gdy ten podszedł do nich ze zwieszoną głową. – Na otwartą walkę z Sowietami nie ma szans. Trzeba partyzantki. Pola też trzeba obsiewać, w fabrykach pracować, dzieci robić. Jak wdamy się w bitwę wielką, rozniosą nas na strzępy w końcu. Niech się przewali Armia Czerwona. Kto będzie chciał, zostanie pod bronią. Ale wielu z tych tutaj dołączyło do wojska niedawno, w nadziei, że nie będą musieli się kryć. Niech wracają do domu, do żon i dzieci.

Kościelny zdawał sobie sprawę z tego, że żadne słowa nie osłodzą smaku porażki, którą Piotr czuł w sobie. Jednak on przeszedł w życiu przez niejedną wojnę i wiedział dobrze, że w tym wszystkim najważniejszy jest człowiek. Żywych trzeba chronić. Po co komu wolność, jeśli nie ma komu się nią cieszyć?

Marta po prostu podeszła i przytuliła się do chłopaka. Nie popłynęły jej łzy, choć w środku łkała jak pozostali.

– A my? Co my zrobimy teraz? – zapytała go cicho.

Milczał przez chwilę. Pogładził ją po ramieniu.

– Idziemy z tymi, którzy chcą przebić się na zachód – odpowiedział chrypiącym głosem. – Musimy dostać się do Warszawy, do moich chłopaków...

Pokiwała głową ze zrozumieniem.

– ...do Swiety.

No masz!

9

Swieta! – Młody strzelec zajrzał przez okno do kuchni, w której krzątała się dziewczyna. – Kapitan cię wzywa.

Wytarła mokre dłonie o brzeg fartucha i podeszła bliżej.

– Nie wiesz, czego ode mnie chce?

– Jest dowódcą, może chcieć, czego chce.

Podniosła wysoko brwi i spojrzała na chłopaka tak, że westchnął głośno.

– Wcale to dobrze nie zabrzmiało.

– Oj, nie wiem. – Partyzant pokręcił głową. – On się z tymi nowymi spotyka teraz.

Poczuła gorąco pod sercem. Wczoraj do Kampinosu przybył oddział ze wschodu. Prosiła kapitana Szymona o to, żeby wypytał ich o Piotra. Może ma jakieś wieści dla niej! Z jakiego innego powodu wzywałby ją teraz do siebie? Nie chciała czekać ani chwili dłużej. Po kilku minutach pukała już do drzwi niewielkiego domku, który służył kapitanowi za kwaterę.

– Jesteś już? – Podniósł głowę znad mapy. Stojący obok niego żołnierze, których wcześniej tu nie widziała, strzelili obcasami. Nie zwróciła na nich uwagi. Jej dłonie gniotły róg bluzki, którą miała na sobie, a serce łomotało, czekając na wieści.

– Jak już wiesz, ci panowie przybyli właśnie z Okręgu Nowogródzkiego. – Major wskazał dłonią dwóch oficerów, chociaż w pokoju oprócz nich nie było więcej nikogo.

– Kapitan Szymon pytał nas już o to, czy nie ma z nami pani narzeczonego, Piotra Ooooo… Okólskiego? – Popatrzył na Krzyczkowskiego pytającym wzrokiem.

– Ochockiego! – Swieta wyprzedziła dowódcę.

– No właśnie. Nie mamy nikogo takiego u nas. – Rozłożył ręce oficer. – Ochocki, z tego, co kapitan zdążył nam przekazać, wyjechał w rejon Wilna. Tam ostatnio było bardzo gorąco. Sowieci rozbroili około…

Nie chciała już słuchać dalej. Obróciła się na pięcie i wyszła z pomieszczenia. Chciało jej się płakać, ale opanowała się. Wróciła do kuchni i usiadła przy stole. Tak zastał ją Hucuł, który wrócił z patrolu ze swoim oddziałem.

– I co?

– Nie ma go… – Pokiwała głową, nie patrząc nawet w stronę Kuby. Podszedł do niej i położył jej ręce na ramionach. Oparła głowę o jego dłoń.

– Musi się znaleźć – wyszeptała.

Nie miał serca opowiadać jej po raz wtóry o tym, jak Sowieci aresztowali ponad sześć tysięcy żołnierzy po wspólnym wyzwoleniu Wilna. Szanse na powrót Piotra były naprawdę znikome.

Jednak Swietę nadzieja na to, że się doczeka, utrzymywała przy życiu jak tlen. Nie chciał jej dziewczynie odbierać, szczególnie teraz.

– Musi wrócić – spokojny ton jej głosu świadczył o tym, że kolejny raz udało się jej przekonać samą siebie. – Bo co my bez niego zrobimy.

Cofnął ręce jak oparzony, jak diabeł, który przez przypadek włożył dłonie do święconej wody. Słowa dziewczyny ugodziły go boleśnie. Wiedział, że musi uciec z tego miejsca, gdzie każde spojrzenie na nią przypominało mu, że do niego nie należy.

– Odpoczywaj, Swieta. Ja wracam do chłopaków. – Odwrócił głowę. Pochłonięta myślami, nie zauważyła nawet tego, co się z nim działo. Pomachała mu tylko na pożegnanie, nie patrząc w jego kierunku. – Oboje odpoczywajcie.

Zebrała się w końcu w sobie. Podeszła do wiszącego na ścianie kalendarza i wzięła do ręki ołówek. Musiała zaznaczyć kolejny dzień oczekiwania na powrót Piotra. Postawiła szary krzyżyk obok poniedziałku, trzydziestego pierwszego lipca tysiąc dziewięćset czterdziestego czwartego roku.

10

Szła szybkim krokiem w kierunku mieszkania. Nie wytrzymała w lesie ani sekundy dłużej. Brak wieści o Piotrze dobijał ją i sprawiał, że dusiła się każdym haustem lepkiego od gorąca powietrza. Wolała po stokroć czekać na niego tam, gdzie przynajmniej wszystkie przedmioty przypominały jej o nim. Zostawiła jedynie na stole krótki list z wyjaśnieniem dla Hucuła. Rankiem była już w Izabelinie, a po południu maszerowała przez plac Napoleona.

Nie zwracała na to wcześniej uwagi, ale coś dziwnego wisiało w powietrzu. Niby wszystko było jak zwykle, pękające od nadmiaru pasażerów tramwaje z głośnym piskiem pokonywały kolejne zakręty, ludzie spieszyli do swych zajęć, Niemcy patrolowali ulice, nie zwracając uwagi na nikogo. Jednak atmosfera aż kipiała od dziwnej nerwowości, która po chwili udzieliła się i jej. Pogłaskała się po brzuchu delikatnie, ale czuła już, jak serce zaczyna stukać jej w piersiach znacznie szybciej, pompując adrenalinę w każdy zakątek jej ciała. Jacyś chłopcy w płaszczach przebiegli obok niej. Wysokie oficerki, te dziwne jak na tę porę roku okrycia i zacięte miny otworzyły jej wreszcie oczy. To właśnie ci młodzi ludzie, spieszący gdzieś z jednego końca placu na drugi, przecinający ulice przed nosami nerwowo rozglądających się Niemców byli tutaj nieracjonalnym elementem. Gdy dodać do tego strzały, które nagle rozbrzmiały gdzieś od strony Woli, wszystko zaczynało się układać w logiczną całość. Znikała już za rogiem, gdy seria z automatu wystrzelona z drugiego końca uderzyła w budynek poczty. Obróciła się i zamarła. Dookoła niej zakotłowało się od młokosów z biało-czerwonymi opaskami na ramionach. Byli wszędzie, wybiegali z bram i czaili się pod murami budynków. Powietrze zrobiło się gęste od świszczących pocisków.

– Niech się paniusia schowa w bramie, bo tu bal zaczynamy. To nie dla paniusi! – Osiemnastoletni może chłopiec chwycił ją za ramię.

– A z czem ty chcesz się bić, skoro nie masz broni?

Żołnierzyk spojrzał gniewnie.

– Zdobędziem, jak Niemców z poczty pogonim! Niech ucieka już!

– Nie muszę, jestem sanitariuszką. – Uśmiechnęła się do zdziwionego chłopca.

– Nooo, to niech siostra zajmie się tymi tam. – Głową wskazał na leżące pod ścianą ciała.

A więc powstanie! Rozejrzała się dookoła. Bitwa rozgorzała na dobre. Już teraz w całym mieście słychać było szczekot karabinów. Tu, obok niej, uzbrojeni powstańcy ruszali do szturmu na budynek poczty. Pierwsi z nich zdążyli się już pochylić i runąć bez życia na bruk. Młode dziewczęta z czerwonym krzyżem na torbach ofiarnie wyciągały ich spod niemieckiego ognia. Wyścig ze śmiercią o ostateczną cenę za pierwszy dzień wolności właśnie się rozpoczął. Pierwsi chłopcy zdążyli już przelać swą krew, która teraz mieszała się z brudnym, warszawskim brukiem.

Bal się rozpoczął. Muzyka tysięcy luf rozbrzmiewała w każdym zakątku miasta. Wtórowały jej wywieszane w oknach biało--czerwone flagi i radość ludzi, którzy wreszcie, po pięciu latach okupacji, mogli odetchnąć wolnym, choć przesiąkniętym prochem powietrzem.

Pobiegła w kierunku opatrywanych przez niedoświadczone sanitariuszki żołnierzy bez broni. Serce biło jej jak oszalałe. I tylko jęk zabłąkanych kul, odbijających się od trotuaru, tańczył razem z nią.

11

Wyrwali się z kotła, uciekając nie na południe, lecz w kierunku Prus Wschodnich. Maleńka grupa, nad którą Piotr przejął dowodzenie, pod osłoną nocy rozbroiła sowiecki zmotoryzowany patrol, po czym przechwyconą po nich ciężarówką ruszyła w kierunku linii okrążenia. Pewnie wpadliby od razu, gdyby nie to, że po sąsiedzku duży oddział leśnych w desperackiej próbie uwolnienia się uderzył na sowiecki kordon. Czerwonoarmiści w pośpiechu ruszyli w tamtą stronę, zostawiając na szosie jedynie posterunki. Nawet ich nie zatrzymywano, gdy przebrani w radzieckie mundury zdobycznym autem przejechali przez ich linie.

Potem rozpoczęła się mozolna nocna wędrówka w kierunku Warszawy. Rosjanie byli wszędzie. Ich zagony sięgały już na tyle daleko w głąb Polski, że Piotr dopiero teraz zdawał sobie sprawę z tego, iż nawet gdyby zdobyli Wilno sami, to jego utrzymanie nie miało najmniejszych szans powodzenia. Po lewej stronie słyszeli gniewny pomruk przetaczającego się w kierunku Białegostoku frontu.

Posuwali się wolno, jeśli tylko była możliwość. Mundury już dawno wymienili na wyżebrane u miejscowej ludności cywilne łachy.

Za Białymstokiem przeszli na niemiecką stronę frontu. Już po drugiej stronie rozdzielili się. Chłopcy odeszli w stronę lasów nad Biebrzą, a Piotr, Marta i Witalij ruszyli w stronę stolicy. Byli w drodze już ponad dwa tygodnie. Głodni, niewyspani, zmęczeni zaszyli się w jednej z podłomżyńskich wsi, aby odpocząć.

Kwaterę znaleźli w chałupie położonej na końcu osady. Gospodarz, niski krępy chłop, na początku nie chciał w ogóle słyszeć o przyjęciu trójki włóczęgów. Piotr w akcie desperacji położył mu dłoń na ramieniu i patrząc prosto w oczy, spokojnym głosem powiedział:

– Jesteśmy partyzantami. Walczyliśmy o Wilno, ale tam wszystkich Sowieci aresztowali po bitwie. Idziemy do Warszawy, nie spaliśmy przez ostatnie dwa dni. Daj nam, człowieku, odpocząć.

Gdy swoje słowa poparł rozpiętą marynarką, pod którą na ramieniu wisiała pepesza, gospodarzowi zalśniły oczy.

– Wilno? Mówią, że tam ruskie wszystkich na białe niedźwiedzie. A skąd mam wiedzieć, że prawdę gadacie?

– Bo ja z Warszawy jestem. Do domu idziemy, narzeczona tam na mnie czeka.

Musiał być chyba bardzo przekonujący, bo po krótkim zastanowieniu chłop machnął ręką i wskazał im drzwi do stodoły.

– Idźcie na siano. Potem wam moja Marylka mlika przyniesie. I coś do jedzenia.

Odetchnęli z ulgą.

– Bóg ci zapłać, człowieku.

Pokiwał tylko głową.

– Zapłaci, nie zapłaci, a człowiekiem trza być.

Gdy zamykał za nimi duże, drewniane drzwi, zatrzymał się na chwilę.

– To wy do Warszawy teraz znów walczyć idziecie?

Piotr pokiwał głową.

– Jeśli taki rozkaz będzie, to tak.

Gospodarz popatrzył na niego zdziwiony.

– Jak to, to wy nic nie wiecie?

Ochocki zbladł. Wytrzeszczył oczy i złapał mężczyznę za koszulę.

– Co mamy wiedzieć?! Mów!

– Puść człowieku! – Tamten chlasnął go ręką po palcach. – No, jak to co? W Warszawie wybuchło powstanie!

Powstanie! Pięć lat oczekiwania na to, aż rzucą się znienawidzonemu okupantowi do gardła. Za Wawer! Za Palmiry! Za kominy krematoriów i uliczne egzekucje! Za wolność!

Piotr trzymał się za głowę, chodząc dookoła, i czuł, jak serce wyrywa mu się z piersi. Upragniona od tak długiego czasu chwila nadeszła, gdy on był akurat poza Warszawą. Nie mógł sobie tego darować!

– Rosjanie musieli podejść pod Wisłę, skoro zaczęto walkę. – Rusin oparł głowę o ścianę stodoły. – Dowództwo pewnie robi teraz to, co Wilk w Wilnie.

– A co, mieli stać z bronią u nogi? Przecież widzieliście, co Sowieci zrobili z Armią Krajową na Wileńszczyźnie. Czy bilibyśmy się, czy nie, czerwoni i tak wyłapaliby nas do nogi – Piotr gestykulował energicznie, chodząc z jednego końca stodoły w drugi. – Bić się trzeba było. Warszawa to nie Wilno. W końcu przylecą moi bracia z Sosabowskim!

Nie odpowiedzieli mu. Każdy z nich zatopił się we własnych myślach. Jedno było pewne, wieczorem ruszają w kierunku Kampinosu, bo tylko pewnie tak uda im się przeniknąć do miasta. Piotr cieszył się podwójnie. W końcu w lesie czekała na niego Swieta.

12

Do Kampinosu dotarli piątego sierpnia. W zasadzie nie mieli żadnych trudności, żeby odnaleźć leśnych. Dołączyli do stuosobowego oddziału dowodzonego przez porucznika „Marysia", który wyrwał się z Warszawy. Zmęczeni powstańcy nie mieli szans na nawiązanie walki z Niemcami. Brak broni i liczebna przewaga wroga sprawiły, że porucznik wyprowadził swych ludzi do lasu.

Piotrowi świeciły się oczy, gdy patrzył na ich opaski, na których czerniły się litery WP – Wojsko Polskie. Już nie jako Armia

Krajowa, ale oficjalne wojsko państwa, które choć zniewolone, rozpoczynało o tę wolność kolejną walkę.

Zatrzymali się na jakiejś polanie. Piotr nasłuchiwał odgłosów toczonej w stolicy bitwy jak najpiękniejszej muzyki. Pytał porucznika Olszewskiego o wszystko. Ten jednak nie miał mu do przekazania nic, co mieściłoby się w kategorii optymistycznej wiadomości.

– Kilka dni przed powstaniem Fisher zarządził, aby sto tysięcy mężczyzn stawiło się do robót fortyfikacyjnych. Z tego, co mi wiadomo, na miejsce przyszło jedynie kilka osób. Wszyscy bali się odwetu, wywózki i cholera jeszcze wie czego. Niemcy ciągnęły przez Warszawę taborami. Ale żebyś widział tych obdartusów. Pożal się Boże. Poszliśmy raz w Aleje Jerozolimskie zobaczyć, jak brudni, podarci, ze spuszczonymi głowami idą na zachód jak zbite psy. A potem fryce opuściły miasto. Wyjechały urzędy i wojsko. Czemu wtedy nie uderzyliśmy? Cholera go wie. Ruscy podobno byli za daleko. No to czekaliśmy. Dzień później do Warszawy wrócili Niemcy. Hitler obwieścił, że będą jednak jej bronić przed bolszewikami. Siedzieliśmy jak na szpilkach, czekając na rozkaz. Albo w tę, albo we w tę.

– A gdyby rozkazu nie było, poszlibyście walczyć? – zapytał przysłuchujący się Witalij.

Porucznik żachnął się oburzony.

– Coś pan?! Z byka spadł? My jesteśmy wojsko, a nie jakaś gówniarzeria. Ale chodziły słuchy, że jeśli nie będzie powstania, to czerwoni z Armii Ludowej rozpoczną jakąś strzelaninę i wtedy Sowieci przyjdą im z pomocą, a nas oskarżą o bierność, współpracę z Niemcami i wytną w pień. Rozkaz o wybuchu musiał więc być.

– No i rozkaz przyszedł w końcu?! – Zniecierpliwiony Piotr nie mógł się doczekać dalszej opowieści.

– Przyszedł. Pierwszego sierpnia koło południa. Kilka tysięcy dziewcząt biegało z tymi rozkazami po mieście. Chyba się fryce połapały, bo ze strategicznych celów nie zdobyto niczego. Nie wzięliśmy ani żadnego mostu, ani lotniska, jakby wiedzieli. Najlepsze oddziały walczą na Woli, „Radosław" dowodzi całym dużym zgrupowaniem Kedywu. Siedli na cmentarze, Powązki i ewangelicki. Podobno gdyby Sowieci weszli i chcieli awantury z nami, tędy miał się ewakuować sztab.

Piotrowi serce zabiło mocniej.

– A „Parasol"? A „Broda 53"?

– No pewnie u „Radosława". Ale ja wiem niewiele więcej. Myśmy wyszli z miasta po pierwszym dniu.

– Czemu? – zapytała Marta.

– A czym mieliśmy z tymi bandytami walczyć? Różańcami? Spojrzyj, paniusiu, na moich ludzi, przecież oni prawie bez broni. Mieliśmy magazyn z bronią na Ulrychowie, ale go nam szkopy zajęły. I taka to walka. Może tutaj się przydamy, bo chłopców mam karnych, bić się chcą.

– Panie poruczniku! – jakiś młody blondyn zawołał w ich kierunku. – Ktoś się kręci w lesie!

Zerwali się z miejsc i wytężyli wzrok. Po chwili spomiędzy drzew wyłonił się żołnierz na koniu. Ubrany w polski przedwojenny mundur, z mauserem na ramieniu, patrzył na odpoczywających na polanie powstańców.

– A wy od kogo? – zawołał w ich stronę.

– A kto pyta? – odpowiedział hardo dowódca jednego z plutonów.

– No ni nerwujsia. Jak człowieka pytam.

Piotr aż podskoczył, słysząc wileński zaśpiew w głosie kawalerzysty.

– Nie będziemy się tłumaczyć byle komu – kontynuował pyskówkę powstaniec.

– Witold! – przystopował swojego człowieka porucznik „Maryś" i zwrócił się już do jeźdźca osobiście. – Jesteśmy powstańcami, przychodzimy z Woli.

– Z własnyj i nieprzymuszonyj woli? – usłyszał zdziwienie w odpowiedzi żołnierza.

– Nie, z dzielnicy Wola. Widać, żeś z prowincji, bo nie znasz miasta.

– Oj, nie... – Piotr położył mu rękę na ramię. Znał zadziorność chłopców z Wileńszczyzny i wiedział, że nie przepuszczą zaczepki płazem.

– Z pruwincji czy nie z pruwincji, ale to wy na muszkach jesteście.

– Na razie to twój karabin na ramieniu wisi.

Kawalerzysta zaśmiał się.

– Mój tak. Ale czy ja o swoim ruzprawiam?

Gwizdnął i oparł ramię na końskiej szyi. Z lasu dookoła nich wyjechało trzydziestu innych, nienagannie umundurowanych i uzbrojonych po zęby jeźdźców, którzy wycelowali w oddział swoje karabiny. Demonstracja siły zrobiła na powstańcach wrażenie, bo skupili się w środku polany.

Piotr wysunął się przed wszystkich i podniósł obie ręce do góry w stronę żołnierza.

– Spokojnie! Przecież my wszyscy Polacy jesteśmy. Ja jestem porucznik Tom, żołnierz Kedywu. Przychodzę z Wilna, walczyłem tam w operacji „Ostra Brama". Ci chłopcy właśnie przyszli tu z walczącej stolicy. Prawie nie mają broni. Idziemy na spotkanie z kapitanem Józefem Krzyczkowskim „Szymonem". On mnie zna. A ty pewnie wilniuk, prawda?

– Z Wilna, mówisz. A od kogo tam w Wilnie byłeś?

– Służyłem pod podpułkownikiem Wilkiem. Walczyłem w 8. Brygadzie Tura. Marta była z oddziałami oszmiańskimi.

Żołnierz podgalopował do niego i wyciągnął rękę.

– Ja z Wilna! Staśko! Ale cała nasza banda z Nowogródzkiego Okręgu przykatałaś. Z Naliboków. Ośmiuset chłopa. My na Ostrą Bramę nie doszli. Nie dalibymy rady, to nas nasz dowódca, „Dolina", poprowadził tutaj. – Oczy śmiały mu się do Piotra. – Ale tam, w Wilnie, sprawa dobrze nie zakończyłaś, prawda?

Piotr pokiwał głową z rezygnacją.

– Niestety. Sowieci wyłapali tysiące żołnierzy. Bóg wie, co się z nimi stanie.

Tamten tylko westchnął.

– Mój Boże… Tyle luda na zatracenie. Nu, ale dawajta z nami do Wierszy. Tam sztab jest. A kapitan Szymon w szpitalu. Ranny on po ataku na lotnisko pod lasem. Teraz wzystkiemi nasz Dolina zawiaduje.

Porucznik Maryś spojrzał na Piotra z podziwem.

– No to nie wiedziałem, że takiego pistoleta spotkałem.

– „Tomahawka", znaczy w skrócie Toma. Taki mam pseudonim. – Uśmiechnął się do niego Ochocki.

Po chwili polana była już pusta.

13

Świeta zniknęła. Hucuł też. Podobno widziano ją jeszcze przed powstaniem, ale od kiedy wybuchły walki, każdy miał ważniejsze rzeczy na głowie niż jakaś nieznajoma dziewczyna. Musiał zatem dotrzeć do Lasek, gdzie w szpitalu dla niewidomych leżał kapitan Szymon, dowódca zgrupowania.

– Twoja narzeczona wróciła do Warszawy – oznajmił Piotrowi kapitan Krzyczkowski, gdy ten odwiedził go w Laskach. – Zostawiła list dla Kuby.

– Jego też nie mogę znaleźć – westchnął Ochocki z rezygnacją.

Kapitan pokiwał głową.

– Wybacz, nie pomogę ci w tym. Od kilku dni mam słaby wgląd w to, co się dzieje. Trzeba by do porucznika Pilcha „Doliny". On ogarnia to wszystko pod moją nieobecność.

Piotr jednak pokręcił głową.

– Nie mam czasu czekać i szukać igły w stogu siana. Jeśli Swieta wróciła do Warszawy, ja też się tam udam.

Szymon poklepał go po ramieniu.

– Przydałbyś się nam tu, chłopcze, ale zatrzymywać nie będę. Idź. Musisz ruszyć z zaopatrzeniem na Żoliborz. Poczekaj na alianckie zrzuty. Niebawem mają się rozpocząć.

Nie był zadowolony z bezczynnego siedzenia. Chodził więc z Nalibokami, jak zwano nowogródzki oddział, na tyle patroli, ile tylko mógł. Z Martą nie rozmawiał prawie w ogóle. Ona zresztą też nie próbowała się do niego zbliżać. Znała swoje miejsce w szeregu i wiedziała, że jej czas przy nim dobiegł końca.

Witalij zaś korzystał ze spokoju, jaki wreszcie odnalazł. „Niepodległa Rzeczpospolita Kampinoska" była miejscem, gdzie zrzucono wreszcie znienawidzone jarzmo niewoli. Tu nie sięgały macki Rzeszy.

Dziesiątego sierpnia w nocy usłyszeli na niebie warkot motorów. Nad Kampinos nadleciały pierwsze alianckie samoloty ze zrzutami. Nad specjalnie oznaczonymi przez leśnych polanami zadyndały spadochrony z podwieszonymi pod nimi zasobnikami, a w nich wielce pożądana broń i amunicja. Można było wreszcie wyruszyć do Warszawy!

Przepuściły ich węgierskie posterunki. Piotr czuł, jak właśnie zatoczyło się koło historii. Pięć lat wcześniej, we wrześniu trzydziestego dziewiątego roku, przekraczał granicę węgierską, gdy dalsza walka z Niemcami okazała się bezcelowa. Bratanki przyjęły ich wtedy z otwartymi rękami. Dzisiaj ponownie musieli skorzystać z ich uprzejmości. Przekraczali ich linie, patrząc na siebie nieufnie, ale ze spokojem. W pewnym momencie któryś z Madziarów krzyknął w ich stronę.

– Lengyel, Magyar – két jó barát!

Pomachali stojącym kilka metrów od nich Węgrom.

– Köszönöm testvérek! – krzyknął ktoś idący za Piotrem.

– Wiesz, co to znaczy? – zapytał go Witalij chwilę później, ale Ochocki zaprzeczył ruchem głowy.

– Dziękujemy, bracia.

Uśmiechnął się w duchu. Na kim jak na kim, ale na Węgrach w czasie tej wojny się nie zawiódł.

Po kilkunastu minutach mijali już pierwsze żoliborskie zabudowania. Byli w Warszawie.

14

Miasto żyło. Mimo potwornej rzezi urządzonej mieszkańcom Woli przez kryminalistów z pułku Dirlewangera, mimo systematycznego bombardowania atakowanych dzielnic, mimo braku żywności miasto trwało. Na zdobytym w Śródmieściu drapaczu chmur, Prudentialu, powiewała dumnie biało-czerwona flaga. Chociaż Niemcy rzucili do walki wiele tysięcy żołnierzy, esesmanów i policjantów, powstańcy opierali się im zadziwiająco skutecznie. Himmler szalał z wściekłości, gdyż przez warszawskie mosty wiodły przerwane obecnie linie zaopatrzenia niemieckich wojsk po prawej stronie Wisły. W obliczu sowieckiej ofensywy stawało się to boleśnie dotkliwe, niczym wrzód na tyłku. Zdławienie tego buntu zyskało rangę absolutnego priorytetu.

Dlatego młodzi warszawscy powstańcy musieli się zmierzyć z potworami, jakich próżno było szukać gdziekolwiek indziej. Russkaja Oswoboditielnaja Narodnaja Armia renegata Kamińskiego rzucona do pacyfikacji Ochoty zaczynała dokonywać tak potwornych zbrodni i gwałtów na mieszkańcach dzielnicy, że pod tym względem nie ustępowała wiele nawet banderowcom na wschodzie.

Od początku walk hitlerowcy mieli tylko jeden cel: zniszczyć wszystko i wszystkich na swej drodze tak, by po Warszawie nie pozostał nawet kamień na kamieniu.

Jednak mimo niemieckiego zezwierzęcenia, ciągłych nalotów i bezwzględności, jakiej młodzi warszawscy żołnierze musieli stawić czoła, dziurawe i niedozbrojone bataliony trwały, kąsając dotkliwie swych wrogów. Nie bez powodów uważano w kręgach niemieckich, że walki w Warszawie dorównują zaciętością tym toczonym w Stalingradzie. Różnica polegała jednak na tym, iż na wschodzie hitlerowcy zmagali się z regularną armią. Stolica Polski zaś wystawiła do śmiertelnego starcia swoich słabo wyszkolonych i fatalnie uzbrojonych bohaterskich mieszkańców.

*P*iotr siedział na barykadzie na ulicy Świętojańskiej. Po drugiej stronie placu Zamkowego były już pozycje niemieckie. Polskie linie zaczynały się gdzieś w okolicach zdobytego przez powstańców kościoła św. Krzyża i Komendy Policji. Jego mieszkanie leżało nieco dalej, po prawej stronie. Być może Swieta czekała tam teraz na niego. Starał się być cierpliwy, ale nie potrafił przestać o niej myśleć. Gdyby mógł, pobiegłby w tamtą stronę i po dziesięciu minutach trzymałby ją w ramionach. Gdyby mógł.

Marta pomagała przy szpitalu na ulicy Długiej, choć musiał zagrozić, że spierze jej tyłek na kwaśne jabłko, jeśli będzie się upierała przy chęci walki na pierwszej linii. Prawdę mówiąc, miało to tylko działanie psychologiczne, bo paradoksalnie najbezpieczniej było pod barykadą. Wszędzie dalej spadały bomby, sypały się kamienice i waliły domy. Niemcy nie bombardowali umocnień na linii frontu z obawy przed rażeniem własnych oddziałów.

Przyłożył kolbę MG 42 do ramienia i wyczekał, aż biegnące do przodu sylwetki będą na tyle duże, że będzie mógł rozpoznać twarze. Niemcy byli już o krok od barykady, gdy spokojnym głosem wydał rozkaz.

– Ognia…

Nacisnął spust, poczuł, jak kolba erkaemu uderzyła go w ramię, i zobaczył, jak oddalony od niego o kilka metrów wysoki żołnierz wali się na ziemię. Kąsali krótkimi seriami, tak by nie tracić zbyt dużo amunicji. Spojrzał kątem oka na Rysia, który mierzył spokojnie ze swojego mausera. Za każdym razem, gdy naciskał spust, uśmiechał się delikatnie. Piotr wiedział, iż oznaczało to, że trafił. Niemcy próbowali dorzucić do barykady granatami, jednak te wylądowały tuż przed nią. Wybuch tylko na chwilę ich uciszył. Po kilku sekundach pruli do atakujących fryców po staremu.

Długa seria z cekaemu waląca po barykadzie oznaczała, że niemieckie natarcie załamało się. Obsługa karabinu ubezpieczała w ten sposób ich odwrót.

– Nie żałują kulek, sukinsyny. – Ryś się uśmiechnął.

Chowający się obok niego przed kanonadą „Ogień" pokiwał głową.

– Mają, to nie żałują. My za to musimy celować. Jak na plakacie, „Każdy pocisk – jeden Niemiec".

Piotr uśmiechnął się na wspomnienie tego ogłoszenia. Na czarnym tle rysownik umieścił trupią czaszkę w niemieckim hełmie, którą przeszywa kula wystrzelona z polskiego karabinu. Na plakacie widniało hasło przytoczone przez Ognia. Wszyscy wiedzieli, o co chodzi. Trzeba było oszczędzać amunicję, której braki odczuwali na każdym kroku. Był tylko jeden plus tej sytuacji. Nauczyli się celować tak, że szkopy były przekonane, iż po polskiej stronie walczą sami snajperzy.

To był już trzeci szturm na ich pozycje, który odparli tego dnia. Jego chłopcom oczy kleiły się ze zmęczenia, ale choć wreszcie pojawił się mający ich zluzować oddział, jego ludzie odmówili zejścia z barykady.

– Panie poruczniku, jak to? Przecież jeśli nas zabraknie, to kto będzie pilnował Świętojańskiej?

– Nie marudzić. Idziecie na kwatery. Franciszkańska 12, marsz!

– Chłopaki, zostawcie choć jeden karabin. Brakuje nam – prośba jednego z przybyłych żołnierzy dotarła do ich uszu, ale nawet nie odwrócili się za siebie.

– He, he, he, he – parsknęli śmiechem w odpowiedzi i odeszli w kierunku rynku.

Nagły chrzęst, jakby ktoś postanowił nakręcić gigantyczny zegar, rozległ się gdzieś za niemieckimi liniami.

– Uwaga! Krowa!

Po chwili w powietrzu rozległ się jęk rzeczywiście przypominający ryk zwierzęcia. Niemiecki moździerz wyrzucający pociski burzące i zapalne właśnie zaczynał koncert. Można go było rozpoznać po tym charakterystycznym dźwięku. Gdzieś po drugiej stronie rynku trafiona jego pociskiem kamienica rozleciała się w gruzy.

Spojrzał na katedrę św. Jana. Przypomniał sobie dzień, gdy ojciec wziął jego rękę, przyłożył do jej ściany i kazał mu słuchać sercem. Usłyszał wtedy strzały i huk wybuchów. Dzisiaj już wiedział, co to było. Popatrzył na swoje brudne dłonie i zacisnął je w pięści. Umysł człowieka jest jego najpotężniejszym narzędziem, a serce najczulszym odbiornikiem.

Zajrzał do szpitala. Słaniająca się na nogach Marta nie miała nawet siły się do niego uśmiechnąć. Oparła tylko głowę na jego ramieniu i zasnęła na kilkanaście minut. On również walczył ze snem. Bezskutecznie. Siedzieli więc na ławce pod ścianą jak dwa posągi oparte jeden o drugi, tak by nie roztrzaskały się o ziemię.

Obudziło ich tąpnięcie, jakby ziemia zapadła się pod ich nogami. W pierwszej chwili patrzyli na siebie nieprzytomnymi oczami. Piotr pierwszy otrząsnął się z resztek snu.

– Gdzieś niedaleko walnęła bomba pewnie – wyziewał Marcie wprost do ucha. Przytaknęła mu skinięciem głowy i pocałowała go w czoło na pożegnanie. Gdy podniosła się z ławy, wcisnął jej do ręki cukierka.

– Kwiatka nie mam, to chociaż trochę cukru…

Uśmiechnęła się do niego i poczęstowała jeszcze jednym całusem, po czym zniknęła pomiędzy stojącymi wszędzie łóżkami.

Na niego również przyszedł czas. Wyszedł na ulicę i pociągnął nosem. Wszechobecny smród spalenizny nadawał nowe znaczenie zwrotowi „świeże powietrze".

Ruszył w kierunku kwatery, którą dzielili z Zośkowcami. Na ulicy Freta zobaczył pędzących w kierunku Nowego Miasta ludzi.

– Na Franciszkańskiej bomba przysypała wojsko! Nikt nie przeżył.

Poczuł, jak zimny pot zalewa mu całe ciało. Senność natychmiast zniknęła. Biegł teraz w kierunku kwater, na które wysłał swoich ludzi. Dałby wszystko, żeby okazało się, iż chodzi o inny dom na tej samej ulicy.

Niestety…

Kamienica przy ulicy Franciszkańskiej 12 leżała w gruzach, a pod nią Ryś… I Ogień… I reszta… I cały zośkowy pluton „Sad"… I Mieczyki z „Czaty 49". Kilkadziesiąt ludzkich istnień zgasło w jednym momencie. Gdyby nie Marta i odwiedziny u niej, on również leżałby pod gruzami. Stał na skraju podwórka zamienionego przez niemieckiego lotnika w cmentarz i czuł ucisk w gardle. Trwało to kilka sekund, dopóki ostry głos Andrzeja „Morro" nie wyrwał go z zamyślenia.

– Tom! Kopcie z drugiej strony! Może uda się kogoś jeszcze wygrzebać!

Nie udało się.

*D*opiero gdy zrozumieli, że dalszy wysiłek nie ma sensu, pozwolił sobie na chwilę słabości. Nie płakał. Po prostu zamknął oczy i zagryzł zęby do bólu.

– PWPW padło dziś rano. – Morro otarł pot z czoła.

– No to jesteśmy w ciemnej dupie… – Piotr otworzył oczy.

Andrzej jedynie pokiwał głową. Odszedł do swoich ludzi, ale przedtem obrócił się jeszcze.

– Nie masz już swojego oddziału. Pójdziesz więc z nami. Możesz dołączyć do plutonu „Felek".

– Kto tam jest dowódcą?

– Od kiedy Kuba zginął, to „Słoń".

– Tarzan, Wilk, Słoń, Ryś… cholera, cały zwierzyniec. Nie ma wśród nas żadnych żołnierzy?

Popatrzył w kierunku ulicy Romana Sanguszki, gdzie mieściła się Państwowa Wytwórnia Papierów Wartościowych. Skoro twierdza PWPW osłaniająca Stare Miasto od północy padła, oznacza to, że droga do Starówki stoi dla Niemców otworem, a jej obrona dobiega końca. Gdy padnie fabryka Fiata obok, nadejdzie koniec. Tylko gdzie teraz pójdą, skoro odcięci są od wszystkich?

A pomyśleć, że tydzień temu próbowali szturmować Dworzec Gdański, żeby połączyć się z Żoliborzem. Przyprowadzono nawet oddziały kampinoskie. I gdy szturmujące kompanię docierały już do torów, gdy wydawało się, że wystarczy chwila, Niemiec rzygnął ogniem. Nie mieli żadnych szans. Ani przy pierwszej próbie, ani następnego dnia, gdy nauczone doświadczeniem fryce umocniły się jeszcze bardziej. Pięćset matek straciło swoje dzieci w ciągu półtorej godziny. W morderczym ogniu, obok powstańczych, wykrwawiły się również nalibockie kompanie kresowych żołnierzy.

Od ich strony natarły najlepsze bataliony powstania, Zośkowcy, „Czata 49" i „Pięść". Nie zaszli daleko. Ostrzał od strony fortu Traugutta i Cytadeli zatrzymał ich na przedpolu. Niemiecki ogień uniemożliwił im odwrót. W końcu leżącym na murawie stadionu Polonii Zośkowcom zaświeciło w oczy poranne słońce, dając im swoimi promieniami ostatnie namaszczenie.

Stał wtedy z innymi na pozycjach wyjściowych i patrzył, jak czołgi wdzierają się na stadion i z niemiecką precyzją i skrupulatnością rozjeżdżają pozostałych przy życiu harcerzy stalowymi gąsienicami. A oni, obserwujący to wszystko z bezpiecznej odległości, szachowani ogniem z obu fortów i pozbawieni broni przeciwpancernej, nie mogli zrobić nic.

15

Drżące palce zacisnęły się na zamku stena tuż przy gnieździe magazynka. Spojrzał za siebie, gdzie przyklejeni do ściany pokancerowanego pociskami Banku Polskiego chłopcy czekali na sygnał do natarcia. Obsługi niemieckich cekaemów na placu Teatralnym obudziły się niedawno, bo zaczęły pruć równymi seriami na wysokości kolan w głąb ulicy Bielańskiej tuż przed ich nosami, oddzielając ich od drugiej strony jezdni. Zrobiło mu się gorąco, gdy patrzył na smugi pocisków, w które za chwilę wypuszczą żołnierzy. Oni też skulili się, słysząc kanonadę. Rozmawiali tylko między sobą, szeptem, w nerwowym oczekiwaniu na rozkaz.

Stare Miasto stanowiło obraz nędzy i rozpaczy. Gryzący dym pożarów przykrywał zmielone bombami i pociskami artyleryjskimi domy niczym pośmiertny całun. Stłoczeni w piwnicach zrujnowanych kamienic ludzie nie dość, że nie mieli czym oddychać, to jeszcze głód zamieniał ich wegetację w piekło. Atakowaną od strony getta i fortów Starówkę od upadku dzieliły już tylko godziny. Nie mieli żadnych wątpliwości co do tego, jak rasa panów potraktuje mieszkańców dzielnicy, gdy ta w końcu padnie. Musieli wyrwać z tej matni i cywilów, i siebie.

Dowództwo zdecydowało, że połączą Stare Miasto ze Śródmieściem wyrąbanym z dwóch stron korytarzem, przez który wyprowadzą cywilów i wojsko. Aby ten zuchwały plan się powiódł, trzeba było go wykonać siłami co najmniej siedmiuset wypoczętych, uzbrojonych w peemy powstańców. W ciągu jednego dnia zgromadzono potrzebną liczbę żołnierzy Grup Szturmowych i innych powstańczych oddziałów. Niestety, ze świecą trzeba by szukać wśród nich tych niesłaniających się z niewyspania i takich, którzy nie byliby ranni choćby raz.

Patrzył na oddzielającą ich od ruin po drugiej stronie ulicę i czuł, jak cierpnie mu skóra. Rozszalałe cekaemy przy wtórze lżejszych luf zamieniły Bielańską w znaczone czerwonymi smugami pocisków piekło, w środku którego bruk co chwilę wyrywały eksplodujące pociski granatników. Wejść w to wszystko to jak włożyć nagą dłoń w wirujące ostrza jakiejś piekielnej machiny.

Widział skulonych przy ścianie chłopaków, którzy patrzyli na to wszystko z przerażeniem w oczach.

– Niech się już zacznie – przebiegło mu przez głowę. Wolałby już ruszać do walki, byle nie patrzeć dłużej w rwącą rzekę pocisków płynącą wartkim strumieniem od strony teatru.

– Chłopcy! Skok!

– Z Bogiem! Skok!

Oderwali się od ściany. Kilkadziesiąt ciemnych postaci rzuciło się w śmiertelny nurt ognia, z którego już nie zdołało wypłynąć. Ich leżące na jezdni ciała wiły się w konwulsjach.

– „Zośka"! Skok!

Ruszyli! Dym z rzuconych granatów dymnych nie chronił jednak od pocisków. Wiedział, że tylko tym padającym pomiędzy nim a strzelającymi jak opętani Niemcami zawdzięczał to, iż dopadł drugiej strony. Wzięli na siebie cały ogień i leżeli tam teraz martwi…

Nie było czasu na myślenie. Z ruin naprzeciwko dostali ogień. Odpowiedzieli granatami, a po chwili pruli do uciekających przed nimi kałmuków. Słoń już tu był.

– Pluton „Felek"! Za mną! – jego głos przebił się przez jazgot broni maszynowej. Po chwili biegli w kierunku domów na Senatorskiej. Piotr dopiero teraz poczuł, że kuleje na prawą nogę. Złapał się za udo. Gdzieś poniżej kieszeni poczuł coś mokrego. Czyżby krew? A jednak dostał! Złota passa żołnierza bez żadnego postrzału właśnie się skończyła. Uśmiechnął się gorzko.

Dobiegają do jakiejś ściany. Nie ma jednak czasu na postój. Niebo zaczyna szarzeć, a oni nie dotarli nawet do ulicy Senatorskiej. Za ścianą słyszą jakieś głosy. To Niemcy! Wbiegli do kamienicy z gotowymi do strzału automatami. Na klatce schodowej ruscy!

– Ruki wwierch!

– Ja ci dam wwierch, skurwysynu!

Piotr pruje do nich krótką serią. Jeden z nich pada, reszta ucieka w stronę podwórka. Mają pecha. Chłopcy już tam są. Kładą dwóch pozostałych trupem. Sanitariuszka Ewa jest tuż za nim. „Czart" i kilku innych też. Biegną wszyscy w stronę podwórza. Gdzieś z boku pruje do nich erkaem. Kule rozpryskują tynk na ścianach. Kilku z nich pada na ziemię. Pozostali pochylają się i po chwili dołączają do reszty na podwórku.

– Daj, opatrzę ci rękę – słyszy głos Ewy. Dopiero teraz dociera do niego, że ramię też go boli. Dwa draśnięcia naraz. To ci dopiero szczęściarz z niego.

– Nie ma czasu. – Uśmiecha się do niej. – Po drugiej stronie. Jednak Ewa nie chce słyszeć sprzeciwu. Po chwili jej sprawne ręce zakładają opatrunki.

– No to jestem jak nowy teraz. Dziękuję.

Uśmiechnęła się tylko i ruszyła do następnych.

– Nie zatrzymywać się! Jesteśmy odcięci! Musimy iść dalej! – Andrzej Morro pogania wszystkich do biegu. Odcięci?! Ilu z nacierających więc żołnierzy udało się przeskoczyć na drugą stronę? Piotr stara się wszystkich policzyć. Pięćdziesięciu! Sześćdziesięciu?! Nie ma jednak czasu na zastanawianie się. Za nimi prą Niemcy. Wpadają do jakiejś kamienicy, za którą jest już ulica Senatorska. Trzeba jednak czekać, aż jadące nią czołgi oddalą się w końcu. Fryce są tuż-tuż, towarzyszący im Rosjanie też.

Przed sobą mają kościół św. Antoniego, nieopodal po drugiej stronie ulicy. Niestety, ogień niemieckich erkaemów odcina ich od świątyni. Piotr podszedł do stojącego z boku porucznika Ryszarda Białousa „Jerzego", dowódcy batalionu „Zośka".

– Trzeba skakać przez ulicę. – Jerzy był wyraźnie zdeterminowany. – Pozostanie tutaj to pewna śmierć.

– W kościele też siedzą. Trzeba będzie ich wykurzać. – Ochocki chciał przeczesać zakurzoną czuprynę i syknął z bólu.

– Rzucimy granaty! Będziemy się ostrzeliwać z kaemów. – Morro, który do nich dołączył, trzymał się za policzek. Pod jego dłonią bielił się opatrunek. – Powinniśmy dać radę.

– Amorek! Dostałeś w twarz? Jak ty teraz jakąś dziewuchę poderwiesz?

Andrzej machnął ręką zniecierpliwiony.

– Nie przesadzaj, Tom – zwrócił się do Piotra i uśmiechnął się z wielkim trudem. – Poza tym moja sława mnie wyprzedzi. Powinno wystarczyć.

– No dobrze, koledzy – Jerzy przerwał im rozmowę. – Nie ma czasu. Działamy! Andrzej, wydaj dyspozycje!

A więc znów nacierają. Ranek rozpoczął się już na dobre, i cała jezdnia była widoczna jak na dłoni. Lufa ich kaemu wychyliła się, ale zaraz dostała ogień. Widok jest straszny. Serie broni maszynowej trzaskają wprost w ogrodzenie kościoła. Obydwie furtki aż trzęsą się od nawału pocisków. No i te cholerne kaemy, które ryglują ulicę. Nie do przejścia.

– Rzut!

Na jezdnię lecą granaty dymne. Kilka handgranatów poszybowało również w kierunku stanowisk ogniowych nieprzyjaciela.

Skaczą wszyscy. Piotr biegnie na drugą stronę. Dociera do niego, że nikt już do nich nie strzela. O dziwo, zaskoczeni granatami i osłoną dymną Niemcy na moment przerywają ogień. To wystarcza. Wpadają przez furtkę do kościoła. Siedzący tu ruscy esesmani uciekają, ścigani polskimi kulami.

Udało się! Niebywałe!

Ogarnął wzrokiem główną nawę. Została ich tylko garstka spośród tych, którzy niedawno ruszyli do natarcia z Banku Polskiego. Czyli przebicie korytarza nie udało się. Nawet nie chciał myśleć, co stanie się z ludźmi ze Starówki. Pewnie rozpoczną ewakuację kanałem. Ludzie z całym swoim dobytkiem czekali za ich plecami na Bielańskiej, gotowi do przejścia. Teraz, niestety, będą musieli się udać na plac Krasińskich. Ale ilu z nich może pomieścić wąski kanał? Wszystkich nie wyprowadzą.

Z zamyślenia wyrywa go komenda Andrzeja. Idą dalej. Nie mogą zostać w kościele. Dookoła pełno jest Niemców i ruskich renegatów. Od przodu walą czołgi. Wszyscy grupują się przy tylnym wyjściu. Po chwili biegną już wśród ruin. Po prawej stronie widać kamienice. Dopadają do nich i chowają się w piwnicy. Ustawiony przy okienkach MG 34 zamyka kryjówkę od strony podwórza. Drugi pilnuje schodów na górę. Muszą teraz wszyscy zachować spokój, ale jak wytłumaczyć to rannym? Jęczą cicho i proszą o wodę. Sanitariuszki zajmują się nimi, jak mogą, złote dziewczyny.

Piotr opadł na podłogę. Dopiero teraz poczuł, jak bardzo jest zmęczony. Na dodatek zaczęło mu dokuczać ramię. Zamknął powieki. Nic więcej zrobić nie mógł. Przed oczami stanęła mu Swieta. Ile by dał, żeby choć przez chwilę położyć głowę na jej kolanach, wiedział tylko sam Bóg. Gdzie była teraz? Co się z nią działo? Poczuł skurcz w sercu. Sam nie wiedział, czy to bardziej strach o nią, czy tęsknota.

Obudziła go czyjaś dłoń, zakrywająca mu usta.
– Ciiiii – usłyszał nad uchem, ale jego brudne od ceglanego pyłu oczy odmówiły posłuszeństwa. Zamrugał kilka razy i wreszcie mógł spojrzeć w bok. Słoń zabrał już swoją rękę i wskazał nią na piwniczne okienko. Ktoś chodził po jego drugiej stronie. Prowadzona w języku niemieckim rozmowa nie pozostawiała złudzeń co do tego, że szkopy nie odpuściły. Szukali oddziału, który uciekł im spomiędzy zaciskających się na jego szyi łapsk.

Gdy kroki zbliżyły się na tyle, że mogli zobaczyć cholewy podkutych buciorów, jeden z rannych jęknął głośno.
– Pić…
Wszyscy podnieśli głowy jak rażeni prądem.
– Ucisz go! – szepnął ktoś ostrym głosem do opiekującej się chłopakiem sanitariuszki. Pochyliła się więc i szepnęła mu coś do ucha. On jednak odepchnął ją ręką.
– Wody!

Dziewczyna zebrała się w sobie i chwyciła go za głowę, zakrywając jego usta dłonią. Próbował się jeszcze wyrywać, ale siedzący obok niego koledzy przytrzymali go silnym uchwytem.

Patrol przeszedł. Wszyscy odetchnęli z ulgą. Na chwilę niebezpieczeństwo zostało zażegnane. Tylko co dalej? Nie mogli tu siedzieć w nieskończoność. W końcu albo zostaną odkryci, albo zaczną mdleć od braku wody i jedzenia.

Albo wybiją ich granatami!

Usłyszeli to bardzo wyraźnie. Głuche wybuchy zbliżające się do ich kryjówki sprawiły, że każdy włos na ich ciele stanął dęba.

– Cisza! Wszyscy pod ściany! Zasłońcie się, czym się da! Bez jęków! – Komenda, którą wydał Amorek, uzmysłowiła im, w jak beznadziejnej sytuacji się znaleźli. Piotr przytulił się do ściany, tuż za jakimś starym krzesłem. Zapadła cisza. Długie sekundy wyczekiwania przewalały się przez ich głowy kaskadami galopujących w panice myśli. Byli jak wisielec, który czeka na ruch ręki kata, zwalniający zapadnię pod nogami.

Wpadł przez niewielkie okienko delikatnym łukiem, rzucony dłonią niemieckiego żołdaka. Długi, trzonkowy uchwyt zagrzechotał o piwniczną posadzkę niczym kości rzucone na stół kasyna.

Tąpnęło.

Piotrowi zdawało się, że cała kamienica nagle zwaliła im się na głowę.

Nie widział nic, chmura kurzu przesłoniła wszystko, a w pomieszczeniu panowała cisza, jeśli nie liczyć koszmarnego dzwonienia w uszach. Nikt się nie poruszał, więc w pierwszej chwili pomyślał, że tylko on przeżył wybuch. Jednak gdy powietrze zrobiło się na tyle klarowne, żeby zobaczyć cokolwiek, okazało się, że nie zginął nikt. To było nieprawdopodobne, ale oprócz kilku powierzchownych ran obyło się bez strat. Ten Pan Bóg musiał jednak mocno kochać swoje dzielne dzieci.

Tego dnia do ich piwnicy wpadły jeszcze dwa granaty. Jak na złość dla miotających się wściekle Niemców, wszystkie wybuchy zakończyły się tak samo. Bezskutecznie.

Gdy zapadł zmrok, zebrali się znów we trzech. Kiedy usłyszeli, co porucznik Białous miał im do powiedzenia, wydało im się, że śnią. Pomysł na wyrwanie się z patowej sytuacji wydawał się tak niedorzeczny, że o mało nie parsknęli śmiechem.

– To się nie może udać.

Piotr jednak był innego zdania.

– Zaraz, zaraz! Nalibokom się udało.

Andrzej syknął z bólu. Widać było, iż rana na twarzy daje o sobie znać.

– Komu?

– Naliboki, Zgrupowanie Stołpecko-Nalibockie. Na Nowogródczyźnie zrobiło się dla nich zbyt ciasno, bo zaczęli ich atakować sowieccy partyzanci. Ruszyli na Warszawę. Ośmiuset żołnierzy w polskich przedwojennych mundurach przemaszerowało ponad pół tysiąca kilometrów. Spotkałem ich w Kampinosie. Wiecie, jak przeszli przez most na Wiśle? Poszli na żywioł. W Nowym Dworze Mazowieckim wmówili dowódcy obrony mostu, że są ich sojuszniczym oddziałem.

– I co?

– I dostali jeszcze od fryców zaopatrzenie. U boku hitlerowców walczy tak wiele międzynarodowych oddziałów, że ci uwierzyli w tę historię. Więc może warto spróbować. Mamy esesmańskie panterki, esesmańskie hełmy, po nocy może nikt nie będzie patrzył na resztę umundurowania.

– No to idziemy! – Po słowach Piotra Jerzy chyba sam zaczął wierzyć, że fortel może się uda.

Amorek tymczasem zaniósł wieść swoim żołnierzom. Już po chwili ktoś wołał na głos.

– Zdejmujemy opaski, przechodzimy jako oddział niemiecki! To rozkaz, Morro!

Niedługo potem cały oddział wypełzł z gościnnej piwnicy. Przed nimi czerniła się plama ogrodu Saskiego, jedynej już przeszkody na drodze do Śródmieścia. Problem polegał na tym, iż w parku stacjonowały niemieckie oddziały. Jedyna nadzieja w tym, że Niemcy wezmą ich za swoich.

Idą w ciszy. Na przodzie ci, którzy znają język niemiecki najlepiej. Piotr chłonie świeże powietrze i zapach drzew, który po dwóch tygodniach spędzonych w piekle Starego Miasta jest jak balsam na jego płuca. Maszerują. Z boku słychać jakieś rozmowy prowadzone po niemiecku. Kilku esesmanów na koniach minęło ich po prawej stronie. Przed nimi nagle pojawia się auto wypełnione Niemcami. Patrzą na maszerującą kolumnę, ale wkrótce znikają za drzewami.

Gdzieś na wysokości palmiarni trafiają na niemiecki posterunek. Stojący przed nim żołnierz macha ręką w ich kierunku.

– Nie idźcie tam, tam są już pozycje bandytów – mówi do nich jakimś ciężkim akcentem.

Któryś z chłopaków zaczyna rozmowę z esesmanem. Inni zaczynają ze sobą szwargolić po niemiecku tak, żeby wszystko wyglądało na autentyczne. Wpatrują się przy tym w czarne lufy kaemów, które mogły poszatkować ich wszystkich w drobny mak. Te jednak milczą. Milczy też stojący przed barykadą Niemiec, choć zaczyna ich coraz baczniej obserwować. Muszą iść dalej. Maszerują więc wzdłuż ogrodzenia w nadziei, że znajdą jakąś dziurę. To milczenie posterunku za nimi zaczyna im działać na nerwy. Niby dobrze, ale nerwowość zagęszcza powietrze coraz bardziej. Gdyby strzelali, wszystko byłoby proste. Walka zawsze jest prostsza od zawiłej, pokrętnej dyplomacji.

Przeciskają się przez otwór w siatce ogrodzenia. Są więc na ulicy. Przed nimi piętrzą się gruzy budynku giełdy. Nie wytrzymują napięcia i zamiast maszerować, biegną w jej kierunku, ile sił w nogach. Dopiero teraz Niemcy rozumieją, że właśnie wymyka im się ten przeklęty oddział, którego szukali bezskutecznie przez cały dzień. Wściekłe kaemy sieką za nimi po zwalisku z cegieł. Za późno!

Wybiegają na ulicę Królewską. Wybawienie jest już tak blisko. Widzą gmach PAST-y przed sobą, więc już tutaj zaczynają się polskie linie.

I wtedy obudziło się Śródmieście.

Na widok kilkudziesięcioosobowego oddziału w niemieckich mundurach ustawione na barykadzie na ulicy Zielnej cekaemy jęknęły ciężko i plunęły ogniem. Serie zatańczyły po bruku Królewskiej. Ktoś padł na ziemię. – Starówka! Nie strzelać!

– Tu „Zośka"! Nie strzelać!

– Na Boga! Tu Polacy!

– Nie strzelać! Tu „Radosław"!

Ogień z barykady cichnie. Dopadają do niej. Zdziwione twarze czujnych obrońców lustrują ich panterki, nieznane w Śródmieściu.

– Jezu, macie szczęście! Wzięliśmy was za natarcie niemieckie!

Dziewczyny płaczą, nie mogąc uwierzyć, że ta koszmarna epopeja dobiegła do szczęśliwego końca. Są jedynym oddziałem, któremu udało się przebić. Harcerze. Najlepsi żołnierze.

O Panie Boże, Ojcze nasz,
w opiece Swej nas miej.
Harcerskich serc Ty drgnienia znasz,
nam pomóc zawsze chciej.
Wszak Ciebie i Ojczyznę miłując,
chcemy żyć!
Harcerskim prawom w życia dniach
wiernymi zawsze być.

16

Zamknęła oczy i zacisnęła powieki najsilniej, jak mogła. Nie sprawiło to jednak, że chropowaty głos, śpiewający skoczną piosenkę, przestał drażnić jej uszy. Udawała więc, że jej tu nie ma, niczym dziecko chowające głowę pod koc. Bezskutecznie. Pomimo całego wysiłku, żeby zniknąć, tkwiła tu każdą cząstką swojego ciała. Melodyjny śpiew wdzierał się w nią jednak, zostawiając po sobie szlam strachu. Koszmarny sen stawał się jawą.

Jeszcze w nocy znosili rannych w pobliże włazu na plac Krasińskich. Przebicie przez ogród Saski nie powiodło się, a hekatomba staromiejskich oddziałów poważnie uszczupliła siły powstańcze. Zginęło trzystu chłopców z najlepszych batalionów. Nie powrócił również Piotr. Nie chciała myśleć o nim jak o zabitym, dlatego nie myślała wcale.

Nie mieli wyjścia, musieli ewakuować się do Śródmieścia kanałem, zanim padnie fabryka Fiata i Niemcy wedrą się w głąb Starówki. Trwało to jednak na tyle długo, że nowy dzień zastał wciąż oczekujących w kolejce do włazu.

Pierwsi mieli iść żołnierze. Jednak gdy uzbrojone kompanie pojawiły się na ulicy Długiej, w ich stronę poleciały wyzwiska i przekleństwa ze strony zapełniających ją do granic możliwości ludzi.

– Przejście dla wojska! – rozległ się rozkaz, gdy ubrani w panterki powstańcy ruszyli w stronę kanału.

– Bandyci, nie wojsko! Zobaczcie, co z naszym miastem zrobiliście! Same ruiny! Tyle ludzi poginęło, bo się wam wojny zachciało! Majątki potracone! Ludzie pogłodzone! Jakie to wojsko?! To kupa gówniarzy!

Chłopcy pospuszczali głowy, a w nią jakby piorun strzelił. Rzuciła się w stronę ludzi niczym lwica.

– To teraz dla was bandyci są, ha? A jak was bronili i ginęli za was, to kim wtedy byli?

– Frajerami! – odburknął jej jakiś młody mężczyzna z pokaźnym tobołkiem na plecach. – Jakby tej awantury nie wywołali, to Rosjanie by nas wyzwolili i byłby święty spokój. Przynajmniej głodni byśmy nie chodzili. A paniusia to chyba nie z Warszawy, bo jakiś dziwny ten polski język, co nim gada.

Dopadła go tak błyskawicznie, że mimo ścisku ludzie dookoła nich cofnęli się. Złapała za poły marynarki i pociągnęła w dół tak, że jego twarz znalazła się kilka centymetrów od jej twarzy. W oczach mężczyzny zobaczyła strach.

– Idioto! Widziałam, co Sowieci zrobili naszym w Wilnie w lipcu. Byłam tam. Walczyłam z bronią. Nie siedziałam na tłustym tyłku jak ty i reszta tobie podobnych. Marzą ci się ruscy i ich raj? To mnie posłuchaj, zafajdańcu. Sybir i knut albo kula w potylicę. Tyle dostaniecie! Żryć ci się chce? Nam wszystkim się chce! – Sięgnęła do torby i wyciągnęła ostatnią konserwę, którą przyniósł jej tuż przed przebiciem Piotr. – Masz! Żryj! Ja wracam do szpitala, gdzie nawet Niemcy, których opatruję, potrafią za opiekę podziękować!

Poczuła dłoń na ramieniu. To Witalij odciągał ją od wystraszonego człowieka, który teraz stał z puszką w ręce i nie wiedział, co ze sobą zrobić.

– Nie trzeba już, odpuść.

Spojrzała na niego i ledwie hamując płacz, wycedziła przez zęby.

– Jak oni tak mogą? Przecież tam ich dzieci. Ich żołnierze. Jak można ich teraz… od bandytów?

Odetchnął ciężko i ścisnął jej ramię.

– Zrozum ich. Oni potracili przez ten miesiąc więcej niż przez całą okupację. Przecież też giną i głodują. Boją się po prostu o swoje życie. Teraz panuje tu jeszcze jako taki porządek, ale gdy obrona padnie, rozpęta się piekło. Bez praw, bez zasad. Silniejsi zrobią z nimi, co tylko będą chcieli.

Przerwał, bo tuż za nimi pojawił się młody żołnierz, który odszedł od szeregu.

– Siostrzyczko – zagadał. – Ja podziękować chciałem za odwagę siostry i za obronę naszego dobrego imienia. Niech siostrzyczka weźmie.

Szybko opanowała nerwy, otarła oczy i odwróciła się do niego. Spojrzała na jego wyciągniętą w jej stronę dłoń z leżącym na niej słoiczkiem miodu zamiast kwiatka, na panterkę spiętą pasem i automat przewieszony przez plecy. Ile mógł mieć lat? Osiemnaście? Dziewiętnaście? Trochę się krępował, bo wiedział, że koledzy czekali w napięciu na to, co się stanie, ale spod obciągniętego pokrowcem hełmu patrzyły na nią płonące, śmiejące się do niej oczy. Podobała się mu i widziała to doskonale.

Roześmiała się, tak trochę na przekór łzom. Wzięła od niego słoik i włożyła do torby.

– Jak masz na imię? – zapytała, a on zmieszał się jeszcze bardziej, bo w harcerskim środowisku do dziewcząt, szczególnie nieznajomych, zwracało się per koleżanko. Marta okazała się więc bezpośrednia i śmiała.

– Janek.

Janek! Zamarła na chwilę, a serce zabiło jej mocniej. Złapała go za dłoń.

– Janek, posłuchaj. To ja dziękuję za to, że swoje życie jesteś gotowy oddać, żeby mnie bronić.

Zaczerwienił się, a stojący wokół jego koledzy zbliżyli się tak, żeby nie uronić ani słowa. Witalij za to wzniósł ironicznie brwi, widząc, jak żołnierzowi gną się kolana przed pięknym dziewczęciem.

– Chciałabym ci coś dać, Janku – mówiła dalej Marta, patrząc chłopakowi prosto w oczy. – Tak, żebyś pamiętał. Masz dziewczynę?

Pokiwał przecząco głową.

– Tym lepiej.

Przysunęła się, ujęła jego brudną od kurzu twarz i pocałowała miękko, delikatnie i tak, że po chwili zapomniał o bożym świecie i objął ją ramieniem. Trwało to kilkanaście sekund, ale gdy skończyła, czuła, jak rozanielony chłopiec przepływa jej przez ręce.

Stał, nie wiedząc, co ma zrobić. Jego wielkie oczy patrzyły na nią tak, że zrobiło się jej ciepło.

Tłoczący się za nim koledzy z oddziału patrzyli na nich z rozdziawionymi gębami. Ale już po chwili odzyskali mowę.

– Te, dawaj drugi słoik miodu!

– Teraz ja idę!

– Jak pragnę wina! Siostrzyczko!

– Ranny jestem! Może opatrunek?!

Roześmiała się do szczerzących się do niej powstańców, bo to, co udało się im, śniło się po nocach choćby jej towarzyszom broni spod Wilna. Poczuła wreszcie, jak się czerwieni. Na dodatek bardzo się jej to podobało.

– A siostrze jak na imię? – Janek odzyskał wreszcie głos.

Pokiwała głową.

– Ja dla ciebie nie mogę mieć imienia. – Pogładziła go po policzku. – Inaczej złamiesz kiedyś serce jakiejś róży, jak ci się przy niej wyrwie, gdy nie trzeba.

– Proszę… – Żołnierz złapał ją za dłoń i nabrał odwagi. – To daj mi choć coś na pamiątkę.

– Już dostałeś. – Jej oczy lśniły od nadmiaru radości. Wyciągnęła jednak z kieszeni obrazek Matki Bożej Ostrobramskiej i podała mu do ręki.

– Proszę, od żołnierki z Wołynia dla żołnierza z Warszawy.

– Dziękuję! – Uśmiechnął się, pocałował prezent i schował do kieszeni pod panterką. Jego koledzy ciągnęli go już w stronę kanału. Przyszła ich kolej, aby przez rurę przedostać się do Śródmieścia. Zanim zgubili się wszyscy w tłumie, obrócił się w jej stronę i pomachał jej. Odwzajemniła gest, a gdy zniknął on i jego koledzy, westchnęła głośno. Wszystko wróciło do normy. Znów była sama, z Witalijem wprawdzie, ale samotna.

A potem, godzinę później, z włazu do kanału ostrzeliwanego z każdej strony przez siedzących na placu Krasińskich i na ulicy Miodowej Niemców, wypełzł poparzony człowiek, którego natychmiast skosiła seria. Drugi, tuż za nim, skrył się za ciałem poprzednika i krzyknął do pilnujących porządku żandarmów z Oddziału Barry.

– Niemcy podfajczyli kanał! Wszystko płonie! Przejścia nie ma już!

Kilka tysięcy ludzi liczących na wybawienie jęknęło w przerażeniu, gdyż hitlerowcy parli już z każdej strony, mordując i gwałcąc po drodze bez litości. Czterdzieści tysięcy mieszkańców Starówki czekało już teraz tylko na nadchodzącą apokalipsę i jej jeźdźców.

Wrócili do szpitala. Gdzieś na korytarzu mignęła jej doktor „Przemysława". Od kiedy prowadzący go doktor „Brom" odszedł do Śródmieścia, przejęła prowadzenie szpitala.

– Żyjesz?! Wspaniale. Pomóż na sali operacyjnej!

Nie zdążyła tam dotrzeć. Bomba zrzucona z pikującego stukasa zamieniła tę część budynku w ruinę. Pozostał po nim krzyk przysypanych i płonących żywcem. Nic już nie można było dla nich zrobić. Zajęła się więc pomocą tym, którzy leżeli na podwórku.

Wreszcie przyszedł koniec.

Nie było już obrony Starówki, gdzieniegdzie tylko dało się zobaczyć wycofujące się grupki biegnących powstańców i usłyszeć chaotyczną strzelaninę. Wszyscy jednak wiedzieli, że to ostatnie chwile.

W końcu przyszli Niemcy. Przesłuchali swoich, którzy w powstańczym szpitalu otrzymali pomoc i opiekę. Chyba tylko przez wzgląd na ich błagania, żeby Polaków nie zabijać, wycelowane w personel i rannych lufy automatów pozostały nieme. Jakiś Niemiec z zabandażowaną głową uścisnął jej dłoń, szepcząc „danke schön", ale odruchowo cofnęła rękę. Rozglądała się dookoła z nadzieją, że odnajdzie Witalija, który po wybuchu bomby gdzieś zniknął, ale Rusin zawieruszył się zupełnie.

Podzielono ich na podwórzu. Rannych ułożono po jego jednej stronie, a zdrowych i personel po drugiej. Potem wyprowadzono wszystkich na ulicę Długą. Kolumna ruszyła w kierunku placu, do którego jeszcze niedawno pragnęli dotrzeć wszyscy. Teraz, otoczony wałem z zastrzelonych ludzi kanał czernił się jedynie martwym okiem włazu. Spojrzała do tyłu, na zmasakrowane Stare Miasto, na tony cegieł ze zburzonych kamienic, smutne kikuty ścian i dziury bez szyb w wypalonych resztkach domów i poczuła chłód martwego ciała, którym stała się bohatersko walcząca dzielnica. Odwróciła głowę, żeby w porę zatrzymać wilgoć cisnącą się do jej oczu. Nie chciała płakać.

Z jakiejś dziury w murze wyszło kilku kałmuków, którzy bacznie lustrowali wszystkich dookoła.

– Szukają kobiet – powiedział głośno idący przy niej mężczyzna.

Z trudem przełknęła ślinę i spuściła głowę. Zbliżała się do nich z duszą na ramieniu. I gdy już myślała, że uda jej się przejść, czyjeś mocne ręce wyrwały ją z szeregu. Próbowała się wyrwać, ale po ciosie w głowę zawisła tylko na ramieniu jednego z nich.

Gdy się ocknęła, siedziała pod murem ze związanymi nogami i rękami niczym owca wieziona na targ. Obróciła głowę i zobaczyła obok siebie siedzącą z podkulonymi nogami dziewczynkę. Siedziała przerażona, bez siły na płacz.

– Hej... – szepnęła do niej z trudem. – Hej, jak masz na imię?

Nie odpowiedziała. Popatrzyła tylko na nią mokrymi oczami. Marta zawahała się przed zadaniem kolejnego pytania. Musiała jednak wiedzieć.

– Ile masz lat? – wyrzuciła z siebie, licząc w duchu, że mała nie odpowie.

– Dwanaście...

To jedno słowo uderzyło ją mocniej niż cios, który pozbawił ją przytomności. Ze zgrozą poczuła, jak krew ścina się w jej żyłach. Wtedy usłyszała ten przeklęty śpiew. W ciągu sekundy stanął jej przed oczami sen, z którym zmagała się tak często. Wiedziała doskonale, po co ją tu przyprowadzili i co zrobią jej i temu dziecku.

Były same. Widocznie tamci czekali, aż kolumna oddali się na tyle, żeby nikt nie nakrył ich za załomem muru. Bądź co bądź, bali się Niemców, którzy z jakiegoś niezrozumiałego dla niej powodu nie chcieli zezwolić na nieskrępowane gwałty.

Zamknęła oczy, czując, jak poddaje się strachowi. Nie próbowała nawet pocieszać siedzącej obok niej dziewczynki. Lęk przed wydarzeniami z nocnych majaków wniknął w nią tak mocno, że zadziałał jak piąta kolumna, pozbawiając ją siły i woli walki. Trzęsła się jak galareta w oczekiwaniu na to, co miało nastąpić. Każda sekunda przedłużała jej męki, jednak wiedziała, że dopóki słyszy melodię, jest bezpieczna. Jeszcze chwilę, jeszcze może zwrotkę... Jeszcze...

Cisza.

Zacisnęła powieki mocniej. Usłyszała kroki i śmiech. Obrzydliwa dłoń nadciągała, a ona czuła, jak zaczyna dygotać mocniej. Z oczu popłynęły jej łzy.

– Nu, dawaj, diewoczka. Tiebie pora.

Nikt nie dotknął jej uda, jak we śnie, jednak gdy otworzyła oczy, zobaczyła jednego z nich rozpinającego spodnie. Gdy drugi wyciągnął do niej rękę, przez głowę przeleciał jej obraz, wspomnienie z leśnej drogi z Małyk i tamten gwałt, który Swieta wzięła na siebie, wmawiając oprawcom, że Marta jest chora.

– U mienia kiła! – krzyknęła rozpaczliwie, pamiętając, że Rosjanie bali się chorób wenerycznych jak ognia. Gdy jednak zobaczyła poważne miny esesmanów, zmroziło ją. Zrozumiała, jak potworny błąd popełniła. Co ona najlepszego zrobiła?! Spojrzała na siedzącą obok niej dziewczynkę z takim strachem w oczach, że ta zaczęła płakać na cały głos.

– Przepraszam…

Odwróciła szybko głowę i zawołała do stojących mężczyzn.

– Weźcie mnie! Nie ruszajcie dziecka! Ja kłamałam!

Jednak tamci woleli już nie ryzykować. Płakała więc, rzucała się, by zerwać więzy, i krzyczała wniebogłosy, patrząc, jak jeden po drugim kładli się na małą, której opór zniszczyli na samym początku mocnym uderzeniem w twarz.

Nie ukoił bólu nawet niemiecki patrol, który wpadł w to miejsce. Gwałcącemu dziewczynkę bydlakowi strzelili prosto w łeb, a resztę kałmuków wzięli na muszki. Rozwiązali Martę, wyciągając ją z ruin. Nie słyszała już, jak niemiecki oficer krzyczał do esesmanów, którzy łypali na niego spode łba z nienawiścią. Prowadzona przez Niemca, spojrzała na ledwo żywe dziecko w chwili, gdy inny żołnierz strzelił do dziewczynki, skracając jej mękę. Gdyby poszła zamiast niej, mała żyłaby teraz. Zrobiło się jej słabo. Osunęła się z nóg na ziemię. Dopiero bolesny policzek otrząsnął ją na tyle, żeby mogła ponownie wstać i uciec z tego miejsca jak najdalej.

Szła więc w kierunku Banku Polskiego, wrzucona przez Niemców w kolejną kolumnę jeńców. Nie zmienił tego nawet Witalij, który odnalazł się w końcu. Przestawiała nogę za nogą jak żywy trup, biczując się myślą, iż właśnie przegrała swą największą walkę. Na nic zdały się jej wyszkolenie i umiejętności. W najważniejszym momencie stchórzyła. Dług, jaki zaciągnęła

wobec Swiety, która umiała się za nią poświęcić, pozostał nie-
spłacony.

$\mathcal{P}$oprowadzono ich później w długiej kolumnie w kierunku Woli. Szli więc, patrząc na dymy unoszące się
nad Śródmieściem, na biało-czerwoną flagę łopoczącą nad
Prudentialem, martwi w środku z żalu, że dla nich powstanie
już się skończyło.

17

$\mathcal{N}$ie wierzył własnym oczom…
Drzewa, ludzie spacerujący po ulicy, całe budynki, nawet szyby w oknach!
Czuł się, jakby trafił do innego świata. No bo jak wyjaśnić
to, że tutaj życie biegło normalnie, a kilometr dalej Stare Miasto wyglądało jak usypany z cegieł cmentarz? Wytłumaczył mu
to jeden z żołnierzy z Wojskowej Służby Ochrony Powstania.
Wobec zaciekłego oporu powstańców niemieckie dowództwo zmieniło taktykę. Zamiast walczyć z Polakami na całym
obszarze miasta, wydzierano im dzielnicę po dzielnicy i sku-
piano cały swój wysiłek na zniszczeniu oporu tam, pozostałe
części Warszawy nękając jedynie ogniem artyleryjskim i spo-
radycznymi bombardowaniami. Dlatego właśnie Śródmieście
prezentowało się wciąż tak dobrze.
– Teraz przyjdzie pewnie kolej na nas – zakończył swój
wywód.

Zmęczony do granic możliwości, pobiegł w kierunku domu. Ludzie patrzyli na niego jakoś tak dziwnie, gdy spiesznym krokiem mijał ich na ulicy. Dopiero po chwili zrozumiał, w czym rzecz. Miał na sobie niemiecką panterkę! Bluzy maskujące Tarnschlupfjäcke oddziałów SS, które żołnierze „Radosława" zdobyli podczas zajęcia magazynów na Stawkach, oraz spodnie mundurowe noszone przez niemieckie załogi dział szturmowych, zupełnie nie były znane tu, w Śródmieściu. W pokrytej brązowymi plamami o różnym odcieniu bluzie wyglądał jak esesman. Jedynie biało-czerwona opaska na ramieniu świadczyła o tym, że był polskim żołnierzem.

Dotarł wreszcie do domu. Westchnął z rezygnacją i oparł się o ścianę sąsiedniego budynku. Jednak nie udało się Śródmieściu uniknąć zniszczeń. Do tych, które oszpeciły Warszawę we wrześniu trzydziestego dziewiątego, dołączyły nowe.

Przed jednym z nich stał właśnie w tej chwili. W domu na ulicy Złotej, w którym mieszkał razem ze Swietą, brakowało frontowej ściany. Kamienica przypominała teraz otwarty dom dla lalek, z widocznymi kredensami, wannami i powywracanymi stołami.

Ruszył się wreszcie z miejsca. Przeszedł przez ulicę i zatrzymał się na chwilę, przed górą cegieł, która zasypała wejście do budynku. Nie było szans, by od tej strony dostać się do środka. Postanowił spróbować szczęścia, przechodząc przez sąsiedni dom i przeskakując przez mur oddzielający oba podwórka.

Nie musiał jednak iść już dalej. Na podwórzu zobaczył mieszkańców obu domów, którzy korzystając z chwili ciszy, wyszli z piwnicy, żeby zaczerpnąć świeżego powietrza. Gdy pojawił się między nimi, stanęli jak wryci.

– Pan Tomasz! – dozorca jego domu rozpoznał go po chwili i zawołał konspiracyjnym imieniem, i spojrzał znacząco na jego panterkę. – A ja myślałem, że to fryc. No i chciałem fryca szpadlem, hyc!

332

Uśmiechnął się do niego i przywitał serdecznie. Zaraz odnalazła się również córka sąsiadki, która podbiegła, trzymając w rękach skorupę.

– Pancerniak! – Piotr kucnął i złapał żółwia za łapę, którą zwierzak machał w powietrzu. – Żyjesz? Nie zjedli cię?

Dziewczynka ofuknęła go z oburzeniem.

– Żadne zjedli! Pancerniak to teraz prawdziwy wojak. Hełm ma, bomb się nie boi!

Roześmiał się i pogłaskał dziewczynkę po głowie.

– Zatrzymaj go, wiesz lepiej, jak się nim opiekować.

– Jest mój? Na zawsze? Maaaaamoooo!

Odbiegła w głąb podwórka, a on zaczął rozglądać się dookoła.

– Nie ma jej. – Stróż domyślił się, kogo szukał wzrokiem. – Odeszła drugiego dnia powstania. Była tu tylko chwilę, a potem przyszedł po nią ten... Nooo... – Strzelił kilka razy palcami, żeby pomóc pamięci. – Wyrwa?

– Zadra! – podpowiedział Piotr.

– No właśnie, Zadra. Prosiła, żebym panu tylko powiedział, że ona do powstania idzie i żeby się pan nie bał o nią. Gdzieś w szpitalu miała pracować. Potem już jej nie widziałem.

Mimo wszystko poszedł do mieszkania. Nie musiał przechodzić przez mur. Mieszkańcy kamienic wykuli przejście pomiędzy piwnicami, więc po krótkiej chwili wbiegał już po trzeszczących schodach. Gdy otworzył drzwi, zawahał się przez chwilę. Pamiętał dobrze ten moment, gdy przyszedł tu po raz pierwszy, gdy zobaczył ją po czterech latach rozłąki i gdy ponownie wziął ją w ramiona. Wciągnął powietrze do płuc i zawirowało mu w głowie od wspomnień. Zatęsknił za dziewczyną tak, że ścisnęło mu gardło. Wszedł do środka i złapał za klamkę drzwi prowadzących do kuchni. Stała tam wtedy, odwrócona do niego plecami. Tym razem jednak nie było jej tu. Nie było też kuchni, a jedynie kawałek podłogi i szafka, która jakimś cudem przylepiła się do ściany i trwała nad przepaścią, jak taternik na krawędzi.

*P*ożegnał się ze stróżem i odszedł w kierunku ulicy Moniuszki. Chłopcy dostali kwaterę w Adrii, a on musiał wreszcie odespać zmęczenie. Gdy to zrobi, ruszy na poszukiwania Swiety. Jednak na razie słaniał się na nogach.

Chłopcy już rozlokowali się na drewnianym obrotowym parkiecie do tańca. Ktoś grał piosenkę na pianinie, ktoś chrapał w najlepsze. Położył się obok Słonia, któremu rzucił poduszkę przyniesioną z domu. Jurek gwizdnął tylko z zachwytem i natychmiast podłożył prezent pod głowę. Piotr zasnął prawie od razu, pokonany przez zmęczenie.

Nie tylko on. Głosy stopniowo gasły, gdy kolejni chłopcy odpływali w sen na podłodze. Po jakimś czasie z sali dobiegało już tylko chrapanie.

18

*S*zukał jej wszędzie, przemierzył wszystkie szpitale, jakie tylko udało mu się znaleźć. Swieta przepadła jak kamień w wodę. Nie było jej nigdzie i nikt jej nie pamiętał. O Zadrze również nie zdobył żadnych informacji. W końcu trafił na ulicę Chmielną, do szpitala polowego pod numerem dwudziestym ósmym. Dotknął ściany i otworzył szeroko oczy, gdy delikatny szept musnął jego ucho. Była tu! Wiedział to z pewnością, gdy palce dotykające chropowatej cegły musnęły ją jakby w przelocie. Wbiegł do środka i zaczepił pierwszego lekarza, którego zobaczył. Zmęczony wielogodzinnym dyżurem doktor otarł pot z czoła.

Rzeczywiście była tu. Jednak już jej nie ma. Odeszła nagle dwa dni wcześniej. Jej oddział dostał przeniesienie. Gdzie? Doktor rozłożył ręce. Nie miał pojęcia.

Po wizycie w szpitalu nie umiał ukryć radości. Wiedział przynajmniej, że do przedwczoraj żyła, a on nawet nie chciał dopuścić do głosu innej możliwości niż ta, że nadal tak jest.

– Pan porucznik? – usłyszał za sobą znajomy głos. Obejrzał się i uśmiechnął szeroko. Nie mógł spotkać w tej chwili bardziej odpowiedniej osoby.

– Rotmistrz Jezierski! Jak dobrze pana widzieć. Pan tutaj? Coś nie tak?

– Wszystko bardzo tak. – Pogodne usposobienie tego człowieka sprawiało, że zmartwienia odnajdywały swoje miejsce gdzieś daleko, w ostatnich rzędach. – Moja kompania walczy na Królewskiej. Odwiedzałem jedynie rannego żołnierza.

Usiedli na chwilę. Parę minut rozmowy o niczym z tym człowiekiem podnosiło na duchu bardziej niż wiadomość o alianckich zrzutach. Opowiedział mu krótko o wyprawie na Wileńszczyznę i powrocie do Warszawy.

– Widziałem, co Sowieci szykują nam, gdy już zaleją Polskę. Tutaj czeka się na nich jak na wybawicieli, a oni nas po prostu wyłapią jak szczury i rozgniotą w palcach. Piętnaście tysięcy uzbrojonych po zęby żołnierzy przestało istnieć w ciągu kilku dni. A co zrobił Zachód? Słyszałem, że Churchill potępił naszą walkę o Wilno. Boję się, że zostaliśmy pozostawieni przez Zachód samym sobie. Czekamy już miesiąc, aż przyślą moich braci z Brygady Spadochronowej. Kiedy to zrobią? Gdy kontrolowany przez nas teren skurczy nam się do wielkości trawnika?

– Ile samolotów potrzeba, żeby przerzucić brygadę?

Piotr chwilę kalkulował w myślach.

– Ludzie i sprzęt to będzie... Hmmm... Potrzeba około trzystu.

– No to sam sobie odpowiedz, czy Angole poświęcą tyle maszyn. Przecież Stalin zabronił im lądować na ukraińskich lotniskach.

Piotr przeczesał czuprynę palcami.

– Co się z nami stanie w takim razie? Z chłopakami? Z cywilami? Z Polską?

Jezierski milczał przez chwilę, jakby ważył każde słowo, które miał wypowiedzieć.

– Nie jesteśmy, jako jednostki, zdolni do zmierzenia się z każdym złem na tym świecie. Działamy tam, gdzie nas Bóg postawił, dając odpór temu, co mamy przed sobą i w sobie. Nie jesteśmy wszechmocni, możemy być co najwyżej wszędobylscy. – Uśmiechnął się. – Nie ma sensu się martwić i pozwolić sobie na snucie rozpaczliwych wizji. Po co? Nawet jeśli mają się okazać prawdą, to mamy teraz dość na głowie, żeby zajmować się jeszcze wielką polityką.

– Nie cierpię polityki. Wolę stać z wrogiem twarzą w twarz, niż knuć w kątach gabinetów.

– Proste, żołnierskie życie, co? Codzienność już dość przysparza trosk, żeby jeszcze sobie dokładać rzeczy, na które zupełnie wpływu nie mamy – westchnął i zmienił temat. – A jak twoja narzeczona? Gdzie ona teraz? Czeka na ciebie? Walczy?

Piotr spuścił głowę i zacisnął usta.

– Też chciałbym wiedzieć. Nie mam z nią kontaktu, odkąd wyjechałem do Wilna. Umieram ze strachu o nią. Do przedwczoraj była tutaj, w szpitalu. Odeszła jednak z oddziałem i nikt nie wie, gdzie jest teraz.

Jezierski pochylił się i oparł ręce o kolana.

– Zobacz, co zostało z twojego poczucia krzywdy wobec niej. Pewnie nic. Pewnie nawet już o tym nie pamiętasz i dałbyś wszystko, każdy swój lęk i każdą złość na nią, żeby tylko była blisko ciebie teraz, prawda?

Piotr skinął głową potakująco.

– No właśnie. Tak niepewność o los ukochanej osoby zmienia perspektywę. Pamiętaj o tym, gdy już ją odnajdziesz i zaczniesz normalne życie. Ilekroć będziesz chciał w gniewie trzasnąć drzwiami, pomyśl, co by było, gdyby jej nie było. Zawsze pomaga.

Zacisnął zęby. Siedział tak jeszcze długo po tym, jak pożegnał się z porucznikiem. Modlił się w duchu, żeby nadszedł w ogóle taki czas, gdy będzie miał okazję do kłótni. Niech już tylko Swieta się odnajdzie.

19

𝒯rwali w willi przy ulicy Wilanowskiej 18 ledwo żywi ze zmęczenia. Aż trudno było uwierzyć, że przerzucono ich na Powiśle Czerniakowskie ze względu na panujący tu względny spokój, aby nabrali sił i odpoczęli. Niestety, w ciągu kilkunastu godzin Solec został ściśnięty w stalowych niemieckich kleszczach. Wszystko przez Sowietów, którzy wreszcie doczłapali do Wisły. Gdy pierwsze czołgi z czerwoną gwiazdą na pancerzu pojawiły się na Saskiej Kępie, euforia udzieliła się nawet jemu. Jednak szybko okazało się, że o wejściu Rosjan do gry mogli jedynie pomarzyć. Skończyło się na desancie trzech tysięcy żołnierzy 1. Armii Wojska Polskiego, zwanych berlingowcami od nazwiska dowódcy, Berlinga. Mimo świetnego uzbrojenia ginęli oni jak muchy, nie umiejąc walczyć w mieście lub walczyć w ogóle. Powstanie miało w zamyśle Stalina upaść, a najbardziej wartościowi ludzie, elita, mieli być zmiażdżeni niemieckim butem. Dlatego pomoc walczącej Warszawie ograniczyła się do tego, że do walki posłali zielonych rekrutów tylko po to, aby zamknąć usta gardłującemu za powstaniem światu.

Niemcy jednak na żadne nowe desanty nie mogli sobie pozwolić. Dlatego skupili się przede wszystkim na tym, żeby odepchnąć Polaków od Wisły i odciąć drogę zaopatrzenia z prawej strony rzeki. Ściągnęli ze wschodniej Polski nawet Ukraiński Legion Samoobrony, żeby tylko uporać się jak najszybciej z Polakami. Nękani ciągłymi szturmami, ostrzałem moździerzowym i nalotami, powstańcy sięgali szczytów heroizmu, byle tylko utrzymać się jak najdłużej. I tak nie mieli nic do stracenia, bo w razie wpadnięcia w niemieckie łapy kula w łeb była chyba najlepszą opcją.

Chwila wytchnienia pomiędzy szturmami. Ile ich już odparli dzisiaj? Pięć? Sześć? Przestał już liczyć. Na głowy sypie im się gruz, gdy granat moździerzowy rozrywa się tuż przed wejściem do budynku. Oczy zamykają mu się same. Oparł się o ścianę, walcząc ze snem.

– Zaśnij choć na chwilę… – szepnęła mu do ucha. – Obudzą cię.

Uśmiechnął się i pokiwał głową.

– Nie mogę. Przecież oni też są zmęczeni.

– Dla mnie ty jesteś ważny. Najważniejszy.

Położył głowę na jej dłoni.

– Zostaniesz ze mną?

– Zostanę tak długo, jak będę mogła… Ale poczekam na ciebie. Tylko się spiesz.

Podniósł głowę i ziewnął. Swieta zniknęła, więc był to znak, że jednak udało mu się zmrużyć oko. Nie podobało mu się to. Wolałby zostać tu z nią... Ktoś jednak szarpał go za ramię.

– Niemcy idą!

Zerwał się z miejsca i podbiegł do obłożonego workami z piaskiem okna. Jednak gdy już szykowali się do tego, by w nadbiegające postaci wypruć serię, usłyszeli polski język.

– Nie strzelać! Jesteśmy od „Kryski"!

Wpuścili ich do środka. Pięciu powstańców opadło na podłogę. Dyszeli ciężko, szczęśliwi, że żyją.

Piotr wpatrzył się w jednego z nich.

– Zadra?!

Siedzący na podłodze żołnierz na dźwięk swojego pseudonimu zerwał się z miejsca.

– Tom, stary wariacie! Co ty tu robisz?! Myśleliśmy, że zginąłeś gdzieś na wschodzie. Takie wieści z Wilna szły, że tylko Swieta wierzyła...

– Gdzie ona jest?! – Piotr na wspomnienie dziewczyny rzucił się w jego kierunku.

– Spokojnie, stary. – Zadra śmiał się do rozgorączkowanego Ochockiego. – Służy w szpitalu w willi na Solcu 41. Tu za rogiem.

Nie wierzył. Wydawało mu się, że śni. Po ciążącym na sercu kamieniu nie został żaden ślad. Byle tylko dotrwać do spotkania. Nawet gdy rzucili się w końcu wszyscy do okna, żeby odeprzeć kolejny szturm, uśmiechał się do siebie. Nie starł tej radości z jego twarzy również rozkaz o wycofaniu się na Wilanowską 4. Biegł na nowe stanowisko, zostawiając dom pod numerem osiemnaście na pastwę hitlerowskich żołdaków, którzy wymordowali tam ponad stu niewinnych, nieuzbrojonych ludzi, chowających się przed wojną w piwnicach.

Jednak szczęście zostało brutalnie zdarte z jego twarzy. Na informację, że idzie do szpitala na Solcu, ktoś klepnął go w ramię, pokazując na siedzących pod ścianą ludzi.

– Widzisz ich? Oni właśnie stamtąd przyszli. Szpital padł. Fryce i Ukraińcy spalili wszystko. Nie został tam nikt żywy.

Chwycili go za ręce, gdy z pianą na ustach rzucił się do wyjścia.

– Człowieku. Usieką cię erkaemami. Pilnują, żeby nikt się tam nie dostał. Nigdzie nie pójdziesz.

Nie słyszał tego, niczego już nie słyszał. Trzymali go tak długo, aż wreszcie przestał się wyrywać. Patrzył jedynie nieprzytomnym wzrokiem dookoła. Posadzono go pod ścianą, razem z rannymi. Nie był pusty w środku. Nie czuł złości ani gniewu. Całą przestrzeń w jego wnętrzu, aż po brzegi, wypełniała ogromna tęsknota, odbierająca mu oddech. Wypatrywał Swiety dookoła, wywoływał, groził i błagał ją. Wszystko w ciszy, bez słowa, przerywane jedynie zgrzytem mrugających powiek. Nagle cała ta wojna i zażarta walka straciła dla niego sens. Nie miał już dla kogo żyć ani oddychać, ani pociągać za spust... Mógł równie dobrze zginąć. Choćby teraz. Nie dbał już o to.

Najwięcej chłopców umierało kilka godzin po wyjściu ze szpitala. Chcąc się zemścić za śmierć kolegów, szafowali brawurą, jakby byli nieśmiertelni, lecz przekonywali się boleśnie o swojej omylności.

Piotr za to poczuł, że chce, by ta „omylność" dopadła i jego. Miał okazję. Właśnie nadchodziło kolejne niemieckie natarcie.

Stał w oknie i prał do szturmujących willę Niemców. Nie bał się. Chciał tej kuli, która zakończyłaby jego życie, spinając go ze Swietą w wieczności. Na próżno. Trafiał każdego i wszędzie. W końcu trzasnął stenem o podłogę.

– Strzelaj, skurwysynu! – krzyknął do nadbiegającego szkopa. Ten jednak mocował się z zamkiem swojego MP 40 na tyle długo, że czyjeś ręce zdążyły chwycić Piotra i ściągnąć go z okna.

To Zadra, który po raz milionowy uratował mu życie.

– Idioto! Co ty robisz?! Myślisz, że to jest zabawne? Tu są ludzie, którzy na ciebie liczą, więc nie bądź cholerną babą, tylko wstań i walcz! Za naszych, których zgarnęli z warsztatu, za Zającą, za innych! Tutaj każdy kogoś stracił! Cholera, Piotr!

*B*ił się więc dalej, bez przekonania. Zresztą wszyscy powoli tracili chęć do życia. Padła Wilanowska 4 i 5, padły inne reduty. Jedynie samotny dom pod numerem pierwszym tkwił jeszcze w niemieckiej gębie jak cierń.

Kilka dni wcześniej odszedł porucznik Andrzej „Amorek Morro". Pobiegł przywitać lądujących berlingowców. Kula snajpera ulokowanego na przęsłach mostu Poniatowskiego zgasiła go jak płomień świecy. Wraz z nim odeszła reszcie ochota do walki. Dołączył do swojego brata, podporucznika Jana „Bonawentury" Romockiego, przysypanego w szpitalu na ulicy Miodowej, jeszcze na Starówce. Tego samego dnia na patrol wyszedł „Xiążę" i nigdy nie powrócił. Potem pułkownik Radosław z dwiema setkami żołnierzy wszedł do kanału, zostawiając dowodzenie zgrupowaniem porucznikowi Ryszardowi Białousowi „Jerzemu", samemu ewakuując się na Mokotów.

Poległ również porucznik Jerzy Gawin „Słoń", ostatni dowódca plutonu „Felka". Kilku niepokornych ruszyło w górę Czerniakowskiej, Słoń i porucznik Białous „Jerzy" razem z nimi. W końcu byli szturmowcami, więc jak na nich przystało, parli do przodu. Nie dotarli daleko. Umocnienia niemieckie okazały się zbyt silne. Wrócili, ale już bez Słonia. Skosiła go seria, gdy próbował zgasić granatem stanowisko erkaemu gdzieś przy Czerniakowskiej.

W końcu i porucznik Jerzy, wraz z kilkoma ludźmi, odszedł w kierunku ulicy Frascati, aby spróbować szczęścia i przejść na polską stronę.

Zginął od kuli również Wiktor, młody żołnierz Armii Krajowej, podkomendny Piotra, którego Sowieci złapali w Puszczy Rudnickiej po operacji „Ostra Brama" i siłą wcielili do armii Berlinga. Razem z nią trafił do Warszawy, a potem wraz z innymi żołnierzami 9. Pułku Piechoty przepłynął Wisłę w łodzi desantowej. Przybył walczyć o miasto, którego nie znał, podobnie jak bijący się o Wilno Piotr. Jego pluton ruszył do szturmu gdzieś pomiędzy wysokimi kamienicami. Wiejskie chłopaki, świeżo po wcieleniu do wojska, uciekły, gdy fryce położyły gęsty ogień. Został na ulicy sam. Gdy padał, jego usta kończyły właśnie krótką modlitwę do Panienki Ostrobramskiej. Położył głowę na jej kolanach sekundę po wypowiedzeniu słowa „amen".

W domu przy ulicy Wilanowskiej 1 zostali już tylko ci, którzy z powodu ran nie byli w stanie przepłynąć gęsto ostrzeliwanej Wisły albo po prostu nie mieli już dokąd pójść. Rannych pod osłoną nocy przeniesiono na wrak statku wycieczkowego „Bajka". Sowieci obiecali ewakuację. Skłamali jak zwykle. Ostatni bastion umierał, ale nieustanną obroną wciąż podnosił cenę za swoją śmierć.

Piotr, ponownie ranny w nogę, nie miał ochoty uciekać przed czymkolwiek. Przyzwyczaił się do myśli, że zostanie już tu, na Wilanowskiej, razem z tymi, którzy leżeli martwi dookoła. Głodny jak inni, spragniony jak pozostali, podnosił się bez entuzjazmu, ostatnim wysiłkiem woli, by odpierać kolejny atak. I kolejny, i kolejny…

– Wiesz, Piotr, tak sobie myślę… – Leżący pod ścianą Zadra patrzył na Zosię, sanitariuszkę, która nawet nie miała siły, by podnieść się do wołającego ją rannego. Patrzyła tylko na niego obojętnie. – Modlimy się codziennie, pamiętamy o przykazaniach. A gdzie On jest teraz? Gdzie jest Bóg? Czemu nic nie robi?

Piotr się uśmiechnął. Przed oczami stanął mu Roman Jezierski i jego łagodny wzrok. Pamiętał ich rozmowę w ogrodzie Saskim, podczas której zapytał porucznika o to samo.

– Robi, Zadra, robi cały czas – mówił spokojnym głosem, nie patrząc na przyjaciela. – Walczy z tym złem cholernym.

– Tak? – Zadra podniósł do góry brwi. – A jak walczy?

– Przysłał swojego najlepszego rycerza, ciebie.

Chłopak uśmiechnął się od ucha do ucha, patrząc w stronę okna, za którym znów rozległy się strzały.

– Może masz rację. – Położył rękę na ramieniu Piotra. – To co, szlachetny rycerzu, idziemy w bój?

Ochocki przytaknął z uśmiechem i podniósł się z ziemi. Stanęli przy worku z piaskiem i czekali, aż te robaki w garnkach na głowie podejdą bliżej. Zadra odchylił zawadiacko głowę do tyłu.

– Jadziem, Warszawaaaaa!

A potem pruli do nich, jakby jutra nie było. Siekł seriami do Niemców nawet wtedy, gdy obok nich nie było już nikogo. Strzelał do nich, gdy umilkł peem skulonego u jego stóp martwego Zadry. Naciskał spust, choć zamiast ognia słychać było już tylko suchy trzask pustej komory berlingowskiej pepeszy. Krzyczał z mokrą od łez twarzą, stojąc w tej dziurze sam, sam jak palec.

Dwudziestego trzeciego września czterdziestego czwartego roku, w pięćdziesiątym czwartym dniu powstania, padł ostatni bastion Powiśla Czerniakowskiego, dom przy ulicy Wilanowskiej 1. Batalion „Zośka" zakończył swój bojowy szlak.

J akim cudem uniknął rozstrzelania, nie wiedział sam. Przeżył, choć nie miał takiego zamiaru. Gdy popędzany przez Niemców szedł do niewoli, dziękował Bogu za to, że nie doczekał końca powstania. Ta walka była inna niż bitwa o Wilno, o wiele zacieklejsza, znacznie bardziej beznadziejna. Warszawa zapłaciła straszliwą cenę za swoją chęć do życia i wiarę w to, iż bić się trzeba.

Nie przeżył upokorzenia kapitulacji, która była gorsza od śmierci. Nie musiał przechodzić przez rozrywające serce piekło ciszy, gdy na zawsze umilkły karabiny. Gdy opuszczał Warszawę, za plecami wciąż słyszał dochodzącą z Śródmieścia kanonadę. Później, w obozie jenieckim, opowiadano mu o tym, jak wychodzące z miasta powstańcze kolumny maszerowały przed hitlerowcami, którzy często salutowali im, by oddać hołd walecznemu przeciwnikowi. Nie pękło mu serce jak innym, gdy matki stojące przy drodze błogosławiły idących żołnierzy, wołając „Zabierają nam dzieci!". Nie doświadczył tego i był Bogu wdzięczny.

A potem, w kwietniu czterdziestego piątego, bramę ich obozu jenieckiego sforsowali Brytyjczycy. Złapał wtedy jednego z nich i trząsł nim jak piórkiem, wrzeszcząc do niego „Where the fuck have you been in August?!".

Część trzecia

KRAJOBRAZ PO BURZY

1

Marta z Pruszkowa trafiła do obozu dla kobiet w Oberlangen. Warunki były koszmarne. Tysiąc siedemset dzielnych Polek, mimo surowej zimy spędzonej w nieszczelnych barakach, rygoru i głodowych racji żywieniowych, trwało, dokształcało się i organizowało jak w niedawnej jeszcze konspiracji.

– Dziewczęta to nie mężczyźni, nie płaczą jak baby! – mówiły, dodając sobie otuchy.

Wytrzymała. Wszystkie wytrzymały. Dwunastego kwietnia czterdziestego piątego roku zza niewielkiego pagórka wyjechał czołg, jakieś dwa dziwne pojazdy opancerzone, jeep i motocykl. Alianci! Niemcy wprawdzie otworzyli ogień, ale Sherman przedefilował przed drutami, nic sobie nie robiąc z pocisków drapiących go po pancerzu. Hitlerowska załoga chyba zdała sobie w końcu sprawę z tego, że nie jest w stanie obronić obozu, bo serie w końcu ucichły.

Stała z dziewczynami przy bramie, czekając na wybawicieli. Płakały z radości, bo ich gehenna wreszcie dobiegała końca. Czołg zatrzymał się w bezpiecznej odległości, a w stronę wejścia do obozu skierował się motocykl. Siedzący na nich żołnierze ubrani byli w brytyjskie bateldresy, jednak z tej odległości nie były w stanie odgadnąć ich narodowości.

Zawołały więc do nich, najpierw po angielsku. Potem, gdy nie zareagowali, spróbowały po francusku, niemiecku, nawet po hiszpańsku. Krzyczały, usiłując nawiązać kontakt z moto-cyklistą i jego pasażerem. Bezskutecznie. Marta nagle poczuła, jak robi się jej gorąco na sercu. Nie wypróbowały jeszcze jed-nego języka.

Jednak żołnierze byli pierwsi. Ten z przodu ściągnął hełm i pokiwał głową, mówiąc do drugiego.

– Rany! Ale tu bab!

PO POLSKU!

Zapadła cisza. I nagle wszystkie, jak jeden mąż, padły na ko-lana, a ze ściśniętych gardeł popłynął szloch. Po sześciu latach krwawej wojny bramę do wolności otwierali im polscy żołnierze. Gdyby mogły, wycałowałyby im nogi.

A oni stali, śmiejąc się do tych pięknych dziewczyn, dumni z tego, że to właśnie oni dawali im tę wolność.

Po wojnie nie pojechała ze swoimi koleżankami do Lon-dynu. Musiała wrócić do Polski. Nie mogłaby żyć z myślą o tym, że w Bedryczanach być może czeka na nią matka. Nie-stety, granica na wschodzie przebiegała już pomiędzy Lwowem a Przemyślem. Wróciła więc do zrujnowanej Warszawy. Gdy postawiła nogę na bruku stolicy w lutym czterdziestego szó-stego roku, wspomnienia wróciły jak bumerang. Całe miasto przedstawiało obraz nędzy i rozpaczy. W stronę Czerniakowa nie miała siły pójść. Wspomnienie tego tragicznego miejsca było zbyt silne. Próbowała odszukać i Piotra, i Swiętę, niestety, bezskutecznie. Dopiero ktoś poradził jej, żeby sprawdziła w biu-rze repatriacyjnym, czy można jakoś dostać się do Lwowa. Tam wąsaty pan bardzo zainteresował się jej przeszłością, szczegól-nie pobytem na Zachodzie już po wojnie. Przed aresztowaniem przez bezpiekę za szpiegostwo na rzecz Andersa uratował ją instynkt. Obiecała wrócić z kompletem dokumentów na drugi dzień. Urzędnik, w którym obudził się zmysł kontrwywiadowcy ukryty pod grubą fałdą tłuszczu, zgodził się, mając nadzieję na przypodobanie się Urzędowi Bezpieczeństwa wykryciem wrogiego agenta.

Marta nie wróciła tam więcej. Wsiadła w najbliższy, zatłoczony do granic możliwości pociąg, jadący na Śląsk. Podczas rozmowy z grubasem z urzędu repatriacyjnego zdążyła się dowiedzieć, że transporty z Polakami z dawnego województwa lwowskiego przejeżdżają przez Katowice, gdzie zawsze mają postój.

U dróżnika wyprosiła maleńki kąt w murowanej budce przy bocznicy. Kolejarz pochodził ze Stanisławowa, więc serce zmiękło mu na tyle, że po rozmowie z żoną dał jej klucze i obiecał pomoc w znalezieniu zajęcia.

Młoda, ładna dziewczyna dostała pracę w kasie kolejowej. Do czasu. Naczelnikowi stacji tak mocno zapaliły się do niej ręce, że w końcu chwycił ją za pośladek. Uderzyła go łokciem w nos i wykręciła mu dłoń do momentu, w którym wiedziała, że następny ruch skończy się złamaniem ręki. Wahała się tylko chwilę. Naczelnikowi chrupnęło w nadgarstku, a jej skończyła się posada w okienku.

Próbował się zemścić. Wysłał do budki, w której mieszkała, trzech najętych zbirów. Wrócili do niego jeszcze tej samej nocy, oznajmiając, że musi jakoś zapłacić za dziurę w brzuchu od noża, złamane dwie ręce i powybijane zęby. Na drugi dzień naczelnik nie pojawił się w pracy. Podobno widziano go w pociągu jadącym na Ziemie Odzyskane.

Marta wróciła do pracy, a nowy kierownik rozmawiał z dziewczyną tylko wówczas, gdy oddzielała ich od siebie szyba okienka. Oczywiście dla własnego bezpieczeństwa. Wieści bowiem rozchodzą się szybciej niż pieniądze.

Co jakiś czas, gdy na stację zajeżdżał pociąg wypełniony przesiedleńcami, chodziła na miejsce postoju, pytając o matkę. Raz tylko spotkała rodzinę jadącą z Bedryczan. Poznali ją, ale nie mieli dla niej dobrych wieści. Maria Kosiecka nie pojawiła się we wsi. Wrócił za to Witalij, który podobno zdziwaczał zupełnie. Na jej pytanie o kościelnego Tuszczak, gospodarz z krańca wsi, machnął tylko ręką.

– Na wódkę go namówiliśmy. Takie zaczął banialuki mówić, że musi zwariował. O tym, jak pod Wilnem wojował, że w Warszawie walczył, że to i tamto. Nawet o tobie słówko rzeknął, żeś do bitki skora i potrafisz nabić każdemu. – Mężczyzna zaśmiał się i położył dłoń na jej ramieniu. Nie było w tym geście nic złego. Ot, zwykła serdeczność. Ale dla dziewczyny przeczołganej przez najgorsze piekło dotyk obcego mężczyzny był jak zetknięcie z oślizgłym, obrzydliwym wężem. Szarpnęła się do tyłu tak mocno, że Tuszczak odskoczył jak oparzony. Szybko wrócił do swojego wagonu, marudząc coś o obowiązkach, a w duchu przeszła mu przez głowę myśl, że może nie wszystko, co mówił ten wariat Ukrainiec, było wymysłem.

W końcu do jej budki zapukał kolejarz. Zacisnął usta i pokiwał głową. Nie wiedziała, jakie wieści przyniósł, ale wszystko wskazywało na to, że nie będą dobre.

– Jutro ostatni transport z Drohobycza ma się zatrzymać. Podobno z tego rejonu więcej nie będzie. Same Żydy prawie jadą, te, które poprzeżywały wojnę, i trochę Polaków.

Nie spała całą noc. Modliła się gorąco jak nigdy dotąd, trzymając mały obrazek Matki Bożej Ostrobramskiej, który kupiła za pierwsze zarobione pieniądze. Nie prosiła już o powrót mamy. Błagała o to, żeby wreszcie odnaleźć spokój.

Na drugi dzień umyła się, założyła swoją najładniejszą sukienkę, spakowała plecak i czekała na gwizd pociągu na bocznicy. Wiedziała, że cokolwiek się stanie, nie zniesie dłużej tego miejsca. Musi stąd uciec.

Lokomotywa zagwizdała późnym popołudniem. Głodna, zmęczona, zamknęła drzwi budki i wrzuciła klucz pod doniczkę na progu tak, jak umówiła się z kolejarzem.

2

dek! Gdzieś ta zabradziażył, huncwocie jeden, ha?! – Ciężka dłoń Józefa Musiałki zmiotła czapkę z głowy syna. – Taż to w jednej chwili mogą ruszyć i zostaniesz hen na tym zadupiu.

– Ooojciec! Dajta spokój. – Chłopak naburmuszył się, odskakując sprawnie spod karzącej ręki. – Het i nazad bym obrócił i jeszcze by czasu zostało. A teraz ja muszę znów z lory złazić po czapkę. – Zrezygnowany pokazał ręką leżącą na ziemi cyklistówkę.

Ale Musiałko nie dawał za wygraną.

– Było się nie szwendać!

– Józku, daj jemu spokój! – Teodozja poparła swoją prośbę błagalnym wzrokiem. – Przeca on nic nie zrobił. Bawił się jeno z dzieciarnią na nasypie.

Józef machnął ręką i odburknął tylko pod nosem.

– A ogień pod blachą to chyba krasula rozpali.

Wyjął z tobołka mały kociołek i zeskoczył na ziemię. Lorę, odkrytą platformę kolejową, dzielili z kilkoma innymi rodzinami, więc i miejsca zbyt dużo dla nich nie było. Nie musiał się jednak martwić o to zbytnio, podczas przygotowań do repatriacji urzędnicy zadbali o to, żeby wysiedlani ze swych domów Polacy nie mogli zabrać ze sobą zbyt wiele.

– Repatriacja, psia ich mać! – Gotowało się w nim za każdym razem, gdy słyszał to słowo. Jaka repatriacja? Zmuszono ich do opuszczenia własnych domów i kazano jechać Bóg wie gdzie. Do Niemców pewnie. Jaką to im ojczyznę czerwoni szykują? A co, jak Niemce wrócą na swoje ziemie? Gdzie się wtedy podzieją? Przecież ich Małopolskę włączyli do Związku Sowieckiego... Pozbyć się ich chcieli. Nie udało się w dwudziestym roku, nie udało za okupacji, to teraz dali radę. A i UPA wpadła w jakiś amok, znów atakując Polaków niezmordowanie. Nie ma już dla nich miejsca w Bedryczanach, we Lwowie, w Tarnopolu ani Łucku. Nie ma też w Wilnie. Wyganiają ich zewsząd, jak te szkodniki.

Ściskało go w dołku, kiedy myślał o domu pozostawionym za sobą. Ledwie zdążył wrócić z niemieckiej niewoli, a już musiał opuszczać go znowu, tym razem na zawsze. Nie przyznawał się nikomu, że nieustannie myślał o tym, co zostawili za sobą. Jego dom był ojcowizną, rodzinną siedzibą, którą on odziedziczył po swoim tacie. Jego bracia pobudowali swoje nowe chałupy, większe i okazalsze, ale to do niego zawsze zwalano się tłumnie z każdym familijnym spotkaniem. Bo w końcu to dom rodzinny, mimo że ich rodzice umarli już szmat czasu temu. Bidował więc, bo burzyć dom ojców – to niehonor. Zbierał tylko materii różnorakiej za chałupą, żeby drugą postawić obok, dla dziecka którego. A to czasem jakieś deski, a cegieł trochę, albo jakiego innego budulca. A teraz i tak wszystko szlag trafił! Przepadło! Tak jak i łąka na środku wsi, jak ten Jezus, co mu ruscy trotylem głowę urąbali, jak ich kościółek murowany, jak całe Bedryczany. Czuł, że ich już nie zobaczy więcej.

Bał się o los swój i całej swojej rodziny. Do czwórki dzieciaków dołączył nowy bajbus. Na razie tylko w brzuchu. Musi być chłopak, bo kopie jak diabli. Mietek będzie!

Od miesiąca pociąg pełen skołowanych ludzi był ich domem. Na szczęście dla będącej przy nadziei Teodozji znalazł się kąt w normalnym, bydlęcym wagonie. Spała więc w nim razem z Anielką i Marysią. On z Edkiem i starszym Piotrkiem pilnował dobytku na lorze. Stali za Katowicami już od tygodnia. Potem wjechali na przedmieścia i znów postój. Bóg jeden wie, jak długo przyjdzie im tu czekać na to, aż w końcu ruszą. Kierownik transportu, stary przedwojenny kolejarz Maśliński, co rusz przynosi złe wieści. A to wojskowe transporty ciągną na zachód, a to inna cholera i nie można dalej jechać. O nich już chyba nawet Pan Bóg zapomniał. I jeszcze ten Witalij. Zabrał się z nimi, gdy tylko usłyszał, że wyjeżdżają. Józef, jako jeden z nielicznych, wierzył w to, co mówił kościelny. O walce, o Wilnie i o powstaniu w Warszawie. Stary nie mógł zostać w Bedryczanach.

O dzieci znowu się po prostu bał. Wystarczy, że zawiadowca odgwiżdże odjazd i gdzie ich będzie szukał? A one, niesforne, rozbiegały mu się codziennie do miejscowych, co to mieszkali nieopodal.

*T*atko, dziedziczka idzie! – Anielka poderwała się z tobołka, na którym siedziała. – Dziedziczka!

Józef obejrzał się gwałtownie.

– Cichaj, dziewczyno! Co się tak drzesz?! Jeszcze mi tego brakuje, żeby czerwone się przyczepiły za jaką dziedziczkę.

Ale córka już go nie słyszała. Zeskoczyła szybko z wagonu i popędziła wzdłuż pociągu. Wytężył wzrok, ale nie rozpoznawał nikogo wśród ludzi, którzy wałęsali się przy taborze. Jednak Anielka już wisiała na szyi jakiejś młodej dziewczyny, taszczącej ze sobą walizkę. Józek przyłożył dłoń do czoła tak, żeby słońce nie przeszkadzało mu we wpatrywaniu się w młodą kobietę, która zmierzała w kierunku lory w towarzystwie trzymającej ją za ręce córki.

Musiałko rozszerzył oczy ze zdziwienia.

– Dziedziczka Marta! Co ty tu…?

Pierwszy był jednak Witalij. Minął go, biegnąc w kierunku dziewczyny, a ta rzuciła mu się na szyję i rozpłakała jak dziecko.

3

$\mathcal{P}$ociąg zatrzymał się dopiero za Wałbrzychem. Miejscowy oddział Państwowego Urzędu Repatriacyjnego rozkładał jednak ręce. Wszystkie poniemieckie gospodarstwa, które były do wzięcia, zostały już zajęte. Koczowali więc w jakiejś starej szkole. Marta pomagała Teodozji, jak mogła, a Józef zabierał Anielkę i przemierzał piechotą wieś za wsią w poszukiwaniu nowego domu. Na próżno.

Z pomocą przyszedł im nieoczekiwanie poznany jeszcze podczas podróży Tuszczak, który pojawił się pewnego dnia w PUR-ze po odbiór jakichś dokumentów.

– Józek, ty bierz swoich i ze mną jedźcie. Ja bliżej Wrocławia jestem. Tam takie małe miasteczko jest, Żarów. No i ja za tym Żarowem na górce gospodarstwo mam. Jeszcze parę domów się ostało. Ziemia inna niż tu. Tutaj góry, ciężej uprawiać. U nas lżej. Niemców, zakałów, jeszcze trochę jest, ale mówią, że ich gnać będą na zachód.

Pojechali. Nie mieli nic do stracenia. Wynajęli z PUR-u starą zdezelowaną ciężarówkę, której kierowca od nadmiaru bimbru był jeszcze bardziej sfatygowany niż jego auto.

Po dwóch godzinach jazdy minęli Żarów. Zatrzymali się tylko przy sklepie, gdzie Teodozja kupiła trochę jedzenia. Wszystko tu było inne niż u nich na wschodzie, budynki, kamienice, nawet kościół był jakiś taki… nie swój. A najbardziej inny był krajobraz. Lekko pagórkowata okolica zieleniła się od lasów, sprawiając, że nie można było się nie zachwycić widokiem. Niezwykłości dopełniała wielka, samotna góra, zamykająca horyzont od zachodu.

– To Ślęża – wyjaśnił im kierowca. – Pogańska góra. Słowiańska!

Kiwali mądrze głowami, potakując, ale w gruncie rzeczy niewiele ich to obchodziło. Teodozja chciała już jak najszybciej dotrzeć na miejsce. Jednak gdy auto wjechało na wzniesienie za Mrowinami, długą wioską ciągnącą się w nieskończoność, wszyscy westchnęli z zachwytu. Po lewej stronie, na wysokiej górce rozparła się niewielka wieś. Kamienna kościelna wieża na szczycie wzniesienia była jak palec sięgający błękitnego nieba.

– Józek... Ja chcę tu zostać... – Teodozja złapała męża za rękę. – Mnie się już tu podoba.

Józef przytulił żonę i uśmiechnął się. Poczuł się jak jego imiennik, który dwa tysiące lat wcześniej przywiózł swą rodzinę z Egiptu.

Znaleźli niewielki, niebieski dom. Ziemia należąca do niego też sprawiła, że na twarzy Musiałki wykwitł szeroki uśmiech. Przez dłuższą część dnia rozpakowywali swoje bagaże, ciesząc się każdym wynalazkiem. Teodozja stała w kuchni przy kranie i patrzyła na niego jak zahipnotyzowana.

– Józek, jak to tak? Woda w ścianie? A co, jak wszystko przemoknie?

Roześmiał się i popukał się w czoło.

– Przeca tam takie rury są, co tę wodę prowadzą.

– Rury? – Musiałkowa otworzyła oczy ze zdziwienia.

Przerwał im wrzask dzieciarni ganiającej się po chałupie. Śmignęła ścierką tak, że zaświszczało nad głowami chłopców. Niestety, jak zwykle oberwała Anielka. Gdy zaniosła się płaczem, Teodozja machnęła ręką.

– Przestań ryczeć, głupia. Weź siostrę i sprawdźcie strych. Gdy dziewczynki pobiegły do góry po schodach, uśmiechnęła się do Marty, która właśnie wyszła z małego pokoju obok kuchni.

– Zobacz, ja takiego dobra nigdy nie miała. Co za dom?! I schody ma i pokoi tyle! I sad…

Krzyk przerażonych dziewczynek sparaliżował wszystkich na sekundę. Pierwsza w kierunku schodów pobiegła Marta. Sadziła po kilka stopni naraz. Gdy dopadła strychu, zobaczyła Marysię i Anielkę stojące w otwartych drzwiach jakiegoś pokoju. Rzuciła się w ich stronę, a gdy zasłaniała je sobą, w jej ręku błysnął nóż.

Stanęła jak wryta…

Gdy Józef i Witalij dotarli wreszcie do strychu, poczuli zimny pot spływający im po plecach. Nagle niebieski dom przestał być dla nich wspaniałym miejscem, początkiem, nowym startem. W ciągu sekundy przyszło otrzeźwienie i refleksja, że przecież na łóżkach wciąż leżą pierzyny, na ścianach wiszą obrazy, a kuchnia pełna jest garnków. To nie wzięło się znikąd. To należało do ludzi, którzy zgromadzili wszystko pod swoim dachem.

Ci ludzie stali teraz w otwartych drzwiach pokoju, kobieta i dwójka jej dzieci.

4

*H*ilda była nauczycielką w szkole naprzeciwko. Jej mąż, gospodarz, zginął, walcząc podczas oblężenia Festung Breslau przez Armię Czerwoną dwa dni przed kapitulacją Rzeszy. Została sama z czteroletnim Erikiem i dwunastoletnią Gretą.

– To po Grecie Garbo, tej aktorce. – Uśmiechnęła się smutno.

Józef, który mówić po niemiecku nauczył się jeszcze w stalagu, siedział z nią w kuchni, wysłuchując opowieści. Nie mieli się gdzie podziać. Helga miała wprawdzie rodzinę pod Hanowerem, ale czekali na zorganizowanie transportu, który miał zabrać pozostałych w okolicy Niemców na zachód.

Teodozji żal było tych ludzi, choć dobrze wiedziała, że to przez nich wywołana wojna sprawiła te wszystkie wędrówki ludów. Początkowo Józef chciał poszukać im jakiegoś innego domu, ale ubłagała go, żeby pozwolił im zamieszkać w pokoju na górze.

– Przecież one i tak wyjadą. Niech im się już krzywda nie dzieje.

Zgodził się.

Na początku czuli się trochę nieswojo, wiedząc, że właściciele gospodarstwa mieszkają na strychu. Hilda jednak wydawała się szczęśliwa. Nie wszyscy jej sąsiedzi mieli tyle szczęścia. Pracowita Niemka pomagała w gospodarstwie, a Anielka całe dnie biegała teraz ze swoją nową koleżanką. I tylko chłopcy nie bardzo chcieli się bawić z Erikiem. Był za mały. No i był Niemcem.

Za to Marta całe dnie spędzała z Marysią, która nie odstępowała jej na krok.

Do czasu.

$\mathscr{P}$ewnego sierpniowego czwartku przed ich bramą zatrzymał się amerykański willys. Z łazika wysiadło dwóch umundurowanych funkcjonariuszy Urzędu Bezpieczeństwa. Weszli do domu bez pukania. Wiadomość, którą przynieśli, sprawiła, że po ich wyjściu długo jeszcze panowała grobowa cisza. Hilda i jej dzieci miały się stawić następnego dnia w Żarowie przy zajmowanym przez Armię Czerwoną zamku. Tam dostaną dokumenty na wyjazd pociągiem do Niemiec wraz z innymi pobratymcami, którzy jeszcze pozostali w miasteczku.

Tego dnia Witalij przyjechał z Józkiem z targu, odbywające-go się w odległej o dziesięć kilometrów Świdnicy. Ręce mu się trzęsły jak pijakowi. Zabrał Martę do pokoju, który zajmowali wspólnie, i zamknął za sobą drzwi.

Patrzyła na niego podpuchniętymi oczami. Nie zdążyła jesz-cze ochłonąć po wizycie bezpieczniaków.

– Ty ich tak nie żałuj, Marta. Zobacz, ile zła przez tę wojnę się na świecie rozlało. Po co ją wywoływali? Polsce ukradziono trze-cią część ziem. Po Polakach ktoś na wschodzie płacze? A skąd wiesz, czy u nich też nie pracowali z musu chłopcy po po-wstaniu. Przecież tu niedaleko jest obóz koncentracyjny, Gross--Rosen. Tam było pełno warszawiaków.

Uspokoił nieco skołatane nerwy i usiadł na łóżku.

– Widziałem Onyksyka.

Marta natychmiast podniosła się z krzesła z rozszerzonymi ze zdziwienia oczami.

– Jak to? – Nie mogła w to uwierzyć. – A może ci się coś pomyliło?

Zaprzeczył gwałtownym ruchem głowy.

– To Józek go rozpoznał pierwszy. On na pewno. Handlo-wał jakimś żelastwem. Podobno mieszka w Żarowie. Na dodatek zobaczył mnie. Udał, że nie poznaje. Ale wypytaliśmy się i wy-chodzi na to, że on do tej Świdnicy z Żarowa przyjeżdża. Nawet adres ktoś dał, bo robią z nim różne interesy.

Nie odpowiedziała nic. Wiedziała doskonale, co oznacza ta informacja dla Witalija. Onyksyk zamordował mu żonę, a Rusin przewędrował pół świata, żeby odnaleźć tę gnidę i ze-mścić się.

– Chcesz go…

– Tak! – przerwał jej bez zastanowienia. – Muszę, bo inaczej spokoju nie zaznam.

– Pójdę z tobą!

Pokręcił głową.

– Nie. Zrobię to sam. Jeśli mi się nie uda, będzie szukał i w końcu cię znajdzie. A tutaj dzieci są.

– Dlatego ci pomogę! – podniosła głos. – Nie zgadzam się na jakieś twoje samotne akcje.

Złapał ją za ramiona.

– Posłuchaj mnie dobrze, Marta. – Spojrzał jej prosto w oczy. – Na mnie już czas. Jeśli nie wrócę, to znak, że Onyksyk był górą. Wtedy będzie węszył. Nie da ci odetchnąć, a ty, targając się na niego, zmarnujesz sobie życie w ciupie. Wyjdzie wtedy i Wołyń, i AK, i Wilno, o Powstaniu Warszawskim nie wspomnę. Pójdziesz do paki na długie lata albo zastrzelą cię po śledztwie, po którym nie zostanie ci nawet kawałek niezgwałconego ciała. A tu dzieci mieszkają i rodzina. Nie możemy ich narażać.

– To co ja mam zrobić? – Jej oczy zaszkliły się łzami. – Gdzie mam się podziać?

– Jeśli nie wrócę, to Józek zawiezie ciebie razem z Hildą do pociągu. Jedź na zachód. Z Niemką. W Rzeszy stoją alianci. Potem próbuj do Anglii. Chłopcy od Andersa tam są, a jeńcy po powstaniu dołączyli do niego przecież. Kto wie, może Piotra spotkasz i Swietę?

– Nie chcę do Anglii…

– Tutaj nic na ciebie nie czeka. Nie będziesz miała życia. Ja tego skurwysyna muszę zastrzelić. Potem to już nie będzie miało znaczenia, co się ze mną stanie. Serce i tak mi siądzie. A jak się nie uda, nie chcę mieć ciebie na sumieniu.

Pocałował ją i zrobił jej na czole znak krzyża.

– Bywaj zdrowa, córko.

Witalij pożegnał się z gospodarzami i wyszedł. Od Żarowa dzieliło go kilka kilometrów. Marta poczekała pół godziny i wymknęła się przez sad. Nie mogła nie wiedzieć, co się stanie, gdy Rusin wreszcie znajdzie to, czego szukał. Trzymała się na tyle daleko, że jej nie zauważył. Gdy dotarł do miasteczka, zapytał kogoś o drogę.

Po krótkiej wymianie słów szedł już ulicą wzdłuż kościoła. Skręcił w lewo za świątynią i zatrzymał się. Długo patrzył na ciemną, wysoką kamienicę. Gdzieś tam z pewnością mieszkał ten, który zrujnował mu życie. Wreszcie ruszył spokojnym krokiem. Gdy wszedł na podwórze, z małej komórki przy murze wyszedł człowiek. Patrzyli na siebie chwilę, po czym mężczyzna wyciągnął zza pazuchy nóż. Onyksyk! Musiał tu przyjechać, podając się za Polaka, z nadzieją, że nikt go nie rozpozna. Dokumenty po pomordowanych Polakach nierzadko były wykorzystywane przez uciekających na Zachód banderowców. Patrzyła jednak zza niewysokiego murka na to, co będzie się działo. Gdy Ukraińcowi wydawało się, że rozprawi się z kościelnym bez większego problemu, ten wyciągnął z kieszeni pistolet.

– To skurczybyk! Nie pochwalił się, że ma broń – szepnęła do samej siebie. – Strzelaj!

Nagły krzyk kobiety, która wyjrzała przez okno i zobaczyła całą scenę, sprawił, że Witalij na chwilę odwrócił głowę. To wystarczyło. Onyksyk rzucił się w bok i zanim zniknął za rogiem kamienicy, kula wystrzelona przez Witalija odłupała kawał cegły z narożnika.

Rusin ruszył w pogoń. Jego niedoszła ofiara przeskakiwała właśnie przez ciągnące się za domem torowisko, za którym stały jakieś zabudowania zakładowe. Obaj Ukraińcy zniknęli pomiędzy budynkami. Pobiegła za nimi w nadziei, że wreszcie usłyszy strzał. Huku nie było. Dotarła w końcu do miejsca, gdzie straciła ich wcześniej z oczu. Plac był pusty. Za to za zaroślami zobaczyła ciemne lustro dużego stawu. Musieli pobiec w tamtą stronę. Nagle zobaczyła ich na powrót. Onyksyk uciekał lewą stroną wzdłuż brzegu. Ścieżka wiła się pomiędzy krzakami, wspinając się i opadając co chwilę. Stąd miała dobry widok, zatrzymała się więc i kucnęła w oczekiwaniu na to, co się stanie.

A stało się tak, że po drugiej stronie napatoczył się jakiś sowiecki patrol. Onyksyk rzucił się w jego stronę w nadziei, iż Rosjanie zapewnią mu bezpieczeństwo. Nie zdążył. Pocisk wystrzelony przez

Witalija trafił go w plecy. Huk odbił się od skarpy po prawej stronie, płosząc stado wron siedzących na otaczających staw drzewach. Czarne ptaszyska krążyły teraz dookoła, kracząc złowrogo. Rusin dobiegł do leżącego mężczyzny i wymierzył jeszcze raz. Usłyszała dwa kolejne strzały, po czym stary odwrócił się i pobiegł z powrotem. Trzymała zaciśnięte kciuki w nadziei, że uda mu się dobiec do miejsca, w którym czekała na niego. Pomoże mu z ruskimi.

*B*iegł najszybciej, jak mógł. Wiedział doskonale, gdzie na niego czekała. Uśmiechnął się szeroko.

– Koza! Wiedziałem, że pójdzie za mną.

Patrol był zbyt daleko, żeby go złapać. Jeśli dotrze do torów, zniknie za nimi i w życiu go nie znajdą. Jeśli nie, we dwoje z Martą poradzą. Skoro się już tu przypałętała…

Ostry ból sprawił, że musiał się zatrzymać. Serce! Ta jego cholerna pompa! Zacięła się właśnie w takim momencie! Stał chwilę, próbując złapać oddech, ale wiedział już, że nadchodzi jego koniec. Ruszył wolnym krokiem tak, żeby ją zobaczyć. Kucała tam, pod drzewem, gdzie wyrwa w ogrodzeniu zrobionym z płaskich betonowych płyt łączyła ścieżkę z placem przy torowisku. Zawołała go ruchem ręki. Rozłożył swoje i pokiwał głową na boki.

– Nie dam rady, dziecino. – Pomachał jej jeszcze. Uśmiechnął się, gdy seria z pepeszy przeszyła jego ciało. Obróciło go wokół własnej osi. Jego zastygające oczy przesunęły się po bezchmurnym niebie, tak innym niż jego, bedryczańskie, i runął ze ścieżki do stawu. Gdy żołnierze dobiegli do niego, już nie żył.

Pułkownik wojsk ukraińskich pod dowództwem Petlury, dzielny żołnierz i prawy człowiek, ojciec pomordowanych dzieci i mąż zakatowanej przez rodaków bandytów żony Polki, Witalij Rudnyk, pływał martwy przy głębokim brzegu w brudnej wodzie pośród przegniłych liści.

A ona biegła z powrotem, płacząc, pusta w środku, sama na tym świecie jak palec.

Na drugi dzień pociąg zatrzymał się na stacji tylko na chwilę. Kilkudziesięciu Niemców zaczęło wdrapywać się do wagonów.

– Nie chcę jechać…

Józef Musiałko chwycił ją za rękę.

– Marta, tobie trzeba tam… Jedź, szukaj swojego życia. Tutaj będzie ci ciężko.

Łzy płynęły nie tylko jej. Kucnęła przy Marysi i przytuliła płaczącą dziewczynkę do siebie.

– Bóg da, spotkamy się kiedyś. – Pocałowała ją w czoło. – A jeśli nie, nie zapomnę cię nigdy. Opowiesz o mnie swojemu dziecku.

– Ja też opowiem – wyrwało się Anielce, która również przyjechała z tatkiem pożegnać dziedziczkę.

Marta uśmiechnęła się przez łzy.

– Oczywiście, że opowiesz.

Przytuliła je obie jeszcze raz.

– Kocham was mocno.

– My tes kooofamy. – Marysia wsadziła piąstki w mokre oczy.

Serce jej pękało, gdy stanęła w wagonie pośród tych, do których jeszcze niedawno strzelała. Polska zaś żegnała ją łzami swych najmłodszych dzieci.

– Józef, jeśli moja mama… – głos się jej załamał. Nie dała rady mówić dalej.

Musiałko pokiwał głową.

– Twoja mama nie wróci, Marta.

– Kiedyś wróci na pewno, nawet z Sybiru.

Józef odwrócił głowę.

– Witalij wiedział, ale nie chciał ci powiedzieć, żebyś żyć miała po co. Ją Sowiety nie wywiozły na Sybir. Tak wszyscy główkowali, ale on widział…

– Co widział?! – Czuła, że to, co usłyszy, przebodzie jej serce.

– On widział z okna, jak ją w ogrodzie, za domem… Potem ją zastrzelili. Jako wroga ludu. Witalij pochował ją pod jabłonią, gdy już poszli. Nic nie mógł zrobić, dlatego winny się czuł i mówić mu było o tym źle.

Nogi ugięły się jej w kolanach. Runęłaby na podłogę, gdyby nie ręce Hildy, które ją przytrzymały. Wszystko w jej środku umarło nagle, jakby dotknięte kościstym palcem samej śmierci. A potem ból odebrał jej oddech. Dławiła się powietrzem bez siły na płacz.

Pociąg ruszył, a ona martwymi oczami patrzyła na stojącą na peronie, zalaną łzami Marysię, wycierającą kułakami oczy Anielkę i Józefa, który spuścił głowę, gniotąc w dłoniach swą czapkę.

A potem drzwi wagonu zamknęły się głucho. Witalija pochowano na żarowskim cmentarzu dwa dni później. Ciało owinięte w białe prześcieradło wrzucono do bezimiennego grobu po prawej stronie kaplicy, przy samym ogrodzeniu. Ktoś wbił drewniany krzyż w niewielki kopiec. W nocy, gdy nikt nie widział, Józef przybił do niego zwyczajem grekokatolików krótką poprzeczną belkę.

5

apitan Piotr Ochocki mieszkał sam. Od czasu demobilizacji pracował w lokalnym pubie jako barman. Zupełnie jak generał Maczek, dowódca 1. Dywizji Pancernej, słynnych Czarnych Diabłów. Oczekiwana przez Polaków trzecia wojna światowa, podczas której alianci mieli pokonać Związek Radziecki, a Polskie Siły Zbrojne na Zachodzie wyzwolić Polskę z rąk bolszewickich, nie wybuchła. Stary Kontynent lizał rany po ostatniej zawieruszce i nikomu, poza generałem Pattonem, nie paliło się do nowej. Patton zginął w wypadku samochodowym, prawdopodobnie uciszony przez NKWD, Polacy dowiedzieli się, że sprzedano ich Stalinowi na konferencji w Teheranie, a interes przypieczętowano w Jałcie.

Teraz, będący największymi przegranymi tej wojny, Polacy snuli się po świecie w poszukiwaniu swojego miejsca na ziemi. Czekały na nich jedynie ciężka praca i twarde warunki na obczyźnie. Komu były teraz potrzebne dziesiątki tysięcy żołnierzy bez ziemi?

Marta, po krótkim pobycie w Hanowerze, wyjechała do Londynu. Odnalazła Ochockiego przez Polski Korpus Przysposobienia i Rozmieszczenia, który zajmował się przygotowaniem tych żołnierzy polskich do życia w Wielkiej Brytanii, którzy nie chcieli wracać do komunistycznej Polski.

Swój kawałek sufitu nad głową Piotr znalazł na Ealingu, w dzielnicy położonej w zachodniej części stolicy Zjednoczonego Królestwa. Nie chciała pukać do jego drzwi od razu. Wolała poobserwować go nieco, zanim przed nim stanie. Sama do końca nie wiedziała, skąd wzięła się u niej taka ostrożność. Gdzieś w głębi duszy bała się chyba kolejnej rany, gdyby okazało się, że wciąż ma dla niego skrzętnie przysypaną cząstkę uczuć. Mimo więc chęci, by przytulić jak najszybciej Swietę, przyjeżdżała pod jego dom i obserwowała go z ukrycia. Ku jej zdziwieniu okazało się, że kapitan mieszka sam.

*L*arge beer, please…

Klient w zabawnej marynarce uśmiechał się z przesadną uprzejmością. Nie był Anglikiem. Zdradzały go akcent oraz to, że nie zamawiał piwa, jak czynią to miejscowi. Anglik kazałby nalać sobie pinta, czyli kufel o pojemności nieco powyżej pół litra. Piotr nacisnął dźwignię kurka i po chwili na ściankę świeżo umytej szklanki lał się już złocisty napój. Zagadał nieznajomego i zaraz wiedział już wystarczająco dużo, żeby go nie lubić.

Mężczyzna był Niemcem. Przyjechał do Londynu w interesach, a że zatrzymał się w hotelu nieopodal, postanowił odwiedzić miejscowy pub.

Wymienili kilka zdań po angielsku, gdy mężczyzna zapytał go, skąd pochodzi.

– Jestem Polakiem.

Tamten pokiwał głową i zadał pytanie, od którego dłonie Piotra zacisnęły się na barze z taką siłą, że poczuł ból stawów.

– Czemu nie wraca pan więc do Polski?

Odczekał, aż telepiące nim nerwy uspokoją się na tyle, by nie trzepnąć delikwenta popielniczką w głowę. Pochylił się w jego stronę i wycedził.

– Jestem z Warszawy. To takie miasto, które zburzyliście całe, do fundamentów. Nie mam dokąd wracać.

Niemiec chyba nie wyczuł nadchodzącej katastrofy.

– Tak, tak. Ja mieszkam w Dreźnie. Nasze miasto też zostało zniszczone w nalocie. Prawie całe.

Nie wytrzymał. Przeskoczył przez bar jednym susem i złapał klienta za poły marynarki. Przysunął swoją głowę do jego twarzy i prawie dotykając go nosem, ryknął.

– Trzeba było nie wywoływać tej wojny, skurwysynu. Trzeba było nie głosować na Hitlera! A teraz zabieraj swoje graty i spieprzaj z tego pubu.

Niemiec uciekł, a przy wejściu za bar stał już właściciel lokalu, który rzucił jego marynarkę na ziemię z pogardą.

– Już tu nie pracujesz. – Pokazał mu palcem wyjście.

Poprosił jedynie o zaległą wypłatę. Gdy usłyszał śmiech, uderzył grubego landlorda łokciem w nos, wszedł za bar i otworzył kasę. Wyjął dokładnie tyle, ile był mu winien były już szef, po czym ruszył w stronę wyjścia.

– Out! – krzyczał za nim grubas. – I żebym cię tu więcej nie widział, Polaczku!

Wyszedł przed pub, popatrzył na dziurawe niebo, z którego od wczoraj lały się potoki deszczu, i ruszył w stronę domu. Po kilkunastu krokach usłyszał za sobą stukot damskich pantofli. Nie oglądał się jednak.

– Mam miejsce pod parasolem. Mogę cię przygarnąć.

Znał ten głos. Odwrócił się natychmiast i spojrzał na stojącą za nim kobietę.

– Ciągle taki porywczy. Zgubi cię to w końcu. Wszystko widziałam, Piotrusiu.

Marta! Doskoczył do niej i uniósł ją do góry jak piórko. Śmiała się do niego. Po raz pierwszy od dawna.

Przywitał się z nią, zadając mnóstwo pytań. W końcu jednak uniósł dłoń do góry, łapiąc krople deszczu.

– Nie stójmy tutaj, zapraszam do siebie. Wynajmuję pokój nieopodal.

Przyklasnęła w dłonie. Chciała jeszcze tylko dowiedzieć się jednej rzeczy. Zrobiła więc dobrą minę do złej gry i wyszczebiotała.

– Z przyjemnością! Aaaa… Swieta też będzie?

Udał, że nie usłyszał pytania. Wziął ją pod rękę, ujął parasol w dłoń i poprowadził w kierunku domu. Po kilku minutach ciszy wydusił to wreszcie z siebie.

– Swiety nie będzie. Nie żyje. Zginęła na Czerniakowie w powstaniu.

*P*rzegadali całą noc, potem drugą i kolejną. Nieszczęścia zbliżają, a oni byli jak para rozbitków, których potężny sztorm wyrzucił na wyspę pełną obcych im tubylców. Znali się, rozumieli, przyzwyczaili do siebie.

Liczyła, że w końcu się przemoże, zapomni o Ukraince i sięgnie po nią jak po nadgryzione jabłko. Dookoła niej kręciło się wprawdzie wielu młodych mężczyzn, w końcu była piękną kobietą, dla której każdy z nich gotów był oszaleć. Każdy, tylko nie Piotr.

On znalazł w przyjaźni z nią swoją przystań, do której mógł zawijać, ilekroć potrzebował. Dbał o nią, ale była to troska koleżeńska, bez żadnych podtekstów. Czasem umyślnie przeciągała żarty jak strunę, w nadziei, że ta w końcu się zerwie, uwalniając go i posyłając w jej ramiona. Na próżno. Zawsze wycofywał się w odpowiednim momencie.

Przebrał miarę, gdy oświadczył jej, że zamierza odwiedzić swą dawną miłość, Margaret White, którą poznał na początku wojny podczas szkolenia spadochronowego w Szkocji.

Wtedy Marta pękła jak sucha gałąź.

6

Poprawił kołnierzyk koszuli i spróbował go nieco rozciągnąć. Nie czuł się zbyt dobrze, odstawiony jak stróż w Boże Ciało. Jednak salon wychodzący na ogród w domu właściciela stoczni, Briana White'a, był miejscem, gdzie należało wyglądać stosownie.

Pana domu nie było, wyjechał na wyspę Wight, gdzie mieściło się jego przedsiębiorstwo, aby doglądać interesów. Jednak służąca wpuściła Piotra, oznajmiając, że pani White jest obecna i przyjmie gościa za chwilę.

– Masz tupet, przychodząc tutaj – usłyszał za sobą opanowany głos Maggie.

Zamyślił się tak głęboko, że nie usłyszał, jak weszła. Gdy się obrócił, zobaczył przed sobą kobietę, choć w jego pamięci wciąż była figlarną nastolatką. Zadbana, piękna i zimna, spojrzała na niego wzrokiem, którego nie powstydziłaby się Królowa Śniegu. Wciąż widocznie miała w pamięci dzień, gdy ją zostawił.

– Maggie, przyszedłem cię przeprosić – westchnął, a układane w głowie od tygodnia dialogi wyparowały nagle, pozostawiając w niej idealną pustkę. Podała mu dłoń, a on ucałował ją, czując, jak drży.

– Przeprosiny przyjęte – chłodny ton jej głosu nie brzmiał wcale przyjacielsko. – Dobrze, że jesteś. Muszę ci kogoś przedstawić. Harold?

Do salonu wszedł mężczyzna w nienagannie skrojonym garniturze, delikatny wąsik dodawał mu kilka lat, jednak w gruncie rzeczy nie mógł być starszy niż Piotr. To, co Ochocki zauważył praktycznie od razu, to pusty lewy rękaw marynarki.

Wymienili uścisk dłoni, po którym nastała niezręczna cisza.

– Harold jest weteranem w randze porucznika. Walczył w Normandii, gdzie stracił rękę. Jest moim narzeczonym. Zamierzamy się pobrać w przyszłym roku.

Widać było, że tak obszerne wyjaśnienia są dla Anglika nieco krępujące. Jednak robił wszystko, by nie dać po sobie tego poznać. Oczywiście bezskutecznie.

– Więc to pan jest tym Polakiem, o którym krążą w tym domu legendy. Margaret wiele mi o panu opowiadała.

Wstała od stołu, zmieszana słowami narzeczonego.

– Przesadzasz, mój drogi – ofuknęła Harolda. – Wspominałam o Peterze jedynie kilka razy. A teraz panowie pozwolą, odejdę na chwilę, by dopilnować herbaty.

Wyszła spokojnym krokiem z salonu, a gdy upewniła się, że nikt już jej nie zobaczy, odetchnęła głęboko jak tonący, który stara się złapać oddech. Zakryła dłonią usta i rozpłakała się w ciszy.

Mister Peter, proszę mi wyjaśnić pewną nurtującą mnie kwestię. – Harold próbował wykorzystać moment, gdy został z Polakiem sam na sam. – Jak to jest, że Polska jest w końcu wolna, a tylu z was jeszcze siedzi w naszym kraju i wykorzystuje nasz rząd, który zmuszony jest was utrzymywać?

Liczył na to, że uda mu się sprowokować Piotra do gwałtowności. Udało mu się.

– Nie chodzi ci o wszystkich Polaków, chodzi ci o mnie, prawda? – syknął do Anglika, który natychmiast rzucił mu odpowiedź.

– Przychodzisz tu jak po swoje. Nie było cię tyle lat. Nie przyszło ci do głowy nawet napisać do niej. A teraz zjawiasz się, jak gdyby nigdy nic. Po co?! Wiesz, ile czasu zajęło mi, aby poskładać ją w całość i przekonać, żeby za mnie wyszła?! Zdajesz sobie sprawę, jak długo musiałem walczyć z twoją legendą? Pewnie będę musiał się z nią mierzyć już do końca życia. Ale nie poddam się! Będę o nią walczył! I jeśli podejmiesz tę walkę, będziemy się bić! Z ręką czy bez ręki, nie boję się ciebie i w każdej chwili mogę się z tobą zmierzyć, komandosie! Ty wybierzesz broń! Mogą być nawet gołe pięści!

Nie ciągnął dyskusji. Widział, jak bardzo Harold walczy o swą miłość, a jego desperacja w jej obronie nie dała mu żadnych szans. Anglik zasłużył na jego szacunek. Zrobił więc to, co jako mężczyzna powinien zrobić. Uścisnął Anglikowi rękę.

– Przepraszam za najście. Obiecuję, że to się więcej nie powtórzy. Proszę przekazać Margaret, że musiałem pilnie wyjść. Ona i tak się domyśli. Jest mądrą kobietą. Miłego życia, poruczniku.

Gdy wróciła do salonu, Harold siedział już sam.
– Musiał załatwić jakieś sprawy. Przekazuje uściski. Zdaje się, że nie pojawi się tu więcej.

Zacięła usta, które ponownie zaczęły drgać.

– Coś ty mu powiedział?! Dlaczego wyszedł?!

Mężczyzna wstał od stołu i nalał sobie filiżankę herbaty, do której dolał odrobinę mleka.

– Obraził cię, więc go wyrzuciłem.

Roześmiała się szyderczo.

– Znam go. Nie powiedziałby złego słowa na mnie. To Polak! A gdybyś się na niego rzucił, to powaliłby cię w mgnieniu oka!

Upokorzyła go. Nie po raz pierwszy. Jednak po raz pierwszy od lat wiedział, że długo oczekiwana konfrontacja z legendą Piotra hołubioną w tym domu dała mu zwycięstwo. Musiał tylko pozbierać Margaret w jedną całość na nowo. Miał już jednak tym razem dużo czasu.

7

Piotr czuł się jak przegoniony z podwórka bezpański pies. W sumie sam nie wiedział, czego się spodziewać po tej wizycie. W głębi duszy miał nadzieję, że Maggie ma dla niego trochę serca. Niestety, była zimna jak lód i okazała mu to dobitnie. Nie pozostało mu więc nic innego, tylko podkulić ogon i wrócić do domu. Na jutro umówił się z Martą. Mieli jechać na spacer do Green Parku, opowie jej wszystko.

Przed wejściem do metra wstąpił do małego sklepiku przy Kings Road. To było to samo miejsce, gdzie siedem lat wcześniej właściciel witał go jak bohatera, gdy dowiedział się, że jest Polakiem. Teraz ten sam człowiek patrzył na niego spode łba, gdy z półki z gazetami ściągnął „Dziennik Polski".

Wsiadł do metra i otworzył gazetę. Przejrzał pobieżnie główne artykuły, po czym jego wzrok padł na małą kolumnę na trzeciej stronie. Tytuł mówił o rozszyfrowaniu przez polską bezpiekę podziemnej siatki, którą kierował rotmistrz Witold Pilecki. Wraz z innymi pojmanymi z nim konspiratorami oczekiwał teraz na rozprawę. Nie to jednak zdziwiło Piotra. Jako ilustrację do artykułu zamieszczono zdjęcie, z którego patrzył na niego… rotmistrz Roman Jezierski!

Otworzył szeroko oczy ze zdziwienia i odchylił głowę. Nie mógł uwierzyć w to, co przeczytał. Taki wierzący człowiek, uosobienie wszystkiego, co polski oficer powinien sobą reprezentować, wpadł w łapy komunistów.

Usiłował sobie przypominać wszystko, o czym rozmawiali, jednak w tej chwili miał przed oczami jedynie spokojną twarz Jezierskiego. Jakoś nie mógł przyzwyczaić się do jego nowego nazwiska. Pilecki!

*D*otarł wreszcie do domu. Otworzył drzwi i minął się w korytarzu z gospodynią.

– Pani Marta czeka na pana w pokoju.

– Dzisiaj? – Zdziwił się. – Umówiłem się z nią na jutro.

Spojrzała na niego z dezaprobatą.

– Ja się jej tam dziwię, że tak łazi i łazi. Na jej miejscu kopnęłabym pana dawno w tyłek.

– Co też pani…?

Wbiegł po schodach i otworzył drzwi. Stała odwrócona do niego tyłem, w ciasno opinającej jej krągłe biodra sukience. Nie mógł nie zerknąć na pończochy ze szwem i buty na obcasach. Otworzył oczy ze zdziwienia, gdy odwróciła się do niego. Czerwona szminka przyciągnęła jego wzrok jak magnes.

– Marta…

– Milcz!

Tego się nie spodziewał. Wyraz jej twarzy świadczył jednak wyraźnie o tym, że niebezpiecznie było się jej teraz sprzeciwiać.

– Dałam się dziś zaprosić do kawiarni. Było bardzo sympatycznie. Collin, Anglik, który jest częstym gościem w naszej restauracji, od dawna próbował się ze mną umówić. Kelnerkom jednak nie wolno spotykać się z klientami, więc minęło sporo czasu, zanim się zdecydowałam.

– Nie wspominałaś o nim…

– Nie muszę ci się ze wszystkiego tłumaczyć – przerwała mu. – No więc Collin zaproponował, żeby nasze spotkania przybrały bardziej regularny charakter.

– Chce, żebyś była jego dziewczyną?

– Tak! – Wywróciła oczami, puentując w ten sposób jego toporność. – I wiesz co? Pomyślałam: czemu nie? I tak mnie nikt nie chce. Dobra jestem tylko do tego, żeby się ze mną przyjaźnić, kolegować. Czego mi, cholera, brakuje, Piotr?! Czego tak uparcie szukasz, że jesteś ślepy na mnie?! Swiety już nie ma, a dalej czuję, że odcina cię ode mnie! Zawsze byłam drugim wyborem i zawsze musiałam się zadowalać nagrodami pocieszenia. Nawet mój mąż, Janek… Wzięłam go, bo krok przede mną była ta cholerna Ukrainka! – Była wciąż opanowana pomimo podniesionego tonu głosu. – Popatrz na mnie. Marnuję z tobą czas, czekając, aż się obudzisz. Kocham cię od zawsze. Nigdy nie przestanę. Jednak nie mogę dłużej czekać, bo okaże się, że nie jesteś tego wart!

Siedział jak osłupiały, nie wiedząc, co powiedzieć. Ona za to wiedziała doskonale.

– I nawet dzisiaj musiałeś poleźć do tej Margaret. Po jaką cholerę, Piotr?! – przerwała na chwilę i uspokoiła oddech. – Piotrze Ochocki, zrobimy więc teraz tak. Dzisiaj wyjdę od ciebie i wrócę do swojego pokoju. Jutro ty ubierzesz się tak ładnie jak na spotkanie z tą angielską flądrą. Kupisz bukiet najpiękniejszych kwiatów, wydając na nie swoje ostatnie pieniądze, a potem zapukasz do mnie. Oświadczysz się mi, a potem zrobisz wszystko, żebym uwierzyła, że jestem pierwsza, że nie jestem drugim wyborem. Choćbyś miał zagryzać zęby do bólu. Nie jestem naiwna. Wiem, że Swieta będzie zawsze obecna. Jednak nie może sprawić, żebym straciła cię po raz setny. Zgadzam się na nią, bylebyś nie dał mi odczuć, że jest przeszkodą.

Jeśli zaś jutro się nie pojawisz, zniknę i nigdy mnie nie odnajdziesz. Zrozumiałeś?

Przytaknął ruchem głowy.

– Chcę to wiedzieć, usłyszeć. Zrozumiałeś?

– Tak – wyszeptał.

Ruszyła w kierunku wyjścia. Gdy go mijała, zatrzymała się na chwilę i pochyliła tak, że zapach jej perfum zawirował mu w głowie. Pocałowała go tak miękko jak tego młodego powstańca na Długiej.

– Jesteś głupi jak but, Piotr. Masz tylko szczęście, że jestem taka cierpliwa.

– A co z tym... Collinem?

Odpowiedziała mu, gdy zamykała drzwi do pokoju.

– Złamałam mu serce.

Stał przed kwiaciarnią i patrzył na te wszystkie bukiety. Nie spał całą noc. Słowa dziewczyny kotłowały mu się w głowie do rana. Teraz zaś nie mógł się doczekać, aż otworzy mu drzwi. Dotknął kieszeni na sercu, w której schował małą czerwoną kokardkę.

– Wiem, Swieta, że chciałabyś, żebym to zrobił.

Bolało strasznie, jednak Marta znokautowała go wczoraj swoim monologiem. Wiedział, że da z siebie wszystko, i miał tylko nadzieję, że to nie będzie zbyt mało.

Teraz jednak jego wzrok ślizgał się po przepięknych kwiatach, a on zupełnie nie wiedział, które wybrać. W końcu zdecydował się na klasyczny bukiet czerwonych róż. Zapłacił za nie i odszedł od stoiska. Denerwował się. Zupełnie tak jak wtedy w kawiarni, gdy siedział naprzeciw Swiety. Potrząsnął głową, odpychając tym gestem wszystkie wspomnienia. Dzisiaj miał się rozpocząć kolejny rozdział jego życia. Potrzebował więc czegoś, co uczyni nadchodzącą chwilę wyjątkową.

To przyszło jak objawienie. Przypomniały mu się słowa Pileckiego o tym, co to jest mądrość, i uśmiechnął się szeroko do siebie. Przecież w miejscu, gdzie kupił kwiaty, sprzedawano również warzywa. Odwrócił się na pięcie. Po kilku minutach stał już przed sprzedawczynią, która rzuciła okiem na bukiet w jego ręku.

– Coś nie tak z kwiatami? – zapytała, marszcząc brew.

– Nie, nie… Wszystko w porządku. Zapomniałem o jeszcze jednej rzeczy. – Zawahał się, po czym wyciągnął palec i wskazał na półkę w kącie stoiska. – Poproszę jeszcze to.

O tworzyła mu drzwi. W letniej sukience wyglądała piękniej niż wczoraj. Podniosła brwi w pytającym geście. Chrząknął kilka razy, po czym wyciągnął rękę z bukietem. Otworzyła usta ze zdziwienia. W jego dłoni, okryty zielonymi liśćmi, bielił się kalafior.

– Wyjdziesz za mnie?

Parsknęła śmiechem i rzuciła mu się na szyję.

– Aleś ty głupi, Piotrusiu.

Pocałowała go mocno, po czym spojrzała na jego czerwone od jej szminki usta. I roześmiała się znowu.

– Wyjdę…

S lub wzięli we wrześniu czterdziestego siódmego roku, w polskim kościele na Devonii.

$\mathcal{H}$ucuł odnalazł Piotra w Londynie. Unikał go jednak jak ognia. Zupełnie nie wiedział, jak mu przekazać to, z czym przyszło mu się zmierzyć w Kampinosie, zanim Niemcy zniszczyli całe partyzanckie zgrupowanie. Sam nie do końca rozumiał, jak było to możliwe.

Do Anglii trafił tuż po wojnie, podobnie zresztą jak Piotr. Udało mu się jednak pozostać w armii dłużej niż Ochockiemu. Zwrócił na siebie uwagę brytyjskiego wywiadu. O ile Brytyjczycy byli wobec Polaków nieufni, dla niego zrobili wyjątek. Miał kontakty, znał języki, nie bez znaczenia były też koneksje jego ojca dyplomaty jeszcze sprzed wojny. Wszystkiego razem wystarczyło, żeby Jakub Błaszczyk rozpoczął pracę w agencji jako szeregowy pracownik.

Piotra zlokalizował bardzo szybko. Obserwował przyjaciela, jednak gdy ten ożenił się z tą oszałamiającą Poleczką, postanowił, że poczeka z tym, co miał mu do powiedzenia.

W tysiąc dziewięćset pięćdziesiątym roku zapukał po prostu do drzwi państwa Ochockich.

$\mathcal{S}$iedzieli na tarasie i pili piwo, które Marta przyniosła im, zanim się pożegnała i poszła do sypialni.

– Pijesz alkohol. – Zdziwił się Hucuł. – Nigdy tego nie robiłeś.

– Tylko piwo. I to jedno naraz.

– No cóż. – Kuba się uśmiechnął. – Marta ma na ciebie zbawienny wpływ. Swoją drogą, nie rozumiem, jak to robisz, że zawsze masz wokół siebie najpiękniejsze kobiety.

Piotr nie wyglądał na rozbawionego żartem przyjaciela. Ciągle jeszcze był w szoku po tym, jak po otwarciu drzwi zobaczył w nich człowieka, o którym myślał, że nie żyje.

– Czemu zwlekałeś tyle lat, żeby się odezwać?

Hucuł wzruszył ramionami.

– Zawaliłem, Piotr. Nie upilnowałem jej. Gdy odjechała do Warszawy, ja byłem na patrolu. Nie mogłem nic zrobić.

– Przecież mogliśmy porozmawiać jak ludzie. – Piotr nie wyglądał na przekonanego. – Nie jestem dzieckiem i wiem, że Swieta też mogła zadecydować za siebie.

Kuba czuł, jak skrywana tajemnica ciąży mu na sercu. Jednak to nie był jeszcze czas i miejsce na to, by wykładać karty na stół. Musiał się migać dalej.

– Ale ja miałem żal do siebie samego. – Wstał z krzesła i podszedł do skraju tarasu. – Piotr, mnie to też kosztowało dużo. Uwierz mi. Dziś to wszystko nieco przybladło, jakoś tak łatwiej jest o tym mówić. Trzeba było siedmiu lat na to, żeby wszystko przyschło. Teraz jesteśmy innymi ludźmi niż wtedy. Może będzie łatwiej o tym wszystkim rozmawiać.

– Może za bardzo ci zależało?

– Słucham? – Kuba był wyraźnie zaskoczony pytaniem.

– Nie udawaj. Myślisz, że nie widziałem, jak na nią patrzysz? Zrobiło mu się gorąco.

– Piotr, ja nigdy nic…

Ochocki wzruszył ramionami.

– Wiem, że ty nic. I Swieta też nic. Inaczej nie rozmawialibyśmy teraz… Ani nigdy zresztą.

Hucuł pokiwał głową.

– Dziękuję…

Gdy żegnał się z Piotrem w progu jego domu, długo trzymał jego dłoń.

– Mogę was jeszcze kiedyś odwiedzić?

Ochocki uśmiechnął się lekko.

– Anytime, my friend.

9

Piotr często spotykał się z Hucułem, chociaż początkowo obaj czuli, że radość z przebywania w swoim towarzystwie wyraźnie ulotniła się po siedmiu latach. Niektóre wielkie przyjaźnie nie wytrzymują próby czasu, gdy trwa ona zbyt długo. Im się udało. Piotr w dalszym ciągu byłby w stanie oddać życie za Kubę, gdyby zaszła taka potrzeba, choć Marta żartowała, że teraz musiałby się ze dwa dni nad tym zastanowić.

Jej udało się za to przejść z Piotrem przez wszystkie odsłony relacji, jakie mogą zaistnieć pomiędzy kobietą i mężczyzną, zanim po raz pierwszy obudziła się przy nim naga. Była jego kumplem, z którym strzelał z procy do lisów buszujących w nocy po ogrodzie. Była przyjacielem, na którego mógł liczyć, nawet gdy wspomnienia o czerwonej kokardce i jej właścicielce łamały go jak wypaloną zapałkę. Była łobuzem, z którym kradł mleko sprzed drzwi sąsiadów, i siłą umiejącą zatrzymać go w miejscu, jeśli potrzebował głosu rozsądku. Była tym wszystkim, zanim została najważniejszym. Teraz bowiem jeszcze była jego żoną, kochaną żoną.

On zaś starał się, jak mógł, czasem wbrew sobie, żeby wspomnienia nie przysłoniły prostego faktu, iż nie było na ziemi nikogo, z kim chciałby spędzić dzień i noc, i kolejny dzień bardziej niż z nią.

Jak prawa i lewa rękawiczka.

Jak świeca i ogień.

Jak zamek i klucz.

Jak Marta i Piotr.

Była szczęśliwa.

Kuba całkowicie poświęcił się pracy. Miał opinię odludka – człowieka, do którego bardzo trudno dotrzeć. Pracujący z nim ludzie nie wiedzieli, co było tego przyczyną, a on nie miał zamiaru tłumaczyć wszystkim, że szyfr do sejfu, w którym zamknął swoje serce, został zapomniany wraz ze śmiercią jedynej kobiety mającej moc go otworzyć. Nie umiał przestać jej kochać. Podobał się, jednak żadna z kobiet, która chciała się do niego zbliżyć, w jego wyobrażeniach nie dorastała Swiecie do pięt. Miał nawet początkowo za złe Piotrowi, że tak szybko pozwolił sobie na szczęście w ramionach innej dziewczyny. U niego niespełniona miłość zadziałała tak, jak to czyni zawsze. Stała się Cerberem przeganiającym wszystkie kobiety wyciągające po niego rękę.

Czasem jedynie, gdy nie radził sobie z pustką, odwiedzał pewien dom na Brixton, gdzie za opłatą przez godzinę pozwalał sobie na chwilę bliskości w damskich ramionach.

Nie odrzucał Piotra, starał się utrzymywać z nim kontakt i być pomocny. Po kilku miesiącach i usilnych staraniach w agencji położył przed nim przepustkę uprawniającą go do wejścia na teren jednostki wojskowej mieszczącej się na Chelsea Bridge Road.

– To twoja nowa praca – wyjaśnił, gdy zobaczył pytający wzrok Ochockich. – Od poniedziałku szkolisz rekrutów w koszarach w walce wręcz, strzelaniu i innych chłopięcych zabawach. Dodatkowo będziesz również trenował ich z taktyki walki w mieście. Byłeś w największej miejskiej bitwie ostatniej wojny, stoczonej przez nieregularne siły.

– Ale ja mam pracę – zaprotestował Piotr.

Kuba popatrzył na niego z politowaniem.

– Tyrasz jak wół, a wkręcaniem śrubek w fabryce nie utrzymasz rodziny, gdy się w końcu powiększy. – Popatrzył na brzuch Marty i wydął usta. – Choć z drugiej strony nie wygląda, żebyś się jakoś specjalnie przykładał. Marta dalej ma brzuch płaski jak nastolatka.

Ochocka przytuliła głowę męża.

– Piotruś stara się bardzo i często. Muszę też powiedzieć, że wychodzi mu to świetnie. – Pocałowała go nad uchem. – Może tylko nie w tej części miesiąca, co trzeba.

– Jak dzieci – westchnął Piotr. – No ale co z tą pracą?

Hucuł wstał od stołu i założył kapelusz, szykując się do wyjścia.

– Jak to co? Za wciągnięcie cię na wyższy szczebel społecznego łańcucha pokarmowego oczekuję grubej koperty. – Mrugnął do niego i pożegnał się.

Było coś jeszcze, co rujnowało Kubie życie. Zżerała go od środka ta cholerna tajemnica, którą kisił w sobie tak głęboko, że zaczął niemal gnić od wewnątrz. Pewnego październikowego wieczoru tysiąc dziewięćset pięćdziesiątego trzeciego roku nie wytrzymał.

Przyjaciel przywitał go z butelką piwa w ręce.

– Dobrze, że jesteś. Uratujesz mnie przed alkoholizmem. Nie będę żłopał sam.

Chwilę później siedzieli w salonie w kompletnej ciszy. Piotr oparł głowę o ręce położone na blacie stołu, a Marta czuła ze zgrozą, jak cierpnie jej skóra na całym ciele. W końcu blady jak ściana Ochocki podniósł głowę i spojrzał na Kubę pustymi oczami.

– Swieta zginęła w szpitalu na ulicy Solec 41 osiemnastego września wraz z innymi sanitariuszkami i pacjentami szpitala.

Hucuł pokiwał przecząco głową.

– Nie – wziął głęboki oddech. – Jeszcze raz ci mówię. Została zamordowana przez Jegora w Puszczy Kampinoskiej kilka dni później. Posłuchaj mnie…

– Człowieku! – Piotr zerwał się z miejsca. – Co ty do mnie mówisz?! Wiesz, co mi robisz?! Przecież rozmawiałem z Zadrą, który ją tam odwiedzał!

Kuba wyczekał, aż objęty przez Martę przyjaciel uspokoi się na tyle, żeby mógł wysłuchać całej opowieści.

– Nie wiem, jak to się stało. Nie mam pojęcia, skąd ona się tam wzięła. Mówię ci, co sam widziałem. Swieta odeszła do Warszawy pierwszego sierpnia. Ja zostałem. Przez cały czas trwania powstania dowodziłem plutonem, który powierzył mi Szymon. Robiliśmy zasadzki i szarpaliśmy Niemców po całej puszczy. Dwudziestego siódmego września, tuż przed generalnym atakiem na Zgrupowanie Kampinos, natknęliśmy się na kompanię Ukraińców. Zatrzymali się w jakiejś wsi daleko za kontrolowanymi przez nas granicami, czuli się więc pewnie. To był, zdaje się, Ukraiński Legion Samoobrony. Piotr, ja grzebałem wszędzie i pytałem wszystkich. Te sucze syny walczyły kilka dni wcześniej na Czerniakowie. Nie chciałem im odpuścić. Ruszyliśmy na nich w nocy. Rypaliśmy do nich jak do kaczek. Dupy, nie wojaki. Uciekli w las. Udało nam się położyć może ze dwudziestu. – Huculał sięgnął po szklankę z piwem, żeby przepłukać gardło przed najważniejszym, co miał do powiedzenia.

– Na końcu wsi paliło się ognisko. Gdy tam dotarliśmy… – Kuba poczuł, jak nawet po wielu latach łamie się mu głos. Odczekał chwilę i wrócił do opowieści. – Tam też leżało kilka ciał. Pomiędzy drzewami, na trawie leżeli. I tam zobaczyłem klęczącego Ukraińca w rozpiętej koszuli. Potężny chłop. Gdy odwrócił głowę, zauważyłem na jego twarzy dwie blizny. Wiedziałem, że trafiłem na niego… Na tego skurwysyna.

– Co ze Swietą?! – Piotr wszedł mu w słowo.

– Leżała na trawie, prawie naga. Piotr, oni ją… – Otarł pot z czoła. – Gwałcili ją strasznie. I pewnie długo.

Marta zakryła dłonią usta. Łzy lały się na jej policzki i spływały po brodzie. Ten sen! To nie o nią chodziło! To Swieta była w jej śnie, a ona jedynie widziała wszystko jej oczami. Wiedziała, że Hucuł mówi prawdę. Widziała to wszystko na długo przed tym, zanim się wydarzyło.

– Poznałem ją. Jak mógłbym nie poznać?

– A Jegor?

– Na początku nie wiedziałem, co to za kobieta leży. Kazałem więc go trzymać swoim, żeby wycisnąć z niego potem to i owo. Gdy zorientowałem się, że to Swieta, pobiegłem do niego. Chciałem mu palnąć w łeb, ale nie zdążyłem. Wyrwał się moim, jednego zabił gołymi rękoma, a potem uciekł. Swietę pochowaliśmy w grobie we wsi, na małym cmentarzu. Przepraszam…

Piotr wstał od stołu. Nerwowym krokiem przemierzał salon, patrząc w podłogę i gryząc paznokcie.

– Nie… Nie! Nie wierzę w to! – Zatrzymał się przed Hucułem i spojrzał mu w oczy. – Nie wierzę, rozumiesz?! To musiał być kto inny!

Kuba zaprzeczył ruchem głowy.

– Przykro mi, przyjacielu. Chłopcy znaleźli to zawinięte w papier w kieszeni jej bluzy, którą była przykryta. Jakimś cudem Ukraińcy tego nie ukradli.

Wyciągnął dłoń i położył na stole złoty pierścionek zaręczynowy matki Piotra. Ten sam, z którym ten oświadczył się Ukraince.

Ochocki stał jak słup soli, patrząc na kawałek złota z przerażeniem w oczach. Nie wytrzymał. Po trzęsącej się brodzie spłynęły łzy.

– Jest jeszcze coś, o czym musisz wiedzieć.

Marta czekała na to zdanie. W jej śnie było coś jeszcze. Coś, co sprawi, że Piotr rozsypie się jak korzec maku. Miała nadzieję, że może chociaż ten szczegół okaże się nocnym majakiem. Na próżno.

– Swieta była w ciąży…

Zacisnęła mocno powieki. Wiedziała. Chłopiec ze snu! Piotr miał syna.

Kuba opuszczał dom Ochockich, zatykając uszy, gdy krzyki i wycie Piotra ścigały go jak wyrzuty sumienia nawet na ulicy.

Skulił się na siedzeniu służbowego auta i nie czekając, aż znajdzie się w swoim mieszkaniu, otworzył butelkę szkockiej whisky, zalewając nią świadomość.

Trzy dni później do drzwi Kuby zadzwonił dzwonek. Zbiegł po schodach i otworzył zamek. Przed nim w strugach deszczu, z oczami sinymi jak trup, stał Piotr.

– Pracujesz w wywiadzie. Znajdź go więc. Znajdź Jegora, a ja pojadę i zabiję skurwysyna.

Odwrócił się na pięcie i zniknął przygarbiony i mokry za okalającym dom żywopłotem.

10

Mijały lata, a Kuba szybko piął się po szczeblach kariery. Dla MI6, brytyjskiego wywiadu, okazał się bezcennym nabytkiem. Duży wpływ na jego pozycję miały pozytywne opinie napływające również z izraelskiego Mosadu. Lata spędzone w słowackiej Bratysławie zaowocowały ciekawymi znajomościami. Wykorzystywał je dość często, rewanżując się swoim „przyjaciołom z Tel Awiwu" drobnymi przysługami. Łączyła ich często wspólnota interesów. Pion Drugi, w którym pracował, zajmował się wywiadowczym nadzorem nad brytyjskimi placówkami zagranicznymi. Oczkiem w głowie Huculła była jednak prowadzona osobiście przez niego mała sekcja, będąca w istocie kilkuosobowym, skrzętnie wyselekcjonowanym zespołem. Gromadzili wszelkie informacje dotyczące tych Niemców, którzy piastowali stanowiska w hitlerowskiej Rzeszy w czasie wojny i przed nią. Po wojnie rozpierzchli się po całym świecie w obawie przed aresztowaniem, procesem i prawie pewnym plutonem egzekucyjnym. Kuba ze swoimi ludźmi tropił ich niezmordowanie. Ścigali także ich gorliwych współpracowników, głównie Ukraińców z SS „Hałyczyna", którym generał Anders z zupełnie dla Hucuła niezrozumiałych przyczyn potwierdził przedwojenne polskie obywatelstwo, ratując ich przed deportacją do Związku Radzieckiego. A przecież w gorliwości w pełnieniu służby dla Hitlera przewyższali niejednokrotnie swoich niemieckich sojuszników.

Kubę jednak do szaleństwa doprowadzała jedna rzecz. Łapali głównie płotki, strażników z obozów koncentracyjnych, jakichś dowódców oddziałów, upowców i innych bandytów. Tymczasem prawdziwi mordercy pozostawali bezkarni. Taki Heinz Reinefarth, dowódca karnych batalionów złożonych z kryminalistów, którzy podczas powstania dokonali okrutnej rzezi na warszawskiej ludności cywilnej, po wojnie został szanowanym adwokatem i burmistrzem małego miasteczka. Eilert Dieken, dowodzący egzekucją ukrywającej Żydów rodziny Ulmów, zmarł w zachodnioniemieckim Essen jako emerytowany policjant, podczas gdy Włodzimierz Leś, który doniósł na rodzinę Niemcom, dostał kulę z ręki AK.

Nie poddawał się jednak. Jak ziarnko do ziarnka zbierał żniwo po całym świecie.

– Jedyne miejsce, do którego mogą nam spieprzyć – powtarzał często swym podwładnym – to piekło. Pies ich więc jebał.

Ich głównym obiektem zainteresowania była Ameryka Południowa. To właśnie tam, niczym szczury z podpalonego przez siebie okrętu, uciekali niemieccy zbrodniarze i ich kumple po fachu. Kraje rządzone przez junty wojskowe gwarantowały im to, że nie zostaną ekstradowani ani do USA, ani do Związku Sowieckiego, ani do Wielkiej Brytanii. Mogli sobie dożywać sędziwego wieku. No, chyba że Kuba trafił na ich ślad. Wtedy mogli liczyć na kulę w łeb.

Na szczęście dyrektor generalny Tajnej Służby Wywiadowczej MI6, sir Dick White, pałał do niego osobistą sympatią. Ucinało to wszelkie próby torpedowania jego „nadobowiązkowej działalności" przez angielskich biurokratów.

Strażnicy pilnujący wejścia do budynku zajmowanego przez „firmę" w londyńskiej dzielnicy Vauxhall co rano witali z uśmiechem tego budzącego respekt Polaka. Zwracał na siebie uwagę swoim twardym akcentem, który niezmiennie wywoływał płomienne spojrzenia u wszystkich pracownic „firmy". Niestety, ku ich niepocieszeniu, Kuba Błaszczyk, żądający bezwzględnie poszanowania wymowy swego nazwiska, pozostawał nieczuły na ich zalotne spojrzenia. Na dłuższe chwile rozmowy pozwalał sobie w obecności swej asystentki, ślicznej Becky, która codziennie przynosiła mu poranną herbatę, bez mleka oczywiście. Uśmiechała się ciepło, widząc, jak stara się zachować kamienną twarz w jej obecności. Czuła niezrozumiały dla niej dystans, jednak wiedziała, że ma do niej dużo sympatii. Poddała się tej grze, w której ona udawała, że tego nie widzi, a on, że jest mu obojętna.

Tego ranka stał w oknie swojego gabinetu, usytuowanego na piątym piętrze gmachu nad Tamizą. Widok na drugi brzeg był olśniewający. Mgła zelżała odrobinę, a promienie słoneczne odbijały się w tysiącach kropel porannego deszczu. Słońce i deszcz. Do tego chyba nigdy nie zdoła się przyzwyczaić. Nieopodal, na szczycie wieży brytyjskiego Parlamentu, łopotał Union Jack, a wskazówki na wieży zegarowej, pospolicie zwanej Big Benem od imienia wielkiego dzwonu na jej szczycie, dochodziły dziewiątej. Drzwi za nim skrzypnęły lekko. Nie obrócił się. Wiedział, że bez pukania może tu wejść tylko jedna osoba.

– Becky – jego niski głos nie zdradzał żadnych emocji – połóż raport na biurku, zaraz go przejrzę.

– To ja, szefie. – Kuba obrócił się na dźwięk męskiego głosu i zobaczył Stewarta, swojego podwładnego, który stał przed nim, trzymając w ręku białą kopertę. – Przyniosłem...

– Kto ci pozwolił wejść bez pukania?

Stewart machnął ręką zniecierpliwiony.

– Szefie, nie ma czasu na pierdoły! To przyszło przed chwilą z Tel Awiwu. Musi szef to zobaczyć. – Położył przed Kubą przyniesioną przez siebie kopertę.

Przez następne kilka minut Hucuł studiował dostarczone mu przez izraelski wywiad papiery. Poprosił ich kiedyś o przysługę, która właśnie została wykonana. Szukał pewnego człowieka. Na jego osobistą prośbę Mosad obiecał, że jeśli wpadnie im w ręce to nazwisko, pozwolą mu zająć się tą sprawą. „Zapłacił" za tę gwarancję kilkoma wytropionymi przez jego komórkę niemieckimi oficerami zadekowanymi na brazylijskiej prowincji. Dzisiaj przekonał się, że się opłacało. Otworzył drzwi gabinetu.

– Becky! Natychmiast połącz mnie z Piotrem Ochockim – wydał szybkie polecenie zaskoczonej sekretarce. – Wiesz, który to?

– Oczywiście, mister Jacob. – Kobieta doskonale znała najlepszego przyjaciela swojego szefa. – Już łączę.

Po chwili na jego biurku zadzwonił telefon. Podniósł słuchawkę. Po drugiej stronie przywitał go wesoły głos przyjaciela.

– No, już myślałem, że o nas zapomniałeś. Marta ciągle zawraca mi głowę, kiedy wreszcie nas odwiedzisz. Nie masz daleko na Ealing z tej swojej dziury...

– Piotr... – Kuba przerwał stanowczo przyjacielowi. – Czy Marta nas słyszy?

– Nie – odpowiedział mu zaskoczony głos Ochockiego. – Wyszła po zakupy. Co się stało?

– To dobrze. – Kuba czuł, jak udziela mu się podenerwowanie. – Musimy się spotkać. Natychmiast!

– Co się stało, Kuba?!

Wziął głęboki oddech, zanim wyrzucił z siebie wiadomość, na którą jego przyjaciel czekał dziesięć lat.

– Mamy go! Mamy Jegora!

Po drugiej stronie zapadła głucha cisza. W końcu usłyszał pytanie wypowiedziane grobowym głosem.

– Argentyna.

$\mathscr{L}$yżeczka w ręku Piotra, wykonująca od dobrych kilku chwil te same okrężne ruchy, brzęczała nieznośnie o brzegi filiżanki. Kuba do tej pory dzielnie znosił te tortury. Wreszcie nie wytrzymał i gwałtownym ruchem złapał dłoń przyjaciela, unieruchamiając ją.

– Dosyć! – rzucił podirytowany. – Co to, dzwonki podhalańskie?

Piotr podniósł wzrok. Jego patrzące w jakąś nieokreśloną przestrzeń za plecami Kuby oczy nie wyrażały niczego. Były puste. Beznamiętne. Kubie wydawało się jedynie, że od rozpoczęcia rozmowy lekka siatka delikatnych zmarszczek wokół nich pogłębiła się nieco.

Mała restauracyjka The Café przy Regency Street w londyńskiej dzielnicy Pimlico, w której się spotkali, tętniła o tej porze życiem. Tania, dobra jadłodajnia serwowała jedynie English breakfast, śniadanie złożone z sadzonego jajka, smażonego boczku, fasolki i przypieczonej na płycie kiełbaski. Jednak jej sława była w okolicy powszechna. Szczyciła się również popularnością wśród taksówkarzy, których pojazdy, zaparkowane wzdłuż ulicy, stanowiły zdecydowaną większość wśród innych samochodów. Taka darmowa reklama mogła tylko cieszyć właściciela, który osobiście uwijał się wśród klientów, dolewając im kawy z czajnika. Wiadomo było, że znający Londyn jak własną kieszeń taksówkarze nie jeżdżą byle czego. Dlatego takie miejsca, zwane „taxi cafe", były chętnie odwiedzane również przez innych mieszkańców miasta, chcących mieć gwarancję, że zamówią posiłek najwyższej klasy, a co najważniejsze, że będzie też tani.

The Café zapewniało dyskrecję. Liczna klientela gwarantowała anonimowość, a jego przybycie taksówką nie wzbudzało najmniejszego zainteresowania kogokolwiek. Mógł spokojnie, bez obaw, wyłuszczyć przyjacielowi to, z czym przyszedł.

Piotr długo siedział w milczeniu. Gdy podniósł wzrok, zadał wreszcie pytanie.

– Masz pewność?

Kuba odstawił od ust kubek z herbatą.

– Nigdy nie zawiodłem się na informacjach z tego źródła. – Oparł łokcie na blacie stolika i skrzyżował palce. – Człowiek ma wynajęte mieszkanie na nazwisko Danyło Horodyło. Miejsce urodzenia w papierach to Bedryczany. Głupiej postąpić nie mógł...

– To może być ktokolwiek – przerwał mu Piotr.

Kuba otarł lekko czoło. Wiedział, że powinien okazać teraz maksymalną cierpliwość. W końcu obaj bardzo długo czekali na tę wiadomość. Wiedział, że w umyśle Piotra od lat w nieskończoność rozgrywa się scena, w której celuje do Ukraińca z pistoletu.

– Nie może być ktokolwiek. Mam wyniki obserwacji. Ma dwie blizny na twarzy. Brzmi znajomo, prawda? Poza tym po przyjeździe legitymował się książeczką wojskową SS „Hałyczyna", do której wcielono Ukraiński Legion Samoobrony. Na jej podstawie organizował sobie życie. A w niej, jak byk, było napisane „Jegor Bityniuk". Nazwisko zmienił na Horodyło pięć lat temu. – Zwilżył gardło kolejnym łykiem herbaty, po czym wrócił do przerwanego wątku. – Wiem, że już dwa razy wydawało nam się, że go mamy. Ale tym razem, na moją osobistą prośbę, Żydzi założyli mu stałą obserwację. Niegroźny pan, samotny. Otrzymuje nawet kombatancką emeryturę. Po przybyciu do Argentyny został doradcą szkoleniowym w ichniej armii. Zajmuje małe mieszkanko, kawałek od centrum Buenos Aires.

Piotr pokiwał głową ze zrozumieniem.

– Ile mam czasu?

– Dwa tygodnie – usłyszał w odpowiedzi. – Mosad zaczyna się niecierpliwić. Nie chcą płacić za utrzymywanie ogona.

– Starczy. Muszę jeszcze przekonać Martę, że to służbowy wyjazd.

Kuba poklepał przyjaciela po ramieniu.

– Załatwiłem ci z twoim starym delegację do brytyjskiej ambasady w Argentynie. – Uśmiechnął się z triumfem, widząc zaskoczenie na twarzy Piotra. – Pojedziesz szkolić w walce wręcz tamtejszy personel wojskowy.

– Dzięki.

– Czemu nie powiesz Marcie, po co rzeczywiście tam jedziesz? Zrozumiałaby z pewnością.

Piotr zaprzeczył ruchem głowy.

– Nie mogę. – Odsunął się od blatu i odchylił głowę do tyłu. – Będzie się niepotrzebnie martwić.

Kuba westchnął.

– Jestem pewien, że gdyby wiedziała, sama pojechałaby tam przed tobą, żeby poderżnąć gardło temu sukinsynowi.

– No właśnie tego też się boję. – Piotr wyciągnął z kieszeni kilka monet i położył na stoliku.

– Dzisiaj ja płacę.

– Jakiś ty hojny! – Roześmiał się Kuba. – Zaproś mnie na obiad do Ritza i tam zapłać.

– To po powrocie. – Uśmiechnął się Piotr z wysiłkiem. – Dzięki, stary. Za wszystko.

Kuba pokiwał głową.

– Powodzenia. Dorwij go.

W skoczył do pociągu tuż przed zamknięciem drzwi. Wybrał puste miejsce na samym końcu wagonu. O tej porze District Line zwykle pękała w szwach. Tym bardziej znalezienie wolnego miejsca w zatłoczonym metrze można było uznać za cud. Usiadł tyłem do okna i zamknął oczy. Nieznośny ból głowy wzmagał się z każdym szarpnięciem przeciskającego się wąskim tunelem pociągu. Próbował zebrać myśli. Zdążył się już przyzwyczaić do tego, że obrazy z przeszłości łączą się nierozerwalnie z bólem. Oswoił pamięć na tyle, żeby móc myśleć o wojnie i przeżyciach z nią związanych bez bulgoczącej mu w gardle, niszczącej wściekłości. Przestał już wierzyć, że kiedykolwiek uda mu się odnaleźć Jegora pomimo tego, że niszczycielskie pragnienie zemsty nie opuszczało go nawet na chwilę. Marta powoli, z nadludzką cierpliwością przemieniała jego potrzaskane pamiętną wizytą Hucuła serce. W końcu z wraku człowieka przeistoczył się w kochającego męża i wreszcie ojca. Ich synek miał już osiem lat. Pamiętał jednak o Swiecie, oboje z Martą pamiętali.

Czuł, jak fala nudności podchodzi mu do gardła. Otworzył oczy. Pociąg wyjechał już na powierzchnię i właśnie rozpoczął hamowanie przed stacją Hammersmith. Miał więc jeszcze odrobinę czasu, żeby przetrawić w samotności to, co ukrył w małej kryjówce budowanej od lat na dnie serca. Wróciły wspomnienia i obrazy z przeszłości. Zacisnął dłonie na poręczy siedzenia i oddychał ciężko, patrząc mętnym wzrokiem przed siebie. Siedzące naprzeciw dwie niemłode już kobiety spoglądały na niego zaniepokojone. Pewnie sprawiał wrażenie, jakby miał się za chwilę przewrócić. Na szczęście wagony pociągu zatrzymały się już na stacji Ealing Common. Wysiadł, przepychając się pomiędzy innymi pasażerami, i zaczerpnął potężny, orzeźwiający haust powietrza. Oparł się o słup na peronie i uspokoił oddech. Kilku ludzi, spieszących do przejścia nad torami kładki, popatrzyło w jego stronę.

– Are you OK, sir? – Młody chłopak z pucołowatą twarzą i rudą czupryną przystanął na chwilę obok niego. Piotr pokiwał głową twierdząco.

– Tak, tak, dziękuję – odpowiedział spokojnym głosem. – To tylko choroba lokomocyjna.

Ruszył w kierunku kładki. Pomimo całego natłoku myśli, obrazów i wspomnień zadziałał jak automat. Doskonale wiedział, co zrobić w tej sytuacji. Nie miał co do tego żadnych wątpliwości. Dla niego i dla Jegora świat był za mały.

*P*rzygotowania do wyjazdu nie zajęły mu dużo czasu. O dziwo, odchorowująca każdą, nawet najkrótszą rozłąkę Marta tym razem nie oponowała. Nie powiedział jej prawdy. Nie dlatego, że obawiał się, iż może nie zrozumieć. Byli swoimi najlepszymi przyjaciółmi. Chciał jednak zamknąć ten bolesny etap życia sam. Jako komandos wyjeżdżał już nieraz w celu wypełnienia misji poza granicami Zjednoczonego Królestwa. Nigdy jednak nie opowiadał żonie o szczegółach. Ona zresztą również nie pytała. Ich niepisana zasada mówiąca o tym, że sprawy służbowe zostawia się w pracy, od lat stanowiła regułę. Marta usłyszała więc oficjalną wersję alibi, mówiącą o szkoleniu personelu ochraniającego ambasadę w Buenos Aires.

Ucałowała go na pożegnanie i przytuliła się mocno.

– Uważaj na siebie, Piotrusiu.

Pogładził ją po spiętych w koński ogon blond włosach.

– Zawsze uważam. – Uśmiechnął się. – Będę ganiał tych nierobów z nadmiarem tłuszczu w okolicach pasa i pił piwo pod palmami. Nic groźnego.

Pokiwała wtuloną w jego ramiona głową. Stali tak w drzwiach dłuższą chwilę. W końcu Marta odsunęła się od niego, wygładziła dłonią materiał jego koszuli i popatrzyła mu prosto w oczy.

– Uważaj na siebie... – powtórzyła.

Piotr poczuł, jak po plecach przechodzą mu ciarki. Oczy Marty były jak dwa rozżarzone węgle, a jej wzrok przeszywał go na wylot. Miał wrażenie, że doskonale widzi wszystkie jego myśli. Pocałował ją w czoło, odwrócił się i szybkim krokiem ruszył w kierunku stacji metra, trzymając w rękach walizkę. Nie widział, jak Marta, odgrodzona od podwórka szybą kuchennego okna, odprowadza go wzrokiem.

– Jedzie po niego? Po Jegora? – wyszeptała.

Piotr zniknął za rogiem ulicy, a ona usłyszała delikatną jak podmuch wiatru odpowiedź.

– Jedzie, Martoczka...

Kuba stał w oknie swojego gabinetu i patrzył nieruchomo w dół. Londyńczycy jak mrówki przemierzali od jednego brzegu Tamizy do drugiego, ale zupełnie nie zwracał uwagi na ten ludzki rój na Vauxhall Bridge. Po raz pierwszy od lat uśmiechał się do siebie. Czas jego pokuty dobiegł końca. Nie czuł już tego ciężaru na piersiach, który od czasu wojny towarzyszył mu nieustannie przy każdym oddechu. W końcu i jemu też należało się to, żeby pchnąć życie we właściwym kierunku.

Tuż za nim drzwi otworzyły się prawie bezszelestnie, a on poczuł zapach znajomych perfum.

– Może herbaty, mister Jakob? – głos Becky brzmiał bardziej miękko niż zwykle. A może tylko tak mu się wydawało? Rozczulił go sposób, w jaki wypowiadała jego imię, „Dżejk'b".

– Poproszę. – I od razu dodał: – Bez mleka oczywiście.

Wiedział, że uśmiechnęła się do niego, choć nie odwrócił się nawet do niej.

– Oczywiście. Jak zwykle, mister...

– Jeszcze jedno, Becky – wszedł jej w słowo. – Zamów na jutrzejszy wieczór stolik w tej restauracji, tej, w której organizowane było Christmas Party.

-- Na które pan nie przyszedł?

Uśmiechnął się i odwrócił wreszcie w jej kierunku.

– Dokładnie tam.

Przytaknęła skinieniem głowy.

– Na ile osób?

Zwlekał z odpowiedzią i patrzył na nią. Inaczej niż zwykle. Zauważyła to i spuściła wzrok, czerwieniąc się mocno.

– Na dwie. Na godzinę… – zawiesił na chwilę głos, zdając sobie sprawę z tego, że to, co za chwilę powie, będzie jak przekroczenie granicy, za którą nie będzie już powrotu do skorupy, w której utknął na lata. – O której ci pasuje?

Otworzyła szeroko oczy ze zdziwienia. Chyba nawet on usłyszał, jak głośno łomocze jej teraz serce.

– A skąd pan wie, że mam wolny wieczór?

Wzruszył ramionami.

– Pracuję przecież w wywiadzie. No więc masz jutro wolny wieczór, Becky?

Już nie potrafiła dłużej ukrywać radości. Uśmiechała się do niego z błyskiem w oczach.

– Tak!

*P*roszę bilet do kontroli. – Głos konduktora wyrwał Piotra z zamyślenia. Podniósł wzrok i sięgnął ręką do kieszeni koszuli na piersi. Zwykle chował w niej bilet tygodniowy uprawniający do poruszania się po Londynie każdym środkiem komunikacji publicznej. Siedzący obok niego pozostali pasażerowie również zaczęli przeszukiwać kieszenie. Gdy wyciągał kartonik, wyczuł pod palcami małe zgrubienie. Pokazał bilet konduktorowi, który rzucił na niego okiem, po czym przeszedł dalej w głąb wagonu.

Jeszcze raz namacał małe zgrubienie. Zanurzył palce i wyciągnął z kieszeni małą czerwoną kokardkę. Zrobiło mu się gorąco. Popatrzył na nią szerokimi od zdziwienia oczami. Przecież trzymał ją w szkatułce na komodzie w sypialni. Co ona robiła tutaj? I nagle poczuł, jak oblewa go zimny pot.

Marta wie.

11

Campo de Mayo mogłoby być dla krajobrazu San Miguel tym, czym dla Nowego Jorku był Central Park. Zielona oaza pośród gęsto zabudowanych uliczek tego wchodzącego w skład aglomeracji Buenos Aires miasta kusiła oko szeroką na osiem kilometrów otwartą przestrzenią. Niestety, piknikowicze, rowerzyści czy nawet zwykli turyści mogli się obejść jedynie smakiem. Do Campo de Mayo można było im wejść jedynie po okazaniu specjalnego zezwolenia. Owa potężna połać terenu była największą bazą wojskową Argentyńskich Sił Zbrojnych, gdzie swoje miejsce, oprócz lotniska, garnizonu metropolitalnego i szpitala znalazły również szkoły wojskowe wszystkich rodzajów broni.

Jegor mieszkał poza bazą. Mimo że praca pochłaniała większość czasu, którym dysponował, odrzucił propozycję służbowego mieszkania w Campo de Mayo. Po długich godzinach spędzanych z młodymi kadetami, podczas których uczył ich, jak z zawiązanymi oczami rozkładać i składać każdą dostępną im broń, nie marzył o niczym innym niż o wieczorze spędzonym w fotelu na werandzie z cygarem w jednej dłoni i piwem w drugiej, z dala od wszystkiego, co strzela, lata i niesie śmierć. Najchętniej rzuciłby to wszystko w cholerę. Niestety, pozbawianie bliźnich życia na wszelkie możliwe sposoby było czymś, co umiał robić najlepiej. Rząd Argentyny zezwolił na jego pobyt w zamian za to, iż dzielił się tymi umiejętnościami z przyszłą elitą argentyńskiej armii. Szkolił więc, lecz z roku na rok z coraz mniejszym zapałem.

Nie bawiły go już również noce spędzane w klubach i barach Buenos Aires, podczas których rzadko obywało się bez pokazu powalania przeciwnika jednym ciosem i nigdy bez reszty wieczoru spędzanej w towarzystwie lokalnej señority. Najczęściej w jej łóżku. Takie noce drenowały go z sił i pieniędzy. Na dodatek to nieznośne pieczenie gdzieś w okolicy serca za każdym razem wzmagało się, by osiągnąć siłę permanentnego kaca moralnego, którego nie łagodził już alkohol. Jedyne, co pomagało, to właśnie cichy wieczór w samotności, cygaro i zamknięte oczy.

Ból nie malał. Po prostu łatwiej było go znieść. Pod zamkniętymi powiekami przesuwał mu się wciąż ten sam obraz. Złotożółte pola, zielone lasy i strumień przecinający ukraińską łąkę na pół. Jegor tęsknił wtedy za domem jeszcze bardziej. Łapał się na tym nawet, że wszystko było mu jedno, czy Bedryczany leżałyby w polskich granicach, czy może byłyby częścią jego wymarzonego ukraińskiego państwa. Miał to gdzieś, byleby tylko tam być, choć na jeden dzień, na pięć minut. Nieosiągalne marzenie, które niczym klin rozdarło jego serce na dwoje, uczyniło go starcem, choć miał ledwie pięćdziesiątkę na karku. Poza tym miał kłopoty ze snem, nie z zasypianiem, lecz ze snem. Mało było rzeczy, których Jegor się bał, ale sny były jednymi z nich. Prawie każdej nocy odwiedzali go zmarli. Nie robili nic. Po prostu stali i patrzyli na niego. Najgorsze było jednak to, że pamiętał większość z nich. To byli ludzie, których Jegor własnoręcznie wysłał na tamten świat. Budził się często z krzykiem na ustach. Jego sąsiedzi przyzwyczaili się już do jego nagłych ataków strachu, podczas których krzyczał na całe gardło. Żałował wtedy tylko jednego. Gdyby tylko ona chciała przyjść do niego choć raz... Niestety, Swieta Horodyło nie przyśniła mu się nigdy. Ani razu. Mimo iż błagał ją co wieczór o to, by choć raz stanęła przy jego łóżku. Bezskutecznie.

Właśnie minął posterunek wartowniczy. Młody żołnierz zasalutował mu i podniósł szlaban. Z miejsca ogarnął go gwar ulicy del Trabajo. Wolnym krokiem ruszył na północ i zagłębił się pomiędzy krzyżujące się pod kątem prostym uliczki. W narożnym sklepiku kupił mleko i gazetę. Letni upał dawał się we znaki. Otarł dłonią spocone czoło, po czym wspiął się na schody prowadzące na piętro do jego mieszkania. Nie czuł się dziś najlepiej. Cały dzień spędził na odkrytej strzelnicy. Widocznie za długo przebywał na słońcu, gdyż głowa bolała go okropnie. Przekręcając klucz w zamku, marzył tylko o tym, by położyć się choć na chwilę na łóżku i odpocząć. Zaabsorbowany przenikliwym kłuciem w skroniach, nie zauważył nawet, że zamek ustąpił po jednym obrocie klucza, chociaż zawsze zamykał go na dwa razy. Wszedł do ciemnego pomieszczenia prosto z zalanego słońcem podwórka. Minęło kilka sekund, zanim jego oczy przystosowały się do panującego wewnątrz półmroku. Odwrócił się, żeby powiesić klucz na gwoździu obok drzwi. Nie zdążył. Poczuł, jak jego ściśnięta czyimś przedramieniem głowa odchyla się do tyłu.

– Witaj, Jegor! Kopę lat.

Zanim zdążył chwycić przeciwnika za rękę, zimne stalowe ostrze prześlizgnęło się po jego pachwinie, przecinając tętnicę. Wiedział, co to oznacza. Zostały mu cztery minuty życia, zanim mocne jak dzwon serce wypompuje z niego całą krew. Wtedy umrze. Szarpnął się. Upuszczona przez niego butelka z mlekiem upadła na podłogę, rozpryskując się na milion kawałków i zalewając podłogę białym płynem. Napastnik odwrócił go, przytrzymując za ramiona. Jegor spojrzał w oczy swojego zabójcy i... wybałuszył je w zdziwieniu.

Poznał go natychmiast. Gdy tamten wbił nóż w jego brzuch aż po rękojeść, padł na ziemię.

– To za Swietę, skurwysynu.

Jegor spojrzał na niego i uśmiechnął się.

– Głupi jesteś – zarzęził, zanim z jego ust popłynęła krew. – Wydaje ci się, że wiesz...

– Zdychaj, psie...

Ukrainiec już go nie słyszał. Gasł w oczach. Piotr posadził go w kałuży na podłodze i spojrzał mu w oczy jeszcze raz. Chciał się upewnić, że Jegor będzie miał świadomość tego, co go spotkało. Wytarł ostrze w materiał jego koszuli. Dopiero teraz zauważył, że ręce drżą mu jak pijakowi. Podniósł się i cofnął kilka kroków. Zrobiło mu się duszno. Zanim jeszcze opuścił mieszkanie, popatrzył na leżące u jego stóp ciało. Nie czuł nic. Ani radości, ani ciężaru. Za to mógł przysiąc, że jeśli twarz martwego Jegora wyrażała cokolwiek, to była to ulga. Wyszedł, zostawiając za sobą kałużę mleka zmieszanego z krwią.

Jegora już też nie było w pokoju. Czas i przestrzeń wypuściły go ze swoich objęć, pozwalając mu powrócić do chwili, którą od wielu lat przeżywał każdego dnia, każdej nieprzespanej nocy...

Ponownie wybiegł z chałupy, w której miał kwaterę, i wciągnął w płuca pachnące igliwiem kampinoskie powietrze. Znów czuł, jak cierpnie mu skóra, a zlepki słów, które usłyszał przed momentem, tworzą w jego głowie koszmarny kołowrót. Odbezpieczył pistolet i ruszył pędem przed siebie...

12

Kampinos, wrzesień 1944 roku

Do pierwszych domów docierały już rozproszone czujki, o czym poinformowały cały świat wściekle szczekające psy. O komfortowym wypoczynku nie było mowy, ale musiał dać żołnierzom odetchnąć. Cały dzień marszu wyczerpał wszystkich. Poszarpali się z jakimiś bandytami rano. Po zaciekłych walkach na Czerniakowie teraz spotkało ich jeszcze to.

– Jak nie urok, to sraczka – mruknął do siebie.

– Słucham, panie kapitanie? – Kierowca wyhamowywał przed linią drzew.

– Mówię, żebyś zatrzymał maszynę. – Pochylił się. – Poczekamy na meldunek zwiadu.

W wiosce nie było bandytów. Siedzieli w lesie. Kompania rozlokowała się sama w okolicznych chałupach. Wystawiono posterunki. Dom, w którym zorganizowano kwaterę Jegorowi, leżał w samym środku wsi, przy skrzyżowaniu dróg. Jego ludzie przegonili rodzinę gospodarza do stodoły, zatrzymując w izbie tylko jego żonę. Kobieta uwijała się jak w ukropie, szykując patelnię jajecznicy siedzącym przy stole oficerom. Od czasu do czasu ukradkiem ocierała łzy płynące jej po policzkach ze strachu.

– Hryhorij! – Jegor przywołał stojącego przy drzwiach żołnierza. – Przekaż rozkaz dowódcom plutonów, że jak złapię na piciu bimbru kogokolwiek, to poobrzynam jajca, zrozumiano?!

– Tak jest! – Chłopak trzasnął obcasami i zniknął w mroku.

– Coś taki srogi, Jegor? – Onyksyk nabijał fajkę z długim cybuchem. – Chłopaki zmęczone, niech sobie łykną.

Jegor zgarnął ręką wszystkie rzeczy ze stołu na podłogę. Rozłożył na pustym blacie mapę. Wpatrując się w nią, odburknął.

– Żadnej gorzały. Mają być trzeźwi i gotowi! – Przesunął palcem wzdłuż kreski oznaczającej polną drogę. – Bo jak leśnym przyjdzie chęć na zabawę, to nas wyrieżą jak kury w kurniku.

– Jajecznica gotowa, panie oficerze – obwieścił łamiący się głos kobiety. – Proszę bardzo.

Złożył mapę i schował ją do mapnika.

– Po kolacji odprawa dowódców plutonów i spać. Mykyta, skręć mi cygareta. Nie paliłem z... dziesięć minut.

Gromki śmiech buchnął w chałupie. Po chwili wszyscy zajadali się gorącą jajecznicą.

Gdy po odprawie wychodził z kuchni do przyległej do niej izby, gdzie gospodyni pościeliła mu łóżko, odwrócił głowę i zmęczonym głosem wydał ostatnią komendę.

– Pistolet mam odbezpieczony. Jak mnie kto przed świtem zbudzi bez potrzeby, to mu w łeb wypalę. Zrozumiano?!

– Tak jest, panie kapitanie!

Obudził się nagle, jakby ktoś wyrwał go ze snu, szarpiąc za materiał koszuli. Jakiś dziwny niepokój ciążył mu kamieniem na piersiach. Usiadł na łóżku, próbując przypomnieć sobie, gdzie się znajduje i jaka to właściwie pora doby. Za oknem panowała jeszcze ciemność. Spojrzał na zegarek. Wskazówki pokazywały za dziesięć trzecią. Gdy już poukładał wszystkie klocki w swojej głowie, usłyszał za drzwiami podniesione głosy. Ktoś kłócił się zawzięcie po drugiej stronie. Z trudem włożył nogi w nogawki mundurowych spodni. Podniósł się ciężko z łóżka i naciągnął szelki. Upewnił się, że jego pistole 35, niemiecka kopia doskonałego polskiego visa, jest odbezpieczony. Pchnął drzwi do kuchni i wszedł do oświetlonego wątłym blaskiem lampy naftowej pomieszczenia. Na jego widok kłócący się żołnierze stanęli na baczność.

– Co się tu dzieje? – Przetarł oczy wierzchem dłoni i ziewnął, odkładając broń. – Co mówiłem o budzeniu mnie w środku nocy?

– Panie kapitanie – odezwał się Hryhorij – melduję posłusznie, że kilku naszych się pospijało i teraz przy ognisku zabawiają się z jeńcem. Chciałem zameldować od razu, ale pan porucznik…

Jegor przerwał mu w pół słowa.

– Jak z jeńcem? Chłopa ruchają?

Wszyscy ryknęli śmiechem.

– Nie, kobietę.

– No to na chuj mi zawracacie głowę?!

Stojący obok młodego adiutanta porucznik uśmiechnął się tryumfalnie. To on, znając temperament dowódcy, powstrzymał trzy godziny temu młodego wartownika przed obudzeniem go. Teraz jednak młody po raz drugi usiłował przerwać dowódcy sen.

– No bo oni właśnie się wysypali, że ją wloką z nami już od Czerniakowa. Wyrwali ją ze szpitala, cośmy go podpalili. Chowali ją na wozie, żeby nikt jej nie podebrał, i tak ją już ponad tydzień…

– To psie syny, rozbroić i związać za pijaństwo. Obudźcie mnie o szóstej.

– A co z babą?

– Jutro się tym zajmę.

– Ale to Ukrainka! – Hryhorij nie dawał za wygraną. – Nasza!

Jegor drgnął. Zmęczenie ulotniło się natychmiast. Spojrzał z uwagą na żołnierza.

– Skąd wiesz, że nasza?

Chłopak, bez komendy „spocznij", zaczął gestykulować rękami.

– Na początku myśleliśmy, że to Laszka. Mówiła po polsku do nas…

– Co mówiła?

– Żeśmy sukinsyny i mordercy. – Hryhorij podrapał się po głowie. – I takie tam.

Jegor wzruszył ramionami.

– Żadna nowość, wszyscy tak mówią. Co dalej?

– Dalej, panie kapitanie, to jak ją rzucili na ziemię przy ognisku, to pogryzła każdego, kto się zbliżał. Wasyl musiał ją kolbą potraktować, zanim zdarli jej spódnicę. Wtedy się uspokoiła. Ale jak ją… ten… to śpiewała po ukraińsku.

– Co znaczy: śpiewała?

Wartownik podrapał się po głowie.

– Nooo... tak normalnie. – Wzruszył ramionami. – Cerkiewne pieśni śpiewała cicho.

Zrobiło mu się gorąco. Czuł, jak jego zaciśnięte na brzegu stołu dłonie zaczynają dygotać

– Zapytaliście, kto ona?

Hryhorij pokiwał głową, potakując.

– Powiedziała, że Ukrainka, ale na szyi miała srebrny krzyżyk. Rzymski. To nas zmyliło...

Jegorowi pociemniało w oczach. Dopadł do Hryhorija, chwytając go za mundur tak, że chłopak zaczął się krztusić.

– Imię?! Jak się nazywa!

– Nnnie pamięttttam... – wykrztusił z siebie przerażony żołnierz. – Przyznała się, jak wsadzili jej bagnet w...

– Horodyło?! Swieta Horodyło?!

– Bbbbyć może...

Poczuł, jak zapada się w otchłań. Gorąco zalało mu skronie.

– Gdzie ona jest?! – wrzasnął w amoku, a jego potężne dłonie obsypały głowę Hryhorija ciosami.

– Koło... stodoły... na skraju wsi... – wykrztusił z siebie tamten, po czym padł na podłogę powalony mocnym ciosem dowódcy. Jego jednak już w kuchni nie było. Pędził z odbezpieczonym pistoletem przez podwórze, strzelając do każdej postaci w mundurze, która stanęła mu na drodze.

Nie miała siły podnieść ręki, żeby zetrzeć krew i pot, które spływały jej do oczu. Leżała bezwładnie na trawie. Dźwięki dochodziły do jej uszu jakby zza grubych, metalowych drzwi. I tylko ten potworny, pulsujący ból całego zmasakrowanego ciała, który nieomal odbierał jej świadomość, upewniał ją w tym, że wciąż jeszcze żyje.

Skończyli z nią chwilę wcześniej. Kolejny raz. Tym razem ją rozwiązali, więc broniła się, jak mogła. Dopiero cios karabinowej kolby w twarz, wybijając jej zęby, odebrał jej resztki złudzeń co do tego, że się jej uda. Strach, który wcześniej dławił jej gardło niczym obrzydliwy skrzep, wyparował gdzieś niepostrzeżenie. Walczyła z sennością. Wiedziała, że jeśli zamknie powieki, to już ich nigdy nie otworzy. Pragnęła jedynie dotrwać... zobaczyć go jeszcze raz. Przed oczami miała ich ostatnią noc i ostatni pocałunek, zanim odszedł. Ostatni, bo nie miała wątpliwości, że ta noc nie będzie miała szczęśliwego zakończenia. Zbyt dobrze znała swoich rodaków. Ból wielokrotnie gwałconego ciała był jak kropka kończąca zdanie. Czuła wyraźnie, że dalszego ciągu nie miało już być.

Obróciła głowę powoli, gdy usłyszała strzały. Siedzący obok niej, śmierdzący potem i machorką żołdak zwalił się nagle, przygniatając jej nogi. W blasku ogniska płonącego obok dostrzegła nadbiegającą postać. Nie rozpoznała jej. Wzrok przytępiony bólem odmówił posłuszeństwa. Jednak jej pozostali oprawcy wiedzieli chyba dokładnie, kto się zbliża, gdyż rozpierzchli się natychmiast. Dopiero gdy przybysz mocnym ruchem odrzucił ciało martwego wartownika niczym szmacianą lalkę i pochylił się nad nią, poczuła, jak zimne imadło ściska jej serce.

Jegor.

Opadł na kolana, gładząc jej zmierzwione, poprzeplatane trawą włosy. Dotykał jej twarzy nieporadnie, trzymając przez cały czas pistolet w dłoni.

– Swieta... – łamiący się głos, którego nie spodziewała się już nigdy usłyszeć, przebił się do jej świadomości. – Swieta...

– Zawołać sanitariusza! – krzyknął do kogoś. – Natychmiast! Ma być, bo mu ręce i nogi poobcinam!

Ujął jej głowę i położył sobie na kolanach. Czuł, że się wzdrygnęła. Nie dziwił się jej. Mimo wszystko pogładził ją po policzku.

– Wybacz, Swieta, wybacz...

Nie reagowała już. Jej oczy szkliły się, patrząc w pustkę. Czuł, że jeszcze oddycha, ale zawołany naprędce oddziałowy sanitariusz rozłożył już tylko ręce w geście bezsilności.

*B*yła świadoma tego, co się z nią dzieje. Czuła szorstkie dłonie na swojej twarzy. Nie miała jednak siły nawet na to, żeby
płakać. Jeszcze jeden wdech, jeszcze wydech... Wiedziała już, że
przegra z czasem...

– Boże mój... Co ja tam będę sama robiła bez ciebie, Piotrusiu...?

*I znów musi czekać. Bóg wie ile... Zakurzone okienka jej cerkwi
biły blaskiem południowego słońca, a z rosnących w sadzie jabłoni
powoli leniwie osypywały się płatki kwiatów... Kołysana delikatnym
podmuchem wiatru trawa łaskotała jej policzki... Pchnęła drzwi do
świątyni...*

Nie płakał, po prostu jedna łza spłynęła mu po policzku. Czuł,
jak żal niczym wrzątek zalewa mu serce... Za późno... Głowa
Swiety opadła bezwładnie...

– *Poczekam tu na ciebie, Piotrusiu...*

Epilog

Do ambasady Wielkiej Brytanii, położonej w ekskluzywnej dzielnicy Recoleta, dotarł tuż przed wieczorem. Strażnik zasalutował mu i otworzył bramę, lecz Piotr minął go bez słowa. Zdziwiony żołnierz popatrzył tylko za oddalającym się wzdłuż ogrodzenia, dziwnie szeleszczącym do siebie w niezrozumiałym dla niego języku Polakiem. Wzruszył tylko ramionami i zamknął bramę z powrotem.

Piotr tymczasem szedł wolno ulicą Guida, dopóki na jego drodze nie wyrósł cmentarny mur. Dotknął dłonią jego powierzchni. Czerwone cegły pulsowały ciepłem. Ruszył w dół ulicy, dotykając od czasu do czasu ogrodzenia. Okrążył nekropolię od południa i stanął przed cmentarną bramą. Popatrzył z ciekawością na bielące się kolumny, które niczym wartownicy strzegły wejścia w głąb królestwa zmarłych.

Przeszedł pod złoconym, łacińskim napisem „Requiescant in Pace", po czym przystanął zdumiony. Cementerio de la Recoleta w niczym nie przypominało ani Powązek, ani londyńskiego Gunnersbury Cemetery, na którym spoczywały ciała polskich żołnierzy i polityków zmarłych na obczyźnie. Zamiast pośród znanych mu, płaskich nagrobków lub nawet okazałych grobowców znalazł się w samym środku małego miasteczka, w którym ulice zabudowane były niewielkimi, białymi domkami, wypełnionymi sarkofagami i trumnami swoich martwych mieszkańców.

Przeszedł kilkanaście metrów, po czym usiadł ciężko na progu jednego z grobowców, na którego szczycie przycupnął potężny anioł. Oparł się o kamienną ścianę, wystawił twarz do słońca, po czym zamknął oczy. Ręce już mu nie drżały. Serce nabrało spokojnego rytmu. Napięcie napędzane adrenaliną ustępowało, a zmęczenie powoli, lecz nieubłaganie torowało sobie drogę do jego mięśni. Nie czuł żadnych emocji. Jedynie zdziwienie, że to już. Czekał na ten moment tyle lat. Jego wyobraźnia w tym czasie setki razy prowadziła go przez scenę, w której staje wreszcie z Jegorem twarzą w twarz. Kiedy czekał na niego w jego mieszkaniu, z ledwością opanowywał zdenerwowanie. Czuł się jak aktor występujący na scenie po raz pierwszy. Minuty wlekły się w nieskończoność, a on bez przerwy zerkał na zegarek. To nie była zwykła misja. To było wyrównanie życiowych rachunków, w którym brak obiektywizmu działał jak dodatkowy zastrzyk adrenaliny. Gdy wreszcie usłyszał klucz przekręcany w zamku, poczuł ulgę. Chwilę później było po wszystkim. Jegor nie miał najmniejszych szans.

Jednak coś, co miało przynieść ze sobą oczyszczenie, nie przyniosło niczego poza uczuciem, iż skończyła się pewna epoka.

– Krew to nie odplamiacz.

Otworzył oczy i spojrzał obok siebie.

– Tyle lat, Piotrusiu. Serce mi się krajało, kiedy widziałam, jak cię to więzi.

Spuścił głowę.

Poczuł jej dłoń głaszczącą jego twarz. Poddał się temu delikatnemu dotykowi. Pochyliła się w jego stronę.

Piotr ukrył twarz w dłoniach.

– Wiesz, że musiałem to zrobić, bo winny musiał zostać ukarany – jego głuchy głos wydobywał się przez palce.

Pokiwała głową ze zrozumieniem.

– Czujesz ulgę? – zapytała, nie przestając go głaskać.

– Nic nie czuję, Swietoczka – westchnął cicho. – Tylko pustkę. Jakbym dotarł do końca swojej drogi, a tam zamiast zielonej łąki tylko dół z wapnem...

Podniosła jego głowę i spojrzała mu prosto w oczy.

– Wyrzuć to z siebie.

– Tęsknię za tobą. – Dotknął jej zarumienionych policzków. – Bardzo tęsknię. Dlaczego na mnie nie czekałaś?

– Nie odwrócisz już niczego pytaniami. Wszystko się zmienia i płynie do przodu – ciepło jej głosu koiło go niczym balsam. – Twoje życie też. Nie zmarnuj tego, co ci zostało. Nawet śmierć Jegora nie odwróciła przeszłości. – Przytrzymała jego twarz, kiedy próbował spuścić wzrok.

– Gdzie on jest? – zapytał łamiącym się głosem.

Wiedziała, o kogo pyta. Wiedziała wszystko. Wzięła jego dłoń i położyła na swoim lekko wypukłym brzuchu. Uśmiechnęła się do niego, gdy poczuł ruch.

– Co teraz? – głos zaczynał mu się łamać, choć walczył z tym z całych sił. Pogładziła wierzchem dłoni jego twarz.

– Nic. Wrócisz do domu i będziesz żył.

Już nie był w stanie hamować łez.

– Ale co z nami?

Topił się w jej pogodnym spojrzeniu.

– Obiecałam ci, że będę czekała na ciebie. Spotkamy się po drugiej stronie, ale teraz musisz pozwolić mi odejść.

– Nie... – Podniósł gwałtownie głowę. Chciał powiedzieć coś więcej, zaprotestować, ale położyła palec na jego ustach. Pocałowała go czule w czoło i podniosła się ze stopnia.

– Wiesz, że mam rację, jak zawsze zresztą, Lachu. – Przechyliła głowę z uśmiechem, jak robiła to dziesiątki razy wcześniej.

Poddał się całkowicie, szlochając w głos.

– Idź już, kochany. Marta na ciebie czeka. Potrzebuje cię. Ty jej też potrzebujesz. I Michałek... Jest jeszcze taki mały.

Wyciągała swą dłoń z jego stalowego uścisku, a on czuł, jak z każdym ruchem wydziera mu kawałek zakrwawionego serca. Aż wreszcie jego ręce zostały puste.

– Dasz radę, żołnierzu. – Dotknęła jego ramienia. – Tylko się nie odwracaj. I zostaw to tutaj, ze mną. Nie będzie ci już potrzebne.

Spojrzał na nią. Była piękna, jak zawsze, a jej oczy szkliły się tak, jak wtedy, gdy zobaczył ją po raz pierwszy. Na jej szyi lśnił srebrny krzyżyk, który od niego dostała. Biała bluzka na chwilę przyciągnęła jego wzrok. Wyciągnął brakującą czerwoną kokardkę i przyłożył ją do ust. Swieta uśmiechnęła się do niego. Położył tasiemkę na kamiennym parapecie grobowca, po czym odwrócił się i ruszył przed siebie.

Resztkami sił bronił się, żeby nie spojrzeć na nią jeszcze ostatni raz, ale zamiast tego otarł łzy spływające mu po policzkach i skręcił w kierunku bramy cmentarza. Gdy zamknął ją za sobą, poczuł się tak, jakby ciężkim kamieniem zasunął właśnie wejście do grobowca, w którym zostawił swoją przeszłość.

Londyn, marzec 2016

Posłowie

Moi Rodzice pozostawili mi ogromny dar: pochodzenie kresowe. To ziarno musiało długo czekać, zanim zaczęło kiełkować w mojej świadomości, aby w końcu obrodzić tęsknotą za miejscami i wyartykułowaniem jej w obu powieściach. No bo przecież nie byłoby Bedryczan, które wzorowałem na Rychcicach, wiosce pod Drohobyczem, gdyby w czasie wojny nie urodziła się tam moja Mama. Trudno byłoby mi również pisać o operacji „Ostra Brama", gdybym wcześniej nie pojechał szukać śladów urodzonego w Wilnie, jeszcze przed wojną, Ojca.

Z pewnością zaś nie byłoby opowieści o Piotrze i Świecie bez starszej siostry mojej Mamy, Cioci Anieli. W przeciwieństwie do małej Marysi Anielka pamiętała wszystko dokładnie. I gliniane klepisko w rodzinnym domu, i łąkę, przez którą szło się bez butów do kościoła, i wrzucane do soli przez najstarszego brata Piotrka gruszki, żeby tylko nie dostały się w ręce banderowców, którzy wtargnęli do chaty nocą. Mama była zbyt mała, żeby pamiętać. Dzięki opowieściom Cioci Anieli miałem szansę szkicowania w swojej głowie obrazów, które czytelnik odnajdzie na kartach obu powieści. Gdy pomyślałem więc o tym, komu dedykować *Czas burzy*, odpowiedź nasunęła mi się natychmiast: Cioci Anieli.

Powojenne losy Musiałków są moim ukłonem w kierunku wszystkich rodzin, które były zmuszone opuścić swoje domy, aby po wyniszczającej wojnie, koszmarze ukraińskiego ludobójstwa i sowieckiej drugiej okupacji tułać się w poszukiwaniu nowego miejsca do życia. Moja rodzina znalazła takie miejsce w Pożarzysku na Dolnym Śląsku. Ja urodziłem się w leżącym nieopodal Żarowie. Dziś nie umiem już patrzeć na tę ziemię inaczej niż przez pryzmat tamtej wędrówki ludów.

Odwiedziłem zarówno Rychcice, jak i Wilno, dwa bieguny, pomiędzy którymi rozciągnęły się losy moich bohaterów i moje własne. Nigdzie wcześniej nie czułem się tak bardzo u siebie, jak właśnie tam, choć przecież moja noga ledwie musnęła obie ziemie. Odnalazłem w końcu coś, o czym mogę powiedzieć ze spokojem – moje miejsce.

Nie mogło również zabraknąć Warszawy i Powstania Warszawskiego. Odkąd pierwszy raz odwiedziłem stolicę, zakochałem się w niej bez pamięci. Temat największej rebelii miejskiej drugiej wojny światowej kształtuje moją świadomość od ponad ćwierćwiecza. Uważam, że Warszawy nie można zrozumieć bez ogromnej kotwicy Polski Walczącej, która góruje nad miastem z kopca Powstania Warszawskiego, usypanego z gruzów zrównanego z ziemią miasta. Bohaterstwo jego żołnierzy, heroizm mieszkańców i hekatomba ludności cywilnej musiały się więc znaleźć w mojej powieści. To mój hołd dla powstańczej Warszawy.

Nie byłoby tej powieści również bez mojej Izy, która wspierała mnie na każdym kroku radą i entuzjazmem. Była pierwszym krytykiem i recenzentem *Czasu burzy*. Z Nią dyskutowałem o szczegółach oraz kształcie scen i sytuacji podczas ich tworzenia. Ona w końcu pozwoliła mi przesiadywać tygodniami z nosem w laptopie, przejmując na siebie prowadzenie całego domu. Dziękuję Jej za wyrozumiałość i cierpliwość, które przetestuję jeszcze nieraz podczas pisania kolejnych książek. Jej również dedykuję *Czas burzy*.

Starałem się w mojej powieści zamieścić smaczki, które dodałyby całej historii ciekawego kolorytu. O paczkach dla więźniów na Pawiaku wysyłanych przez cukiernię Bliklego dowiedziałem się z jej strony internetowej, na której została zamieszczona historia firmy. Pancerniak zaś jest dumnym przedstawicielem całej społeczności żółwi greckich w okupowanej Warszawie. Pierwszy raz spotkałem się z obecnością tych pociesznych gadów w stolicy w filmie *Cafe pod Minogą*, a gdy w poszukiwaniu dalszych informacji na ich temat zajrzałem do internetu, odkryłem bardzo dużo wspomnień z tego okresu dotyczących handlu żółwiami. Miały one trafić na front wschodni do włoskich żołnierzy jako źródło świeżego mięsa. Niestety, podczas częstych rabunków wojskowych transportów, do których dochodziło na bocznicach kolejowych, odkryto wagon z gadami z Grecji. Żółwie trafiły do warszawskich domów, gdzie mogły się cieszyć dalszym życiem. Warszawiacy bowiem trzymali je jako zwierzęta hodowlane, a nie chodzące konserwy.

Rzeczą, z której absolutnie powinienem się wytłumaczyć, jest obecność na kartach powieści tekstu utworu, który powstał zupełnie niedawno, bo w 2015 roku. Gdy zastanawiałem się nad tym, jakim wierszem zilustrować rozdarcie Marty, która żegna się na zawsze z Wołyniem, piosenka zespołu Horytnica bardzo szybko okazała się po prostu strzałem w dziesiątkę. Horytnicy i jej patriotycznego przekazu, niesionego rockowym brzmieniem, słucham od dawna. Gdy zaś po raz pierwszy usłyszałem utwór *Wołyń 1943*, poczułem ciarki. Takiej tęsknoty, bólu i cierpienia zaklętego w piosenkę nie słyszałem od dawna. Każde zdanie dotyka mojej duszy i za każdym razem, gdy ją słyszę, trafia do mnie z taką samą głębią. Marta nie mogła więc nie zaśpiewać Jankowi i wołyńskiej ziemi niczego innego na pożegnanie, chociaż słowa utworu powstały ponad siedemdziesiąt lat po krwawych wydarzeniach na Kresach. Dziękuję chłopakom z Horytnicy za pozwolenie na użycie ich tekstu. W powieści występuje tylko fragment *Wołynia 1943*. Ja zaś serdecznie zachęcam do wysłuchania całości. Naprawdę warto.

Bohaterowie *Czasu burzy* spotykają na swej drodze prawdziwe legendy walk o wolność. Oprócz znanego już chyba wszystkim rotmistrza Witolda Pileckiego pojawiają się inne znane postaci. Znalazło się miejsce dla mojego ukochanego Słonia, porucznika Jerzego Gawina „Słonia", znanego z *Kamieni na szaniec*. Ilekroć przyjeżdżam do Warszawy, znajduję czas, aby odwiedzić go przy kamieniu na ulicy Czerniakowskiej, gdzie najprawdopodobniej zginął. Nawet mój pseudonim „Słowin", pod którym znają mnie znajomi, został stworzony z połączenia nazwiska i pseudonimu Jurka. Słowin bowiem to SŁOń gaWIN. Spotkamy w książce również porucznika Andrzeja Romockiego „Morro", dowódcę kompanii „Rudy" batalionu „Zośka", uznanej za najlepszą w Powstaniu Warszawskim. Jest tu Bronisław Pietraszewicz „Lot", dowodzący akcją zlikwidowania kata Warszawy Kutschery. Odnajdziemy też tych, którzy wiedli do boju swoich żołnierzy podczas operacji „Ostra Brama", pułkownika Aleksandra Krzyżanowskiego „Wilka" czy choćby porucznika Witolda Turonka „Tura", w którego oddziałach walczył Piotr.

W dzisiejszych czasach nikt nie wyobraża już sobie stworzenia czegokolwiek bez solidnego przeszukania internetowych zasobów w poszukiwaniu źródeł. Ja również korzystałem z dobrodziejstwa sieci podczas pisania obu powieści. Jednak największą pomocą okazały się książki, które już dawno stały się dla mnie źródłem inspiracji i wiedzy. Do pozycji, które wymieniłem jako bibliografię w posłowiu do *Czasu tęsknoty* i które były bardzo pomocne przy pisaniu *Czasu burzy*, dołączyły dwa znakomite woluminy. Praca zbiorowa pod redakcją Tadeusza Sumińskiego *Pamiętniki żołnierzy baonu „Zośka"* jest absolutnie najważniejszą dla mnie pozycją dotyczącą przebiegu Powstania Warszawskiego. To „biblia" dla wszystkich, którzy chcą się dowiedzieć, jak wyglądały walki o stolicę widziane oczami żołnierzy elitarnego powstańczego batalionu. Ich barwne i emocjonalne relacje stały się dla mnie podstawą do zbudowania takiej opowieści o Powstaniu, która byłaby autentyczna i wiarygodna. *Kolonia Wileńska – czas wojny* Ryszarda Filipowicza pozwoliła mi odkryć piękno i niezwykły fenomen tej malutkiej osady, której mieszkańcy wsparli całymi siłami walczące o wyzwolenie Wilna oddziały Armii Krajowej. Dzięki niej moja wyprawa do Wilna wzbogaciła się o wycieczkę do Kolonii, zwiedzonej przeze mnie wzdłuż i wszerz.

Drogi Czytelniku. Stało się! Epopeja Piotra i Swiety dobiegła końca i nie pozostaje już nic innego, niż pozwolić im oraz pozostałym bohaterom obu powieści odejść. Mnie, jako autorowi, jest chyba szczególnie trudno pożegnać się z postaciami, które powołałem do życia. Byli dla mnie jak najbliżsi przyjaciele. Obcowałem z nimi na co dzień od niemal pięciu lat. Znam ich myśli, wiem, co czują i jak zachowaliby się w każdej sytuacji. Nic jednak nie trwa wiecznie. Muszę się więc rozstać z piękną i ciepłą Swietą, niepokornym Piotrem, śliczną, upartą i waleczną Martą, okrutnym i rozdartym Jegorem, mądrym Witalijem i skrytym, małomównym Hucułem. Jeśli tego nie zrobię, zdominują mnie i w każdej mojej następnej powieści będą się starali wpłynąć na moich nowych bohaterów, przekazując im swoje cechy. Znam ich. Są do tego zdolni.

Spis treści

E-book dostępny na

woblink.com